전통 비극 담론의 보수성과 영국 르네상스 드라마

* 이 저서는 2009년 정부(교육부)의 재원으로 한국연구재단의 지원을 받아 수행된 연구임(NRF-2009-812-A00260)

전통 비극 담론의 보수성과 영국 르네상스 드라마

강석주 지음

지은이의 말

이 책은 2009년 공모한 한국연구재단의 인문저술출판지원 사업에 선정되어 3년 동안 수행한 연구의 결과물이다. 3년 동안 연구를 진행하면서, 한국 셰익스피어학회와 고전르네상스학회 등 관련 학회에서 논문을 발표하거나 투고 과정을 거쳐 게재된 논문들을 수정 보완하고, 통일성을 갖춰 한 권의 책으로 출간하는 것임을 밝히는 바이다. 사실 외국문학 전공 분야의 책을 출간하고자 계획하는 것은 국내 출판 현황을 비추어 볼 때, 그다지 쉬운 일은 아니다. 일반 대중보다는 영문학을 전공하거나 인문학에 관심이 있는 제한된 독자층을 대상으로 글을 써야 하기 때문이다. 하지만 영국 르네상스 시대 비극이라는 특정 시기, 특정 장르의 문학에 대한 분석과 통찰이 단순한 문학비평에 그치지 않고, 문학담론 속에 내재된 정치의식의 고찰이 일반 독자들에게도 문학작품을 통한 역사와 삶에 대한 새로운 성찰을 제공할 수 있기를 기대한다.

영국의 르네상스 시기는 유럽의 다른 국가들과 마찬가지로 중세의 신 중심 사상에서 벗어나 인간과 인간에 대한 관심이 최고조로 팽창했던 시기이다. 또한 대외적으로는 엘리자베스 여왕 시기에 스페인이나 프랑스와 같은 주변 국가들에 대한 외교적 성과로 인해 놀라운 발전과 번영을 이룩한 것으로 알려져 있지만, 대내적으로는 수많은 갈등과 혼란을 겪었던 시기이다. 농업 중심에서 상업과 무역 중심으로, 시골에서 도시 중심의 삶으로 변화 발전했던 당대 영국에서는 자본주의와 개인주의의 대두, 계급질서의 위기, 그리고 가톨릭과 영국 국교회의 종교적 갈등으로 인해 사회 내부적으로 위기를 겪었다. 사실 윌리엄 셰익스피어를 비롯하여 영국의 놀라운 천재 극작가들이 이 시기에 등장하였다는 사실은 놀라운 일이 아니다. 정치·종교적으로 혼란스럽고, 대외적 갈등 관계가 빈번하였으며, 사회적으로 다양한 변화가 발생하고, 극장이 대중의 갈등과 스트레스 해소의 공간으로 작용하던 시기에 위대한 극작품들이 등장한 것은 당연하다.

영국의 르네상스 시기 드라마 작품들은 대부분 1558년부터 1649년에 이르는 엘리자베스 여왕과 제임스 1세, 그리고 찰스 1세의 시대에 쓰인 것들이다. 흔히 이 시기 작품들은 시기에 따라 엘리자베스, 재코비언, 캐롤라인 드라마로 구별되어 불린다. 찰스 1세 이후에는 올리버 크롬웰이 주도한 청교도 혁명으로 인해 공화정이 실시되고 극장 폐쇄와 함께 연극공연이 금지되었다가, 왕정복고가 이루어진 1660년 이후에야 귀족계층만을 대상으로 하는 새로운 형태의 드라마들이 나타났다. 따라서 왕족이나 귀족, 하층민을 막론하고 모든 계층을 대상으로 상당히 자유로운 여건에서 상업적 성공을 위해 쓰이고 공연된 16, 17세기 영국 르네상스 시대 드라마는 영국 드라마 역사에서 가장 현대적 감각을 지닌 작품들이라 할 수 있다. 셰익스피어를 필두로 해서 르네상스 시대 극작품들이 현대에도 인기를 누리고, 그 의미에 대한 다양한 시각이 논란의 대상이 될 수 있는 배경이 바로 여기에 있다.

특히 이 시기에 가장 인기를 누렸던 비극 작품들은 희극 작품들에 비해서 현실 정치 상황을 훨씬 많이 반영하고 있다. 영국 르네상스 시대 비극 작품들은 그리스·로마 시대의 고전 비극이론이 규정하는 전통적 요소들을 공유하고 있으면서도, 당대 영국의 복합적인 정치·사회 상황을 반영한 새로운 의식을 보여주고 있다. 따라서 서구 문학사에서 비극을 가장 고상한 장르로 평가해온 전통 담론으로는 이러한 당대의 정치의식을 제대로 설명하기 힘들다. 이 책은 특정 시대의 문학 작품이 정치적으로 어떻게 활용되고, 또 역으로 정치적 상황이 문학 작품에 어떤 영향을 미치는지에 주목하는 신역사주의적 시각을 바탕으로, 영국 르네상스 시대 비극 작품들에 내재되어 있는 정치적 의식을 주목해보고자 하는 시도의 결과물이다.

목 차

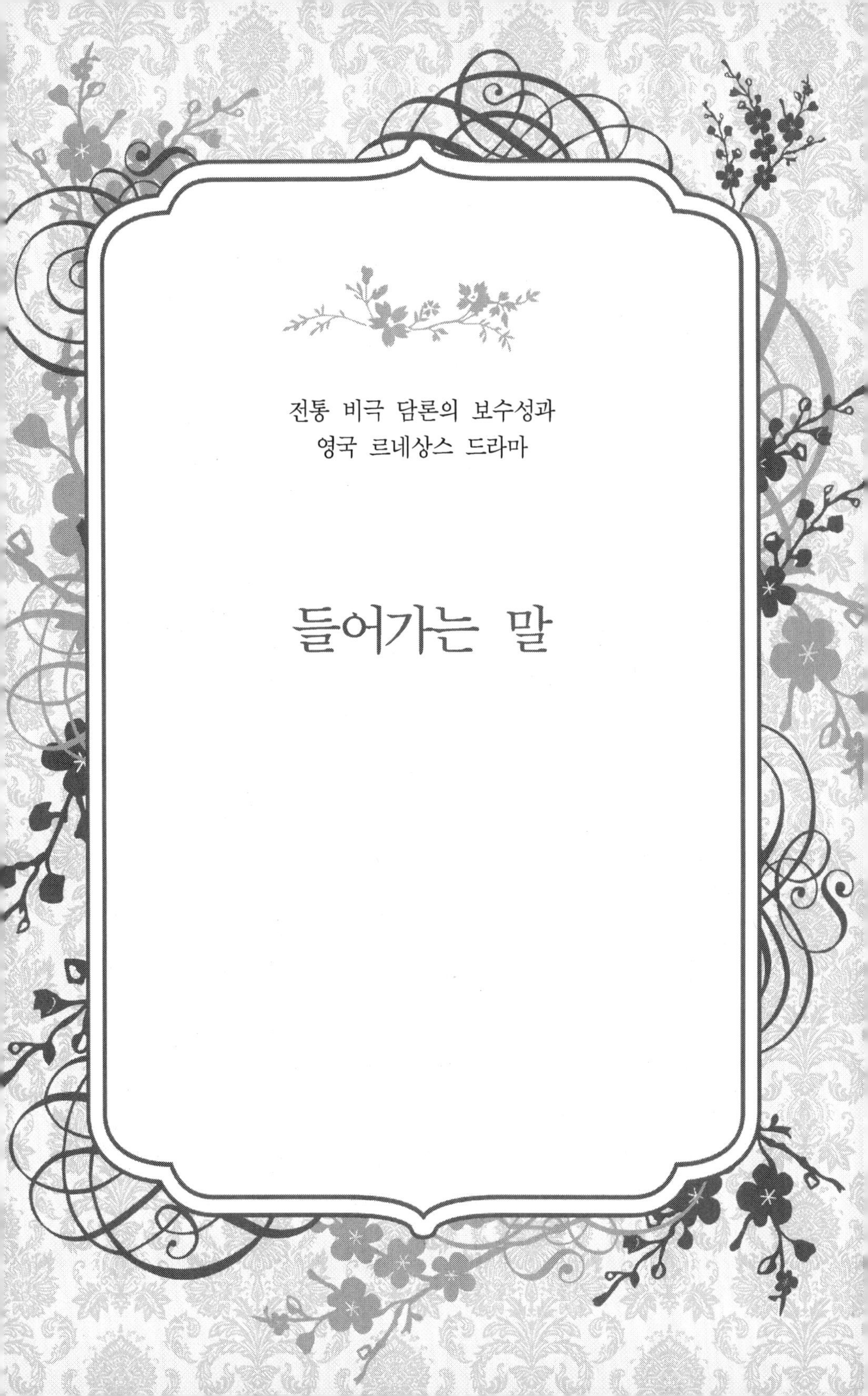

전통 비극 담론의 보수성과
영국 르네상스 드라마

들어가는 말

전통 비극 담론의 보수성과 영국 르네상스 비극

I

서구 문학의 전통에서 비극은 가장 위대한 장르로 평가받아 왔고, 현재까지도 그러한 시각은 유효해 보인다. 이처럼 비극이라는 장르를 고귀하고 위대한 대상으로 규정하는 배경은 비극이 지닌 특별한 요소에서 기인하는데, 다이슨(Dyson)은 이것을 "고통"(suffering)에서 찾으며, 모든 비극론은 고통과 고통이 갖는 의미를 설명하는 데 주력해왔다고 지적한다(13). 고통과 죽음의 경험을 통해서 인간은 존재의 문제를 생각하게 되고, 인간이 맞서고 있는 근원적인 공포를 상기하게 된다는 것이다. 그런가 하면 로버트 헤일만(Robert B. Heilman)은 비극을 일반적인 우연한 재난의 상황과 구별하면서, 분열된 인간이 이성적으로 해결할 수 없는 의무와 열정이라는 근본적 갈등에 직면했을 때의 상황, 선 혹은 악을 선택해야 하는 상황, 알면서도 본의 아니게 실수를 저지르는 상황, 그리고 고통받거나 죽을 때 더 큰 지혜를 얻는 상황을 묘사하는 데 비극이 사용된다고 주장한다(208). 이처럼 갈등과 고통을 통한 깨달음을 중시하는 비극은 전통적으로 희극보다 훨씬 더 고상한 장르이고, 인간이 겪는 고통의 궁극적인 원인에 대한 질문과 불확실하고 혼돈스런 삶의 의미를 직면코자 하는 보편적이고도 심오한 욕망을 표현한다고 여겨져 온 것이다.

그런데 이처럼 비극과 비극의 의미를 고상하고 숭고한 것으로 규정하고 정의해온 전통적인 서구 비극 담론을 주의 깊게 살펴보면, 거기에는 도덕 정신과 질서 의식을 바탕으로 하는 보수적 이데올로기가 강하게 내재되어 있다. 물론 비극에 대한 전통적인 담론을 생산해온 학자들이나 비평가들이 의도적으로 보수적 이데올로기를 대변하고 있다고 보기는 힘들다. 하지만 전통 비극 담론을 생산한 주요 철학자나 비평가들이 활약했던 시대의 지배적 문화와 가치관을 고려해보면, 비극 담론이 보수적 이데올로기를 대변하는 방향으로 생산되었으리라는 것을 우리는 쉽게 간파할 수 있다. 전통 비극 담론에 따르면, 고귀한 신분의 주인공의 잘못된 선택이나 실수가 자신과 다른 사람들을 희생자로 만들고, 그로 인해 겪는 고통과 불행을 통해 주인공과 관객들에게 인간의 나약함과 한계, 삶의 진정한 의미에 대한 깨달음, 그리고 도덕적 교훈을 주는 것이 비극의 필수 요소이다. 그런데 이처럼 비극을 위대하고 고상한 장르로 규정하는 것은 지배계층의 지배와 그들이 정하는 도덕, 질서, 법률이 정당하고 올바르다는 환상을 독자들에게 전달하는 수단으로 작용한다.

하지만 이러한 전통적 비극 담론의 설명과는 달리, 고대부터 현대에 이르기까지 수많은 독자들과 관객들이 감탄하는 위대한 비극 작품들은 다양한 의미 체계를 지니고 있으며, 시대적 변화에 따른 사회적 요구와 개인의 성향에 따라 그 의미와 강조점이 달라져 왔다. 비극의 형태와 극적 상황도 다양하여, 보는 시각에 따라서 정반대의 평가도 얼마든지 가능하다. 또한 비극이라는 장르가 서구 문학 전통이 규정하듯이 그렇게 위대하고 고상한 장르가 아닐 수도 있다. 비극의 위대성은 당대의 지배 이데올로기를 대변하는 비평가들이 비극이라는 문학 양식에 씌워 놓은 환상이고, 우리는 그러한 환상에 사로잡혀 비극을 숭배해온 것일 수도 있는 것이다. 그렇다면 고전 비극을 대상으로 주로 비극의 의미와 구조를 설명하고 있는 전통 비극 담론이 현대까지도 그 상징적 위치를 고수하고, 대부분의 현대 비평가들도 이를 받아들이게 만드는 근거는 어디에서 찾을 수 있을까?

서구 비극의 전통을 살펴보면 우리는 한 가지 흥미로운 사실을 발견할 수 있는데, 그것은 비극이 시대적으로, 아니 시대적 특징을 뛰어넘어 크게 두 가지 부류로 나뉜다는 점이다. 레이먼드 윌리엄스(Raymond Williams)가 지적하듯이 비극은 희랍 비극과 엘리자베스 비극으로 대표되는 고전 비극과 그 전통을 이어받은 현대 비극으로 구분되는데(15-16), 대부분의 비평가들은 위대하고 고상한 진정한 비극은 바로 희랍 비극과 엘리자베스 비극이고 그 이후의 비극들은 불완전하고 부자연스러운 시도에 불과하다고 평가한다. 따라서 아리스토텔레스를 비롯하여 필립 시드니, 사무엘 존슨 등과 같은 고전 비평가들로부터 헤겔(Hegel), 니체(Nietzsche), 그리고 수잔 랭어(Susanne Langer)나 노스롭 프라이(Northrop Frye)와 같은 현대 비평가들에 이르기까지 그들이 주장하는 비극론의 중심이 되는 대상은 바로 희랍과 엘리자베스 시대 비극 작품들이다. 그렇다면 이처럼 고전 비극을 높이 평가하고 현대 비극을 평가 절하하는 근본적인 이유는 무엇인가? 이를 좀 더 분명히 하기 위해서 우리는 비극을 정의하고 규명해온 서구의 비극 담론에 대해 좀 더 자세히 살펴볼 필요가 있다.

리처드 팔머(Richard Palmer)는 비극론을 크게 두 가지 유형으로 분류한다. 즉 관객의 반응을 기초로 비극을 설명하는 전통적인 비극론(17)과, 관객보다는 작품과 작가 사이의 관계에 더 관심을 갖는 낭만주의적 비극론(54)이 그것이다. 주인공의 고통에 대한 관객의 반응에 초점을 맞추었던 전통적인 비극론은 플라톤과 아리스토텔레스의 대조적인 시각으로 대변되며, 이는 중세의 기독교적 세계, 그리고 르네상스와 신고전주의 시대에 이르기까지 그 영향력을 지속하였다. 한편 주인공의 고통보다는 고통 속에서도 용기와 강인함을 잃지 않는 비극적 주인공의 영웅성에 주목했던 낭만주의적 비극론은 19세기 낭만주의 비평가들부터 현대 실존주의 비평가들에 이르기까지 현대적 비극론을 형성하는 바탕을 제공하고 있다. 이는 물론 전통 비극론이 현대에 이르러 낭만주의적 비극론으로 대체되었다는 것을 의미하는 것은 아니다. 전통 비극론과 낭만주의적 비극론은 비극의 다양성과 양면성을 나타내면서 지금도 공존하고 있기 때문이다.

플라톤과 아리스토텔레스로 대변되는 전통적인 비극론은 우주를 설명하는 두 철학가의 서로 다른 시각에서 비롯한다고 볼 수 있다. 우주를 이데아와 그것의 반영으로 나누는 이원론을 주장했던 플라톤은 비극을 부정적인 시각으로 바라보았다. 그는 문학이 이상적인 모습을 보여주어야 한다고 생각했으며, 인간의 고통을 보여주는 비극이 신의 정의에 대한 관객들의 믿음을 손상시킨다고 비난했다(재인용 Palmer 18). 반면 현실 세계의 개선을 통해 이상 세계에 이를 수 있다고 여겼던 아리스토텔레스는 『시학』(*Poetics*)에서 비극이 인간의 행위를 모방한다고 정의하면서, 비극을 가장 고상한 문학의 형태로 설명했다(50-51). 비극은 결함(hamartia)이 있는 인간의 행위가 초래하는 고통을 모방함으로써 관객들에게 연민과 공포를 불러일으키고, 결국 관객들은 감정의 정화를 통해 우주적 진실을 깨닫고 이상적 상태에 좀 더 가까이 간다고 보았던 것이다. 그렇다면 플라톤과 아리스토텔레스의 비극론은 서로 다른 시각에서 비롯되었지만 그 목표는 동일하다는 것을 알 수 있다. 달리 말하면, 두 사람 모두 비극을 통해 즐거움보다는 교훈과 가르침을 궁극적인 목표로 삼고 있다는 것이다. 따라서 플라톤의 시각과 마찬가지로 우주를 선과 악, 육체와 영혼으로 나누는 이원론적인 세계관을 지닌 기독교가 지배하던 중세 시대에 관객들의 신앙을 손상시키는 것으로 여겨지는 비극이 비난의 대상이 되었던 것은 이상한 일이 아니다.

그리고 르네상스와 신고전주의 시대에도 비평가들은 비극이 지닌 교훈주의적 측면을 강조함으로써 비극의 가치를 주장하였다. 그렇지만 기억할 점은 르네상스와 신고전주의 학자들에게 비극이 전달하는 도덕은 기독교적 가치와 긴밀하게 연관되어 있다는 점이다. 영국의 신고전주의 학자였던 존 데니스(John Dennis)는 『근대 문학의 발전과 개혁』(*The Advancement and Reformation in Modern Poetry*, 1701)에서 비극에 대해서 다음과 같이 진술하고 있다.

> 모든 비극은 특별한 신의 섭리를 가르치는 매우 엄숙한 설교여야 한다고 생각한다. 선한 자들을 보호하고, 악한 자들 혹은 적어도 폭력적인 자들을 응징하는 것을 분명하게 보여주어야 한다. 만약 그렇지 않는다면, 그것은 알맹이 없는 오락이거나, 혹은 세상에 대한 신의 섭리를 수치스럽고도 악독한 방식으로 모독하는 것이다.
>
> I conceive that every Tragedy ought to be a very solemn Lecture, inculcating a particular Providence, and showing it plainly protecting the good, and chastizing the bad, or at least the violent; and that if it is otherwise, it is either empty amusement, or a scandalous and pernicious libel upon the government of the world. (재인용, Palmer 27)

토머스 라이머(Thomas Lymer)가 『오셀로』(*Othello*)의 마지막 장면에서 데즈데모나가 살해당하는 것을 야만적 행위로 규정하고, 악인만이 벌을 받아야 하는 도덕적 규범에서 벗어난 것을 비난한 것도 이러한 시각에서 비롯한 것이고, 나훔 테이트(Nahum Tate)가 코딜리아를 살리기 위해서 『리어왕』(*King Lear*)을 다시 쓴 것도 바로 이러한 관객의 반응을 기초로 한 비극의 도덕적 정의에 대한 확고한 신념에서 비롯한 것이었다. 프랑스의 신고전주의 학자 장 라신느(Jean Racine)가 『페드르』(*Phedre*)의 서문에서 "비극에서 격정이 나타나는 것은 그것이 초래할 무질서를 보여주기 위함이고, 마찬가지로 악이 소개되는 것은 우리로 하여금 그 끔찍한 행위를 혐오하게 만들기 위함이다"라고 주장한 것도 같은 맥락에서 이해될 수 있을 것이다.

이처럼 비극의 교훈주의적 개념과 함께 관객의 반응을 기초로 하는 전통적 시각에서 비롯한 비극의 개념을 간단하면서도 분명하게 정리한 이론가는 노스롭 프라이(Northrop Frye)이다. 프라이는 「가을의 신화: 비극」(Mythos of Autumn: Tragedy)에서 비극을 다음과 같은 두 가지 관점으로 정의하였다. 첫째는 비극이 인간의 노력으로 이해할 수 없는 외적 운명의 절대적 힘을 나타낸다는 것이고, 둘째는 비극이 어떤 형태로든 개인의 비도덕적인 행위에 기인한다는 것이다. 이 두 가지 관점은 희랍 비극과 르네상스 비극을 구분 짓는 다른 시각을 나타내는 것처럼 여겨지지만, 다른 한편으로는 플라톤과 아리스토텔레스처럼 서로 결합되는 요소를 지니고 있다. 프라이의 설명에 따르면, 비극은 "(주인공이 파멸해야만 한다는) 당위성에 대한 공포와 (그가 파멸하는 것이 너무 심하다는) 비정당성에 대한 연민의 역설적 조화"이다(129). 이는 주인공의 도덕적 책임과 절대적 질서 앞에 무력한 인간의 한계를 동시에 지적한 것이라 할 수 있다. 프라이는 비극을 통해 관객들이 경험하는 심리적 상태를 아리스토텔레스가 지적한 연민과 공포 개념으로 설명하고 있지만, 그것을 주인공의 비도덕적 행위에 따른 고통과 파멸에서 연유하는 것으로 규정함으로써 신의 섭리나 운명과 같은 절대적 힘이 지배하는 비극의 도덕적 목적을 강조하고 있는 것이다.

이러한 프라이의 주장은 비극이 표현하는 보편적 진실을 잘 설명하는 것으로 여겨지는데 그의 설명이 기초하고 있는 비극의 도덕 전통을 살펴보면, 우리는 전통 비극론이 지극히 보수주의적 세계관에 기초하고 있다는 사실을 간파할 수 있다. 특히 비극을 높이 평가하는 아리스토텔레스의 『시학』으로 대표되는 전통 비극론은 지배 계층, 엘리트 위주의 담론이고, 또한 남성 위주의 담론이다. 무엇보다도 전통 비극의 전제 조건은 주인공의 높은 신분과 지위이기 때문에, 비극은 보통 사람이 아닌 왕족이나 귀족의 이데올로기를 전달하는 장르이다. 19, 20세기 전까지의 비극 담론에 따르면, 신분이건 지위이건, 성격이건 행동이건, 평범한 일반인보다는 뛰어난 자만이 비극의 주인공이 될 자격이 있다(Dyson 18). 그렇다면 이처럼 뛰어난 자의 몰락과 고통이 관객들에게 전달하는 공포와 연민에서 연유하는 감정의 정화나 새로운 인식이 모든 인간의 근원적 존재의 불확실성을 다루는 보편적 의미에 대한 깨달음을 대변한다는 시각의 이면에서, 우리는 그러한 시각을 지배하고 있는 정치성을 발견할 수 있다. 즉 전통적 비극 담론은 매우 도덕적이고 결정론적이며, 공포와 연민을 통해 관객의 욕망을 억압하기 때문에 다분히 보수적인 성향을 내재하고 있다는 사실이다.

그런데 이러한 전통적 비극론과는 달리, 신고전주의 시대의 교훈주의를 강조하는 비극 담론 이후에 새롭게 등장한 낭만주의적 비극론은 운명이나 신, 또한 도덕질서 앞에서 한계를 지닌 나약한 인간의 실패와 고통에 주목하기보다는 오히려 그러한 실패와 고통 속에서도 용기와 위엄을 잃지 않는 주인공의 영웅성을 주목한다. 니체는 『비극의 탄생』(*The Birth of Tragedy*)에서 희랍 비극 속에 내재되어 있는 디오니소스적 흥분이나 충동과 아폴론적 이성의 세계 사이의 갈등과 조화를 비극의 본질로 지적하고 있으며, 신분이나 지위, 계급보다는 고통을 통해 주인공이 보여주는 고상함과 주위에 미치는 마력에 주목한다(72). 그는 주인공의 행위에 의해서 모든 질서와 도덕 세계까지 무너져 내린다 할지라도, 자신의 파멸을 두려워하지 않는 고귀한 행동으로 인해서 비극적 영웅이 파괴된 폐허 위에 새로운 세계를 세운다고 보는 것이다. 니체에게 있어서 고통은 좀 더 "고양된 기쁨을 얻기 위한 수단"이며, 비극은 "즐거운 긍정을 표현하는 형식"이다(재인용. Drakakis 8). 비극은 개인의 희생을 통해서 삶의 불멸성을 확장하고 축하하는 것이다. 결국 니체의 주장에 따르면, 최악의 상황까지도 두려워하지 않고 직면함으로써 극단적인 감정의 깊이까지 경험할 수 있는 자가 진정한 비극적 영웅이 되는 것이다.

이러한 낭만주의적 비극론은 비극을 파멸을 구현하는 장르로 보지 않는다. 오히려 고통과 파멸을 통해 삶을 긍정하고 이성의 승리를 축하하는 장르로 본다. 그리고 이러한 낭만주의적 비극론을 가장 먼저 제시한 철학가는 독일의 헤겔이다. 헤겔은 자신의 변증법을 비극에 적용함으로써 최초로 드라마에서 갈등의 중요성을 밝혀냈다. 비극은 서로 대립되는 두 가지 가치, 정과 반의 갈등 과정을 통해 합에 이르는 우주의 정신을 등장시킨다고 주장했던 헤겔은 비극적 갈등을 해결하는 4가지 방식을 설명하였다(75). 첫 번째 방식은 대립하는 두 주인공을 모두 파멸시키는 것이고, 두 번째 방식은 갈등의 화해를 통해 주인공의 고통을 제거하는 것이며, 세 번째 방식은 주인공이 더 강력한 힘에 굴복하는 것이다. 그리고 마지막 네 번째 방식은 우주의 정신이 주인공과의 화해를 통해 그를 재흡수하는 것이다. 이처럼 헤겔이 주장하는 갈등 해결 방식은 극 상황에 따라 다르게 나타나지만, 결국에는 모두 고통과 역경을 통해 새로운 정신과 이성의 승리를 부각시키는 역할을 한다. 헤겔에 따르면, 비극의 주인공들은 갈등 속에서 파멸하지만, 초월적인 정의의 원칙이 나타나기 때문에 조화가 회복되는 것이다(Wallace 123). 소포클레스의 『안티고네』(*Antigone*)에서 주인공 안티고네는 비록 크레온(Creon)과의 갈등을 통해 고통과 죽음을 겪지만, 그녀가 보여준 정신은 크레온과의 충돌을 통해서 더 높은 영역으로 상승하였기에, 패배하였지만 승리한 것이라고 파악하는 것이다.

이처럼 비극적 주인공의 인간적 존엄성과 위엄을 중시하는 낭만주의적 시각에서 비롯된 비극론은 인간 정신과 이성의 자유와 승리에 주목하기 때문에 비극의 진보적 측면을 부각시켰다고 볼 수 있다. 하지만 이러한 시각도 한계는 있다. 헤겔은 개인들의 갈등에는 어떤 도덕적 선이나 목적론적 원칙이 존재한다고 가정하였기 때문에 모든 것은 궁극적으로 선을 지향한다고 생각했다. 따라서 주인공의 고통과 파멸에도 불구하고 비극은 화합과 조화를 향한 길을 제시한다고 주장하지만, 이에 부합하지 않는 비극들도 상당수 존재한다. 로체(Mark W. Roche)는 무엇보다도 비극에는 두 개의 대립되는 선한 가치의 충돌이 일어난다고 설명한 헤겔의 주장과는 달리 선과 악의 충돌도 가능하며 주인공은 선을 위해 자신을 희생하는 선택을 할 수도 있고, 또한 자신의 파멸을 알면서도 완고하게 자신의 고집을 꺾지 않는 주인공의 비극도 존재한다고 주장한다(62). 더구나 헤겔은 『안티고네』와 같은 고대 비극에 지나치게 의존해서 자신의 비극론을 전개시켰기 때문에, 그의 시각은 비참할 정도로 괴로운 주인공의 파멸을 다룬 비극 작품에는 어울리지 않는다(이글턴 98).

오히려 헤겔보다는 니체가 훨씬 더 보수적 시각에 대항하는 진보적 비전을 비극에서 찾아낸 철학자이다. 디오니소스적 광기와 열광, 욕망과 혼돈을 숭배하는 니체는 인간의 부정적 탐욕과 잔인함, 사악함을 당당하게 드러내고 있다는 점 때문에 오히려 비극을 고귀한 예술로 파악했다. 니체에게는 사악함의 결과로 따르는 고통과 파멸로 인한 도덕적 깨달음이 중요하지 않다. 따라서 니체의 비극론은 도덕이나 기독교적 가치와 무관하다. 니체의 시각에 따르면, 비극은 도덕이나 윤리

대신에 희생을 미학적으로 보여준다. 그렇지만 그가 단순히 인간의 잔인성과 야만성을 파격적으로 긍정하고 찬양하는 것만은 아니다. 디오니소스적 욕망 속에 내재되어 있는 분열과 모순에 미학적 틀과 거리를 부여하여 아폴론적으로 승화시키고, 형식적 쾌감과 아름다운 통일성을 부여하여 쾌감을 증폭시키는 것이다.

헤겔과 니체로 대변되는 낭만주의적 비극론은 그 계보를 잇는 진보적인 현대 비평가들에 의해 좀 더 구체적이고 실존적인 형태로 발전해왔다. 비극은 독립적이고 급진적인 시각을 필요로 한다고 주장하며 비극이 운명에 대항하여 싸우는 양식이라고 주장하는 실존주의 비평가 리처드 시월(Richard Sewall)(48-50)이나 비극의 전복성을 주장한 페미니스트 비평가 캐서린 벨지(Catherine Belsey) 등이 주목한 것도 바로 기존의 계급 질서나 도덕질서에 도전하는 비극적 비전이었다. 그들은 적대적이고 불확실한 현실에 맞서 싸우는 인간의 영웅적 투쟁에 가치를 두거나, 불평등하고 억압적인 현실에서 인간의 자유를 찾는 비극의 비전을 지적한 것이다(Belsey 8-9). 그런가 하면 조나산 돌리모어(Jonathan Dollimore)와 같은 비평가는 비극의 가치가 "지배 권력의 전복을 가능케 해주는 데 있다"고 보며(xxi), 애드리언 풀(Adrian Poole)과 같은 비평가는 모든 비극이 일상생활의 독단적 의견에 도전한다고 파악한다(12). 하지만 이러한 전복적 비전을 제시하는 주인공의 파멸을 연민과 공포가 아닌 즐거움으로 긍정하는 시각과, 고통과 죽음을 회피하지 않고 용감하게 받아들이는 주인공의 태도를 영웅적으로 높이 평가하는 시각 역시 보수적 해석이 가능하다.

보수적 시각에서 보면, 비극이 사회질서를 혼란스럽게 하는 목적은 그것을 다시 튼튼하게 복구하기 위해서이다. 헤겔의 변증법적 비극론도 궁극적으로 갈등과 혼란을 극복하고 파멸을 승화시키는 고양된 윤리적 정신을 추구하는 것과 같은 맥락에서 이해될 수 있다. 특히 자신의 잘못이나 죄에 대해 책임을 지고 고통과 죽음을 견뎌내는 자는 보수주의자의 영웅이다. 또한 아무런 도덕적 잘못이 없으면서도 대립된 갈등 속에서 용기 있는 선택을 통해 희생과 파멸을 견뎌내는 주인공 역시 타락하고 부패한 사회질서를 전복시키고 더 나은 이상적인 질서를 욕망한다. 낭만주의적 시각에서 볼 때, 비극은 투쟁적, 전복적 비전을 내재하고 있지만, 동시에 그러한 인간 욕망이 갖는 현실적 한계에 주목한다면 그 속에서 보수적 인식을 발견할 수 있다. 기독교적 도덕질서를 무시하면서도 초인과 영웅의 지배를 당연시한 니체가 정치적으로 보수적이었던 것처럼, 영웅적 강인함을 보이는 비극의 주인공의 패배는 결정되어 있지만, 희생과 파멸을 통해 희열을 느끼고 패배를 통해 좀 더 새로운 긍정적인 가치를 창출하기 때문에 낭만적 비극론이 규정하는 비극도 결국 새로운 도덕질서를 지향하는 것으로 판단한다면 보수적 면모를 발견할 수 있는 것이다. 다만 그 새로운 도덕질서가 어떤 가치를 지향하는가에 따라서 개별 비극의 정치적 성향은 많이 달라질 것이다.

비극의 보수성이라는 관점에서 바라보았을 때, 고전 비극과 현대 비극의 궁극적인 차이는 개인과 전체의 문제이다. 레이먼드 윌리엄스의 지적처럼, "고전 비극에서 인물들은 명백히 실질적인 윤리적 목적들을 표상한다. 반면에 현대 비극에서 그 목적들은 전적으로 개인적인 것이며, 우리의 관심도 '윤리적 옹호와 필연성'보다는 '고립된 개인과 그의 상황'에 쏠린다"(34). 따라서 고전 비극의 인물들은 특정한 개인이라기보다는 전체나 이념을 대변하는 존재들인 반면, 현대 비극의 인물들은 훨씬 더 개인화된 존재들이라 할 수 있다. 현대 비극의 주인공들은 "영웅에서 희생자로" 변하고, 가족이나 공동체로부터 소외되거나 물질만능의 사회현실에 적응하지 못하는 고립된 개인으로 묘사된다. 즉 고전 비극의 주인공들이 추구하는 목적은 좀 더 높은 윤리적 도덕적 정의 아래 굴복당하는 반면, 현대 비극의 주인공들의 욕망과 실패는 도덕적 정의를 넘어서서 인물 그 자체의 개인적 운명이 강조된다고 보는 것이다. 이러한 시각에서 바라보면, 고전 비극은 현대 비극에 비해서 보수적 정치성이 훨씬 더 강하게 내재되어 있다고 할 수 있다. 보수적 정치성을 고수하고 있는 전통 비극 담론에서 고전 비극이 현대 비극보다 높게 평가받는 이유가 바로 여기에 있다.

Ⅱ

보수주의적 시각은 자유주의나 진보주의와는 달리 일반적으로 "권위를 받아들이고 미지의 것에 비해 이미 알려진 것을 선호하며, 현재와 미래를 과거와 결부시키는 경향이 있는 기질, 정치적 입장 및 일련의 가치 체계"를 지칭하는 것으로 알려져 있다(강정인 30). 클린턴 로시터(Clinton Rossiter)는 보수주의를 정의하면서 보수주의자들이 인간, 사회 및 정치에 대해서 다음과 같은 점을 강조한다고 간명하게 요약하고 있다.

> 제도화된 종교에 의해 승인되고 지지를 받는 보편적인 도덕질서의 존재, 인간의 불완전한 본성, 즉 문명화된 인간 행동의 장막 뒤에 항상 숨어 있는 근절할 수 없는 비이성과 사악함, 정신, 육체, 성격과 관련된 대부분의 자질에 있어서 인간의 선천적인 불평등성, 사회계급 및 질서의 필연성과 법률에 의해 계급 질서를 평등화하고자 하는 시도의 무모함, 개인적 자유의 추구와 사회 질서의 유지에 있어서 사유재산의 중요성, 통치하고 봉사하는 귀족제도의 필요성, 인간 이성의 유한성과 그에 따른 전통, 제도, 상징, 의식, 심지어 편견의 중요성,

다수지배의 오류성과 폭정 가능성 및 이에 따른 권력의 분산, 제약, 균형의 강조, 평등보다 자유를 선호하고 자유가 질서에 구속된다는 점을 강조. (293)

앞의 인용에서 볼 수 있는 바와 같이, 로시터의 설명은 상당히 다양한 항목들을 열거하고 있는 것처럼 보이지만, 결국 보수주의자들이 중시하는 몇 가지 중요한 가치를 강조하고 있다.

로시터를 포함한 보수주의 이론가들이 규정해온 보수주의 담론의 체계는 크게 다음과 같은 다섯 가지 형태로 나누어 설명할 수 있다. 첫째는 유기체적 세계관이다. 이는 흔히 존재의 연쇄로 설명되는 수직적 계급 질서를 통해 우주를 하나의 유기체와 같은 형태로 설명하는 세계관이다. 둘째는 엘리트주의이다. 보수주의적 세계관에 의하면 인간은 능력에 있어서 불평등하게 태어나고, 자연 상태에서도 불평등하게 존재한다. 귀족주의에 뿌리를 두고 있는 이 엘리트주의는 인간 사이의 우열을 인정하고 뛰어난 자가 더 많은 보상을 받아야 한다는 시각이다. 셋째는 신 중심의 휴머니즘이다. 즉 세계가 인간 중심으로 존재하는 것이 아니라, 신의 의지가 역사와 사회를 지배한다고 보는 것이다. 보수주의는 종교를 필요하고 유익하며 또 인간을 해방시키는 신념이라는 긍정적인 입장에서 보는 반면, 대부분의 급진주의자들은 종교를 불필요하고 유해하며 착취의 도구와 소외의 표시로 본다(하버 18). 넷째는 도덕적 힘의 강조이다. 보수주의 담론은 이 세상을 선과 악의 대립구도로 짜여 있다고 규정하고, 인간이 본질적으로 사악한 본성을 지니고 있기 때문에 악을 이기기 위해서는 도덕적 힘을 길러야 한다고 본다. 마지막으로 다섯째는 가족주의 모델이다. 조지 레이커프(George Lacuff)는 보수주의자들이 엄한 아버지가 지배하는 가족의 모델을 이상적인 사회의 모델로 삼는다고 설명한다(94-141). 엄한 아버지는 흔히 도덕적 권위를 가지며, 자제력이 부족하여 악에 빠지는 아이들을 벌하여 자립적이고 극기심을 지닌 존재로 키워야 한다는 것이다. 그렇다면 현대 페미니스트들이 신랄하게 비판하는 가부장제가 바로 이러한 보수주의 담론의 이상적 모델이 되는 셈이다.

사실 보수주의적 담론의 체계적 연구는 프랑스 대혁명에 자극받은 에드먼드 버크(Edmund Burk)의 "프랑스 혁명에 관한 고찰"을 통해 시작되었고, 그 후로 많은 보수주의 이론가들에 의해 구체화되고 다듬어졌지만, 그 이전에도 보수주의 문화가 영국을 비롯한 유럽 전역을 지배해왔다는 것을 우리는 쉽게 알 수 있다. 그것은 바로 기독교가 중세 이후 유럽 문화를 지배해온 정신적 지주이고, 보수주의적 세계관은 바로 기독교적 세계관이라고 불러도 될 정도로 유사한 요소들을 공유하고 있기 때문이다. 도덕질서, 계급 질서, 가부장제, 그리고 인간보다는 신 중심의 가치관을 강조하는 기독교적 세계관은 보수주의적 가치를 그대로 대변하고 있다고 볼 수 있다. 그렇지만 기독교의 영향을 받지 않은 그리스 문화에서도 우리는 보수주의적 요소들을 발견할 수 있다. 그것은 그리스 문화가 인간의 이성과 감성을 중시하고 귀족 중심의 신분제에서 민주적인 자유 시민 체제로 발전해나갔지만, 여성과 노예 그리고 외국인은 철저하게 배척하는 평등보다는 불평등이 당연시되는 사회였고, 사회의 질서와 안정을 지키기 위한 엄격한 법률과 규범이 있었으며 이를 위협하는 존재에 대해서는 결코 용납하지 않았다는 점에서 분명하게 드러난다. 따라서 이러한 보수적 성향은 권력과 질서에 기반을 두는 어느 사회에든 존재하기 마련인데, 플라톤과 아리스토텔레스의 비극론에 뿌리를 둔 서구의 전통 비극론 역시 이러한 보수적 세계관을 바탕으로 형성된 것이라고 볼 수 있다.

흔히 전통적 비극 담론은 비극이 관객들의 마음속에 법과 질서, 그리고 도덕의 신화를 가르치고 심어준다고 주장한다. 희랍 비극이 운명이나 신과 같은 외부의 절대적 힘에 항거하지만 결국 패배할 수밖에 없는 인간의 나약함을 주목한다면, 이는 곧 자신에게 주어진 운명을 피할 수 없고 이를 극복할 수도 없다는 운명적 질서를 관객에게 전달한다는 것이다. 아리스토텔레스는 비극의 주인공이 완전한 선인도 완전한 악인도 아닌 실수와 나약함을 지닌 인물이어야 하고, 비극 플롯은 도덕 정신을 충족시켜야 한다고 설명했다. 그래야 관객에게 공포와 동시에 연민을 불러일으키기 때문이다(57). 그런가 하면 기독교적 세계관을 바탕으로 형성된 중세와 르네상스의 비극론은 한 발 더 나가서 악은 반드시 그 대가를 치르고, 질서는 반드시 회복된다는 도덕과 윤리를 강조함으로써 신 중심의 법과 질서의 절대성을 전달한다. 1589년에 출간된 『영국 시의 기술』(*The Art of English Poesy*)에서 조지 퍼튼햄(George Puttenham)은 비극의 기능이 "운명의 변덕스러움과 악한 삶을 응징하는 신의 정당한 처벌"이라고 설명하였다(181-182). 또한 1595년에 출간된 『시의 옹호』(*The Defence of Poesy*)에서 필립 시드니(Philip Sidney)는 "훌륭한 비극은 천으로 덮여있는 종기를 드러나게 하며, 왕들로 하여금 폭군이 되기를 두렵게 만들고, 폭군들로 하여금 폭군 기질을 드러내게 하며, 세상의 불확실성을 가르친다"고 주장했다(515). 그런가 하면 시드니의 친한 친구였던 펄키 그레빌(Fulke Greville)은 『시드니의 생애』(*Life of Sidney*)(1610-12)에서 고전 비극과 당대 비극을 비교하면서 "고전 비극이 인간의 불행을 보여주면서 공포를 불러일으키거나 혹은 신의 섭리에 대해 불만을 표현하는 반면, 당대 비극은 모든 죄나 인간의 한계를 인정하지 않는 것에 대한 신의 보복을 묘사한 것"이라고 설명했다(재인용 Mangan 65). 르네상스 비극이 개인의 심리적 현상에 주목하지만 결국 사회적 질서와의 연관성 속에서 설명될 수밖에 없다는 존 드라카키스(John Drakakis)의 지적도 도덕적 교훈을 중시하는 르네상스 이론가들의 주장에서 크게 벗어나지 않는다(12-13).

아리스토텔레스에서부터 시작되는 전통 비극 담론이 "행위의 일치"(unity of action)라는 형식을 강조하는 것도 보수적 이념이 드러나는 요소이다. 행위 일치론의 배경에는 고귀한 인물의 불행과 파멸을 통한 감정의 정화와 도덕적 교훈이 다른 플롯으로 인해 희석되어서는 안 된다는 시각이 내재되어 있다. 따라서 존 드라이든(John Dryden)을 비롯한 신고전주의 비평가들은 셰익스피어의 작품에 등장하는 이중 플롯을 매우 불편하게 바라보았으며, 필립 시드니 역시 시간, 장소, 그리고 행위의 삼 일치를 강조하면서 르네상스 비극들이 이러한 원칙을 지키지 않고 시간과 장소를 마음대로 바꾸고 다양한 플롯을 동시에 병행하는 것을 신랄하게 비난하였다. 그는 특히 비극 속에 희극적 요소를 섞어놓는 것을 강력하게 비난하면서 "비극의 이상적인 권위가 왕과 광대를 섞어놓음으로써 오염되어서는 안 된다"고 지적하고 있다(521). 이러한 시드니의 주장은 희극적 요소가 비극 정신이 전달하는 도덕적 교훈과 가르침을 흐려놓는다는 시각에서 비롯한다. 이처럼 아리스토텔레스의 시각을 따르는 신고전주의 학자들의 눈에는 보통 이하의 저급한 인물들이 등장하는 희극과 고상한 비극이 섞이는 것은 불순한 것이었다. 셰익스피어가 그의 천재성에도 불구하고 당대의 비평가들에게 비난을 받았던 부분은 바로 이러한 형식의 문제였다는 것은 잘 알려진 사실이다.

이처럼 도덕적 질서의 강조와 함께 전통 비극 담론의 보수적 성격을 더욱 분명하게 드러내는 것은 비극적 주인공에 대한 규정이다. 보수주의의 담론 체계가 엘리트주의와 엄격한 아버지가 다스리는 가족적 모델로 설명되는 것처럼, 비극 담론은 비극적 영웅의 조건을 고귀한 신분의 뛰어난 자질을 갖춘 남성으로 규정한다. 아리스토텔레스는 『시학』에서 비극의 주인공의 4가지 조건 가운데 첫째가 선한 인물이어야 한다고 설명하면서, "여성이나 노예도 선할 수 있지만 여성은 열등한 존재이고 노예는 쓸모없는 존재"라고 규정한다. 그는 또한 "남성적 용기"를 두 번째 조건으로 규정하면서 "여성이 가진 용기나 지혜는 부적절하다"고 지적한다(60). 이러한 엘리트 남성 중심의 비극적 주인공의 개념은 아리스토텔레스 이후 엘리자베스 시대와 신고전주의 시대의 비극 담론에서도 똑같이 당연한 것으로 받아들여졌다. 디오메데스와 단테, 시드니와 푸튼햄, 그리고 드라이든에 이르기까지 비극에 대해 언급한 비평가들은 모두 비극의 주인공을 왕이나 장군과 같은 고귀한 신분과 평범한 사람과는 다른 뛰어난 자질과 용기를 지닌 인물로 전제하고 있다. A. E. 다이슨(Dyson)의 지적처럼 평범한 시민이나 노동자가 비극의 주인공이 되는 것은 19, 20세기가 되어서야 가능하게 되었다(18).

이러한 관점에서 본다면, 전통적인 비극은 모든 인간의 삶의 진실을 대변하는 보편성을 갖는 데 한계가 있지만, 보수적 이념을 강화시키는 좋은 수단으로 작용한다. 전통 비극 담론에 의하면, 비극은 평범한 하층민이나 여성과는 거리가 있기 때문에 그들이 당하는 불평등이나 억압을 정당화하는 경향이 있다. 그런데도 비극을 통해 모든 관객들의 감정을 정화시키고 도덕적 교훈을 준다고 설명하는 것은 바로 수직적 계급 질서 의식을 통해 인간과 사회를 바라보는 보수적 사고에서 기인한다. 즉 왕과 같은 고귀하고 비범한 인물들이 모든 인간을 대변하는 존재가 되고, 이들이 경험하는 불행과 고통을 통해 모든 사람들이 교훈을 얻어야 하는 것이다. 그들의 인간적 나약함이나 도덕적 실수로 인해 초래되는 비극적 결과가 전달하는 보수주의적 이념은 평범한 인간들에게는 더욱 강력한 효과를 발휘하게 된다. 오이디푸스나 맥베스와 같은 영웅적 인물들도 정해진 운명의 질서와 도덕적 심판을 벗어나지 못하는데, 하물며 사회에서 인정받지 못하고 자신의 욕망을 펼쳐 볼 기회가 차단된 평범하고 나약한 범인들이나 여성은 말할 나위가 있겠는가?

그런데 희랍의 비극 담론과 중세 르네상스의 비극 담론을 비교해보면, 우리는 중세 르네상스 비극 담론이 훨씬 더 보수적이라는 사실을 알 수 있다. 그 이유는 중세와 르네상스 시대 유럽을 지배한 기독교의 영향 때문이다. 아리스토텔레스는 비극이 불러일으키는 연민과 공포를 통한 감정의 정화가 즐겁고 유익한 것으로 평가하며(58-59), 또한 운명이나 신과 같은 외부의 절대적 힘에 저항하는 인간의 모습을 비극적 영웅으로 묘사하기 때문에, 비록 주인공이 파멸하더라도 개인의 욕망과 자유를 중시하는 정신이 내재되어 있음을 우리는 느낄 수 있다. 반면 기독교 교리에 입각한 도덕질서를 강조하는 중세 르네상스의 비극 담론은 기존 질서를 혼란스럽게 하는 주인공의 행위를 경고하고, 그의 파멸을 통해 관객이 느끼는 연민과 공포는 도덕적 교훈의 의미를 강조하거나 신의 심판을 정당화한다. 아리스토텔레스가 정의하는 비극의 주인공의 불행은 “악행이나 타락이 아니라, 실수나 나약함에서 생겨나지만,” 프레드슨 새이어 바우어스(Fredson Thayer Bowers)의 지적처럼 엘리자베스인들은 도덕적 목적을 위해 미학적 입장을 무시했다. 그들에게 “비극은 주로 죄와 범죄에 대한 신의 보복을 보여주는 것”이었다(261). 조프리 초서(Geoffrey Chaucer)는 “탁발승 이야기의 서문”(Prologue to The Monk's Tale)에서 비극을 “성공한 자가 높은 지위에서 추락하여 비참한 종말을 맞이하는 이야기”라고 정의하고 있지만,

이는 사람들에게 비극의 주인공을 본으로 삼아 언제 추락할지 모르는 눈먼 행운을 믿지 말고 진리를 따르라는 교훈을 덧붙이고 있다(재인용, Dyson 69).

지금까지 설명한 서구 비극 담론의 보수성은 미셸 푸코(Michel Foucault)의 역사관을 통해서도 분명하게 설명된다. 푸코는 『감시와 처벌: 감옥의 역사』(*Surveiller et Punir: Naissance de Prison*)에서 역사를 지배계층의 지배이데올로기를 정당화하고 합리화하는 과정의 연속으로 파악한다. 따라서 서구 사회에서 사회질서나 도덕질서를 위협하는 존재들을 제거하거나 감금시켜온 과정은 서구 비극 담론이 규정하는 비극의 정의나 효과를 분석하는 데도 유효하게 적용된다. 특히 푸코는 지식이 어떻게 당대 지배 이데올로기와 결탁하여 스스로를 합법화시키고 그 힘을 행사했는지에 주목하였다. 지식과 권력이 담합하여 우리의 사고체계를 지배하는 중요한 수단이 바로 말하기와 글쓰기로 대변되는 언술행위이고, 여기에 문학 활동도 포함되는 것이다. 아리스토텔레스, 니체, 헤겔 등 비극에 대한 대표적인 담론을 개진해온 철학자들은 비극이라는 드라마 장르가 어떤 의미와 특징을 지니고 있고 관객이나 독자에게 어떤 영향을 미치는지에 대해 규정하였지만, 비극이라는 문학 장르가 권력과 결탁하여 어떻게 활용될 수 있는지에 대해서는 언급하지 않았다. 고상함과 심오함이라는 가치로 신비화된 비극이라는 장르는 상당히 손쉽게 지배 이데올로기를 전달할 수 있는 수단이 될 수 있는 것이다.

Ⅲ

그렇지만 이처럼 고전 비극에 대한 정의와 평가를 통해 비극의 보수적 정치성을 규정하는 전통적인 비극 담론은 합리적이고, 비극 작품들을 정확하게 진단하고 있는 것일까? 우리가 주목해야 할 것은 고전 비극 가운데에서도 전통 비극 담론에서 규정하는 비극의 정의에서 상당히 벗어나는 비극 작품들이 다수 존재한다는 사실이다. 그러한 비극 작품들 중에는 주인공이 여성이나 이방인과 같은 지배질서 속의 타자이거나, 혹은 주인공이 도덕적 판단이 어려운 상황에서 어떤 선택을 해야만 하는 곤경에 처하는 경우도 존재한다. 국가나 사회 혹은 종교가 요구하는 행위와 그것을 받아들일 수 없는 인간적 욕망 사이에서 갈등하는 주인공의 상황 자체가 비극을 초래하는 것이다. 헤겔이 주장하는 비극적 딜레마가 바로 그런 상황이 될 수 있다. 헤겔이 최고의 비극으로 평가하는 소포클레스의 『안티고네』에서 주인공 안티고네가 겪는 딜레마가 바로 그와 유사한 경우이다.[1] 국가의 국민으로서 지켜야 할 의무와 형제로서 지켜야 할 혈육의 의무 사이에서 형제로서의 의무를 선택하는 안티고네는 국가를 대변하는 크레온 왕의 명을 어긴 죄로 죽임을 당하지만, 그녀의 파멸은 그녀 스스로의 욕망에 충실한 정당한 선택이었기에 영웅적이다. 그녀의 파멸은 국가의 질서를 어지럽힌 결과에 대한 처벌로 여겨져 법질서의 절대성을 관객들에게 전달하기보다는, 오히려 자연법을 위반하는 국가와 왕의 질서에 대한 저항이고 승리로 여겨진다. 안티고네보다도 크레온이 더 불행한 인물로 여

1) 헤겔은 *Hegel on Tragedy* 서론 p. xxvi에서 안티고네가 서로 싸우는 두 개의 힘 아래 서 있고, 결과적으로 서로로부터 관계를 끊으려는 시도 때문에 파멸을 겪게 된다는 사실을 지적하고, 고대와 현대의 모든 고귀한 비극들 중에서 『안티고네』가 가장 훌륭한 예술작품이라고 주장한다. (재인용, Paolucci 214)

겨지는 것은 바로 이 때문이다.

그런데 비극 개념을 규정하고 정의하는 비극 담론과 비극 작품이 달라질 수 있는 배경은 극의 다양성에도 기인하지만, 동시에 그 작품이 탄생한 시대의 역사적, 정치적 상황을 간과해서는 안 된다. 어떤 문학 작품이라도 시대적 특징을 반영하지 않을 수 없기 때문이다. 또한 극작가의 성향에 따라서도 작품의 정치성은 전혀 다르게 나타날 수 있다. 그렇다면 비극의 연금술사라고 평가받는 셰익스피어를 포함하여 토머스 키드(Thomas Kyd), 크리스토퍼 말로(Christopher Marlowe), 존 웹스터(John Webster), 존 포드(John Ford), 시릴 터너(Cyril Tourneur) 등과 같은 대표적인 영국 르네상스 시대 극작가들의 비극 작품들은 어떠한가? 흔히 전통 비극 담론을 형성하는 근거로 언급되는 르네상스 비극 작품들의 경우는 전통적 비극 담론이 규정하는 것처럼 주인공의 파멸과 고통을 통해 도덕과 교훈을 강조하는 지배 이데올로기를 전달하는 작품들로 여겨져 왔지만, 이와는 반대로 오히려 지배 이데올로기를 전복시키고, 기존질서와 권위에 반항하고 도전하는 시각이 상당히 두드러지게 드러나 있는 작품들도 상당히 많다. 그리고 특히 셰익스피어와 같은 탁월한 극작가들의 경우, 표면적인 보수적 지배 이데올로기 이면에 전복적 정치성을 교묘하게 내재하고 있는 경우들이 대부분이다. 이러한 전복적 경향은 르네상스 비극의 주류를 이루고 있는 복수자와 불평분자, 혹은 기존질서에서 소외된 자가 주인공이 되는 복수 비극과 풍자 비극에서 가장 두드러지게 나타난다. 복수 비극이나 풍자 비극은 전통 비극 담론에서 설명하고 있는 주인공의 도덕적 잘못이나 실수로 인한 파멸이 아니라, 도덕적 정의의 부재에 대한 불만과 갈등이 주된 고통의 원인이 된다.

흔히 르네상스 비극의 주인공이 겪는 투쟁과 파멸은 단순한 개인의 투쟁과 파멸이 아니며, 그들은 기존 지배 질서에 도전하거나 저항하는 새로운 이념과 가치를 대변하는 존재들이고, 기존 사회질서를 변화시키고 전복시키고자 하는 사상의 구현체인 것으로 여겨진다. 따라서 이들이 대적하는 존재들은 대부분 그러한 변화나 전복을 추구하는 세력을 억압하고자 하는 지배질서를 대변하는 인물들이거나 혹은 기독교 사상이나 계급, 도덕질서, 인종적, 성적 편견과 같은 기존 사회질서 그 자체이다. 예를 들어, 크리스토퍼 말로의 『파우스투스 박사』(*Doctor Faustus*)는 전통적인 기독교 도덕에 저항하며, 『맥베스』(*Macbeth*)는 계급질서, 『오셀로』(*Othello*)는 인종편견에 저항하는 새로운 가치관이나 이념의 구현체로 볼 수 있다. 그리고 이들의 파멸과 죽음은 결국 기존 가치와 질서의 재확인이고 이에 대한 도전을 경고하는 것으로 보인다. 이러한 시각에서 본다면, 르네상스 비극의 기본적 구조는 기존질서를 강화시키는 보수적 정치성을 이미 내재하고 있다고 볼 수 있다. 하지만 이러한 작품들이 쓰인 시대가 왕권의 절대성을 강조하였으며, 공연 작품에 대한 검열을 엄격하게 시행하던 시기였다는 점을 우리는 기억해야 한다. 때로 극의 결론은 검열을 피하기 위한 수단이고, 그보다는 기존지배 질서를 전복하는 과정이 관객들에게 훨씬 더 중요한 의미를 부여하는 경우도 있다. 이러한 경우 동일한 작품이라도 얼마든지 보수적 시각과 동시에 전복적 시각에서 접근할 수 있는 여지가 존재한다.

앞서 언급한 것처럼 비극 담론은 아리스토텔레스로 대변되는 전통 비극론과 니체로 대변되는 낭만적 비극론으로 구분되는데, 니체의 낭만주의적 비극론이 기독교적 신의 존재에 대한 부인을 전제로 한다는 사실을 주목할 필요가 있다. 그렇다면 기독교적 신의 존재를 전제로 하는 영국 르네상스 시대의 비극들은 니체식의 낭만주의적 비극론과는 거리가 있는 것으로 파악하는 것이 옳을 것이다. 하지만, 신의 섭리에 대한 회의주의와 인간 행위의 결과를 중시하는 마키아벨리적 역사관이 대두하던 르네상스 시대 비극에서 우리는 신의 섭리와 도덕 질서를 옹호하는 시각뿐만 아니라, 오히려 이러한 보수적 질서를 위반하거나 조롱하는 주인공을 통해 보수적 질서에 대한 저항과 도전을 발견할 수 있다. 그리고 이러한 주인공의 폭력적 광기와 냉소, 그리고 지배 질서에 대한 조롱은 관객들에게 불편함과 비난을 불러일으킬 수도 있지만, 다른 한편으로는 기존 지배질서의 억압으로부터 자유를 경험하게 하는 즐거움을 제공한다. 이러한 전복적 욕망을 지닌 르네상스 비극의 주인공들은 니체가 주장한 비극적 영웅에 훨씬 가깝다고 할 수 있다.

로버트 왓슨(Robert N. Watson)이 "영국 르네상스 비극 작품들은 주목할만한 개인이 설명할 수 없는 비인격적인 힘에 대항하여 겪는 투쟁을 반복적으로 묘사한다"라고 주장하듯이(295), 르네상스 비극에는 특별한 도덕적 잘못을 범하지 않은 개인이 불가항력적인 상황에 처해 불행을 겪거나 불행한 선택을 할 수밖에 없는 경우들이 존재한다. 대표적인 인물들이 바로 햄릿(Hamlet), 히에로니모(Hieronimo), 말피 공작부인(Dutchess of Malfi) 등과 같은 인물들이다. 이들은 기존 도덕질서를 옹호하게 만드는 인물들이 아니라, 오히려 그것을 회의하고 의심하게 만드는 인물들이다. 르네상스 비극의 특징은 표면적으로는 도덕 정신과 질서의식을 내세우고 있지만, 내면적으로는 오히려 그러한 보수적 이념의 절대성을 의심하고 그 모순성을 강하게 드러내고 있는 것이다.

톰 매캘린던(T. McAlindon)은 영국 르네상스 비극 작품들에 공통적으로 드러나는 요소들을 다음과 같은 다섯 가지 요소로 정리해서 설명한다. 즉, "폭력적 변화"(violent change), "고귀한 죽음"(noble death), "정의와 사랑의 위반"(the violation of justice and love), "불온한 여흥"(the treacherous entertainment), 그리고 "불온한 언어"(treacherous words)가 그것들이다(3-52). 이처럼 매캘린던이 설명하는 다섯 가지 요소들은 공교롭게도 르네상스 비극 작가들이 르네상스 비극 작품들을 상당히 보수적 관점에서 묘사하고 있다는 사실을 암시하고 있다. 변화와 죽음, 정의의 위반, 불온한 여흥과 언어로 표현되는 요소들은 전통적인 비극 담론에서 제시하는 비극의 정의를 재확인할 수 있는 근거들을 제시하고 있기 때문이다. 물론 이러한 보수적 요소들에 내재하는 역설을 무시해서는 안 되지만, 표면적으로 위의 다섯 가지 요소들은 비극적 파멸을 초래하는 원인과 결과를 설명하는 것으로 보인다.

매캘린던이 지적한 첫 번째 요소인 "폭력적 변화"는 르네상스 비극 작가들이 지닌 비극에 대한 공통적 시각을 잘 보여주는데, 그것은 인생에 있어서 비극적 현상을 급격한 변화를 겪는 것으로 파악한다는 점이다. 즉 변화를 겪지 않는 안정된 상황을 이상적인 상태로 파악하며, 고통이나 불행을 겪는 비극적 상황을 갑작스런 변화로 파악하는 것이다. 이는 결국 안정과 질서를 중시하는 보수적 사고를 반영하는 것이라고 볼 수 있다. 대립과 갈등이 발생하여 기존의 질서와 안정이 무너지면 비극적 상황이 발생하고, 비극적 상황은 곧 불행과 고통을 유발하기 때문에 비극은 결국 안정과 화합, 그리고 조화와 질서의 중요성을 강조하는 장르로 분류될 수 있는 것이다. 현실세계를 반대되는 요소들의 대립으로 파악했던 르네상스 비극 작가들은 개인적인 야망이나 욕망에 의해 안정과 조화가 깨어지고 갈등과 혼란이 발생할 때, 비극이 생겨난다고 본 것이다. 그리고 이러한 역할을 하는 대표적인 인물들이 바로 이아고(Iago), 맥베스, 리처드 3세(Richard Ⅲ), 보솔라(Bosola) 등과 같은 악한 야심을 가진 인물들이라고 분석한다. 엘리자베스 시대 세계관을 "존재의 연쇄"로 대변되는 계급 질서로 정의한 E. M. W. 틸야드의 시각은 이러한 보수적 사고를 분명하게 반영하고 있으며, 당대 비극 작가들에게 모든 변화는 타락한 것으로 여겨지는 경향이 있었다(McAlindon 5). 흔히 르네상스 비극 작품에 자주 등장하는 폭력은 로마의 비극 작가 세네카의 영향 때문이라고 여겨지지만, 르네상스 비극에서 중요한 것은 폭력이 유발하는 급격한 변화와 그로 인한 불행한 결말이다.

르네상스 비극의 두 번째 공통된 요소로 언급되고 있는 "고귀한 죽음"은 전통 비극 담론에서 위대한 비극의 가장 중요한 요소 중의 하나로 여겨지는데, 이러한 담론 역시 르네상스 비극 작품들을 보수적 시각으로 파악할 수 있는 근거가 된다. 그 이유는 폭력적 변화로 인해 생겨난 비극적 경험으로부터, 갈등과 혼란으로부터 안정과 질서를 회복시킬 수 있는 것이 바로 "주인공이 죽음을 대하는 고귀한 태도"(McAlindon 18)인 것으로 파악하기 때문이다. 비극적 경험의 특징은 갈등과 투쟁, 혼돈이고, 이를 극복하는 회복은 화합과 질서를 통해 이루어진다. 위대한 비극의 주인공들은 자신의 잘못으로 인해 야기된 고통과 파멸을 통해 깨달음을 얻고, 자신의 죽음을 용기 있게 받아들임으로써 좀 더 소중한 가치를 강화시키는 역할을 한다. 르네상스 사상가들에게 대립이나 투쟁은 악한 것이고 고통과 죽음을 유발하지만, 독약이 치료제로 사용될 수 있는 것처럼, 그 속에서 선한 것을 추출해 낼 수 있다는 것을 인정했던 것이다. 매캘린던은 이와 같은 고귀한 죽음의 대표적인 경우로 말로의 탬벌레인(Tamburlaine), 셰익스피어의 오셀로와 안토니, 그리고 채프먼의 부시 당봐와 폼페이를 언급한다. 따라서 비극에서의 죽음은 모든 것을 잃어버리는 무의미한 사건이 아니라, 안정과 질서, 화합의 가치를 재확인하고 강조하는 사건으로 파악하는 것이다.

세 번째 공통된 특징으로 지적하고 있는 "정의와 사랑의 위반"은 르네상스 비극의 보수적 성향을 더욱 분명하게 보여주는 요소로 여겨질 수 있지만, 여기에는 피할 수 없는 문제점이 내재되어 있다. 정의와 법률은 비극의 영원한 주제라고 할 수 있으며, 대부분의 비극 작가들은 기존의 법과 질서를 거부하고 위반하는 사람들의 고통을 주로 다루고 있다. 특히 16, 17세기에 새롭게 대두한 개인주의는 모든 면에서 법률과 질서의 필요성과 대립하였다. 따라서 매캘린던은 대부분의 르네상스 비극의 결말은 정당한 법률과 정의가 다시 한 번 강조되고, 이를 위반한 자들은 벌을 받고 이를 지킨 자들은 흔히 그에 합당한 보상을 받는 경향을 보인다고 지적한다(35). 하지만 중요한 점은 이처럼 강조된 법률과 정의가 오랫동안 지켜지고 폭력과 위반이 억제될 것이라는 희망이 거의 보이지 않는다는 점이다. 르네상스 비극 작품들에서 드러나는 정의와 법률의 위반은 끊임없이 반복되고, 폭력적 위반을 통해서만이 정의와 법률이 다시 회복될 수 있을 뿐이다.

특히 복수 비극에서 이러한 경향은 두드러진다. 많은 비평가들은 당대 극작가와 관객들이 복수를 도덕적으로 정당하다고 여길 뿐만 아니라, 신성한 의무라고 여겼다고 주장하지만(McAlindon 29), 엘리노어 프로서(Eleanor Prosser)가 지적하는 것처럼 성서에 바탕을 둔 당대 지배 담론은 복수를 신의 뜻을 거역하는 죄악으로 규정하였다(39). 따라서 르네상스 당대에 쓰인 많은 복수 비극에서 복수자들은 악당이거나, 혹은 영웅이라 하더라도 결국 불행한 결말을 맞이하는 것이다. 복수는 정의와 동일한 의미로 사용되지 않으며, 따라서 복수 비극에서 정의는 두 가지 형태로 나타난다. 즉, 부패하고 타락한 폭군이나 악당을 파멸시키는 복수자는 정의의 구현을 대변해야 할 것처럼 보이지만, 그 자신 역시 신의 정의로부터 자유롭지 못하다. 인간이 생각하는 정의와 기독교 사상이 규정하는 정의의 개념이 다른 것이다. 르네상스 시대 사회에서 법률과 정의는 기독교적 질서를 바탕으로 형성된 것이므로 신의 정의나 도덕질서와 밀접한 관계를 맺고 있다. 하지만 신의 정의를 대변하는 지배 권력층의 부패와 타락은 온전한 정의와 법률의 시행을 회의할 수밖에 없게 만든다. 복수 비극을 인간적 욕망을 억압하고 신의 뜻을 정당화하는 보수적 시각으로만 바라보기 힘든 이유가 바로 여기에 있다.

네 번째와 다섯 번째 요소로 언급되는 "불온한 여흥"과 "불온한 언어"는 르네상스 비극 작품 속에 나타나는 대립적인 요소들의 혼돈을 상징적으로 표현한 것이다. 즉, "환대와 폭력, 사랑과 증오, 결혼과 애도, 거짓과 진실, 그리고 희극과 비극"이 르네상스 비극의 기본 원칙으로 항상 함께 뒤섞여 있는 것이다. 특히 "의식과 유희"(ritual and play)는 르네상스 드라마의 상징적 전략으로서 삶의 완전히 정반대되는 개념을 대변하는데, 의식은 세상을 안정되고 변하지 않는 질서로 파악하는 전통적 시각을 대변하는 반면, 유희는 영속적인 것은 아무것도 없으며 개인의 정체성은 언제나 자유로울 수 있다는 삶에 대한 새롭고도 불온한 생각을 나타내는 것이다. 그리고 이 두 요소는 외부적 위협이나 내적인 불화로 인해 어려움을 겪게 되고, 이 순간에 불온한 여흥이 생겨나는 것이다. 악당들은 세속적이고 종교적인 의식을 의도적으로 이용하여 자신들의 사악함을 드러내고, 연인들과 복수자들은 정의와 사랑의 질서를 벗어나 실수와 죽음을 부르는 미로 같은 길을 선택하기도 한다.

이러한 불온한 여흥과 불온한 언어는 전통적인 질서를 위협하면서, 대립적이고 은밀하게 변하는 세상 속에서 보이지 않는 위협의 존재를 대변한다. 결국 르네상스 시대 비극들은 영원하고 영속적인 것을 부인하고 모든 것이 변하고 움직이는 세상에 대해 불안해하면서도 즐기는 이중적인 시각을 반영하고 있다고 볼 수 있을 것이다. 따라서 일부 르네상스 작가들은 더욱 강하게 질서와 안정을 추구하거나, 타락하고 부패한 사회 현실을 비판하고 냉소하면서 개혁을 암시하는 작품을 쓰기도 하였으며, 때로는 기존 질서를 전복시키거나 기존 질서에 구애받지 않는 영웅정신과 같은 새로운 가치를 추구하는 경향을 보여주기도 한다. 하지만 이러한 다양하고도 복합적인 특징들은 결국 전통 기독교적 질서와 르네상스 개인주의적 질서 사이의 갈등과 대립의 산물이라고 할 수 있기 때문에, 그 보수적 성향과 그에 저항하는 진보적 성향을 복합적으로 드러내고 있다.

저자는 이처럼 비극이라는 장르를 보수적으로 규정하고 정의하는 전통적인 담론들과 다양한 르네상스 비극 작품들이 어떻게 상호연관성을 지니고 있으며, 또한 그러한 담론에서 어떻게 벗어나 있는지 탐색해 보고자 한다. 사실 로버트 왓슨(Robert N. Watson)이 지적하는 것처럼, 급격한 변화와 혼란을 겪었던 르네상스 시대에 비극은 변화와 도덕적 혼란을 거부하는 종교적 근본주의와 정치지배 담론에 대안을 제시하는 측면을 지니고 있다. 하지만 개인의 파멸을 중심플롯으로 하는 비극은 또한 주인공이 대변하는 전복적 욕망이 지닌 정치적 혹은 도덕적 잘못을 경고하면서, 동시에 지배질서에 대한 관객들의 파괴적 욕망을 정화시키는 의미를 내재하고 있다. 따라서 이러한 모호성과 이중성을 지닌 르네상스 비극은 서구 비극의 실체를 규명하고 비극에 대한 전통 담론을 해체할 수 있게 해주는 유익한 모델이다. 따라서 본 저서는 우선 희랍시대부터 현대에 이르기까지 서구의 대표적인 비극 담론을 바탕으로 그러한 담론의 공통된 정치적 시각을 규명하고, 이를 대표적인 르네상스 비극 작품들에 적용하여 고찰하게 될 것이다.

이 저서에서 다루게 될 르네상스 비극 작품들은 전통 비극 담론의 보수적 정의에서 벗어나는 요소들을 지닌 작품들로, 두 부류로 나뉠 예정이다. 제1부는 복수 비극이다. 토머스 키드의 『스페인 비극』(*The Spanish Tragedy*), 셰익스피어의 『햄릿』(*Hamlet*), 시릴 터너의 『복수자의 비극』(*The Revenger's Tragedy*)이 주된 연구 대상이 될 것이다. 이 복수 비극들은 복수자의 불행과 죽음을 통해 도덕적 교훈을 전달하기보다는, 오히려 부패한 지배 계층과 사회질서에 대한 저항과 비난을 담고 있으며, 기독교적 복수와 이교도적 복수 사이에서 갈등하는 주인공의 모습을 통해 우리의 불행한 현실을 부각시킨다. 흥미로운 점은 이 복수 비극 3편 모두에서 복수의 대상이 되는 악당이 왕이나 왕족이라는 점이다. 전통 비극 담론에서 영웅적 고귀함을 지녀야 하는 비극의 주인공이 왕족이어야 한다는 전제가 르네상스 복수 비극에서는 전혀 다른 형태로 전개되고 있는 것이다. 복수 비극의 주인공들이 비극적인 것은 자신들의 손을 통하지 않고서는 정의로운 복수가 이루어지지 않는다는 점이다. 복수자가 약자이고, 복수의 대상이 강자이며 권력자이기 때문이다. 전통 비극 담론에서 규정하는 것과 같이 어떤 도덕적 실수나 잘못을 범하지 않은 채, 복수 비극의 주인공들은 극 초반부터 다른 사람들로 인해 불행한 상황에 처하게 된다. 이 상황 속에서는 기존 사회에서 요구하는 도덕적 가치는 무력해지고, 개인적인 복수할 수밖에 없는 상황으로 귀결된다. 주인공이 개인적 복수를 하지 않아도 되는 상황이라면, 이 극들은 비극이 되지 않을 것이다. 하지만 주인공이 복수를 할 수밖에 없는 상황이 바로 불행한 현실이고, 여기에서 바로 보수적 이데올로기와 현실 사이의 괴리가 발견되는 것이다.

복수 비극이 전통 비극 담론의 기준에 부합하려면 비극적 주인공이 복수자가 아니라, 복수를 당하는 대상이 되는 것이 옳다. 아리스토텔레스가 정의한 비극 플롯의 3요소에서 가장 중요한 "행위의 역전"과

"깨달음"은 주로 복수를 당하는 인물에게서 발견할 수 있기 때문이다. 대부분의 비극의 주인공은 자신이 겪는 고통에 책임이 있다. 복수극에도 이러한 비극의 원리가 적용될 수 있다. 오이디푸스가 자신의 행위가 얼마나 잘못된 것이었는가를 깨닫고 스스로에게 벌을 내리는 순간이 바로 아리스토텔레스가 정의한 연민과 공포를 불러일으키는 고통과 파멸의 순간이 되는 것처럼, 타인을 살해하거나 피해를 입힌 인물은 복수를 당하는 순간에 자신이 타인에게 행한 잘못을 깨닫게 되고 그 대가를 치르는 것이다. 하지만 르네상스 복수 비극은 복수의 대상이 되는 인물이 아니라 복수를 행하는 복수자가 비극의 주인공이 된다. 그는 복수를 행하는 순간 영웅이 됨과 동시에 희생자가 될 수밖에 없기 때문이다. 더구나 르네상스 복수 비극에서 복수의 대상이 되는 인물들은 철저한 악당들이거나, 비극적 영웅이 될 수 없는 타락한 인물들이다. 그렇지만 이들이 복수자들보다 더 권력을 가진 인물들이기 때문에 복수자는 복수 행위로 인해 파멸을 겪을 수밖에 없다. 그리고 복수를 하는 순간, 그들은 또 다른 복수의 대상이 될 수 있다. 정의를 행하는 신성한 의무를 스스로의 파멸을 통해 이루게 되는 아이러니가 바로 여기에 있고, 르네상스 복수 비극을 전통 비극 담론의 보수적 시각만으로 설명하기 힘든 이유가 되는 것이다.

제2부에서는 크리스토퍼 말로의 『몰타의 유대인』(*The Jew of Malta*), 셰익스피어의 『오셀로』(*Othello*), 존 웹스터의 『말피 공작부인』(*The Dutchess of Malfi*), 그리고 존 포드의 『가엾게도 그녀가 창녀라니』(*'Tis Pity She's a Whore*)가 주된 연구의 대상이 될 것이다. 이 비극들은 르네상스 비극들 가운데 고귀하고 영웅적인 인물들이 아닌, 기존 권력이나 지배질서에서 소외된 인물들, 소위 타자들이 주인공이 된 작품들이다. 우선 전통 비극 담론 시각에서 바라본다면, 이들이 주인공이 된다

는 사실 자체가 충격적이다. 이들 작품의 비극성이 논란이 되는 것도 바로 고상한 장르인 비극에 악마와 같은 유대인이나 무어인, 여성, 그리고 근친상간을 범한 죄인이 주인공으로 등장한다는 이유가 가장 클 것이다. 이 비극들은 『오셀로』를 제외하고 다른 비극들과 달리 주인공의 이름이 제목으로 등장하지 않고, 그들의 지위나 인종, 상황을 규정하는 제목으로 정해진 것도 이와 무관치 않다. 하지만 르네상스 비극에서 이러한 작품들이 시도되었다는 것은 단순한 새로운 시도로 보기 어렵다. 이는 전통 비극 담론에 대한 도전이고, 보수적 사회 이데올로기에 대한 저항의 의미를 갖는다. 사회에서 소외된 자들이나 도덕 질서에서 벗어난 이들의 불행을 다루는 것도 이들이 어떤 도덕적 잘못이나 실수를 범했기 때문인 것으로 묘사되지 않는다. 이들은 먼저 기존 권력층으로부터 억압과 핍박을 받는 불행한 상황에 처해있다. 따라서 비록 이들이 당대 영국인이 추구하는 이상이나 질서를 위협하는 존재들로 묘사된다 하더라도, 이들의 불행은 도덕적 교훈이나 질서를 부여하는 의미를 갖기 힘들다. 오히려 이들의 도전과 저항은 타락한 지배층에 대한 비난과 비판의 의미를 가지며, 도덕적 질서에 대한 회의를 불러일으킨다. 비록 그들의 죽음과 불행한 결말이 피할 수 없는 것이라 할지라도, 타자들의 불행과 고통, 그리고 그것을 초래하는 지배 권력층의 타락과 부패를 주목하고 조롱하는 르네상스 비극은 보수적 비극 담론을 전복시키는 중요한 의의를 지니고 있는 것이다.

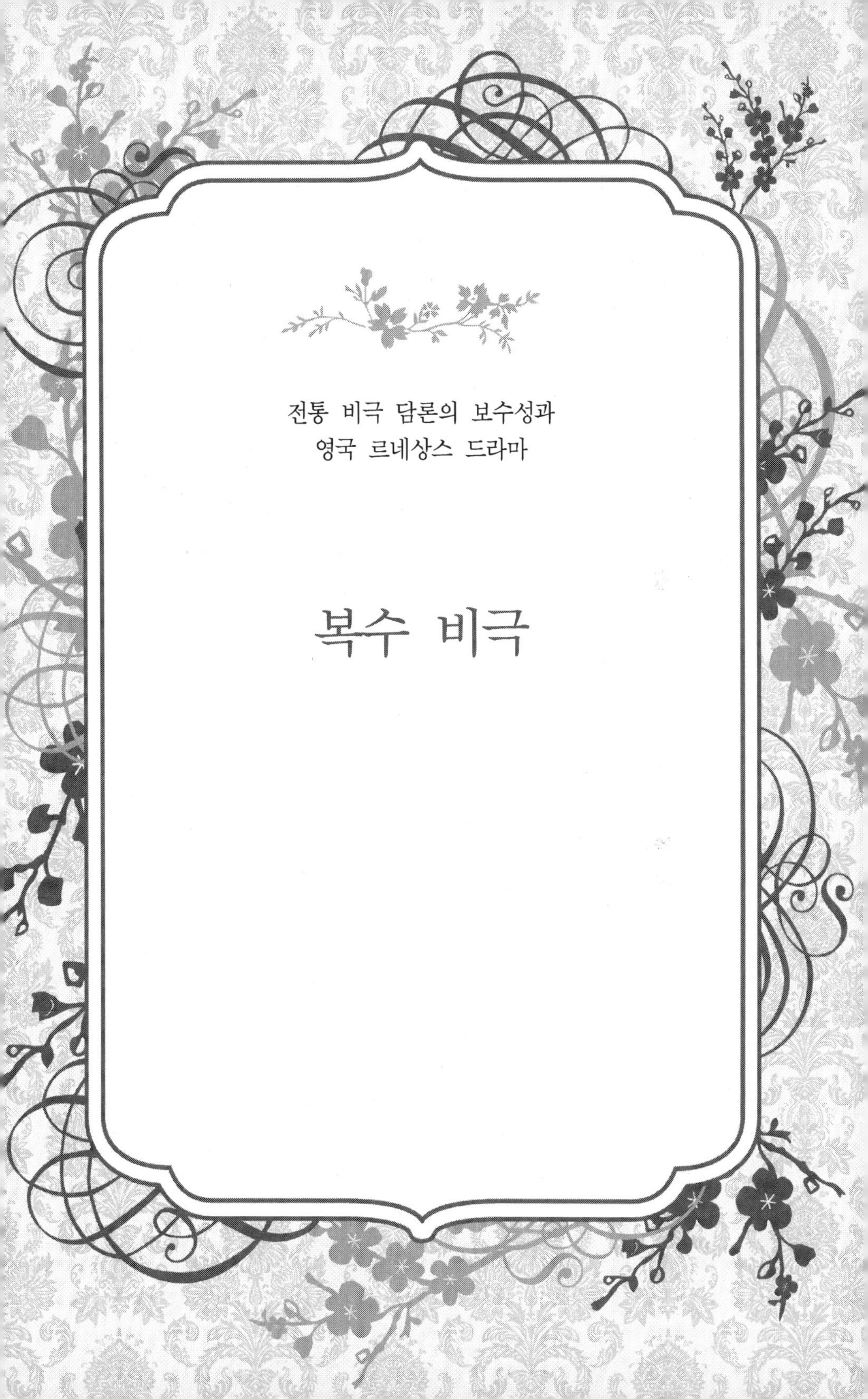

전통 비극 담론의 보수성과
영국 르네상스 드라마

복수 비극

1장 영국 르네상스 복수 비극의 전복적 욕망*

복수 비극은 넓은 의미에서는 전통 비극 담론이 규정하고 있는 위대한 비극의 범주에 포함되지만,[1] 좁은 의미의 복수 비극의 특징은 비극 담론의 전통적 개념과는 상당한 차이를 보인다. 사실, 모든 극 행위의 기본적인 방향은 자연스럽게 복수를 지향한다(4)는 존 케리건(John Kerrigan)의 지적은 설득력이 있다. 특히 비극의 경우는 더욱 그러하다. 무대 위에 두 사람이 있을 때, 그 두 사람이 서로 비극적 관계를 맺는 가장 쉬운 방식은 자연스럽게 한 사람이 상대방에게 해를 입히고 상대방은 그에 대한 반응으로 복수를 하는 것이다. 그렇다면 전통 비극 담론에서 규정하고 있는 비극의 주인공은 누군가에게 해를 입히는 행동을 하고, 그에 대한 대가를 치르는 인물로 설명할 수 있다. 오이디푸스와 맥베스를 비롯하여 중요한 고전 비극의 주인공들은 대부분 이러한 범주에 속해 있다. 다만 그가 범한 실수나 잘못된 행동에 비해 그가 대가로 치르는 고통과 불행이 너무 크고, 그러한 고통과 파멸의 순간에 주인공이 보여주는 용기와 깨달음이 위대한 비극을 만들어내는 기본 조건이 되는 것이다. 아리스토텔레스가 정의하는 비극 플롯의 세 가지 요소, 즉 반전, 깨달음, 그리고 파멸의 단계를 복수 비극에도 적용할 수 있는 것이다. 그렇지만 전통 비극 담론이 규정하고 있는 비극의 개념을 복수 비극에 적용시킨다면, 그 주인공은 복수를 행하는 인물이 아니라 복수를 당하는 인물이다. 그는 타인에게 저지른

---

* 이 글은 2010년 *Shakespeare Review* 46권 4호에 실린 「영국르네상스 복수 비극의 전복적 욕망」을 수정 보완한 내용이다.

1) 유진 힐(Eugene D. Hill)은 복수 비극이 비극의 하위 장르(sub-genre)라고 주장한다(331).

잘못이나 실수에 대해 복수에 해당하는 대가를 치르고, 자신의 잘못과 인간의 나약함, 삶의 진실을 깨닫는 것이다. 그에게 복수를 행하는 주체는 신이나 운명, 국가나 법률, 혹은 타인으로 달리 나타날 수 있지만, 주인공이 겪는 불행과 깨달음이 주는 의미는 크게 다르지 않다.

하지만 우리가 흔히 말하는 복수 비극의 주인공, 특히 르네상스 복수 비극의 주인공은 자신이 범한 잘못 때문에 복수를 당하는 인물이 아니라, 자신이나 자신의 가족, 혈육, 혹은 애인이나 친구가 당한 피해와 죽음에 대해 복수하는 인물이다. 아버지의 복수를 하는 오레스테스(Orestes)와 햄릿(Hamlet), 아들의 복수를 하는 히에로니모(Hieronimo), 아내의 복수를 하는 빈디체(Vindice)와 같은 인물들이 대표적인 복수 비극의 주인공들이다. 이들은 전통 비극의 주인공들과는 달리 자신이 어떤 도덕적 잘못이나 실수를 하지 않았음에도 불구하고, 자신의 가족이 당한 부당한 행위에 대한 복수의 의무라는 고통스런 상황에 처하게 되며, 복수를 행하는 과정에서 그가 겪는 고뇌와 희생, 깨달음을 통해 영웅성을 획득한다. 그렇다면 복수자를 주인공으로 하는 복수 비극은 전통 비극 담론이 규정하는 비극과 어떤 차별적 의미를 전달하는가? 그것은 복수 비극이 복수자의 복수 행위를 어떤 시각에서 바라보느냐에 따라 달라진다. 복수 행위를 또 다른 잘못이나 범죄로 규정하고 그에 따른 복수자의 비극적 파멸에 초점을 맞춘다면, 복수 비극은 전통 비극 담론이 규정하는 비극의 범주에서 크게 벗어나지 않을 것이다. 반면 복수 행위에 정당성을 부여하고 복수자의 복수와 파멸을 통해 드러나는 사회적, 정치적 의미를 주목한다면, 복수 비극은 전혀 다른 차원의 극이 될 수 있다.

플라톤과 아리스토텔레스를 비롯하여 르네상스와 신고전주의 시대에 이르기까지 주요 비평가들이 규정하는 전통 비극 담론이 도덕질서와 계급 질서에 입각한 비극의 교훈적 측면을 강조한다면, 복수 비극 역시 그러한 도덕적 시각으로 바라볼 수 있다. 전통 비극 담론에 따르면, 고전 비극의 주인공들이 자신들의 인간적 한계나 도덕적 잘못으로 인해 겪는 고통과 불행은 관객들에게 신이나 운명과 같은 절대적 질서를 두려워하게 만들고, 도덕적 잘못을 경고하는 효과를 불러일으킨다. 그렇다면 복수 비극의 주인공은 바로 고전 비극의 주인공과는 대립되는 위치에 존재하면서, 신이나 운명의 뜻을 시행하는 역할을 하는 존재라고 볼 수 있다. 사회질서를 어지럽히고 타인에게 해를 입히는 자에게 복수를 함으로써 사회정의가 살아 있음을 알리고, 악행은 반드시 대가를 치른다는 도덕적 교훈을 전달할 수 있기 때문이다(Charles A. Hallett 102). 하지만 문제는 이러한 복수 행위에는 또 다른 요소가 존재한다는 점이다. 복수를 하는 것이 사회질서와 도덕질서를 회복시키는 수단으로 여겨질 수 있는 측면이 있는가 하면, 다른 한편으로는 케리건이 지적하는 것처럼 복수 행위가 또 다른 복수를 낳음으로써 사회질서를 더욱 혼란스럽게 하고 악행을 범한 자와 복수자가 다를 바가 없는 상황이 올 수 있는 것이다(6).

기독교적 시각에 기초한 복수 비극과 이교도적 시각에 기초한 복수 비극의 개념이 달라지는 것이 바로 이 때문이다. 희랍 시대에는 친족을 위한 복수는 정당한 의무였고, 이를 행하지 않는 자가 오히려 지탄의 대상이었다. 물론 이때의 복수는 개인적인 복수를 의미하는 것이다. 고대 희랍에서 복수자의 개념은 "보답을 하는 자"였고, "명예, 또는 지위, 또는 존경을 회복하는 자"였다(Kerrigan 21). 아리스토텔레스는 『수사의 기술』(*The Art of Rhetoric*)에서 "적에게 복수하는 것이 화해하는 것보다 더 고상하다. 복수하는 것은 정당하고, 정당한 것은 고상하기 때문이다"라고 주장했다(재인용, Kerrigan 22). 아이스킬로스

(Aeschylos)의 『오레스테이아』(*Oresteia*)에서 오레스테스가 아버지 아가멤논(Agamemnon)의 복수를 위해 어머니 클리템네스트라(Clytemnestra)를 죽이는 고통스런 행위를 선택하는 것도 바로 이러한 사회적 배경에서 비롯한다. 물론 어머니를 죽인 죄는 희랍 사회에서 두 번째로 큰 죄였지만, 오레스테스가 결국 신들의 용서를 받는 것은 정당한 의무를 행한 것을 인정받았기 때문이다. 하지만 기독교 사회에서 개인적인 복수는 신의 뜻을 위반하는 죄에 해당하였다. 구약 시대에는 "이에는 이, 눈에는 눈"(출애굽기 21: 23-5)이라는 보복원리가 행해졌지만, 예수 그리스도의 구원 이후로 복수는 인간이 하는 것이 아니라 신이 하는 것으로 정해져 있었다. 「로마서」 12장 19절에서 "원수 갚는 것이 내게 있으니 내가 갚으리라"는 말씀이 그것이다. 이러한 가르침의 배경에는 세상에 신 앞에 의로운 자는 하나도 없으니, 다른 사람을 판단하고 심판할 수 있는 자도 없다는 사상이 내재되어 있다. 따라서 기독교 사상이 지배했던 르네상스 시대에 등장한 복수 비극은 희랍시대나 로마시대의 복수 비극과 구별되어야 한다.

흔히 영국 르네상스 복수 비극은 로마의 세네카(Seneca) 비극과 마키아벨리적 악당(Machiavellian villain)을 등장시키는 이탈리아 단편소설에서 많은 영향을 받았다고 알려져 있지만, 그러한 세네카 비극의 특징들과 구별되는 중요한 차이점을 보여준다. 그것은 르네상스 복수 비극이 복수 행위를 개인적 삶의 문제에 국한시키지 않고, 사회적 정치적 문제로 확장시키기 때문이다. 세네카 비극은 살인과 배신, 악당에 대한 잔인한 복수를 중심주제로 하며, 증오와 질투, 사랑과 같은 극단적 감정뿐만 아니라 초자연적인 요소, 잔인한 고통과 폭력을 포함한다. 이러한 요소들은 르네상스 복수 비극에서도 자주 나타나는 요소들이지만,[2] 르네상스 복수 비극은 세네카 비극과는 복수의 주체와 대상의 문제에서 중요한 차이점을 보인다. 세네카의 대표적인 복수극인 『티에스테스』(*Thyestes*), 『아가멤논』(*Agamemnon*), 『메디아』(*Medea*), 『광란의 헤라클레스』(*Hercules Furen*), 『패드라』(*Phaedra*) 등은 그리스 비극과 신화이야기를 그대로 차용하였고, 주로 신화적 영웅의 가족관계를 배경으로 배신과 복수를 다루고 있으며, 복수의 주체와 대상의 구별이 모호하다. 복수의 주체가 주인공으로 여겨지기도 하고, 때로는 복수의 대상이 주인공으로 여겨지기도 하는 것이다. 이는 복수가 복수를 낳고, 복수의 주체가 다음에는 복수의 대상이 되는 불행한 복수문화를 반영한다. 따라서 세네카의 복수극은 신화적 성격을 배제할 수 없지만, 복수의 주체와 상관없이 복수를 소재로 하여 주로 개인과 가족의 심리적 고통, 운명이나 죽음의 문제에 대한 통찰을 강조한다.

하지만 르네상스 시대의 대표적인 복수 비극이라 할 수 있는 『스페인 비극』(*The Spanish Tragedy*), 『햄릿』(*Hamlet*), 『복수자의 비극』(*Revenger's Tragedy*)에서는 공통적으로 복수자가 주인공으로 등장한다. 특히 복수극의 주된 배경은 궁중이며, 복수의 대상은 주로 복수자보다 신분이 높은 최고 권력자 또는 지배 권력층이다. 따라서 르네상스 복수 비극의 복수 행위에는 개인적 삶과 죽음의 문제를 뛰어넘는 정치적 요소가 두드러지게 나타난다. 르네상스 비극 작가들은 세네카의 복수극에서 영향을 받았지만, 개인의 복수와 희생이라는 주제를 이용하여 혼란스런 당대 사회를 비판하고 이에 대한 전복적 욕망을 드러내는 새로운 비극을 만들어낸 것이다. 당대 영국 관객들은 복수 비극을 보면서 도덕의 문제와 모호하게 결합된 정치적 문제를 깨달을 수 있었을 것이다.

---

2) 샌드라 클락(Sandra Clark)은 르네상스 복수 비극에 영향을 미친 세네카 비극의 요소들로 복수를 원하는 유령들, 극단적인 공포를 유발하는 구성, 극단적인 유혈과 폭력, 그리고 범죄자 주인공과 같은 공포를 유발하는 구성을 지적하고 있다(130).

그리고 세네카 비극과 르네상스 복수 비극 사이의 또 다른 중요한 차이점은 복수자의 도덕성 문제이다. 바우어스는 세네카의 대표적인 복수극 『티에스테스』(*Thyestes*), 『아가멤논』(*Agamemnon*), 『메디아』(*Medea*), 『광란의 헤라클레스』(*Hercules Furen*)에서 복수자가 모두 악당임을 지적하고 있다(267). 즉 아트레우스(Atreus), 아이기스토스(Aegisthus), 메디아 등의 사악한 복수자가 모두 복수심에 사로잡혀 신화 속의 영웅들을 살해하거나 고통을 가하는 장면들을 묘사한 것이다. 반면 르네상스 복수 비극, 『스페인 비극』(*The Spanish Tragedy*), 『햄릿』(*Hamlet*), 『복수자의 비극』(*Revenger's Tragedy*)에서는 복수자가 주인공이자 영웅으로 등장한다. 이들은 세네카의 신화적 영웅들처럼 복수를 당할 만한 과거의 행적도 없으며, 도덕적 잘못이나 실수가 있는 인물들이 아니다. 이 극들은 도덕적으로 흠이 없는 주인공들이 복수라는 의무감으로 인해 어떤 고통과 갈등을 겪으며 복수 행위를 통해 어떻게 영웅성을 획득하는지 보여준다. 힐은 세네카의 비극 경우에도 옛날이야기를 현재에 적용할 수 있는 이중성이 복수 비극이 주는 즐거움의 중요한 부분이라고 지적하고 있지만(327), 이러한 이중성은 르네상스 비극에서 더욱 두드러진다. 옛날이야기뿐만 아니라, 다른 나라에서 일어나는 이야기도 영국의 현실에 얼마든지 적용할 수 있기 때문이다.

엘리노어 프로서(Eleanor Prosser)는 셰익스피어가 작품 활동을 했던 엘리자베스 시대 영국 관객들에게 복수는 심각한 갈등을 불러일으키는 윤리적 딜레마였다고 지적한다(4). 인간적으로는 혈육에 대한 복수가 당연한 의무라고 여겼지만, 교회나 국가, 관습적 도덕은 개인의 복수를 신을 모독하는 죄악이라고 가르쳤던 것이다. 브래들리(A. C. Bradley)를 비롯한 수많은 비평가들은 엘리자베스 시대 사람들에게 복수를 금하는 종교적 가르침보다는 복수를 찬성하는 관습적인 도덕관이 더 큰 영향력을 갖고 있었다고 주장한다.[3] 하지만 복수에 대한 엘리자베스 시대 사람들의 태도는 훨씬 복잡했다. 바우어스(Fredson Thayer Bowers)는 엘리자베스 시대 법률이 개인적인 복수를 한 사람을 원래 살인자나 범죄자와 마찬가지로 똑같이 무겁게 처벌하였다고 밝히고 있다(11). 최근의 조사에 따르면, 복수를 죄악시하는 당대의 가르침은 훨씬 강력하고 구체적이었다. 엘리자베스 시대 학자였던 티모시 브라이트(Timothy Bright)는 『우울증에 관한 한 연구』(*A Treatise of Melancholie*)에서 사탄이 광기에 사로잡힌 사람에게 제안하는 특별한 유혹의 목록에 복수를 포함시키고 있을 정도이다(228). 복수를 반대하는 일차적인 주장의 배경에는 복수자가 스스로 자신의 영혼을 위험에 빠트린다는 생각과, 복수 행위는 하느님의 눈에 복수자나 복수의 대상이나 똑같은 존재로 보이게 만든다는 생각이 내재되어 있다. 결국 엘리자베스 시대 도덕론자들은 복수를 불법적, 신성 모독적, 비도덕적, 비이성적인 행위로 판단한 것이다. 그리고 심각하게 피해를 입은 경우에는 법률과 같은 신의 정의를 대행하는 기관의 심판에 맡겨야 한다고 생각했다.

이러한 당시의 종교적 배경을 고려하여 르네상스 복수 비극을 기독교 사상에 입각해 바라본다면, 복수 비극은 얼마든지 신 중심의 보수적 시각으로 해석될 수 있다. 르네상스 복수 비극에서 아버지나 아들, 혹은 다른 가족이 당한 억울한 죽음이나 고통을 복수해야 할 상황에 처한 주인공은 복수를 원하지만, 신의 뜻에 맡겨야 한다는 기독교 교리를 무시할 수 없어 갈등하게 된다. 만약 주인공이 개인적인 복수를

3) 브래들리는 *Shakespearean Tragedy*, (London, 1952), 99-100에서, 노스롭 프라이는 *Fools of Time*, (Toronto, 1967), 28에서, G. B. 해리슨은 *Shakespeare's Tragedies* (London, 1951), 90에서, 이와 같은 주장을 하였다.

포기하고 신의 정의나 국가와 법률의 정의에 맡기는 결정을 한다면, 그는 비극적 결말을 갖지 않게 될 것이다. 시릴 터너(Cyril Tourneur)의 『무신론자의 비극』(*The Atheist's Tragedy*)은 이러한 기독교적 패턴을 잘 보여준다. 하지만 복수자가 신의 뜻을 무시하고 자신의 분노와 욕망에 충실하여 사적인 복수를 감행한다면, 그는 필연적으로 파멸을 겪을 수밖에 없다. 이러한 시각을 적용한다면, 복수 비극은 관객들에게 복수를 신이나 국가의 정의에 맡기지 않은 주인공의 파멸을 통해 도덕적 교훈을 전달하는 수단이 된다. 결국 인간의 감정이나 욕망보다는 신의 뜻과 정의가 우선하며, 도덕질서는 바로 이러한 인간적 욕망을 억압하는 신의 섭리에 따라 결정된다는 사실을 복수 비극이 전달하는 것이다.

하지만 르네상스 복수 비극에는 이러한 신 중심의 도덕질서와 지배질서를 중시하는 보수적 시각을 의심스럽게 하는 전복적 욕망이 깊게 내재되어 있다. 일차적인 요소는 무엇보다도 복수자인 주인공이 영웅적으로 묘사된다는 점이다. 그가 겪는 내적 갈등과 고통, 복수 행위는 그를 단순한 복수의 화신이 아니라, 부도덕한 지배 권력에 대한 진실을 밝히는 인물로 만든다. 이는 마치 현대 영화에서 가족의 억울한 피해나 죽음을 복수하기 위해 경찰이나 국가기관의 힘에 의존하지 않고 스스로 복수를 행하는 영웅이 등장하는 것과 같은 맥락이다. 이런 영화에서는 대개 정의를 시행해야 할 경찰이나 국가기관이 무능력하거나 부패해서 제대로 정의를 시행할 수 있는 존재가 아니다. 따라서 주인공은 경찰이나 국가기관을 무시하고 온갖 어려움을 극복하고 마침내 복수를 하게 되며, 관객들은 그의 용기와 도전에 박수를 보낸다. 하지만 이러한 영화가 보여주는 주인공의 용기와 영웅적 능력 이면에는 정의를 수행해야 할 국가기관의 무능력과 부패에 대한 신랄한 비판이 내재되어 있다. 마찬가지로 르네상스 복수 비극에서 주인공의 고통스런 선택과 개인적인 복수 행위는 신이나 신을 대변하는 국가 혹은 왕의 정의를 의심하고 비난하는 의미를 내포하게 된다.[4] 만약 국가나 신의 정의가 충분히 실현될 수 있는 상황인데도 자신의 분노와 욕망을 이기지 못해 성급하게 복수를 하는 인물이라면, 그의 비극적 파멸은 당연한 것이고 관객들에게 그러한 교훈을 전달할 것이다. 하지만 신의 정의를 대변하는 왕이나 국가가 그런 역할을 할 수 없는 상황에서 주인공의 복수와 파멸은 관객들에게 공감과 깨달음을 불러일으킬 수밖에 없다.

그런데 아이러니컬하게도 대표적인 르네상스 복수 비극에서 주인공이 복수를 행하는 대상은 신의 정의를 대변하고 대행해야 할 왕이나 권력자라는 점이다. 주인공의 억울한 상황을 파악하여 대신 정의를 시행해야 할 왕이나 권력자가 악행을 범한 범죄자이고, 주인공의 복수는 그를 향한 것이다. 그렇다면 주인공이 자신의 억울한 사정을 하소연하여 정의로운 판결을 받을 수 있는 방법은 현실적으로 불가능하다. 기약 없이 어떤 식으로든 신의 정의가 이루어지길 기다리거나, 복수를 포기하는 방법밖에는 없다. 이러한 상황에서 신의 정의는 모호해지고 의심스러워진다. 왕이나 권력자의 악행은 핼럿(Hallett)의 지적처럼 신의 대행자로서의 왕권의 상징성을 조롱하는 결과를 초래한다(104). 중세시대부터 신의 뜻을 대행하는 존재로 여겨져 온 왕이나 군주가 타락했을 때, 그 군주의 뜻을 따르는 것이 신의 뜻인지, 아닌지에 대한

---

4) 캐서린 모스(Katherine Maus)는 『4편의 복수 비극』(*Four Revenger Tragedies,* 1995)에서 "피를 통한 복수는 거의 자동적으로 왕권을 전복시킨다"(xiv)라고 말한다. 마이클 닐(Michael Neill) 역시 튜더 왕조 시대에 정의를 결정할 수 있는 권한이 왕에게만 존재했다는 점을 상기시키면서, 이러한 상황에서 개인적인 복수는 국가의 권위에 대한 도전일 뿐만 아니라 그 합법성에 대한 도전의 의미를 함축하였다고 지적한다(329).

논쟁이 있었던 것처럼, 왕에게 복수하는 주인공의 행동에 대해서도 그 도덕적 의미를 정하는 것이 어려워질 수 있다. 경우에 따라서는 주인공의 복수 행위가 신의 뜻을 실현하는 결과로 이해될 수도 있기 때문이다. 만약 주인공의 복수가 오히려 타락한 권력을 응징하는 정당한 행위로 여겨진다면, 그의 비극적 파멸과 죽음은 정치적 전략일 뿐이다.

이처럼 복수의 대상의 문제와 관련해서 르네상스 복수 비극을 보수적 시각이 아닌 전복적 욕망을 지닌 장르로 분석하는 근거 중에는 주인공의 신분이 있다. 전통 비극 담론을 보수적으로 규정하는 근거에는 계급질서와 성 질서를 중시하는 엘리트 중심, 남성 중심의 비극관이 있다. 전통 비극 담론에 따르면, 비극의 주인공은 왕이나 왕족과 같은 신분이나 계급이 높은 인물이어야 한다. 하지만, 영국 르네상스 복수 비극의 주인공들은 햄릿과 같은 왕족도 있지만 히에로니모나 빈디체와 같이 왕족이 아니라 신하인 경우가 많다. 더구나 햄릿의 경우도 그는 최고 권력자가 아니며, 최고 권력자는 왕인 클로디어스(Claudius)이다. 따라서 햄릿도 자신보다 더 높은 신분의 대상에게 복수를 해야 하는 계급질서의 위반을 초래하는 행위를 해야 한다. 그렇다면 복수 비극은 전통 비극 담론의 보수적 틀에서 상당히 벗어나 있는 셈이다. 전통 비극 담론의 틀에서 바라본다면, 클로디어스와 로렌조, 그리고 빈디체의 복수 대상이 되는 늙은 공작이 비극의 주인공이 되어야 한다. 그렇지만 그들은 사소한 실수나 잘못을 하는 인물들이 아니라 악한 의도로 살인과 강간을 범하는 악인들이며, 맥베스처럼 자신들의 악행으로 인해 고통당하며 삶의 진실에 대한 고통스런 깨달음이 없다. 따라서 르네상스 복수 비극에서 비극적 주인공은 복수를 행하는 복수자가 되는 것이다. 그리고 이들의 복수는 전통 비극 담론이 제시하는 계급질서와 도덕질서의 기준을 흔들며 의문을 제기하는 효과를 초래하는 것이다.

그리고 르네상스 복수 비극과 세네카 비극의 중요한 차이점으로 꼽히는 무대 위에서의 폭력 장면 역시 타락한 기존 질서에 대한 전복적 욕망을 구현하고 강화하는 역할을 한다. 잔인한 폭력과 살인, 광기 등을 무대 위에서 그대로 보여주는 것은 단순히 관객들의 흥미를 유발시켜 인기를 얻으려는 상업적 목적만으로 보기 어렵다. 무대 위에서 신하가 왕이나 왕족을 살해하고, 권력자를 조롱하고 저주하는 장면을 단순한 연극으로만 받아들이기는 쉽지 않기 때문이다. 비록 외국의 궁정을 배경으로 하고 있지만, 관객들의 눈앞에서 일어나는 악한 권력자에 대한 복수와 폭력은 절대왕권에 대한 환상을 깨뜨리는 데 충분히 기여할 수 있다. 비록 복수자가 결말에서 파멸하지만, 복수 행위를 통해 더 훌륭한 통치자가 나타난다는 사실도 부패한 지배 권력을 향한 전복적 욕망을 뒷받침하는 수단이다. 물론 『스페인 비극』에서는 스페인이 영국의 적대국이었기 때문에 히에로니모의 파멸과 스페인 왕국의 파멸이 새로운 훌륭한 통치자의 등장으로 이어지지 않는다. 스페인 왕국의 파멸은 당대 영국인 모두의 소망이었을 것이다. 하지만 『햄릿』에서는 사악한 클로디어스와 대조되는 훌륭한 선왕 햄릿이 있는가 하면, 결말에서 명예와 대의명분을 지킬 줄 아는 포틴브라스(Fortinbras)가 등장하여 왕권을 차지한다. 이 또 다른 복수하는 아들인 포틴브라스는 햄릿의 또 다른 자아를 나타낸다고 볼 수 있다. 그리고 『복수자의 비극』에서는 타락한 음탕한 늙은 공작을 비롯하여 그의 사악한 아들들이 모두 비참한 죽음을 맞이한 후에, 덕이 높은 안토니오(Antonio)가 통치권을 갖게 된다.

이처럼 르네상스 복수 비극에 내재한 부패한 지배 권력이나 통치자에 대한 전복적 욕망은 당대 지배층이 지배와 질서의 이념으로 활용한 기독교에 대한 회의적 시각을 드러내는 극적 요소를 통해서도 표현된다. 흔히 세네카 비극이 르네상스 비극에 미친 영향으로 평가되는 초자연적 요소의 등장은 당대 지배종교인 기독교에 대한 회의적 시각을 가중시킬 수 있다. 특히 복수 비극의 중요한 특징으로 여겨지는 유령의 등장은 단순한 고전 비극적 요소의 차용이라기보다는, 진실을 전달하거나 복수 행위를 정당화하여 복수자의 주체적 행위를 강화하는 극적 요소로 작용한다. 『스페인 비극』에서 무대 한쪽에 등장하여 극의 모든 행위를 지켜보며 예언하는 안드레아의 유령과 리벤지(Revenge)는 신의 섭리가 지배하는 기독교 사회에서는 인정할 수 없는 존재이며, 리벤지의 예언대로 모두 이루어지는 극 현실은 지배 종교인 기독교의 권위에 대한 도전이다. 『햄릿』에서도 선왕 햄릿의 유령이 등장하는데, 그가 가톨릭에서 규정한 연옥에서 왔다는 사실과 그의 말이 모두 틀리지 않는다는 사실은 당시 신교를 인정하던 영국 사회에서 기독교 교리의 정통성을 의심스럽게 만드는 요소이다. 물론 『복수자의 비극』에서는 유령의 존재나 초자연적인 요소가 등장하지 않지만, 늙은 공작을 비롯한 지배층의 타락이 도를 넘어서기 때문에 빈디체의 잔인한 악마적 복수가 오히려 통쾌하게 느껴진다는 점에서 기독교의 가르침은 이미 조롱의 대상이다. 조나산 돌리모어(Jonathan Dollimore)는 『급진적 비극들』(*Radical Tragedies*)에서 『복수자의 비극』을 "섭리적 시각에 대한 패러디이고, 복수심이 강한 신에 대한 풍자"라고 주장한다(xxix).

르네상스 복수 비극이 지닌 이러한 회의적인 특징은 헤겔(Hegel)식의 비극론으로 설명할 수도 있을 것이다. 『안티고네』의 경우처럼, 복수 비극의 주인공은 서로 대립되는 가치와 욕망 사이에서 갈등을 겪고 자신의 희생을 피할 수 없는 영웅적 선택을 함으로써 파멸을 겪을 수 있다. 그들은 신의 정의를 대변하는 것으로 여겨지는 왕이나 국가,

그리고 법률이 정하는 심판과 정의를 따를 것인가, 아니면 자신의 인간적인 판단과 가족에 대한 개인적인 의무감을 따를 것인가 사이에서 갈등을 겪고 선택을 해야 하기 때문이다. 그런데 사회 정의가 부재한 상황에서 주인공이 내리는 결단과 복수 행위는 결국 그를 파멸로 이끌지만, 헤겔이 주장한 것처럼 더 높은 가치와 질서를 창출하는 의미를 갖는다는 점이 중요하다. 만약 복수 비극의 주인공이 공적인 복수가 가능한 상황에서 사적인 복수를 고집하여 파멸에 이른다면, 이는 기독교적 시각을 적용하는 것이 적절하다. 하지만 공적인 복수가 불가능한 상황에서 자신의 파멸과 희생을 선택하는 용기 있는 주인공은 헤겔식의 새로운 도덕적 정의를 관객들에게 제시하는 결과를 초래한다. 그리고 이것은 개인의 욕망을 억압하는 권력자 중심의 보수적 사회, 도덕질서가 아니라, 인간 이성의 자유와 승리를 지향하는 진보적 도덕질서가 될 수 있는 것이다.

그런데 르네상스 복수 비극의 주인공들은 대립적인 가치 사이에서 크게 갈등하지 않는다. 이들은 자신들의 복수 대상이 확실한가 그렇지 않은가에 대해 고민하지만, 타락한 권력자에 대한 복수를 망설이지는 않는다. 그들의 복수 행위는 복수 행위를 금하는 지배질서와 도덕질서를 전복시키는 정치적 욕망을 실현한다. 결국 많은 학자들과 비평가들이 지적해왔듯이, 르네상스 드라마는 중세시대에 기독교 사상에 의해 억압당해왔던 인간의 다양한 욕망의 분출을 다루고 있다. 복수 비극도 그러한 자연스러운 인간적 욕망을 표현하고 있는 것이다. 특히 인간의 욕망을 법과 도덕질서, 신의 섭리나 운명 등으로 규제하고 부정적으로 억압하는 시각에 대항하고 대립하는 요소들이 내재되어 있다. 르네상스 복수 비극의 주인공들은 부패한 지배 권력이나 그러한 지배 권력을 지지하는 종교적 가르침에 굴복하거나 순종하지 않고, 복수를 선택함으로써 인간으로서의 주체적 행위를 보여준다. 그리고 그는 피할 수 없는 자신의 희생과 파멸을 통해 당대 사회의 정치적 문제점을 비판하고 폭로하는 것이다. 하지만 당대에 쓰인 복수 비극도 작가의 성향에 따라서 그 표현 방식이 다르게 나타난다. 전복적 양상이 드러나는 정도에서 차이를 보이는 것이다.

사실 영국 르네상스 복수 비극의 범주는 매우 넓다. 르네상스 복수 비극이 세네카와 마키아벨리즘의 영향을 받아 생겨난 것으로 파악하는 바우어스(Bowers)는 최초의 복수 비극으로서 토머스 키드의 『스페인 비극』의 영향력을 강조하면서, 『스페인 비극』, 『타이터스 앤드로니커스』, 『햄릿』, 『안토니오의 복수』, 『복수자의 비극』, 『무신론자의 비극』, 『몰타의 유대인』, 『부시 당봐』(*Bush D'Ambois*), 『불평분자』(*The Malcontent*) 등을 언급한다. 그런가 하면 르네상스 복수 비극에 대한 연구 비평들을 편집하면서 여성의 문제를 주목한 스티비 심킨(Stevie Simkin)은 앞서 언급한 주요 작품 외에 『뒤바뀐 신부』(*The Changeling*)와 『가엾게도 그녀가 창녀라니』(*'Tis Pity She's a Whore*)를 포함시킨다. 그리고 르네상스 복수 비극의 멜로드라마적 요소를 주목한 토머스 리스트(Thomas Rist)는 자신의 연구 대상으로 바우어스의 주요 작품들 외에 『하얀 악마』(*The White Devil*)와 『말피 공작부인』(*The Duchess of Malfi*)을 포함시킨다. 그 외에도 복수가 플롯의 일부를 형성하는 작품들은 훨씬 더 많다. 하지만 중요한 점은 이들 작품들이 모두 복수를 극 행위의 동기로 삼는 인물들이 등장하지만, 그 강도나 상황이 다르며, 도덕적 판단을 넘어서는 사회적 정치적 의미의 적용이 다르다는 점이다.

영국 르네상스 비극에서 복수의 동기를 지닌 인물들은 크게 두 가지 부류로 나눌 수 있을 것이다. 첫 번째 그룹은 악당 그룹이다. 이들은 흔히 자신들의 이기적 욕망을 충족시키기 위해서거나, 타고난 악한 본성 때문에 자신보다 우월한 존재에 대한 복수심을 지닌 인물, 그리고 상대방에게 피해를 당해 복수 동기를 갖고 있지만 본인 역시 악행으로 복수의 대상이 되는 인물들이다. 이들은 흔히 바우어스의 지적처럼 마키아벨리즘의 구현으로 보는 시각이 있는가 하면, 엘리노어 프로서는 이들의 뿌리를 중세시대 드라마에 등장하는 사탄(Satan)과 그의 후손 악덕(the Vice)으로 파악한다(36). 두 번째 그룹은 영웅 그룹이다. 이들은 지금까지 본 연구에서 언급해온 선한 복수자로서, 자신보다는 가족의 불행이나 죽음에 대한 정당한 복수를 하는 인물들이다. 이들은 자신들의 도덕적 잘못 없이 고통을 받으며, 복수 행위를 통해 단순히 개인적 복수 욕망을 충족시키기보다는 오히려 복수 행위를 통해 사회적 정치적 욕망을 전달하고 실현하는 인물들이다.

악당 복수자로는 셰익스피어의 아론(Aaron), 이아고(Iago), 에드먼드(Edmund)와 같은 인물들이 이러한 그룹을 대표할 것이다. 이들은 공통적으로 자신보다 더 우월하고 선한 인물에 대해 복수심을 가지며, 주인공을 파멸로 이끄는 데 중요한 역할을 한다. 하지만 약간 다른 유형도 있다. 이는 충분한 복수의 동기를 갖고 있지만, 복수를 하는 인물도 복수의 대상에 못지않게 악행을 범하거나 사악한 인물로 나타나는 경우이다. 말로의 『몰타의 유대인』에 등장하는 바라바스 같은 인물이 이러한 인물을 대표할 것이다. 이들의 복수가 관객들에게 주는 도덕적 교훈은 크게 논쟁거리가 되지 않고, 그들의 파멸은 당연한 것으로 여겨진다. 복수자가 실제로 오쟁이지는 피해를 당하지만 워낙 사악하고 타락한 인물로 등장하는 조지 채프먼(George Chapman)의 『부시 당봐』, 셰익스피어의 『타이터스 앤드로니커스』에서 아들의 복수를 하지만 사악한 왕비로 등장하는 타모라(Tamora)의 복수, 그리고 존 마스턴(John Marston)의 『불평분자』에서 언급되는 복수가 관객들에게 주는 도덕적 교훈도 이와 크게 다르지 않을 것이다. 하지만 복수자가 주인공으로 등장하는 『스페인 비극』, 『햄릿』, 『복수자의 비극』은 상황이 다르다. 이들의 복수 행위는 극의 주요 행위(main action)이며, 이들이 복수 행위를 통해 자신을 희생하는 비극적 영웅이 되기 때문이다. 복수 비극에 등장하는 주인공들의 파멸을 신의 뜻을 위반한 복수 때문이라고 주장한다면, 이는 복수에 대한 부정적 전통에 바탕을 둔 기독교적 시각에서 비롯한 것이다. 반면, 복수라는 욕망을 선택할 수밖에 없는 주인공의 갈등과 고통에 주목한다면, 그의 파멸을 영웅적 선택으로 판단할 수 있으며 그 선택 자체가 갖는 의미를 중시하게 된다.

『스페인 비극』, 『햄릿』, 그리고 『복수자의 비극』에 나타난 전복적 양상을 비교해보면, 『복수자의 비극』이 전복적 성향을 가장 강하게 드러내며, 상대적으로 『햄릿』은 이러한 전복적 요소가 약하게 나타나는 것처럼 보인다. 그것은 『햄릿』이 다른 작품들에 비해서 상대적으로 훨씬 복합적이고 모호하게 느껴지는 작품이기 때문이다. 시대적으로 가장 먼저 쓰인 『스페인 비극』의 복수자 히에로니모는 신의 섭리를 기억하여 신의 대리인 왕에게 정의를 호소하지만, 그것이 불가능하다는 것을 알고 스페인 왕국과 왕족을 상대로 복수를 선택하는 인물이다. 히에로니모의 선택을 복수심에 사로잡힌 성급한 광기의 발현으로 보는 시각도 있지만, 그의 선택은 타락하고 무능한 지배 권력에 대한 항거와 비판으로 보는 것이 타당하다. 결말에서 자신의 혀를 끊는 잔인한 행위 역시 말이 통하지 않는 스페인 왕국의 현실을 상징적으로 드러내는 것이다. 그리고 『스페인 비극』보다도 시대적으로 훨씬 뒤인 재코비언 시대에 등장한 『복수자의 비극』은 혼란스런 당대의 정치 상황을 반영하여 훨씬 극단적인 정치성을 보여준다. 극의 주인공인 빈디체는 신의 섭리에 대한 고민도 복수의 정당성에 대한 갈등도 없는 인물이다. 그는 복수의 화신이며, 상류지배층과 궁중의 타락한 윤리에 대한 잔인한 조롱과 경멸을 보여준다. 결국 이 극을 통해 전달되는 도덕적 정의는 상류층의 타락과 부패에 대한 조롱과 잔인한 복수를 통해 이루어지고 있기 때문에, 그 전복적 욕망은 가장 두드러진다.

한편 『햄릿』의 경우는 주인공 햄릿의 복수 행위가 구조적으로 전통 비극 담론이 규정하는 도덕질서의 회복으로 귀결되기 때문에 표면적으로는 보수적으로 느껴지지만, 그 이면에는 그러한 보수적 요소를 위반하는 전복적 욕망이 내재되어 있다. 극의 중심 플롯은 복수이지만, 극의 의미를 결정하는 중요한 요소는 복수 행위라기보다는 복수의 갈망 속에서 햄릿이 겪는 내적 갈등과 죽음에 직면한 깨달음이기 때문에, 햄릿의 복수는 전복적 욕망보다는 오히려 흔히 우유부단함으로 비난받는 내적갈등의 연속과 도덕적 교훈을 전달하는 수단으로 여겨진다. 복수자이면서 동시에 복수의 대상이 되는 햄릿의 궁극적인 깨달음은 복수에서 큰 의미를 찾지 못하기 때문이다. 기독교적 시각에서 바라보면, 그는 신의 뜻보다는 개인적 복수심에 사로잡혀 무고한 죽음들을 초래했기에 파멸을 피할 수 없다. 하지만 햄릿의 복수 욕망이 정당한 왕권을 찬탈한 사악한 권력자를 향한 것이라는 점에서 이 극은 다른 복수 비극들과 다를 바 없는 전복적 욕망을 내재하고 있다. 특히 햄릿의 복수가 단순한 개인적 복수가 아니라, 어딘가 썩어 있는 덴마크 사회를 바로잡는 정치적 행위라는 점을 주목할 필요가 있다. 특히 햄릿이 정당한 왕권 계승자라는 점에서도 이 극은 정치성을 떠날 수 없는데, 그가 피지배자들을 대변하여 부패하고 권위적인 타락한 권력에 대한 비판적이고 회의적인 시각을 대변한다는 사실도 중요하다. 그리고 햄릿의 분열된 욕망과 결국 복수를 포기하고 모든 것을 신의 섭리에 맡기는 태도는 역설적으로 타락한 궁정을 인간의 힘으로 바꿀 수 없다는 회의적이고 전복적인 정치성의 표현으로 봐야 할 것이다.

웬디 그리스월드(Wendy Griswold)는 르네상스시기에 복수 비극이 당대 관객들에게 많은 인기를 누렸음을 지적하면서, 그 원인으로 복수 비극이 후기 튜더 왕조 시대의 혼란스런 정치 종교적 문제들을 재현하고 있기 때문이라고 지적한다(71). 즉 튜더 왕조 시대 사람들은 효율적인 중앙정부와 올바른 권력계승, 강력한 국가의 힘, 그리고 종교적 안정을 원했지만, 그러한 것들이 충족되지 않는 혼란스런 상황이었기 때문에, 당대 극작가들은 극의 배경을 스페인이나 덴마크, 이탈리아와 같은 외국의 궁정으로 설정하고 이러한 요소들이 와해된 정치적 사회적 상황을 재현하면서 이를 비판하고 조롱함으로써 관객들의 전복적 욕망을 충족시켰던 것이다. 그리고 신의 섭리와 인간의 존엄성을 강조하는 기독교적 인본주의와 이러한 섭리적 질서론을 의심하고 부인하는 회의주의 사상이 대립 공존하던 시대에, 복수 비극은 지배계층의 비도덕성을 부각시키고, 복수자의 고통과 갈등을 극대화시킴으로써 지배계층과 피지배계층 사이의 긴장과 갈등, 그리고 기존 정치 질서에 대한 도전이라는 정치적 의미를 전달하는 가장 효과적인 수단이었던 셈이다. 비록 복수 비극의 주인공인 복수자들이 결말에서는 모두 파멸을 피할 수 없다 하더라도, 그들이 무대 위에서 보여준 전복적 광기와 조롱은 도덕적 질서를 뛰어넘어 디오니소스적 욕망과 희열을 발산할 수 있었던 것이다.

2장 『스페인 비극』(*The Spanish Tragedy*)*

I

토머스 키드(Thomas Kyd)의 『스페인 비극』(*The Spanish Tragedy*)이 르네상스 영국 비극사에서 매우 중요한 의미를 갖는 작품이라는 것은 잘 알려진 사실이다. 현존하는 최초의 영국 르네상스 비극이라는 칭호에는 논란의 여지가 있겠지만, 최초의 근대 복수 비극이고, 최초의 마키아벨리적 악당극이며, 최초로 극중극을 사용하였을 뿐 아니라, 비극적 요소와 희극적 요소를 결합시킨 최초의 작품으로도 여겨진다. 물론 히에로니모(Hieronimo)의 복수지연 동기에 대한 심리분석 실패, 갑작스런 결말, 치밀하지 못한 극적 구성 등의 문제점들이 지적되기도 하고, 해롤드 블룸(Harold Bloom) 같은 비평가는 이 작품이 "불쾌하며 끔찍할 정도로 분별없게 쓰인 극"이라고 혹평을 한다(398). 하지만, 『스페인 비극』은 당대 엘리자베스 여왕과 제임스 1세, 찰스 1세 등의 군주들로부터 일반 관객들에 이르기까지 오랜 기간에 걸쳐 많은 인기를 누린 작품이며,[1] 특히 셰익스피어를 비롯한 수많은 르네상스 극작가들에게 영향을 미친 작품이라는 점은 부인할 수 없다(Erne 5). 그런데 이 작품이 당대에 그토록 인기를 누리고 많은 작가들에게 영향을 미

---

* 이 글은 2010년 『고전르네상스 영문학』 19권 1호에 실린 「『스페인 비극』에 내재된 정치적 아이러니」를 수정 보완한 내용이다.

1) 헨슬로(Henslowe)는 1592년부터 1597년 사이에 29번 이상의 『스페인 비극』 공연 기록을 남겼는데, 이는 『몰타의 유대인』(*The Jew of Malta*)을 제외한 어떤 작품보다도 더 많은 공연기록이었다. 그리고 1592년부터 1633년 사이에 『스페인 비극』은 적어도 11권의 판본이 새로 나왔는데, 이는 셰익스피어의 어느 작품보다도 더 많은 기록이었다. (Erne 95)

친 배경에는 작품의 흥미진진한 내용과 새로운 기법뿐만 아니라, 당대의 정치적 상황도 크게 기여한 것으로 보인다. 키드는 크리스토퍼 말로(Christopher Marlowe)와 함께 아직도 불확실한 의문으로 남아 있는 신성모독과 무신론자라는 혐의로 정치적 박해를 받아 고초를 겪고, 불행한 짧은 생을 마감하였다. 그런데 아이러니컬하게도 키드가 남긴 거의 유일한 작품인 이 작품은 영국 지배층을 만족시켜주는 또 다른 정치적 이유 때문에 당대 사회에서 오랜 인기를 누린 것으로 보인다. 그렇지만 더욱 아이러니컬한 것은 대외 관계에서 당대 지배 권력층의 정치적 입지를 강화시키는 데 일조한 것으로 보이는 이 비극 작품 속에 부당한 지배 권력에 대한 저항과 전복의 욕망이 내재되어 있다는 점이다.

『스페인 비극』이 인기를 누린 배경을 좀 더 구체적으로 살펴보면, 무엇보다도 피비린내 나는 복수와 교활한 악당이 등장하는 작품의 폭력성과 선정성이 두드러지지만,[2] 이러한 폭력성과 선정성의 무대가 바로 스페인 왕국이라는 점에서 다분히 정치적 성향을 드러내고 있다. 특별한 출처가 없는 것으로 알려져 있는 『스페인 비극』은 여러 정황으로 볼 때, 1588년의 스페인 무적함대와의 싸움 직전인 1587년경에 쓰인 것으로 여겨진다. 그렇다면 스페인의 위협이 임박한 당대 상황에서 키드는 스페인 왕국의 비극적 사건을 소재로 삼았으며, 그 사건으로 인해 영국의 해상활동에서 가장 큰 경쟁 상대였던 스페인과 포르투갈 왕국이 동시에 큰 불행을 겪고 후계자를 잃어버리는 상황을 연출한 것이다. 특히 스페인 왕은 신교를 따르고 있던 당대 영국 정부가 가장 적대시하던 로마 가톨릭과 교황의 대리인 역할을 하는 인물이었

2) 곰 놀리기나 닭싸움과 같은 시끄러운 오락을 즐기고, 실제로 런던 거리에서 참수형, 교수형, 화형 등의 참혹한 광경을 즐겨 구경했던(Badawi 43-44) 엘리자베스 시대 사람들이 폭력과 광기로 가득 찬 이 작품을 좋아했으리라는 것은 충분히 짐작이 가는 일이다.

다(Rist 1). 따라서 이러한 스페인 왕국의 비극적 몰락은 영국의 지배층뿐만 아니라 일반 관객들에게도 상당한 만족감을 주었을 가능성이 높다(Erne 89).[3] 스페인에 대한 정치적 적대감이 등장인물들의 복수나 폭력과 같은 잔인한 행위를 정당화하고, 관객들이 환호할 수 있는 배경을 제공한 것이다. 스페인 왕국의 불행과 혼란이 강하게 표현되는 것은 바로 영국의 우월감을 유도하는 것이고, 이는 영국의 지배 권력층이 권장할만한 상황이라 할 수 있다.

그렇다면 우리가 주목할 점은 이러한 정치적 적대감을 전달하는 극적 상황의 전개과정이다. 이 과정에서 가장 논란이 되는 것은 바로 스페인 왕국의 통치권자인 스페인 왕에 대한 묘사이다. 루카스 어언(Lukas Erne)이 지적하는 것처럼, 스페인 왕에 대한 학자들의 평가는 대립되는 두 그룹으로 분명하게 나뉜다. 한 그룹[4]은 스페인 왕을 솔로몬 왕과 같은 지혜롭고 분별력이 있는 왕으로 평가하는 반면, 다른 그룹은 스페인 왕가의 사악함과 타락을 지적한다(90). 이처럼 극단적으로 다른 평가는 군주의 자질과 작품에 내재된 정치성에 대한 시각의 차이에서 비롯한다. 이상적인 군주의 자질로 판단한다면, 첫 번째 그룹의 주장처럼 스페인 왕은 평화를 사랑하는 친절하고 현명한 군주인 것처럼 보인다. 하지만 스페인에 대한 영국의 정치적 적대감을 고려한다면, 스페인 왕의 불공정한 결정과 판단이 두드러지고, 왕의 조카인 로렌조(Lorenzo)의 마키아벨리적인 교활함과 잔인한 악행은 스페

3) 『스페인 비극』이 쓰일 당시 영국과 스페인의 관계는 매우 긴박한 상태였다. 스페인은 로마 가톨릭을 신봉한 반면, 헨리 8세의 수장령 이후로 영국 국교를 신봉하던 영국은 엘리자베스 여왕이 1570년에 로마 교황으로부터 파문당했으며 스페인과 정치적 갈등을 겪고 있었다. 특히 포르투갈과 스페인이 당시 유럽에서 바다를 이용한 해외팽창 활동을 가장 적극적으로 주도했던 나라들이고, 영국은 이들과 경쟁하는 상황이었다(주경철).

4) 스페인 왕을 솔로몬처럼 지혜롭고 관대한 이상적인 왕으로 평가하는 대표적인 비평가는 G. K. 헌터(Hunter)와 T. 매캘린던(McAlindon)이다. 제임스 헨케(James T. Henke)와 루카스 어언(Lukas Erne) 역시 이들과 같은 시각을 견지한다.

인 왕국의 파멸을 초래하는 결정적인 원인으로 작용한다. 왕족이나 혈족에 대한 편파적 감정, 혹은 정치적 목적을 우선시하여 정의를 실행할 능력을 상실한 스페인 왕은, 충직한 신하와 사악한 신하를 제대로 판단할 수 없는 포르투갈의 군주와 마찬가지로 의로운 신하 히에로니모에게 비난의 대상이 되고, 결국 영국 관객들에게는 조롱의 대상이 된다.

그리고 이러한 조롱을 극대화하는 수단으로 사용되고 있는 것이 바로 복수 비극이라는 장르이다. 희랍 시대에 최고의 장르로 평가받았던 비극은 중세 기독교 사회에서 완전히 사라졌다가 르네상스 시대에 다시 나타났는데, 초기 대표작품인 『스페인 비극』이 전통 비극 담론에 따른 영웅 비극이 아니라 복수 비극이라는 사실은 주목할만한 점이다. 물론 키드가 『고보덕』(*Gorboduc*)의 저자들처럼 희랍시대의 작가들이 아닌 로마의 세네카(Seneca)의 영향을 받았을 것이라는 추측은 당연하다. 하지만 영웅 비극보다 복수 비극이 스페인 왕국을 조롱하기에 훨씬 효과적인 수단이라는 점은 복수 행위에 대한 당대의 모호한 시각에서 비롯한다. 희랍 시대에 복수는 정당하고도 고귀한 행위였다. 오레스테스(Orestes)가 아버지의 복수를 위해 어머니를 살해하는 것까지 피할 수 없는 의무인 것으로 인식하는 아이스킬로스(Aeschylos)의 비극 『오레스테이아』(*Oresteia*)는 이러한 시각을 반영한다. 하지만 기독교 사상이 지배하던 르네상스 영국에서 복수에 대한 시각은 달라진다. 물론 로버트 왓슨(Robert N. Watson)이 지적하는 것처럼, 당대 영국 관객들은 개인이 겪은 고통과 불행을 통쾌하게 되갚아주는 주인공과 자신을 동일시하며 즐기는 경향이 있었던 것으로 보인다(309). 하지만 당대 영국 사회를 지배했던 기독교 교리에 따르면 복수는 개인이 하는 것이 아니라, 신의 정의와 국가의 법률이 하는 것으로 여겨졌다(Prosser 10). 따라서 개인이 하는 복수는 신의 뜻을 어기는 것이고, 국가의 법률을 무시하는 행위로 처벌의 대상이 되는 것이다.

따라서 르네상스 영국에서 복수 비극의 주인공은 영웅이면서 동시에 희생자가 될 수밖에 없는 상황이었다. 그는 관객들의 흥미와 센세이셔널리즘을 충족시키며 악인을 응징하는 주인공 역할을 할 수는 있지만, 신성한 의무를 행하는 기독교적 영웅은 될 수 없고 복수의 대가인 처벌을 면하는 오레스테스와는 달리 불행한 죽음을 피할 수 없게 된다. 그렇다면 이러한 개인의 불행한 선택과 희생은 곧바로 신의 정의를 대변하는 것으로 여겨지는 왕이나 군주에 대한 비난으로 귀결된다. 복수 비극의 주인공이 스스로 복수를 하지 않아도 국가나 법이 정의를 시행한다면, 그는 비극적인 복수 행위를 할 필요가 없다. 특히 『스페인 비극』에서 개인적인 복수를 행하는 주인공은 법의 정의를 시행하는 역할을 담당하는 사법관 히에로니모이다. 이는 스페인 왕국의 법률과 정의가 얼마나 아이러니컬한 상황에 처해있는가를 입증해준다. 스페인의 왕족들은 실수를 범하지만 자신의 잘못을 깨닫고 고귀함을 회복하는 비극적 영웅이 아니라, 사악한 행동에 대한 대가를 치르는 멜로드라마적 인물이거나 불행의 원인조차 모르는 어리석은 인물들로 묘사된다. 정의를 갈망하는 신하 히에로니모의 복수 비극이 생겨나는 이유가 바로 여기에 있다.

복수 비극의 도덕적 교훈은 복수는 복수를 낳고 결국 복수자의 불행과 파멸을 불러올 뿐이라는 것이다. 기독교 교리에서 복수를 신의 뜻에 맡기고, 정의가 이루어지는 것을 기다려야 한다는 것도 그와 같은 맥락이다. 따라서 기독교적 복수의 개념은 신의 정의가 반드시 이루어진다는 것을 전제로 하고 있으며, 복수는 신의 정의를 대변하는 법률이나 국가의 심판에 맡기는 것을 권장한다. 개인이 스스로 복수를 행하는 대부분의 복수극이 모두 비극적인 결말을 갖는 것은 이러한 배경에서 비롯한다. 즉, 스스로 복수를 행하였을 때, 초래되는 불행한 결말은 관객들에게 복수의 쾌감을 줄 수 있을지 몰라도, 동시에 불행한 결말을 통한 도덕적 교훈을 주는 것이다. 하지만 『스페인 비극』에서 복수는 기존 권력의 유지를 위한 도덕적 교훈을 전달하기보다는, 오히려 기존 권력과 권위에 대한 도전의 의미로 읽혀진다. 비록 복수로 인해 복수자인 히에로니모와 벨임페리아(Bel-Imperia)가 불행하고 처참한 죽음을 겪게 되지만, 그들의 복수는 정의의 실현이 사라진 현실에서 히에로니모가 취할 수 있는 최후의 반항이고 도전이다. 그 이유는 히에로니모가 극 초반에는 신의 정의와 왕의 정의를 기대하지만, 정치적 이유 때문에 그것이 불가능하다는 사실을 깨달은 후에는, 복수를 스스로 행동으로 옮기기 때문이다. 이러한 배경 때문에 영국 일반 관객들은 정치적 이유를 넘어 히에로니모의 복수에 공감할 수 있게 된다.

Ⅱ

스페인 왕의 부당한 판단과 결정은 호레이쇼와 로렌조가 포르투갈의 왕자 발사자(Balthazar)를 사로잡아와 서로 자신의 공로를 주장하는 장면에서부터 분명하게 드러난다. 먼저 왕자의 말고삐를 붙잡았고, 그의 무기를 탈취했기 때문에 자신이 왕자를 사로잡는 공로를 세웠다고 주장하는 로렌조와 힘과 무술로 왕자를 말에서 떨어뜨려 제압했다고 주장하는 호레이쇼(Horatio)의 말을 듣고, 딜레마에 빠진 왕이 두 사람에게 공평한 보상을 내려주는 것은 표면적으로는 제임스 헨케(James T. Henke)의 주장처럼 정치적으로 지혜롭고 정당한 결정인 것처럼 보인다(356). 서로 다투고 있는 두 사람을 화해시키고, 동맹을 위해서 적국의 왕자를 환대하고자 하는 왕의 현명한 정치적 판단으로 여겨지기 때문이다. 하지만 스페인 왕의 결정과 판단에는 분명한 오류가 숨어 있다. 호레이쇼와 로렌조가 등장하기 전, 왕에게 전투 상황을 묘사하는 장군의 보고에는 로렌조의 이름조차 언급되지 않는다는 사실을 우리는 주목해야 한다. 왕도 보고의 내용을 충분히 인지하였고, 발사자 스스로도 인정하듯이, 그를 힘으로 정복한 진정한 공로자는 호레이쇼였다. 로렌조는 호레이쇼가 이루어놓은 공로를 가로채려는 파렴치한 인물에 불과하다. 이는 "죽은 사자의 턱수염을 잡아당기는 일은 나약한 토끼도 할 수 있다"(So hares may pull dead lions by the beard, 1.2.172)고 말하는 히에로니모의 지적에서도 잘 드러난다. 하지만 스페인 왕은 조카의 파렴치함을 꾸짖기보다는, 오히려 호레이쇼의 공로를 가로채려는 로렌조에게 상을 내리고 적국의 왕자를 환대하는 역할을 맡긴다. 공정한 판단을 내리는 것이 아니라, 왕족에 대한 편견에 이끌렸거나 혹은 포르투갈과의 동맹이라는 정치적 목적을 위해 부당한 판결을 내린 것이다.

이러한 스페인 왕의 부당한 판단과 결정은 다음 장면에서 포르투갈의 총독에게서도 똑같이 반복된다. 아들을 잃어버린 슬픔에 잠긴 총독이 지나치게 자책을 하고 비관적인 태도를 보이는 것도 군주답지 않은 모습이지만, 두 신하 알렉산드로(Alexandro)와 빌러포(Villuppo)의 상반된 의견에 대해 그가 내리는 판단과 결정은 더욱 터무니없다. 발사자가 적군에게 사로잡혀 포로 신세로 아직 살아있다는 알렉산드로의 희망적인 말은 무시하고, 총독은 알렉산드로가 전쟁터에서 발사자를 총으로 쏴 죽였다는 빌러포의 악의적 주장을 전적으로 신뢰한다. 그런데 그가 빌러포의 말을 신뢰하는 근거는 오로지 자신의 꿈과 예감뿐이다. 충직한 신하 알렉산드로를 가두고 빌러포에게 상을 내리는 포르투갈 총독의 어리석음은 신하들을 올바로 판단할 수 없다는 점에서뿐만 아니라, 분명한 진상 파악도 없이 성급하게 사형결정을 내린다는 점에서 더욱 분명하게 드러난다. 스페인에 갔던 대사가 제때에 도착하지 않았다면, 포르투갈 총독은 자신의 어리석은 판단과 성급한 결정으로 인해 아무런 잘못도 없는 충직한 신하를 불행한 희생물로 만들고 말았을 것이다. 그는 충직하고 의로운 신하 히에로니모를 희생물로 만드는 스페인 왕과 전혀 다를 바 없는 인물인 것이다.

이처럼 스페인 왕과 포르투갈 총독의 부당하고 미숙한 판단과 결정을 이들 국가에 대한 영국인의 우월감과 조롱을 표현하는 수단으로 키드가 사용하고 있다는 점은 포르투갈의 대사를 위한 연회에서 히에로니모가 준비한 무언극의 내용에서 잘 드러난다. 스페인 왕이 전혀 내용을 모르고 감상한 무언극은 모두 영국의 왕들이 포르투갈과 스페인을 공격하여 왕들을 생포하고 굴복시켰던 역사를 재현한 것이다. 이는 사실 스페인이나 포르투갈의 입장에서는 매우 불쾌한 역사일 수밖에 없다. 특히 마지막 세 번째 장면이 스페인을 정복한 영국왕의 모습이라는 말을 듣고도 좋은 연극을 보여준 히에로니모를 칭찬하는 스페인 왕은 자존심이나 명예와는 무관하게 정치적 목적만을 중시하는 인물로 여겨진다. 그렇지만 이처럼 영국의 왕들이 스페인과 포르투갈을 제압한 무언극의 내용은 당대 영국 관객들에게는 상대적인 우월감과 만족감을 불러일으킬 수 있었을 것이다. 사실 히에로니모는 두 국가의 치욕스런 과거를 재현한 목적이 무엇이었는지 밝히지 않는다. 매캘린던(McAlindon)의 지적처럼 승자와 패자 모두 치욕스런 과거를 잊지 말고 두 국가가 더욱 힘을 합쳐야 한다는 의미를 전달한 것일 수도 있겠지만(74), 두 국가를 정복했던 국가가 모두 영국으로 설정되어 있다는 사실은 오히려 부인할 수 없는 영국의 우월성을 전달하는 것이다.

이처럼 표면적으로는 온화하고 평화를 사랑하는 스페인 왕의 불공정한 이면을 드러내고, 상대적으로 영국의 우월성을 강조하고 있는 키드의 극작 수법은 속임수와 배신, 살인과 음모가 발생하는 스페인 왕국의 모습을 통해서 더욱 구체화된다. 그리고 이러한 타락한 스페인 왕국의 중심에 왕의 조카인 로렌조가 있다. 그는 스페인 왕국에서 겉과 속이 다른 대표적인 인물이고, 스페인 왕국의 운명을 대변하는 인물이기도 하다. 흔히 셰익스피어의 수많은 악당들, 즉 『타이터스 안드로니커스』(*Titus Andronicus*)의 아론, 리처드 3세(Richard Ⅲ), 그리고 『오셀로』(*Othello*)의 이아고(Iago) 등과 같은 인물들을 비롯하여 그 후에 등장하는 재코비언 비극의 악당들의 선조로 여겨지는 로렌조가 발사자와 함께 호레이쇼를 죽이는 음모를 꾸미는 이유는 분명치 않다. 그는 동생인 벨 임페리아에게 그녀의 명예와 자신의 명예를 지키기 위해서였다고 주장하지만(I sought to save your honour and mine own, 3.10.37), 오히려 그보다는 호레이쇼에 대해 느끼는 시기심과 열등감에서 비롯된 것으로 보인다. 호레이쇼를 죽여 나무에 매단 후 로렌조가 내뱉는 조롱 섞인 대사가 이를 반영해준다.

> 이 자는 살아서는 항상 야심만만하고 거만했지만,
> 이제 죽어서야 가장 높은 위치에 올라가 있군 그래.
>
> Although his life were still ambitious proud,
> Yet he the highest now he is dead. (2.4.60-61)

발사자를 사로잡는 데 호레이쇼가 보여준 용기와 힘은 로렌조에게 시기의 대상이 되고, 그가 공로를 자신에게 양보하지 않은 점과 동생인 벨 임페리아를 사랑한 것을 야심으로 인한 거만함 때문이라고 멸시하는 것이다. 그의 시기심과 열등감, 그리고 이로 인한 잔인한 악행은 표면적으로는 번창하고 있는 스페인 왕국의 위태로운 내면과 부당하고 왜곡된 정치 질서를 대변해준다.

그리고 이러한 로렌조의 잔인한 행위는 스페인 왕의 정치적 의도와 밀접한 관계를 맺고 있다. 스페인 왕은 발사자와 벨 임페리아와의 결혼을 통해서 포르투갈과의 동맹을 원하고 있지만, 조카인 벨 임페리아가 누구를 사랑하고 있는지 전혀 알지 못하고 있으며 알려고 하지도 않는다. 그는 벨 임페리아가 당연히 발사자와 결혼해야 한다는 사실을 강조하고 있으며, 이러한 왕의 의도를 간파한 로렌조는 자신의 이기적 욕망대로 벨 임페리아와 발사자의 결혼에 방해가 되는 존재를 제거한 것이다. 표면적으로는 친절하고 온화한 스페인 왕의 정치적 의도가 로렌조를 통해 부당한 방법으로 실현되고 있기 때문에, 스페인 왕국이 정치적 목적 달성을 위해 정의와 진실과 같은 더 중요한 가치를 무시했다는 사실은 부인할 수 없다. 멀린(J. R. Murlyne)은 발사자와 벨 임페리아의 결혼을 통해 이루어지는 스페인과 포르투갈 사이의 동맹이 1580년대 엘리자베스 시대 관객들에게 특별한 의미로 다가왔을 것이라고 지적한다(92). 그 이유는 역사적으로 당대 스페인의 필립 2세가 포르투갈의 왕위에 대한 권리를 주장하고 있었고, 1580년 알칸타라 전투에서 스페인이 포르투갈에게 승리함으로써 두 국가의 결합이 매우 민감한 국제적 관심사였고, 영국에게 불안감을 불러일으키는 문제였기 때문이다(Elliott 278). 따라서 스페인 왕이 벨 임페리아와 발사자를 결혼시키려는 의도는 결코 순수한 것이 아니라, 매우 탐욕적인 목적에서 나온 정치적 행위로 여겨지는 것이다.

하지만 스페인 왕의 의도가 결코 결실을 맺을 수 없는 것은 그와 그의 정치적 의도를 대변하는 로렌조가 진실을 왜곡하고, 자신들의 목적대로 신의 뜻을 이용하는 어리석고 이기적인 인물들이기 때문이다.

특히 스페인 왕과 로렌조는 포르투갈이 신의를 저버렸기 때문에 전쟁이 일어났다는 사실을 망각하고 있다. 윌리엄 햄린(William M. Hamlin)이 지적하는 것처럼, 스페인 왕은 우연이나 악의에 의해 운명이 달라지는 사회 현실에서 포르투갈에 대한 스페인의 승리를 신의 정의로 받아들이는 어리석음을 범하고 있다(156). 동맹과 평화를 원하는 스페인 왕의 소망과는 정반대되는 일이 이미 극 중에서 발생했고, 또한 진행 중이다. 그럼에도 불구하고 스페인 왕은 포르투갈이 약속을 어긴 것에 대해 대단히 관대한 모습을 보이며, 수많은 병사들과 돈 안드레아(Don Andrea)와 같은 스페인 장수를 죽인 적국의 왕자를 환대하고, 이 뜻을 받들어 로렌조는 스페인 최고의 장수를 살해하는 어리석은 행위를 범한 것이다. 만약 동맹을 맺은 후에 포르투갈이 다시 한 번 다른 마음을 품고 신의를 저버린다면, 스페인은 치명적인 정치적 오류를 범한 셈이 된다.

그런데 스페인 왕국의 진정한 문제는 이처럼 호레이쇼의 부당한 죽음이 일어난 이후에 더욱 강하게 두드러진다. 그 이유는 로렌조의 악행이 히에로니모와 같은 스페인의 의로운 사법관에게 분명하게 드러났음에도 불구하고, 이에 대한 정의로운 판결이 내려질 수 없기 때문이다. 일부 비평가들은 히에로니모가 복수를 지연하는 이유가 분명하지 않음을 근거로 작품의 미숙함을 지적하지만, 기억해야 할 점은 히에로니모가 반복해서 스페인 왕국에서 사라져버린 정의의 문제를 언급하고 있다는 사실이다. 호레이쇼의 죽음을 알고 난 후 벨 임페리아가 피로 쓴 편지를 받게 되지만, 히에로니모가 그 내용에 대한 확신을 할 수 없는 것은 당연한 일이다. 아들을 죽인 자가 의도적으로 자신을 노리고 있다는 의심을 할 수 있기 때문에, 섣불리 왕의 조카를 범죄자로 지목할 수는 없는 것이다. 하지만 페드린가노가 로렌조에게 쓴 편지를 통해 아들을 죽인 범죄의 진실을 알게 된 후에도, 히에로니모가 복수를 지연하는 문제는 단순히 그의 개인적 성격 문제로만 판단할 수는 없다. 그가 정신적 혼란을 겪으며 광기에 사로잡히는 극단적 상황에 처하는 배경에는 기독교 사회에서 개인의 복수와 정의의 문제가 양립할 수 없다는 종교적 차원을 넘어 스페인 왕국에 부재하는 정의에 대한 심각한 비판이 담겨 있기 때문이다.

햄린의 지적처럼, 극 초반에서 중반에 이르기까지 히에로니모가 갈망하는 복수의 개념은 개인적인 복수의 차원이라기보다는 공적인 복수의 개념이다(108). 호레이쇼의 시체를 끌어안고 히에로니모가 "범인을 알면 슬픔도 누그러지겠지. 복수를 하면 내 마음도 편안해질 테니 말이오"(To know the author were some ease of grief,/ For in revenge my heart would find relief, 2.5.40)라고 말하며, 아들의 시체를 "복수를 끝낼 때까지 매장하지 않겠다"(I'll not entomb them till I have revenged, 2.5.54)고 말할 때의 복수는 개인적인 복수가 아니다. 로날드 브로드(Ronald Broude)는 르네상스 시대 영국에서 "복수(revenge)의 개념은 현대보다 더 포괄적인 의미를 지니고 있었으며 오늘날의 응보(retribution)와 같은 개념이었다"라고 지적한다(139). 따라서 히에로니모가 외치는 복수는 개인적인 복수가 아니라, 왕이나 국가에 의한 공적인 처벌을 의미하는 것이었다. 3막 2장에서 히에로니모가 사건의 진실을 알지 못해 고통 속에 외치는 하늘의 정의도 이와 같은 맥락에서 이해될 수 있다.

> 아 신성한 하늘이여, 만약 이 더러운 죄가,
> 이 비인간적이고 야만적인 시도가,
> 만약에 이 전례 없는 살인이, 내 아들, 아니
> 이제는 더 이상 내 아들이 아니라 죽은 아들이지만,

내 아들의 살인이 밝혀지지 않은 채,
원수도 갚지 못한 채 지나가버린다면,
하늘이여, 어떻게 우리가 당신들의 처사를
정의라고 부른단 말입니까?

O sacred heavens, if this unhallowed deed,
If this inhuman and barbarous attempt,
If this incomparable murder thus
Of mine--but now no more--my son
Shall unrevealed and unrevenged pass,
How should we term your dealings to be just,
If you unjustly deal with those that in your justice trust? (3.2.5-11)

그는 아들을 죽인 살인 사건이 세상에 밝혀져, 살인자에게 응당한 처벌이 내려지는 것이 신의 정의라고 생각하고 있다. 따라서 그가 원하는 복수는 개인적인 복수가 아니라, 정의로운 공적인 복수인 것이다.

그리고 극 중에는 이러한 히에로니모의 갈망대로 신의 정의가 나타나는 것처럼 보이는 장면들이 있다. 3막 2장에서 살인자를 찾기 위해 눈, 생명, 세계, 하늘, 지옥, 밤, 그리고 낮에 이르기까지 온갖 요소들을 부르며 진실을 보여달라고 고통스런 독백을 하는 히에로니모 앞에, 때마침 벨 임페리아의 피로 쓴 편지가 떨어지는 장면이 있다. 이 장면은 우연이라고 보기는 힘들고 마치 신의 응답처럼 여겨지지만, 신중한 히에로니모에게 확신을 주기보다는 오히려 의심을 불러일으키게 된다. 그렇지만 이러한 의심은 사형당한 페드린가노(Pedringano)의 편지를 통해 히에로니모가 호레이쇼의 죽음에 대한 진실을 알게 되었을 때 완전히 풀리고, 극의 상황은 햄린의 지적처럼 신의 정의가 이루어지는 쪽으로 전개되는 것으로 보인다(159). 호레이쇼의 죽음을 처음 알게 되었을 때, 히에로니모의 아내 이사벨라(Isabella)가 외쳤던 "하늘은 정의롭다"(heavens are just), "살인은 숨길 수 없다"(murder cannot be hid), 그리고 "시간이 지나면 이 배신행위가 백일하에 드러날 것이다"(time will bring this treachery to light)(2.5.57-9)와 같은 표현들이 실현된 것이다. 이것은 포르투갈의 총독처럼 성급하고 어리석은 결정을 내리지 않고 신중하고도 조심스럽게 진실을 밝히려고 노력해 온 히에로니모의 정성이 결실을 얻는 것처럼 보인다.

하지만 극의 흐름은 이러한 예상과는 정반대로 흘러간다. 다음 장면에서 이사벨라는 아들의 죽음으로 인한 괴로움을 견디지 못하고 미쳐버리고, 결국은 자살하고 만다. 그리고 히에로니모는 왕에게 정의를 외치며 아들에 대한 정당한 심판을 호소하지만, 뜻을 이룰 수 없고 결국 스스로 복수를 행하는 선택을 할 수밖에 없다. 이러한 극의 흐름은 히에로니모의 혼란스런 독백 속에 잘 나타나 있다. 아들의 죽음에 대한 진실을 알고 난 직후에, 히에로니모는 왕을 찾아가서 호소하고 정의의 판결을 얻어낼 생각을 하지만, 그것이 소용없을 경우에는 그들 모두에게 복수의 위협을 가하겠다고 결심한다.

> 가서 왕께 호소할 것이다. 큰소리로 정의를 외치며
> 궁정을 돌아다닐 것이다. 이 쭈글쭈글 시들어버린
> 두 발로 단단한 궁전 바닥을 닳게 할 것이다.
> 간청으로 정의를 얻어내든지, 아니면 복수하겠다는
> 위협으로 그들 모두를 괴롭힐 것이다.
>
> I will go plain me to my lord the King,
> And cry aloud for justice through the court,
> Wearing the flints with these my withered feet,
> And either purchase justice by entreats,
> Or tire them all with my revenging threats. (3.7.70-74)

하지만 3막 12장에서 왕을 만나기 직전에 히에로니모가 다시 등장하는 장면에서, 그는 한 손에는 단검을 다른 손에는 밧줄을 가지고 등장하여 자살을 생각하는 다소 의외의 모습을 보여준다. 그가 왕을 만나기도 전에 자살을 생각하는 이유는 무엇인가? 이는 바로 왕의 주변에 있는 자들 때문에 자신의 호소가 받아들여지지 않고, 오히려 자신이 위험에 처하게 될 것이라는 판단에서 비롯한다(3.12.1-7). 그리고 실제로 그의 우려는 바로 다음 장면에서 그가 왕을 만나 정의를 외칠 때, 왕의 옆에서 로렌조가 그의 호소를 방해하고 물리치는 현실로 나타난다. 로렌조는 "물러가라, 당신은 왕께서 바쁜 줄도 모르는가?"(Back! See'st thou not the King is busy?)(3.12.28), "히에로니모, 당신은 분별력도 없군 그래"(Hieronimo, you are not well advised)(3.12.67)라고 호통을 치고, 히에로니모는 자신의 말을 귀담아 듣지 않는 왕 앞에서 광기에 사로잡힌 모습으로 복수를 위협하다가 신변에 불안을 느껴 슬그머니 물러나버리고 마는 것이다. 더구나 그 순간까지도 호레이쇼의 죽음을 모르는 스페인 왕은 히에로니모가 호레이쇼가 받아야 할 발사자의 몸값 때문에 엉뚱한 행동을 한다고 쉽게 생각해버린다.

히에로니모의 복수가 신의 정의에 의한 공적인 복수에서 사적인 복수로 변하는 장면이 바로 다음 장면인 3막 13장인 것은 당연한 결과이다. 왕에게 정의를 호소했지만 아무런 결과도 얻지 못한 히에로니모는 성서를 손에 들고 등장하여 공적인 복수와 사적인 복수 사이에서 갈등하는 모습을 보여준다. 긴 독백의 전반부에서 그는 로마서를 인용하면서 하늘의 정의를 먼저 언급한다.

> 복수는 나에게 있다!
> 그래, 하늘이 모든 악을 복수할 것이야.
> 살인을 처벌하지 않고 내버려두진 않겠지.
> 그렇다면, 기다려라, 히에로니모, 하늘의 뜻을 기다려라.
> 인간이 하늘의 시간을 정할 수 없으니까.

Vindicta mihi!
Ay, heaven will be revenged of every ill,
Nor will they suffer murder unrepaid.
Then stay, Hieronimo, attend their will,
For mortal men may not appoint their time. (3.13.1-5)

하지만 이러한 생각은 독백이 진행되어가면서 점차 그러한 하늘의 복수와 죽음에 대한 회의에 이르게 되고, 결론은 자신이 아들의 복수를 하는 것(I will revenge his death)(3.13.20)으로 마음먹는다. 히에로니모는 기독교적 신의 섭리를 믿고 기다리는 신앙을 포기하고, 자신의 개인적인 복수를 선택한 것이다. 이러한 선택의 배경에는 "정의가 지상에서 추방당했다"(justice is exiled from the earth)(3.14.140)는 인식이 자리 잡고 있다. 신의 정의를 실현해줄 왕이 정당한 판단을 내리지 못하고, 신하들에게 휘둘리거나, 자신의 정치적 목적만을 중시하는 존재라는 사실을 그는 간파한 것이다.

결국 이러한 히에로니모의 실망과 좌절은 스페인 왕국에서는 진정한 정의가 이루어질 수 없음을 대변한다. 매캘린던의 지적처럼 히에로니모는 아들 호레이쇼의 죽음 이전에는 스페인 사회에서 가장 이상적인 인물이었다(64). 사랑과 애정을 지닌 아버지이자 남편이고, 정의를 수행하는 사법관으로서 다른 사람들의 소송을 정의롭게 판단하고 악행을 처벌하는 역할을 담당하는 그가 아이러니컬하게도 자신의 아들이 당한 부당한 죽음에 대해서는 정당한 판결을 얻어낼 수 없는 것이다.

이처럼 우리는 다른 사람들의 판결을 위해 애쓰지만,
우리 자신의 경우는 어떻게 해결해야 할지 모른다.
그들에게는 정의를 행하면서도, 우리가 당한 억울한 일은
올바른 판결을 얻을 수가 없다.

> Thus must we toil in other men's extremes,
> That know not how to remedy our own,
> And do them justice, when unjustly we,
> For all our wrongs, can compass no redress. (3.6.1-4)

따라서 그는 이상적이고 의로운 인물에서 잔인한 광기에 사로잡힌 미치광이로 변할 수밖에 없다. 그리고 이는 결국 사법관보다도 더 큰 권력을 행사하는 스페인 왕과 왕국의 권력체계에 대한 비난과 불만을 반영하고 있다. 호레이쇼가 죽었는지조차 모를 정도로 진실과 동떨어져 있는 스페인 왕은 자신도 모르는 사이에 의롭고 정직한 신하를 비참한 복수의 화신으로 만드는 오류를 범한 것이다. 극의 결말에서 복수를 행한 히에로니모가 자신의 혀를 끊어버리며 더 이상 말을 하지 않겠다고 선언하는 장면은 단순히 극의 선정성을 극대화하는 수단이라기보다는, 말이나 대화로는 의사소통이 되지 않고 정의와 복수의 실현이 불가능한 스페인 왕국의 현실을 상징적으로 표현한다고 볼 수 있다.

정의를 외치는 히에로니모의 의견이 스페인 왕국에서 묵살되고 있음을 알려주며, 스페인 왕국이 겪게 되는 비극적 불행의 원인을 히에로니모의 개인적인 복수로 돌릴 수 없는 가장 분명한 근거는 극의 결말 부분에서 드러난다. 극중극을 이용하여 히에로니모와 벨 임페리아가 로렌조와 발사자를 살해하고 벨 임페리아 마저 자살한 후에, 히에로니모는 스페인 왕과 포르투갈의 총독, 그리고 왕의 동생 카스틸에게 그동안 자신의 아들 호레이쇼에게 일어난 불행한 일들을 79행에 이를 정도로 길게 전달하며 호레이쇼의 시체까지 보여준다(4.4.88). 하지만 스페인 왕과 포르투갈의 총독은 호레이쇼의 죽음에 관한 히에로니모의 말을 완전히 묵살한다. 그들은 계속해서 "왜 내 자식들을 죽였느냐?"고 히에로니모를 추궁하며, 자백을 하라고 협박할 뿐이다.

스페인 왕. 말해라, 반역자! 저주받을 잔인한 살인자, 말해!
이제 네 놈이 말하지 않고는 못 배길 것이다.
왜 이런 못된 짓을 하였느냐?
포르투갈 총독. 왜 내 아들 발사자를 죽였느냐?
카스틸. 왜 내 자식을 둘 다 살해했느냐?

King. Speak, traitor! Damned, bloody murderer, speak!
For, now I have thee, I will make thee speak.
Why hast thou done this undeserving deed?
Viceroy. Why hast thou murdered my Balthazar?
Castile. Why hast thou butchered both my children thus?
(4.5.163-167)

이미 길게 이유를 설명했지만, 히에로니모의 말은 세 사람에게 아무런 의미도 전달하지 못한 것이다. 히에로니모가 더 이상 말을 하지 않고 혀를 끊어버리는 잔혹한 행위와 무고한 인물 카스틸을 죽이는 행위는 바로 이러한 의사소통의 부재에서 비롯한다. 따라서 4막 1장에서 극중극을 준비하는 히에로니모가 배역을 정하면서 극 중에서 네 인물이 모두 라틴어, 희랍어, 이탈리아어, 그리고 프랑스어로 대사를 하도록 정하는 것은 매우 상징적 의미를 내포한다. 이는 배우들의 외국어 실력을 과시하거나 관객들에게 의미전달을 하지 않으려는 목적이라고 할 수 없다. 오히려 이러한 설정은 서로 다른 외국어를 사용하는 것처럼 의사소통이 이루어지지 않는 스페인 왕국의 현실을 조롱하는 극적 효과를 불러일으킨다.

이러한 시각에서 바라본다면, 히에로니모의 끔찍한 복수는 일차적으로 억울한 죽음을 당한 호레이쇼에 대한 개인적 차원의 것이지만, 다른 한편으로는 정의로운 판결을 보여주지 못한 스페인 왕국에 대한 공적인 복수이기도 하다. 호레이쇼를 살해한 원흉 로렌조를 죽인 것은 그가 결심했던 아들의 복수를 행한 것이다. 하지만 그의 복수는 결과적으로 스페인 왕국의 몰락을 초래했다고 볼 수 있다. 로렌조를 비롯하여, 스페인 왕이 후계자로 생각하고 있는 발사자와 벨 임페리아마저 참혹한 죽음을 당하고, 의로운 신하와 왕의 동생마저 잃어버린 스페인 왕국은 이미 돌이킬 수 없는 불행과 파멸의 길로 들어선 것이다. 그리고 이처럼 히에로니모의 복수가 악의와 타락으로 가득 찬 스페인 왕국을 몰락시키는 내용은 스페인에 대한 적대감과 불안감을 가지고 있던 엘리자베스 시대 지배계층뿐만 아니라 일반 관객들에게도 슬픔보다는 오히려 즐거움을 선사했을 것이 틀림없다.

Ⅲ

하지만 우리는 『스페인 비극』에서 발생하는 복수와 정의의 문제에 지금까지 언급해온 스페인 왕국에 대한 조롱이나 적대감을 넘어서는 좀 더 복합적인 측면이 있음을 간과해서는 안 된다. 『스페인 비극』은 영국의 적대국인 스페인 왕국에 대한 조롱이라는 정치적 수단을 이용하여 대중적 인기를 누렸지만, 다른 한편으로는 불공정하고 부당한 왕이나 국가의 권력에 대한 비난과 전복을 예시하고 있기 때문이다. 적대국인 스페인 왕국에서 일어나는 혼란과 분열, 정직한 신하의 반항과 군주에 대한 복수로 인한 비극적 파멸은 영국의 권력자들에게 기쁨과 만족을 불러일으킬 수 있지만, 그 이면에는 스페인의 상황을 매개로 지배 권력층에 대한 저항과 전복의 욕망이 내재되어 있음을 주목할 필요가 있다. 히에로니모의 복수라는 중심 플롯 외에도, 사법관과 사형집행인 앞에서 교수형을 언도받은 페드린가노가 로렌조의 편지만 믿고 사형집행인을 조롱하는 장면은 단순히 희극적 효과만을 불러일으키는 것이 아니라, 국가의 권위를 조롱하는 의미를 가질 수 있다

(Shapiro 101).[5] 국가에서 행하는 사형이나 처벌이 연극 무대 위에서 연기의 형태로 행해지면서 공식적인 형벌이 갖는 엄격함이나 경고가 퇴색하고 연극적 행위로 인식됨으로써, 이 극은 국가와 군주의 권위를 탈신비화하는 효과를 초래하고 있는 것이다. 스페인 왕국에 대한 조롱은 곧 엄격한 검열을 피하고 인기를 얻는 수단이 되면서, 동시에 국가와 군주의 잘못된 권위에 대한 비판과 저항을 정당화하는 수단이 되고 있다고 볼 수 있다.

그리고 키드는 이와 같은 권위에 대한 저항과 전복을 정당화하는 또 다른 극적 장치를 사용하고 있다. 그것은 이 작품에 운명에 대한 결정론적인 시각과 인간의 선택과 의지를 강조하는 인본주의적 시각이 혼합되어 있으며, 복수에 대한 기독교적 시각과 이교도적인 시각이 혼합되어 있다는 사실에서 기인한다. 극의 코러스 역할을 한다고 선언하는 안드레아와 리벤지(Revenge)는 극 초반과 결말, 그리고 중간 중간에 스페인 왕국에서 일어나는 모든 사건이 이미 결정되어 있는 일임을 무대 한쪽에서 계속해서 알려준다. 하지만 극 중에서 발생하는 사건들은 단순한 안드레아의 복수가 아니라, 사랑하는 아들을 잃은 히에로니모의 복수가 더욱 중요한 플롯을 형성하고 있으며 그의 내적 갈등과 선택이 중요한 결과를 초래한다. 따라서 해리엇 호킨스(Harriett Hawkins)와 같은 비평가는 이 작품 속에 신의 뜻에 따라 인간의 운명이 정해져 있다고 주장하는 캘빈주의 예정설과 인간의 자유의지와 그에 따른 책임을 주장하는 신플라톤주의가 결합되어 있다고 주장한다

5) 제임스 샤피로(James Shapiro)는 당대 대부분의 극작가들은 무대 위에서 칼로 찌르거나, 독살하거나, 혀를 자르거나, 매단 상태에서 총을 쏘는 형태의 살인이나 폭력을 보여주었지만, 올가미를 사용하는 교수형, 화형, 참수형 등과 같은 국가에서 공식적으로 행하는 사형의 형태를 무대에서 보여주지 않았다고 주장한다. 하지만 키드의 『스페인 비극』은 예외적으로 포르투갈의 신하 알렉산드로의 경우와 페드린가노의 경우를 예로 들어 국가의 사형방식을 보여주고 있음을 지적하고 있다(100).

(35). 르네상스 시대의 역사관을 섭리적 역사관과 마키아벨리적 역사관으로 구분하고 이 두 역사관이 공존했다고 지적하는 필리스 래킨(Phylis Rackin)의 주장에서도 우리는 이러한 근거를 찾을 수 있다(6-7). 하지만 키드가 이러한 두 시각을 자신의 작품 속에 공존시키는 것을 단순히 운명이나 복수에 대한 모호한 시각을 드러낸 것이라고 보기는 어렵다.

전통적으로 『스페인 비극』에 나타난 이러한 대립되는 두 가지 시각을 극단적으로 강조하는 비평가는 도나 해밀턴(Donna Hamilton)과 필립 에드워즈(Philip Edwards)라고 할 수 있다. 이들의 서로 다른 시각은 극 속에서 지하세계의 왕 플루토(Pluto)의 아내 프로세르피네(Proserpine)[6]의 명에 따라 안드레아의 유령과 함께 등장하는 리벤지에 대한 다른 평가에서 비롯한다. 해밀턴은 리벤지가 어떤 것도 통제하거나 지시하지 않는다는 점을 근거로 그가 인간세계에서 일어나는 무질서와 파괴적 요소를 대변할 뿐이라고 주장한다(204). 그는 리벤지를 초자연적인 존재로 보지 않고, 인간의 복수심을 의인화한 존재로 파악하는 것이다. 반면, 에드워즈는 리벤지를 초자연적인 질서를 대변하는 존재로 평가한다. 따라서 그는 프로세르피네의 단순한 기분 때문에 히에로니모와 그의 가족이 모두 스페인과 포르투갈의 왕가를 이을 후계자들과 함께 파멸당한 것이라고 주장한다(119). 따라서 에드워즈에 따르면, 이 극은 세네카 극에 등장하는 것과 같은 신의 악의를 재현하고 있을 뿐이다. 이러한 시각은 결국 인간 삶의 무의미성을 지적하는 것이다.

한편 에드워즈와 같이 리벤지의 초자연적 통제를 인정하는 일부 비평가 중에는 이 극의 예정된 운명론에 입각해 극의 도덕적 의미를 강

6) 그리스 신화에서는 페르세포네(Persephone)로 불린다.

조하는 시각도 있다. 예를 들어 G. K. 헌터(Hunter)와 같은 비평가는 극의 결말에서 리벤지가 안드레아에게 약속한대로 벨 임페리아가 발사자에게 복수하는 것을 근거로 이 극에서 정의가 작용하고 있다고 주장한다. 헌터의 주장에 따르면, 히에로니모는 신의 정의가 어떻게 실현되는지 제대로 이해하지 못한 채 인간적 차원의 정의만을 생각하기 때문에 미치게 되는 것이고, 결국 신의 정의를 실현하는 복수의 도구로만 사용되는 것이다(101). 이러한 시각에서 본다면, 이 극의 등장인물들은 독립적인 주체들이 아니라 "예정된 운명에 따라 움직이는 꼭두각시들"에 불과하고(McAlindon 55), 존 스콧 콜리(John Scott Colley)의 주장처럼 이 극은 신의 심판을 극화한 작품으로 평가된다(241-2). 이들의 시각을 따르게 되면, 히에로니모와 벨 임페리아가 보여주는 인간적 고뇌와 의지는 아무런 의미를 갖지 못하게 되며, 신이 정한 운명대로 악을 행한 자는 악행에 대한 심판을 받게 되고, 히에로니모, 호레이쇼, 그리고 벨 임페리아는 신의 정의를 실현시키기 위해 희생될 뿐이다.

하지만 이처럼 예정론에만 근거하는 시각에는 간과할 수 없는 문제점이 있다. 그것은 헌터와 같은 비평가들이 안드레아의 유령과 리벤지의 운명론만을 중시한 채, 호레이쇼와 히에로니모의 중요한 역할을 무시하고 있다는 점이다. 이 극 초반에 리벤지가 안드레아에게 약속하는 것은 안드레아를 죽인 발사자에 대한 복수이다. 그렇지만 주목해야 할 사실은 안드레아가 사사로운 감정이나 음모에 의해 억울한 죽음을 당한 것이 아니라, 전쟁터에서 정당한 싸움을 통해 전사했다는 것이다. 안드레아가 발사자에게 품는 복수심은 당대 엘리자베스 관객들뿐만 아니라 현대관객들에게도 이해하기 힘든 측면을 지니고 있다. 따라서 안드레아를 위한 복수는 극의 정의와는 무관하며, 단순히 캘빈주의 예정론을 암시하는 극적수단으로 여겨진다. 반면 호레이쇼의 죽음은 안드레아의 경우와는 달리 로렌조라는 악당의 음모에 의한 억울한 죽음이다. 햄린의 지적처럼, 호레이쇼의 죽음이 안드레아의 복수를 위한 것이 될 수는 없는 것이다(164). 그리고 히에로니모뿐만 아니라 벨 임페리아도 안드레아를 위해 복수하는 것이 아니라, 호레이쇼를 위해 복수를 한다. 따라서 히에로니모와 벨 임페리아의 복수를 통해 실현되는 정의는 리벤지가 안드레아에게 약속하는 정의가 아니다. 히에로니모와 벨 임페리아의 복수는 신의 정의를 실현하는 복수라기보다는, 오히려 정의의 부재를 호소하고 경고하는 인간적인 복수이다.

이러한 모순적 요소를 주목해 볼 때, 캘빈주의 예정론과 인간의 자유의지론과 같은 복합적인 시각을 결합시킴으로써, 키드는 히에로니모의 복수를 정당화하는 수단으로 삼고 있다. 다만 예정론은 안드레아와 리벤지의 존재, 플루토와 프로세르피네와 같은 로마 신화 속의 신들과 극중극과 알레고리의 형식을 통해서 드러나는 이교도적 운명론을 통해 구현됨으로써, 그 의미와 효과를 모호하게 만드는 효과를 초래할 뿐이다. 벨 임페리아와 히에로니모의 복수는 이미 분명하게 정해져 있지만, 그것은 개인적 복수를 죄악시하는 기독교적 시각에 의해 히에로니모의 복수를 범죄 행위로 보거나, 무의미한 희생으로 보는 것이 아니다. 운명의 절대성과 복수의 필요성을 강조하는 이교도 신화의 배경 속에서 바라보는 히에로니모의 복수는 리벤지를 통해 이미 결정되어 있는 운명적 결과로 다가오기 때문에, 그의 복수는 개인의 잘못된 선택이라기보다 복수를 권장하는 이교도 신과 운명의 섭리로 정당성을 얻을 수 있게 되는 것이다. 키드가 이교도적 신들과 리벤지를 등장인물들의 운명을 지배하는 존재로 설정한 것이 바로 그러한 이유라 할 수 있다.

기독교적 정의와 도덕을 강조하는 보수적 시각에서 바라보면, 히에로니모의 비극은 기독교적인 신의 섭리와 정의를 끝까지 기다리지 못하고 리벤지가 대변하는 이교도적인 개인적 복수를 선택한 것에서 비롯한다. 하늘의 시간을 좀 더 기다리지 못하고 성급하게 스스로 복수를 행함으로써 피할 수 없는 파멸을 초래한 것으로 볼 수 있는 것이다. 프로서가 지적하는 것처럼 히에로니모가 복수심에 사로잡혀, 정의를 포기한 것으로 볼 수도 있다(49).[7] 그런 시각에서 바라보면, 히에로니모의 복수와 파멸은 관객들에게 개인적 복수가 초래하는 비극적 결과를 경고하고, 왕과 법률의 심판을 기다려야 한다는 도덕적 교훈을 전달하는 것이다. 하지만 앞서 지적한 것처럼, 히에로니모의 복수는 신의 섭리를 제대로 실행할 수 없는 스페인 왕국의 결함과 문제점을 부각시키는 정치적 수단으로 활용되고 있다는 측면을 기억할 필요가 있다. 그리고 히에로니모의 선택이 잘못된 것이 아니었음은 극의 전반적 과정에서 스페인 왕과 포르투갈 총독이 보여주는 부당하고 어리석은 모습이 증거하고 있다. 스페인이나 포르투갈처럼 정의가 추방당한 국가에서는 이러한 비극적 파멸을 피할 수 없는 것이다,

그런데 군주나 왕족의 부당한 지배나 타락한 행동에 대한 신하의 복수는 단순히 적대국 스페인의 경우에만 적용되는 문제가 아니다. 키드는 적국인 스페인 왕국에 대한 조롱과 비난이라는 표면적 의미를 이용하여, 자국인 영국에도 적용될 수 있는 군주나 왕족의 부당한 지배와 판결에 대한 복수와 저항이라는 민감한 문제를 다루고 있는 것이다. 신하의 복수를 정당화시켜주는 마키아벨리적 악당의 존재와 군주의 어리석은 결정과 판단의 문제가 스페인만의 문제가 아니고, 포르

7) 엘리노어 프로서(Eleanor Prosser)는 히에로니모가 벨 임페리아의 편지와 페드린가노의 편지를 우연하게 읽을 수 있게 되는 상황을 신의 섭리의 실현으로 파악하고, 그가 신의 정의를 무시하고 이교도의 복수를 선택하는 것과 스페인 왕 앞에서 정의를 강력하게 호소하지 않는 이유를 이미 복수심에 사로잡혀 왕이나 법률의 정의를 받아들일 마음이 없는 것으로 해석한다.

투갈에서도 마찬가지로 드러난다는 점도 주목할 필요가 있다. 이는 단순히 스페인과 포르투갈에 대한 적대감의 표현으로 단정하기에는 무리가 있다. 키드는 사실 스페인 왕국을 극의 주요배경으로 삼고 있고 그들의 불행에 대한 조롱과 비난을 인기의 수단으로 삼고 있지만, 스페인 왕국과 포르투갈 궁중에서 일어나는 어리석음과 불행을 경고로, 자국인 영국의 상황을 포함하여 무조건적인 계급질서나 도덕질서에 대한 회의적 시각을 전달할 수 있는 것이다. 『스페인 비극』은 정의가 부재한 곳에서는 복수가 필연적이며, 기독교적 예정론이 아닌 이교도적 운명론을 이용하여 그것이 신이 정한 뜻이기도 하다는 점을 전달하고 있기 때문이다. 그렇다면 『스페인 비극』이 대중적 인기를 누린 이유가 어쩌면 스페인에 대한 적대감이 아니라, 정의가 부재한 권력층에 대한 사법관의 복수라는 정치적 아이러니 속에 내재되어 있었던 것은 아니었을까?

역사적으로 키드가 극작활동을 하던 시기의 영국 사회는 내부적으로 안정된 상황이 아니었다. 사실, 엘리자베스 여왕이 왕위에 오르면서 또 다시 생겨난 구교 가톨릭과 신교인 영국 국교 사이의 종교적 갈등은 여왕의 통치 초기에는 앞날을 불확실하게 만드는 요소였다. 키드와 말로 같은 극작가들이 무신론자로 붙잡혀 옥고를 치르고, 불행한 최후를 맞이한 것도 바로 이러한 종교적 갈등에서 비롯한 것이라고 할 수 있다. 1569~70년에 발생했던 노섬벌랜드 백작의 반란을 비롯한 여러 시도도 가톨릭 지도자들의 지원에 의한 것이었고, 스페인과의 갈등도 이와 무관치 않다. 메리 여왕 시대 셀 수 없을 정도로 많은 신교도들이 사형당하고 망명한 끔찍한 시기를 거쳤는가 하면, 엘리자베스 여왕 시대에도 2백 명의 가톨릭 신도와 성직자들이 반역이라는 죄목으로 사형당한 사실은 이러한 종교적, 정치적 불안을 반증한다(Mangan 8).

그런가 하면 케이스 라잇슨(Keith Wrightson)의 지적처럼, 이 시기에는 귀족 사회의 불안과 함께 가난하고 정착하지 못한 일반 백성들 사이에서 발생하는 도둑질과 범법 행위가 난무하였고 사회적 불안과 무질서를 가중시켰다(149).

따라서 이러한 사회적 혼란과 무질서는 결국 여왕을 비롯한 지배권력층에 대한 불만으로 이어질 수밖에 없다. 종교적 이유 때문에 박해나 사형을 당하거나, 가난이나 배고픔과 같은 어쩔 수 없는 상황에서 저지른 범법 행위로 인해 처벌을 받은 자들과 그들의 가족은 신이나 국가, 그리고 법률의 정의에 대해 의심하지 않을 수 없다. 엘리자베스 여왕이 왕권의 절대성을 강조하고, 그녀의 측근들이 그녀를 신격화했던 배경에는 단순히 남성 중심 사회에서 여성을 군주로 섬겨야 했던 당대 영국 남성들의 고뇌가 숨겨져 있지만, 앞서 언급한 사회적 정치적 불안과 혼란도 간과해서는 안 될 중요한 이유이다. 이처럼 통치 이념이나 종교적 수단을 통해 왕권의 절대성과 계급질서, 도덕질서, 사회질서의 중요성을 강조했던 것으로 알려져 있는 엘리자베스 시대 영국 사회는 그만큼 사회적 불만과 혼란이 팽배했고 이를 통제하려고 했던 지배층의 노력이 두드러졌던 시기였다고 할 수 있다. 따라서 억울한 죽음에 대한 복수와 정의의 문제는 당대 영국인들에게 상당한 관심과 흥미를 불러일으켰을 것이고, 특히 정의를 시행하는 사법관이 겪는 정의의 부재라는 정치적 아이러니는 스페인 왕국에 대한 조롱을 넘어서, 영국의 지배 권력에 대한 경고와 비난을 포함하고 있다고 할 수 있을 것이다.

3장 『햄릿』(*Hamlet*)*

I

『햄릿』(*Hamlet*)은 셰익스피어의 비극 작품들 중에서 가장 심오한 비극의 정수로 알려져 있으면서도, 동시에 가장 많은 연구와 논란의 대상이고 어떤 일관적인 의미 도출이 어려운 작품으로 여겨진다. 해리 래빈(Harry Levin)은 이 극을 "셰익스피어 혹은 다른 극작가가 쓴 작품 중 가장 문제가 많은 극"이라 불렀고(재인용, Jenkins 122), 매캘린던(T. McAlindon)은 셰익스피어의 "수수께끼처럼 가장 정체를 파악하기 힘든 극"이라고 평가했는가 하면(44), 얀 코트(Jan Kott)는 이 극을 "우리 시대의 모든 문제를 빨아들이는 스펀지"에 비유하면서 역사극, 스릴러극, 혹은 철학극과 같은 다양한 방식으로 접근할 수 있는 다층적인 극으로 평가하였다(52-53). 그런데 이러한 다층적이고 복합적인 특징은 이 극의 비극성을 평가하는 데 부정적인 요소로 작용하기도 하였다. 빅터 키어넌(Victor Kiernan)은 이 극을 비극이라기보다는 "비극에 관한 극"이라고 부르며 불완전한 비극으로 규정하였으며(64), 송창섭 교수는 이 극이 사극에 가깝다고 지적하면서 그 이유를 셰익스피어가 아직 비극의 본질을 터득하지 못하고 비극의 구성에 대한 완벽한 감각이 생성되지 않은 상태에서 『햄릿』을 썼기 때문인 것으로 파악한다(711).[1] 이들의 지적처럼, 『햄릿』은 극의 내용뿐만 아니라 장

* 이 글은 2011년 *Shakespeare Review* 47권 2호에 실린 「햄릿: 분열된 욕망과 복수의 정치학」을 수정 보완한 내용이다.

1) 송창섭은 빅터 키어넌과 T. S. 엘리엇의 햄릿에 관한 부정적인 견해를 언급하면서 햄릿

르상으로도 상당히 모호하고 복합적이다. 특히 극의 주요 행위인 복수라는 주제를 고려해 볼 때, 『햄릿』은 르네상스 복수 비극의 전복적 정치성과 전통 비극 담론이 규정하는 보수적 비극성을 동시에 지니고 있는 모호한 입장을 취하고 있다. 개인의 고통과 파멸을 통해 도덕성을 강조하는 전통 비극 담론에 잘 부합하면서도, 기존 지배 질서에 대한 저항과 회의를 표현하는 전복적 요소를 동시에 내재하고 있는 것이다. 그런데 당대의 다른 복수 비극의 주인공들과 달리, 햄릿이 보여주는 분열된 복수 욕망은 이러한 모호하고 이중적인 정치성을 전달하는 중요한 극적 요소로 작용한다.

햄릿의 복수가 단순한 개인적 복수 행위를 넘어서는 분명한 정치적 행위라는 점은 복수의 대상이 왕이고 햄릿이 왕자의 위치에 있기 때문에 복수 행위가 왕권 찬탈의 의미를 갖는다는 점에만 국한되지 않는다. 햄릿은 "뭔가가 썩어있고"(something is rotten)(1.4.90) "어긋난"(out of joint)(1.5.196) 덴마크 사회의 질서를 바로잡아야 하는 의무감을 갖고 있으며, 부패한 지배 권력에 저항하는 피지배계층의 욕구를 대변하는 인물로 여겨진다. 하지만 햄릿의 복수 욕망과 복수의 결과를 어떤 시각에서 바라보느냐에 따라 극의 정치적 의미는 완전히 달라진다. 햄릿의 복수 행위를 기독교 교리에 입각한 보수적 시각으로 비춰보면, 우리는 신의 뜻을 따르지 않는 복수자의 고통과 파멸, 그리고 결말에서 신의 섭리에 대한 깨달음과 도덕질서의 회복에 주목할 수 있다. 특히 실수로 폴로니어스(Polonius)를 죽이고 난후, 클로디어스(Claudius)와 마찬가지로 복수의 대상이 되어버린 햄릿의 파멸은 클로디어스의 파멸과 마찬가지로 도덕적 당위성을 전달하는 것으로 보인다. 반면 클로

이 매우 산만하며, 독자 주체에 따라 그 의미가 전혀 다르게 읽혀질 수 있는 모순과 이중성을 지니고 있음을 지적하고 있다(711-713).

디어스로 대변되는 기존 지배질서에 대한 냉소와 저항에 주목한다면, 햄릿의 복수는 부정한 수단으로 왕위에 오른 권력자나 부패한 기존 사회 정치 질서에 대한 회의적 시각과 전복적 욕망을 전달하는 텍스트로 읽힐 수 있다.

그런데 이처럼 복합적이고 이중적으로 드러나는 작품의 정치성은 햄릿의 내면적 분열을 통해 한층 아이러니컬하게 드러난다. 햄릿은 한편으로는 복수를 해야 한다는 강박관념에 시달리지만, 다른 한편으로는 그러한 강박관념으로부터 벗어나고 싶은 욕망에 사로잡혀 있다. 햄릿의 분열된 욕망은 흔히 많은 비평가들이 우유부단함으로 규정하는 나약한 성격 탓으로 치부될 수도 있겠지만, 인간과 사회에 대한 회의적 인식에서 비롯하는 그의 분열된 태도는 좀 더 깊은 차원의 정치적 인식을 드러낸다. 특히 햄릿의 초연함은 역설적으로 강한 정치적 표현이 될 수 있기 때문이다. 5막에서 햄릿이 보여주는 복수와 죽음에 대한 초연한 태도는 개인적 복수가 아무런 의미가 없다는 인식에서 비롯된 것이다. 클로디어스에 대한 복수가 덴마크 사회의 변화를 불러올 수 있다는 확신이 있다면, 햄릿의 복수는 클로디어스가 대변하는 기존 질서에 대한 전복적 욕망을 반영할 것이다. 그런데 그러한 변화의 가능성이 없다면, 햄릿의 복수는 결국 기존 질서의 반복에 불과하다. 햄릿이 분열된 복수 욕망으로부터 초연해지는 이유가 바로 여기에 있다. 그는 결코 클로디어스를 용서한다고 말하지 않는다. 그는 클로디어스의 진실에 대해서 알고 있지만, 더 이상 복수하려 하지 않는다. 햄릿 자신도 복수의 대상이 된 상황에서, 극 초반에서처럼 혼란스런 사회를 바로 잡겠다고도 하지 않는다. 다만 무심하게 마음의 준비를 하고 있을 뿐이다. 이는 기존 질서에 대한 인정과 순응으로 볼 수도 있지만, 다른 한편으로는 클로디어스나 폴로니어스가 대변하는 기존 정치 질서가 얼마나 타락해 있으며, 그것을 변화시키는 것이 얼마나 어려운 일인가를 역설적으로 전달하는 의미를 갖는다.

『햄릿』의 극 행위는 셰익스피어의 다른 세 비극, 『맥베스』(*Macbeth*), 『오셀로』(*Othello*), 『리어왕』(*King Lear*)의 주된 극 행위와 분명히 다르게 나타난다. 이는 기본적으로 『햄릿』이 복수 비극이기 때문에 일어나는 현상인데, 주인공이 겪는 고통과 불행, 욕망 달성에서 다른 과정을 보인다. 극의 구조로 보았을 때, 『맥베스』, 『오셀로』, 『리어왕』의 경우 극의 터닝 포인트에 이르기까지는 동일하게 주인공의 욕망이나 목적을 충족시키는 상승 곡선을 그린다. 맥베스의 터닝 포인트는 덩컨을 죽이고 왕이 되는 시점이고, 오셀로의 경우는 데즈데모나(Desdemona)와의 결혼을 인정받아 사이프러스(Cyprus)에 도착하여 첫날밤을 보내는 시점이며, 리어의 경우는 거너릴(Goneril)과 리건(Regan)에게서 쫓겨나기 직전의 시점이다. 터닝 포인트에 이르기 전까지는 세 인물 모두 자신의 욕망과 뜻대로 행동을 하고 성공하는 것으로 보인다. 하지만 터닝 포인트 이후, 이들의 삶은 고통과 불행의 나락으로 떨어지며 결국 비극적 파멸을 겪게 된다. 그리고 이들의 고통과 불행은 자신의 실수나 비도덕적 행위에 기인한다. 하지만 햄릿은 극 초반부터 아무런 잘못도 없이 자신이 원치 않는 복수의 의무에 사로잡혀 고통과 내면적 분열을 겪는다. 하지만 이는 전통 비극 담론의 경우처럼 주인공의 고통과 불행에 주목한 시각이다. 만약 우리가 주인공의 욕망과 영웅성에 주목한다면, 햄릿의 극 행위는 처음부터 복수라는 욕망 실현을 위해 하강이 아닌 상승 곡선을 그린다고 할 수 있다. 그의 고통이 누그러지는 터닝 포인트는 바로 실수로 폴로니어스를 죽이는 시점이다. 이 시점 이후로 햄릿의 고통은 점차 누그러져 결말에 이르러서는 초탈한 사람처럼 초연해진다. 다른 비극의 주인공들과 달리 터닝 포인트 이후 고통과 파멸을 겪는 것이 아니라, 오히려 고통이 줄어들고 편안한 깨달음에 이르는 것이다. 그래서 어떤 의미에서 햄릿의 결말은 비극적이라기보다 희극적으로 여겨질 수도 있다.

이와 같은 복합적인 극의 구조에서 볼 수 있는 것처럼, 햄릿은 『스페인 비극』의 히에로니모(Hieronimo)와 같이 복수자로서 복수 비극의 주인공이면서, 동시에 실수로 무고한 사람을 죽여 복수의 대상이 되어 파멸을 피할 수 없고 삶과 죽음에 대한 깨달음을 얻는 아리스토텔레스식 전통 비극의 주인공이기도 하다.[2] 사실 햄릿이 처한 상황은 희랍 비극 『오레스테이아』(*Oresteia*)의 오레스테스(Orestes)가 처한 상황과 유사하다. 아들이 억울하게 죽은 아버지의 복수를 해야 하는 상황인 것이다. 하지만 햄릿의 복수 대상은 오레스테스와 달리 어머니와 그녀의 정부가 아니라, 어머니를 유혹하여 왕좌를 차지한 숙부 클로디어스이다. 클로디어스는 형을 죽이고 왕권을 찬탈한 인물이고, 햄릿의 어머니 거투르드(Gertrude)는 그의 유혹에 넘어간 것으로 묘사된다. 따라서 햄릿의 복수는 개인이나 가족의 의무보다는 정치적 의미를 갖는 것이 당연하다. 결국 햄릿의 복수 욕망과 그 욕망으로부터의 도피 혹은 무시라는 분열적 행동의 결과를 어떻게 바라보느냐에 따라 이 극의 의미는 달라진다. 즉, 자신의 비극적 결함으로 인한 비도덕적 행위의 결과로 고통과 파멸을 겪고, 관객들에게 도덕적 교훈을 주는 주인공이라는 전통 비극 담론이 규정하는 비극의 주인공으로 볼 수도 있고, 복수라는 행위를 통해 타락한 기존 질서에 대한 회의와 저항, 그리고 전복적 욕망을 발산하는 낭만적 비극의 주인공으로도 볼 수 있

2) 이러한 장르적 복합성 외에도, 마이클 데이비스(Michael Davis)는 복수가 햄릿의 성격을 하나로 통합하지 않고, 오히려 분열시킨다고 주장한다. 즉, "영웅"이자 "악당," 그리고 "허가받지 않은 광대"로 그를 변화시킨다고 주장한다(51).

는 것이다.

이 글에서는 이처럼 모순되고 이중적인 햄릿의 분열된 복수 욕망과 행위를 중심으로 전통 비극 담론이 규정하는 비극의 정치적 보수성이 어떻게 구현되어 있으며, 또한 상대적으로 당대 다른 복수 비극들과 어떤 차별적인 전복적 욕망을 내재하고 있는지 분석하고자 한다. 우선 햄릿이 복수자에서 복수의 대상으로 바뀌는 과정에서 복수와 죽음에 대한 태도를 중심으로 기독교 중심의 도덕적 교훈이 어떻게 드러나 있는지 살펴보게 될 것이다. 죽은 선왕의 유령이 등장하는 첫 장면부터 햄릿이 내적인 갈등과 복수심으로 인해 도덕적 잘못을 행하는 장면, 그리고 마지막으로 깨달음에 이르지만 클로디어스를 죽이며 담담한 최후를 맞이하는 순간까지, 햄릿과 주변 인물들과의 관계를 통해 나타나는 종교적, 도덕적 시각을 간략하게 분석하게 될 것이다. 그리고 다음으로는 이러한 보수적 성향과 대립되는 셰익스피어 당대 지배질서에 대한 회의적 시각과 정치적 전복성에 주목하게 될 것이다. 이러한 분석에서는 햄릿 자신의 고통과 불행보다는 피지배자의 시각으로 사회의 불행과 고통에 대해 햄릿이 보여주는 냉소적 유희와 영웅적인 태도에 초점을 맞출 것이며, 이는 전통적으로 햄릿의 복수 지연을 문제 삼거나, 햄릿의 딜레마를 보편적 인간의 딜레마로 받아들이는 존재론적 관점과는 다른 접근이 될 것이다.

Ⅱ

전통 비극 담론의 시각으로 바라보면, 『햄릿』은 보수성이 매우 두드러지는 작품으로 여겨진다. 전통 비극 담론이 규정하는 비극은 흔히 기존 사회 질서의 정당성을 극화하고, 전통적인 신념과 가치를 옹호하거나, 인간의 결함으로 인해 초래되는 피할 수 없는 불행과 파멸을 그것이 아무리 잔인하고 부당하더라도 받아들이게 만드는 장르이다(Ryan 44). 표면적으로 『햄릿』은 이러한 담론에 상당히 잘 부합하는 작품이다. 4대 비극 가운데 가장 먼저 쓰인 것으로 알려져 있는 『햄릿』은 복수와 죽음에 대한 시각을 비롯하여 우주와 인간, 여성에 대한 시각 등 당대 영국 사회를 지배하던 기독교 교리에 근거한 신의 섭리, 계급질서와 도덕질서의 중요성을 전달하는 구조와 교훈적 요소들을 포함하고 있기 때문이다. 주인공 햄릿이 겪는 고통과 불행은 그의 우유부단하고 나약한 성품의 산물이고, 햄릿의 파멸은 신의 뜻을 따르지 않은 결과로 여겨진다. 뉴 아든 판본의 서문을 쓴 해롤드 젠킨스(Harold Jenkins)는 이 작품에는 "단순하면서도 심오한 도덕이 내재되어 있으며, … 주인공이 추악하고도 혐오스러운 삶으로부터 벗어나려고 하지만 결국 있는 그대로의 삶을 받아들인다"라고 결론짓는다(159).

이러한 보수주의적 시각에서 『햄릿』을 바라보면, 극의 중심 플롯은 햄릿의 복수지만 극의 의미를 결정하는 중요한 요소는 복수의 갈망 속에서 주인공이 겪는 내적 고통과 최종적인 깨달음이다. 주인공 개인의 비극적 파멸을 통한 도덕질서의 회복이 전통 비극 담론의 핵심적 특징이기 때문에, 죽음과 신의 섭리에 대한 햄릿의 깨달음이 그러한 보수성을 결정짓는 요소가 될 수 있는 것이다. 그런데 사실 복수 비극은 연민과 공포를 통해 도덕적 교훈을 관객들에게 전달해야 한다는 전통 비극 담론보다는, 주인공의 고통과 영웅성을 통해 관객들에게 즐거움을 선사하는 낭만주의적 비극 담론을 전개하기에 더 적합한 양식을 지니고 있다. 그것은 주인공이 어떤 도덕적 실수나 잘못을 하지 않았음에도 희생과 용기를 필요로 하는 의무와 선택을 해야 하는 상황에 처하기 때문이다. 『스페인 비극』의 히에로니모와 마찬가지로 햄릿은 극 초반에 아무런 도덕적 잘못이나 실수를 하지 않았지만, 아버지의 죽음에 복수해야 하는 고통스런 의무감에 사로잡힌다. 희랍문명과 같은 이교도 배경이라면 아버지의 복수는 아들에게 당연한 의무이고, 의로운 행위가 되는 복수의 정의론이 적용될 것이다. 하지만 『햄릿』에 적용되는 복수의 도덕론은 기독교 교리에 바탕을 두고 있다. 따라서 햄릿의 복수는 관객들에게 니체가 말하는 디오니소스적 광기에 속하는 쾌락과 즐거움을 제공하기보다는, 오히려 흔히 우유부단함으로 비난받는 내적 고통과 도덕적 교훈으로 가득한 것으로 보인다.

르네상스 시대에 복수의 개념을 지배했던 기독교적 보수주의 시각으로 바라본다면, 햄릿의 비극은 복수를 주저한 이유 때문이 아니라 오히려 사적인 복수 욕망을 버리지 않은 것 때문에 초래된 것이다. 햄릿은 안티고네(Antigone)처럼 딜레마에 빠져 어쩔 수 없는 선택을 하고 무고하게 희생당하는 인물이 아니라, 사적인 복수를 금하는 기독교적 가르침을 어기고 복수심에 사로잡혀 무고한 살인을 저지르고, 친구들마저 죽음으로 모는 인물로 묘사될 수 있다. 유령의 말이 진실이라고 판단하자마자, 그는 그동안 억눌러 온 개인적인 복수심을 폭발시켜 일을 저지른 것이다. 따라서 그의 비극은 피할 수 없다. 기독교적 시각에서 바라보면, 그는 신의 뜻을 어기고 클로디어스와 마찬가지로 도덕적 잘못을 범한 것이고 그에 대한 대가를 치른 것이다(Bowers 184). 하지만 그가 비극적 영웅이 될 수 있는 것은 죽음의 의미에 대한 깨달음을 통해 신의 섭리를 인식하고 받아들이기 때문이다. 죽음 앞에서도 "마음의 준비가 최선이다"(Readiness is all)(5.2.218)라는 대사에서 나타나는 것처럼, 그는 죽음에 대해 초연한 모습을 보이며 자신의 잘못을 깨닫고 복수심을 버리는 모습을 보여준다. 기독교적 보수주의 시각에서 보면, 이처럼 자신의 죄를 깨닫고 신의 섭리에 귀의하는 모습이 바로 진정한 기독교적 영웅의 모습이다.

『햄릿』의 극적 행위를 보수적으로 바라보기 위해서 가장 우선적으로 규정해야 할 것은 바로 극 첫 장면에 등장하는 유령의 존재이다. 그 이유는 햄릿의 극적 행위를 유발시킨 존재가 바로 유령이기 때문이다. 햄릿이 극 속에서 유령의 선악에 대해 고민하는 것처럼, 비평가들도 유령의 존재에 대해 여러 가지 다양한 시각을 제시해 왔다.[3] 그렇지만 이 극에서 햄릿의 도덕적 실수와 잘못을 지적하기 위해서 가장 적절한 시각은 유령을 악령으로 평가하는 것이다. 햄릿은 악령의 유혹에 빠져 신이 금지하는 사적인 복수를 갈망하다가 결국 무고한 폴로니어스를 죽이는 잘못을 범하게 되고, 그 결과 자신도 복수의 대상이 되어 파멸에 이르게 되는 것이다. 이러한 시각을 가장 대표하는 비평가는 바로 엘리노어 프로서(Eleanor Prosser)이다. 프로서는 유령의 말이 사실이라 하더라도, 유령의 의도는 선한 것이 아니라고 주장한다(135). 유령은 햄릿에게 당대 엘리자베스 시대 지배 담론인 기독교 교리에서 금하는 복수를 강권하고 있기 때문이다.

그런데 이러한 프로서의 주장은 상당한 설득력을 지니고 있다. 그 이유는 우리가 극 중 인물들의 태도에서도 그러한 증거들을 쉽게 발견할 수 있기 때문이다. 무엇보다도 처음 유령의 존재를 만나는 마셀레스(Marcellus)와 바나도(Barnardo), 호레이쇼(Horatio)가 유령을 대하는 태도에서 우리는 유령에 대한 이들의 시각을 파악할 수 있다. 유령이 선왕의 모습을 하고 있어도, 이들은 유령을 실제 선왕의 혼령으로

---

3) 윤희억은 「햄릿의 유령」 *Shakespeare Review* 34권 (1998)에서 유령의 정체에 대한 비평가들의 다양한 견해를 언급하고 있다. 햄릿의 과민한 성격에서 오는 환영으로 보는 시각도 있고(W. W. Greg), 이교도 전통의 유령, 지옥에서 온 혼령(Roy Battenhouse), 연옥에서 온 구원받은 혼령(J. D. Wilson), 햄릿을 유혹하는 악령(E. Prosser) 등으로 보는 시각들이 있어 왔으며, 유령에 어떤 종교적 정체성을 부여하는 것 자체가 무의미하다는 시각(West)까지 존재한다(197).

여기기보다는 오히려 선왕의 모습을 빌린 위험한 존재로 파악한다(Leggatt 55). 유령에 대해 최초로 언급하는 마셀러스와 호레이쇼는 유령을 "이것"(this thing) 혹은 "그것"(it)이라고 칭하며, 유령을 위협하기도 하고, 창으로 찌르려 하기도 한다. 선왕의 모습을 하고 있지만, 그들은 유령에게 예의를 갖추지 않는다. 호레이쇼는 햄릿에게 유령에 대해 말하면서 "왕자님 아버지와 닮은 존재"(a figure like your father)(1.2.199)라고 지칭한다. 호레이쇼와 병사들이 보여주는 이러한 반응들은 셰익스피어 당대 영국인들이 유령을 대하는 태도를 대변한다고 볼 수 있다. 프로서는 당대 엘리자베스 시대 영국인들에게 죽은 자의 영혼이 천국이나 지옥에서 되돌아오는 것은 불가능한 일이었다고 주장한다(102). 따라서 유령의 존재는 선왕의 혼령이 아니라, 천사이거나 혹은 악마라고 주장한다(103). 더구나 유령이 스스로 온 곳이라고 밝히는 "연옥"(Purgatory)은 당대 영국에서 박해받던 가톨릭에서 언급되는 장소이고, 셰익스피어 당대의 공식적인 종교, 영국 국교회에서는 존재하지 않는 곳이다. 이런 상황에서 캄캄한 한밤중에 나타났다가 새벽닭이 울면 사라지는 유령은 당대 영국인들에게 악령으로 여겨질 수밖에 없다.

그런데 중요한 것은 이러한 유령의 존재와 강권에 대한 햄릿의 반응이다. 어머니와 숙부의 결혼에 대해 역겨움을 느끼고 있던 햄릿에게 유령의 말은 충격적이다. 그래서 그는 모든 기억을 다 지우고 오직 유령의 말만을 기억할 것이라고 선언할 정도로, 복수가 그의 모든 영혼을 사로잡는 목표가 되어버린다. 그런데 햄릿의 복수심을 정죄하는 보수적 시각에서 보면, 햄릿이 곧바로 복수를 행하지 않는 이유는 유령의 말이 진실인지, 유령이 선한 유령인지, 악한 유령인지 알 수 없기 때문이다. 다른 병사들과 당대 관객들에게는 분명하게 악령으로 여겨지는 존재가 햄릿에게는 무덤에서 돌아온 아버지의 혼령으로 여겨지는 것이다. 그것은 클로디어스에 대한 증오와 그의 복수 욕망 때문이다. 그가 미친 척하고, 세 번째 독백에서처럼 자살을 생각하고, 갈등에 휩싸이는 것도 바로 죽음과 유령에 대한 확실한 진실을 믿지 못하기 때문이다. 여기에서 주목해야 할 점은 그가 "자살에 대한 신의 계명"(canon against self-slaughter)(1.2.132)은 기억하지만, 개인적인 복수를 금하는 기독교 교리에 대한 언급은 하지 않는다는 것이다. 극중극을 통해서 유령의 말이 진실임을 확인하게 된 순간, 햄릿은 유령의 말대로 개인적인 복수를 즉각 실행에 옮길 마음의 준비가 이미 되어 있다.

많은 학자들에게 논란을 불러일으킨 기도하는 클로디어스를 그냥 지나치는 햄릿의 모습은 그의 우유부단함을 표현하는 것이 아니다. 그가 하는 대사는 복수를 실행에 옮기지 못하는 심약한 자의 단순한 자기변명이 될 수도 있겠지만, 기독교적 시각에서 보면 그렇지 않다.

아냐,
멈춰라, 칼아, 더 끔찍한 상황을 만나자.
놈이 취해 잠을 자거나 광란하고 있을 때,
침대에서 상피 붙어 쾌락을 즐길 때,
경기 도중 욕하거나 구원받을 기미가
전혀 없는 행동을 하고 있을 바로 그때,
놈을 넘어뜨리자. 놈의 발꿈치가 하늘을 박차고,
영혼은 목적지인 지옥만큼이나
시커멓게 저주받도록 말이다.

No!
Up, sword; and know thou a more horrid hent:
When he is drunk asleep, or in his rage,
Or in the incestuous pleasure of his bed;
At gaming, swearing, or about some act
That has no relish of salvation in't;

Then trip him, that his heels may kick at heaven,
And that his soul may be as damn'd and black
As hell, whereto it goes. (3.3.87-95)

기도하는 자를 죽이면 그의 영혼을 천국으로 보낸다는 햄릿의 대사는 의미심장하다. 당시 기독교 교리에 따르면, 기도하는 자는 천국에 가까이 있다. 물론 관객들은 클로디어스의 기도가 하늘로 올라가지 못하는 헛된 기도라는 것을 알지만, 햄릿은 이 사실을 알지 못하는 것뿐이다. 따라서 이 장면에서 그의 복수지연은 좀 더 확실한 복수를 위한 지연이다. 고통받는 아버지의 영혼보다도 클로디어스가 더 고통받는 영혼이 되도록 하겠다는 것이 햄릿의 의도이다. 그의 복수심이 나약한 것이 아니라는 사실은 그가 어머니 거투르드의 방에 가서 보여주는 모습에서 잘 드러난다. 거투르드가 살의를 느낄 정도로 햄릿의 태도는 거칠고 무서웠으며, 결국 그가 자신의 감정을 통제하는 능력을 상실했기 때문에[4] 무고한 폴로니어스를 클로디어스로 오인하여 잔인하게 살해하는 실수를 범하고 만 것이다. 이는 햄릿의 증오심과 복수심에서 비롯된 것이다.

따라서 이러한 햄릿의 행동은 전통 비극 담론에서 규정하는 비극적 오류로 여겨지고, 비도덕적 행위가 되는 것이다. 비록 유령의 말이 사실이었다 할지라도, 당대 기독교 교리에 따르면 햄릿의 개인적인 복수는 신의 뜻을 위반한 죄이다. 개인적인 복수는 신의 정의와 힘을 믿지 않고 부인하는 의미를 함축하기 때문이다(Ribner 80). 유령은 햄릿이 죄를 짓도록 부추기고(Hallett 189), 햄릿은 그 유혹에 넘어간 결과로 여겨지는 것이다. 따라서 햄릿이 폴로니어스를 죽인 것은 그가 사적인

4) 프로서는 햄릿이 오필리어에게 수녀원으로 가라고 심하게 다루는 장면에서도 미친 척하는 것이 아니라, 자기 통제력을 상실했다고 주장한다(177).

복수를 행한 것과 마찬가지의 결과를 초래한다. 햄릿은 폴로니어스를 죽인 이후 급격하게 복수 욕망이 줄어들면서 오히려 삶과 죽음, 권력의 허망함, 그리고 신의 섭리에 대한 깨달음에 이르게 된다. 보수적 시각으로 바라보면, 이러한 햄릿의 변화는 그가 자신의 죄를 인정하고 신의 섭리대로 세상을 받아들이는 결말로 이해되는 것이다. 그리고 그러한 햄릿의 인식과 깨달음의 과정이 5막에서 상당히 길게 이어지는데, 이는 『스페인 비극』이나 『복수자의 비극』(*The Revenger's Tragedy*)과 같은 당대 다른 복수 비극과 『햄릿』이 분명하게 다른 점이다.

특히 죽음에 대한 햄릿의 시각의 변화는 이 극이 얼마나 보수적 정치성을 내재하고 있는지를 보여주는 좋은 예가 될 수 있다. 햄릿은 유명한 독백 "To be or not to be"(3.1.56)에서, 죽고 싶지만 죽음 이후의 삶에 대한 두려움 때문에 삶을 지속할 수밖에 없다고 고백한다. 그는 "자살을 금하는 신의 계명"(canon 'gainst self-slaughter)(1.2.132)에 대해서도 언급하고 있지만, 죽음을 선택하지 않는 이유가 신의 계명에 대한 순종이 아니라 불확실성에 대한 두려움이다. 하지만 5막 2장에 이르러서 그는 죽음에 대해 초연한 자세를 보여주며 신의 섭리에 대한 믿음을 보여준다.

> 우린 전조를 무시해. 참새 한 마리가 떨어지는 데도 특별한 섭리가 있잖은가. 죽을 때가 지금이면 아니 올 것이고, 아니 올 것이면 지금일 것이지. 지금이 아니라도 오기는 할 것이고, 마음의 준비가 최고일세. 아무도 자기가 무엇을 남기고 떠나는지 모르는데, 일찍 떠나는 것이 어떻단 말인가? 순리를 따라야지.
>
> We defy augury: there's a speicial providence in the fall of a sparrow. It it be now, 'tis not to come; if it be not to come, it will be now; it it be not now, het it will come: the readiness is all: since no man has aught of what he leaves, what is 't to leave betimes? Let be. (5.2.215-220)

그런데 햄릿이 이처럼 죽음에 대해 달라진 태도를 보여주는 것은 직접적으로는 무덤지기와의 만남과 대화를 통해서 삶의 무상함을 깨달았기 때문인 것으로 보인다. 하지만 햄릿의 이러한 변화를 예고하는 사건은 바로 폴로니어스의 죽음이다. 실수로 인한 폴로니어스의 죽음 이후에 햄릿은 복수자이면서 동시에 복수의 대상으로 바뀌는데, 그때 이후로 햄릿은 구더기, 물고기, 왕과 거지의 비유를 통해 죽음에 대한 철학적 사고를 하기 시작한다.

햄릿이 폴로니어스를 죽이는 순간 그는 오이디푸스와 같은 고전 비극의 주인공의 위치에 처한다. 자신의 욕망이나 성급함을 자제하지 못해 순간적으로 타인을 해치고, 그 대가를 치러야 하는 것이다. 물론 다른 비극의 주인공들과는 달리, 햄릿에게는 자신의 실수나 잘못으로 인해 고통을 겪는 장면이 중요하게 부각되지 않는다. 이는 맥베스, 오셀로, 리어와 같은 인물들이 터닝 포인트 이후 심각한 내적 고통을 겪게 되는 것과 대조적이다. 오히려 햄릿은 자신이 실수를 범한 그 순간부터 점점 더 차분해지고 성숙해진다. 그렇지만 햄릿이 파멸을 피할 수는 없다. 그것이 그가 행한 잘못된 살인에 대한 도덕적 결과이기 때문이다. 그리고 이러한 도덕적 교훈은 햄릿의 깨달음과 초연한 태도를 통해 더욱 강화된다. 그는 결말에 이르러서는 자신의 의지보다는 모든 것을 전적으로 신의 의지에 맡기고 그 섭리대로 따르겠다는 태도를 보여준다.

따라서 극의 결말에서 햄릿이 클로디어스를 죽이는 것은 개인적인 복수 행위라고 할 수 없다. 그것은 햄릿의 복수가 아니라, 자신의 악행을 회개하지 못하는 클로디어스에게 신의 섭리와 정의가 실현된 것으로 봐야 한다. 프로서를 비롯한 여러 비평가들이 지적하듯이, 햄릿이 스스로 복수를 계획하여 클로디어스를 살해한 것이 아니라, 클로디어스의 음모로 인해 어쩔 수 없이 그를 처단하게 된 것 뿐이다. 보수적 시각에서 분석한다면, 결국 죄를 지은 자들이 대가를 치르고 덴마크 사회의 도덕질서가 회복된 것이다. 이 과정에서 생겨나는 부당한 죽음이나 불편한 현실은 피할 수 없다. 기독교가 지배하던 엘리자베스 시대 영국 사회에서 복수는 신의 정의나 법률에 의한 공적인 심판을 따르는 것이 올바른 것이었다. 물론 일부 비평가들이 지적하듯이, 일반 백성들과 극장의 관객들은 교회와 지배계층의 가르침보다는 감정적으로 개인적인 복수에 공감하고 환호했을 것이다. 하지만 셰익스피어는 『햄릿』에서 이러한 일반 관객들의 욕구보다는 지배계층의 가르침을 더 많이 반영하고 있다. 이처럼 기독교 교리를 바탕으로 햄릿의 극 행위를 바라본다면, 일반 관객들의 자연적인 욕망과 광기를 억압하고자 하는 지배계층의 이데올로기를 반영하는 『햄릿』이 정치적으로 보수적 성향을 보이는 것은 당연하다.

Ⅲ

『햄릿』에는 이처럼 보수적 시각으로 바라볼 수 있는 요소들이 분명하게 드러나 있지만, 다른 한편으로는 그러한 보수성과 정반대되는 전복적 정치성 역시 교묘하게 내재되어 있다. 그 대표적인 근거는 햄릿의 플롯이 단순히 한 개인의 복수 행위에만 국한되지 않고, 햄릿이 속한 덴마크 사회 전체의 정치적 상황에 중대한 영향을 미치는 의미를 갖는다는 점이다. 특히 햄릿의 복수는 최고 권력자에 대한 도전이라는 점에서 분명한 전복적 정치성을 내재하고 있다. 『스페인 비극』의 히에로니모처럼 공적인 복수가 불가능한 상황에서 햄릿은 사적인 복수를 생각할 수밖에 없다. 더구나 햄릿의 신분이 왕자이기 때문에, 햄릿의 복수는 왕위계승의 문제와도 연관 지을 수 있다. 그렇지만 중요한 사실은 햄릿의 불행과 비극이 햄릿 개인의 우유부단한 성격이나 도덕적 실수 이전에 뭔가가 어긋나 있는 덴마크 사회의 현실로부터 비롯된다는 점이다. 이 어긋난 현실을 바로잡기 위해서 햄릿은 갈등하고, 고민하고, 미친 척해야 하는 분열된 모습을 보여준다. 비록 햄릿이 정치적 쿠데타를 일으키는 인물은 아니지만, 그의 내면적 분열과 죽음과 복수에 초연한 모습으로 변하는 과정을 통해 우리는 클로디어스로 대변되는 기존 정치사회 질서에 대한 회의적, 전복적 시각을 분명하게 발견할 수 있다.

클로디어스는 『스페인 비극』의 스페인 왕과 같이 표면적으로는 정치적 수완을 발휘하는 인물로 여겨지지만, 그의 왕권은 이미 심각한 불안과 위험을 안고 있다. 그는 포틴브라스(Fortinbras)의 침공에 대비하여 군사적 정비를 하는가 하면, 동시에 노르웨이에 사신을 보내 외교적 해결을 모색할 줄 아는 인물이다. 레오나드 테넨하우스(Leonard Tennenhouse)의 지적처럼 그는 리처드 2세(Richard Ⅱ)의 왕위를 찬탈한 헨리 볼링브록(Henry Bolingbroke)처럼 마키아벨리적 실질 정치에 능한 왕인 것이다(88). 하지만 그는 사악하고 잔인한 방법으로 왕이 되었고, 그것 때문에 항상 불안해하며 햄릿을 엘시노어에 붙잡아두려는 것도 그를 감시하기 위한 목적이다(Halio 743). 따라서 선왕의 모습을 한 유령의 등장은 단순한 개인적 복수의 요청을 넘어서, 마셀러스의 지적처럼 표면적으로 문제가 없는 덴마크 사회에 뭔가가 잘못되어 있음을 분명하게 암시해준다. 유령의 말을 듣고 고통스러워하며 그 순간부터 미친 척하는 햄릿의 행위는 정상적인 방법으로는 법률이나 권위에 호소하여 진실을 파악하고 정의를 시행할 수 없는 상황, 즉 덴마크 사회의 정치현실을 반영한다.

덴마크 사회가 배신, 불신, 그리고 감시의 사회라는 사실은 극 중 여러 장면에서 발견된다.[5] 형제가 형제를 배신하고, 아내가 남편을 배신하며, 아버지가 자식을 의심하고 감시하며, 연인이 연인을 시험하며, 친구가 친구를 감시하는 것이 덴마크 사회의 현실이다. 클로디어스는 형제를 배신하고 살해하여 왕이 되었으며, 거투르드는 남편을 배신하고 시동생의 아내가 되었다. 클로디어스는 조카이자 아들인 햄릿이 자신의 왕권을 노리지 않을까 의심하여 폴로니어스, 오필리어, 로젠크랜츠(Rosencrantz)와 길덴스턴(Guildenstern)을 시켜 감시하고, 클로디어스의 심복 폴로니어스는 딸 오필리어와 햄릿의 사이를 감시하고, 하인을 시켜 프랑스에서 생활하는 아들 레어티즈(Laertes)를 감시한다. 이러한 덴마크 사회의 위선적이고 정치적인 현실에서 살아남기 위해서 햄릿은 미친 척해야 하며, 그 자신도 극중극을 통해 클로디어스를 감시하며, 친구들을 배신하여 사지로 보내는 역할을 한다. 얀 코트(Jan Kott)는 『햄릿』에서 등장인물들의 모든 대화와 감정 속에 정치적 의식이 내재되어 있다고 주장한다(50). 하지만 햄릿은 끊임없이 그러한 사회 현실을 비판하고 괴로워하는 인물이다.

이처럼 불신과 감시에 익숙한 덴마크 사회의 현실에 대한 차별적 인식을 잘 드러내는 장면이 바로 1막 2장에서 우울한 햄릿의 태도를 넌지시 꾸짖는 거투르드에게 "be"와 "seem to be"의 차이에 대해 민감하게 반응하는 햄릿의 대사이다.

왕비. 만약 그렇다면,
왜 그것이 내게는 그렇게 특별해 보이느냐?
햄릿. 보이다뇨, 마마? 아니, 특별합니다. 전 <보이는 건> 모릅니다.
어머니, 저를 진실로 나타낼 수 있는 건 검정 외투,
관습적인 엄숙한 상복, 힘줘 내쉬는 한숨만도 아니고,
또 강물 같은 눈물과 낙담한 얼굴 표정,

---

5) 마이클 망간(Michael Mangan)은 이 극이 상당부분을 서로에 대한 의심과 감시에 할당하고 있음을 지적하고 있다(133).

게다가 슬픔의 모든 격식과 상태, 모습을
모두 합친 것도 아닙니다.
그런 것들은 정말 보이는 것들이지요.
누구나 연기할 수 있는 행동이니까요.
제겐 겉모습 이상의 무엇이 있으며,
이것들은 비통의 옷이요 치장일 뿐입니다.

Queen. If it be,
Why seems it so particular with thee?
Hamlet. Seems, madam? Nay, it is. I know not 'seems'.
'Tis not alone my kinky cloak, good mother,
Nor customary suits of solemn black,
Nor windy suspiration of forc'd breath,
No, nor the fruitful river in the eye,
Nor the dejected haviour of the visage,
Together with all forms, moods, shapes of grief,
That can denote me truly. These indeed seem,
For they are actions that a man might play;
But I have that within which passes show,
These but the trappings and the suits of woe. (1.2.74-86)

아버지의 죽음을 슬퍼하는 것처럼 보이는 것과 실제로 슬퍼하는 것은 큰 차이가 있다. 어떤 사회에서는 그러한 미묘한 언어적 차이가 큰 의미를 갖지 않을 수도 있지만, 덴마크 사회에서는 커다란 차이를 보인다. 햄릿이 지적하는 것은 바로 그 점이다. 거투르드는 남편을 사랑하는 것처럼 보였지만 실제로는 다른 남자의 유혹에 넘어갔으며, 클로디어스는 우애 있는 형제처럼 보였지만 실제로는 형제의 아내와 지위를 강탈하는 악당이었다. 따라서 햄릿이 슬퍼하는 것처럼 보이는 것도 실제로는 다른 의도를 갖고 있다고 오해를 받을 수 있는 사회가 바로 덴마크 사회인 것이다. 셰익스피어는 극 중에서 이러한 점을 부각시키기 위한 극적 장치들을 여기 저기 배치해놓았다.

햄릿이 오필리어를 비난하면서 "수녀원으로 가라"(go to a nunnery)

고 외치는 장면도 바로 이러한 인식에서 비롯한 것이다. 물론 마이클 망간(Michael Mangan)이 지적한 것처럼, 햄릿은 오필리어가 클로디어스와 폴로니어스의 지시를 받아 자신을 시험하고 있으며 그들이 숨어서 자신을 감시하고 있다는 것을 알고 있기 때문에, 그녀에 대해 극단적인 경멸과 분노를 보이는 것이다(138). 그런데 우리가 주목할 것은 햄릿의 냉소적이고 과격한 비난의 핵심 내용이 바로 진실이 아닌 거짓된 외양에 대한 것이라는 점이다. 특히 여성들에 대해서 그가 하는 비난은 이를 분명하게 드러내준다.

> 당신네들의 화장에 대해서도 족히 들었어. 하느님은
> 여자들에게 하나의 얼굴을 주셨는데, 여자들은 또 다른
> 얼굴을 만들지. 삐딱 걸음에 혀 짧은 소리를 내며,
> 아무데나 별 이름을 갖다 붙이고, 변덕을 무식으로
> 만들어 버리지.
>
> I have heard of your paintings well enough. God hath
> given you one face you make yourselves
> another. You jig and amble, and you lisp, you nick-
> name God's creatures, and make your wantonness
> your ignorance. (3.1.144-148)

여성들이 남성들의 환심을 사기 위해서 보이는 여러 가지 태도는 모두 거짓된 것이라는 것이다. 걸음걸이, 목소리, 화장 등 여성들이 일상적으로 보이는 외양은 모두 진실을 감추고 상대를 속이기 위한 목적으로 파악한다. 물론 햄릿의 이러한 태도는 어머니 거투르드의 배신에 대한 분노에서 비롯된 것으로 보이지만, 흔히 현대 페미니스트 비평가들에게 남성 중심적 가부장제의 전형적인 시각으로 판단되어 비난의 대상이 된다. 그렇지만 햄릿이 보여주는 불신의 대상은 여성만이 아니다. 햄릿의 의식은 덴마크 사회에서 세상 만물과 모든 인간에게로

확장된다.

절친한 친구였던 로젠크랜츠와 길덴스턴이 클로디어스의 지시를 받아 자신의 마음을 떠보기 위해서 찾아온 것을 간파한 햄릿은 그들을 냉소적으로 대하면서 다음과 같은 유명한 대사를 한다.

> 사실은 내 심정이 너무나 울적하여, 이 아름다운 구조물인 지구가 내게는 불모의 땅덩이로 보이고, 가장 빼어난 덮개인 저 대기, 보게, 찬란하게 걸려있는 저 창공, 황금불꽃으로 수놓은 저 장엄한 지붕, 글쎄, 저런 것들이 내게는 더럽고 병균이 우글거리는 증기의 집합체로밖에 보이지 않는다네. 인간이란 참으로 걸작품이 아닌가! 이성은 얼마나 고귀하고, 능력은 얼마나 무한하며, 행동은 얼마나 천사 같고, 이해력은 얼마나 신 같은가! 이 지상의 아름다움이요 동물들의 귀감이지—헌데, 내겐 이 무슨 흙 중의 흙이란 말인가?
>
> it goes so heavily with my disposition that this goodly frame the earth seems to me a sterile promontory, this most excellent canopy the air, look you, this brave o'erhanging firmament, this majestical roof fretted with golden fire, why, it appeareth nothing to me but a foul and pestilent congregation of vapours. What a piece of work is a man, how noble in reason, how infinite in faculties, in form and moving who express and admirable, in action how like an angel, in apprehension how like a god: the beauty of the world, the paragon of animals-and yet, to me, what is this quintessence of dust?(2.2.297-308)

알렉산더 리가트의 지적처럼, 햄릿은 과거에는 자신이 우주와 인간에 대해서 아름답다고 생각했는데 지금은 그렇지 않다고 말하지 않는다(64). 그가 말하고 있는 것은 세상은 아름답고 인간은 고귀한 존재인데, 자신에게는 그렇게 보이지 않는다는 것이다. 그런데 그 이유는 햄릿 자신에게 있는 것이 아니다. 햄릿이 아무런 고통스런 현실을 겪지 않았는데도 이렇게 염세적이고 부정적인 태도를 보인다면, 그것은 햄릿 자신의 문제일 수 있다. 하지만 전통적인 비평가들이 주장하는 것처럼, 햄릿의 성격이 나약하거나 우울한 성품을 타고났기 때문이 아니다. 햄릿의 우울증과 염세적인 태도는 바로 그가 겪은 덴마크 사회의 이중적이고 거짓된 현실을 반영하는 기표가 된다.

햄릿이 덴마크를 "감옥"(Denmark is a prison)(2.2.243)이라고 부르는 이유가 바로 여기에 있다. 극 중의 다른 인물들에게는 덴마크가 감옥이 아니다. 하지만 햄릿에게는 감옥이다. 햄릿의 말처럼 호두 껍데기 속에 들어가 있어도 마음이 자유로우면 그곳은 감옥이 아니다. 하지만 창살 안에 갇혀있지 않아도 아무하고도 소통할 수 없다면, 그는 감옥에 있는 것이나 마찬가지이다. 클로디어스와 거투르드, 그리고 폴로니어스와 같은 극 중 다른 인물들에게는 배신과 불신, 감시가 익숙한 것이다. 사실 극 중에서 클로디어스가 선왕의 아내인 형수 거투르드와 결혼을 하고 왕위에 올라도 이를 문제 삼는 사람은 아무도 없다. 오직 햄릿만이 이 사실이 역겹고 견딜 수 없는 것이다(강석주 55). 햄릿이 극 초반에 언급한 것처럼 어긋난 이 사회를 바로잡는 것이 쉽지 않은 이유가 여기에 있다. 덴마크 사회로부터 철저하게 고립되고 단절된 햄릿이 이 사회를 변화시키는 것은 참으로 어려운 일이다. 그가 분열된 모습을 보이는 것도 바로 이러한 배경에서 연유하는 것이다. 정당한 복수를 통해 이 사회를 바로잡고 싶은 욕망이 있지만, 그것을 이루는 것이 불가능하기 때문에 그러한 의무감이나 욕망으로부터 도피하고 싶은 것이다.

복수에 대한 햄릿의 분열된 욕망이 전복적 정치성을 띠는 것은 바로 이러한 이유 때문이다. 로버트 왓슨(Robert Watson)의 지적처럼 햄릿은 자신의 내면적 욕구와 기독교 교리 사이에서 갈등하는 인물이라고 볼 수 있다(319). 하지만 그는 신의 정의를 기대하지는 않는다. 햄릿의 갈등은 복수를 통해 어긋난 덴마크 사회를 바로잡을 수 있을 것이라는 확신의 부재에서 비롯한다. 그러한 확신의 부재는 타락하고 위선적인 세상과 사람들에 대한 혐오감에 바탕을 두고 있다. 따라서 그는 쉽게 복수를 하지 못하며, 오히려 복수 욕망과 복수 의무로부터 벗어나고 싶은 또 다른 욕망을 생각한다. 이처럼 분열된 햄릿의 욕망은 그의 유명한 세 번째 독백에서 가장 분명하게 드러난다. 얀 코트가 지적하는 것처럼 햄릿의 세 번째 독백에서 "to be, or not to be"는 '죽느냐, 사느냐'의 문제라기보다는 '복수를 하느냐 마느냐'의 문제로 여겨진다(51).

> 어느 것이 더 고귀한가, 난폭한 운명의
> 돌팔매와 화살을 견디는 것이 더 고귀한 것인가,
> 아니면 무기 들고 고해에 맞서 싸우다
> 끝장을 내는 것인가.
>
> Whether 'tis nobler in the mind to suffer
> The slings and arrows of outrageous fortune,
> Or to take arms against a sea of troubles
> And by opposing end them. (3.1.56-60)

난폭한 운명의 화살을 맞고 견디는 것은 복수를 하지 않고 참는 것이다. 무기 들고 고해에 대항하여 싸우다 끝장을 내는 것은 복수를 하는 것이다. 기독교적 시각에 의하면, 참으면 신의 정의가 이루어질 것을 기대하는 것이 옳다. 하지만 햄릿은 그런 기대를 하지 않고, 오히려 죽음을 생각한다. 죽음을 생각하는 것은 햄릿의 나약함을 드러내는 것으로 여겨질 수도 있지만, 다른 한편으로는 견디기 힘든 부당한 현실을 맞서 싸우는 최종적인 수단으로 죽음까지도 각오하는 것이다. 햄릿에게 있어서 복수는 파멸과 죽음을 각오하는 행위인 것이다. 진실이 부재한 위선적이고 타락한 사회에서 정의는 기대하기 힘들고, 고통을 끝내는 길은 죽음뿐이다.

그런데 흥미로운 사실은 햄릿이 이 분열된 욕망을 대변하는 독백에서 피지배자의 고통을 대변하는 시각을 보여준다는 점이다. 그는 자신이 겪는 고통을 피지배자들이 세상에서 권력자들에게 당하는 고통에 비유한다.

왜냐면 누가 이 세상의 채찍과 비웃음,
압제자의 잘못, 거만한 자의 불손함,
경멸받은 사랑의 고통, 법률의 늑장,
관리들의 무례함, 참을성 있는 자들이
쓸모없는 자들에게 당하는 발길질을 견딜 것인가?
한 자루의 단검이면
자신을 끝장낼 수 있는데.

For who would bear the whips and scorns of time,
Th'oppressor's wrong, the proud man's contumely,
The pangs of dispriz'd love, the law's delay,
The insolence of office, and the spurns
That patient merit of th'unworthy takes
When he himself might his quietus make
With a bare bodkin? (3.1.70-76)

이러한 태도는 왕자의 신분인 햄릿에게는 어울리지 않는 것으로 여겨질 수 있지만, 복수자인 햄릿에게는 매우 잘 어울린다. 햄릿의 입장에서 사악한 왕 클로디어스에게 복수를 하느냐 마느냐의 갈등은 피지배계층의 입장에서 타락하고 부패한 권력자의 횡포를 참느냐 참지 않고 맞서 싸우느냐의 문제로 확장되는 것이다. 그런데 주목할 것은 이 독백에서 햄릿이 내리는 결론은 폭군과 권력자의 횡포를 겪는 피지배자들이 미지의 죽음에 대한 두려움 때문에 현재의 고통을 참으며 살아가는 겁쟁이가 되어버린다는 것이다. 이는 어떤 의미에서는 햄릿 자신이 복수를 하지 못하고 겁쟁이처럼 참을 수밖에 없음을 한탄하는 것으로 여겨지지만, 다른 한편으로는 부당한 권력 질서를 견디고 있는 피지배계층에 대한 은근한 비난과 조롱이 될 수 있다.

피지배계층을 대변하는 햄릿의 이러한 태도는 단순히 불쑥 생겨난 것은 아닌 것으로 여겨진다. 햄릿이 폴로니어스를 죽이고 난 후, 신변에 위험을 느낀 클로디어스는 햄릿을 엄벌에 처하거나 죽이고 싶지만 그렇게 하지 못하는 이유를 "경박한 민중들이 그를 좋아하기 때문이다"(the great love the general gender bear him)(4.7.18)라고 고백한다. 햄릿은 왕인 클로디어스보다 피지배 계층에게 인기가 있으며, 그들의 전복적 행위를 이끌어낼 수 있는 인물인 것이다. 그리고 이러한 상황은 역으로 클로디어스의 왕권이 얼마나 불안하고 위태로운 상태인가를 반증하기도 한다. 클로디어스의 왕권이 불안하고 위태롭다는 것을 단적으로 입증하는 사건은 바로 민중들이 레어티즈를 왕으로 추대하여 폭동을 일으키는 장면이다. 햄릿을 억지로 영국으로 보내고 난 후, 아버지 폴로니어스의 죽음 소식을 듣고 복수를 하러 프랑스에서 달려온 레어티즈를 민중들은 왕으로 추대하면서 궁중으로 쳐들어온다. 햄릿의 독백과는 달리 민중들은 언제라도 무능하고 부패한 정권을 전복시킬 준비가 되어 있는 것이다. 물론 이 사건은 클로디어스의 노련한 정치적 수완으로 곧바로 진정되지만, 셰익스피어가 극 속에 이러한 민중 폭동 장면을 포함시켰다는 사실은 주목할만하다.

이처럼 복수 행위를 타락한 정권에 대한 전복적 욕망과 동일시하는 태도는 햄릿이 영국으로 가는 도중에 만나는 노르웨이의 왕자 포틴브라스를 통해서도 구체화된다. 아버지의 복수를 위해 덴마크를 침공하려고 했던 포틴브라스는 햄릿의 분열된 욕망 중의 하나를 당당하게 수행하고 있는 인물이다. 그는 폴란드의 조그만 땅덩이 때문에 싸우러

가지만, 명분과 명예를 위해 죽음과 위험을 두려워하지 않는다. "남아의 위신과 관계된 문제에서는 지푸라기만한 문제에서도 당당히 싸워야 한다"(greatly to find quarrel in a straw when honour's at the stake) (4.4.55-56)고 포틴브라스의 행동을 칭찬하는 햄릿은 정당한 왕권을 빼앗긴 아버지의 복수라는 정당한 명분을 가지고서도 이를 망설이고 있는 자신을 책망한다. 이 장면에서 포틴브라스의 행동을 자신과 비교하는 햄릿은 분명 단순한 개인적인 복수를 언급하는 것이 아니라, 사악한 왕을 응징하고 정당한 왕권을 회복하는 정치적 행위를 암시하는 것이다.

그렇지만 이처럼 복수를 통해 전복적 욕망을 꿈꾸던 햄릿은 영국으로 다시 돌아와 무덤 속의 요릭의 해골을 보고, 무덤지기와의 대화를 나눈 이후 복수의 욕망을 완전히 포기하는 모습을 보인다. 햄릿은 죽음의 의미를 깨닫고 나서, 권력이나 복수의 무상함도 깨달은 것으로 보인다. 그렇다면 햄릿은 분열된 욕망 중에서 복수를 통해 부정한 지배 권력을 몰아내는 쪽보다는 복수를 하지 않고 참고 견디는 쪽을 선택한 것으로 보아야 할 것인가? 그렇게 보기 힘든 이유는 3막의 독백에서 복수와 죽음에 대해 보여준 햄릿의 태도와 5막에서 보여주는 햄릿의 태도에는 엄청난 차이가 존재하기 때문이다. 3막의 독백에서 햄릿이 피지배계층과 마찬가지로 복수를 하지 않고 참는 이유는 죽음 이후의 삶에 대한 두려움 때문이었다. 하지만 5막에서 햄릿은 더 이상 죽음을 두려워하지 않는다. 죽음이란 언제 오든 올 것이기 때문에 마음의 준비만 하고 있으면 된다. 그렇다면 더 이상 죽음을 두려워하지 않으면서도 그가 복수를 포기한 이유는 무엇이고, 그러한 선택의 정치적 의미는 무엇인가?

궁극적으로 햄릿의 선택은 복수를 포기하는 것이 아니라, 복수로부터 자유로워지는 것이다. 햄릿은 복수라는 감정적 행위를 통해 어긋난 사회를 바로잡으려는 정치적 시도를 하지는 않지만, 오히려 사회의 문제점을 정확하게 알고 있으면서 마음의 준비를 하고 있기 때문에 훨씬 더 강한 정치적 표현을 하고 있다고 볼 수 있다. 햄릿은 덴마크 사회의 문제점이 무엇인지도 잘 알고 있고, 그것을 바로잡아 보려고 여러 수단과 노력을 시도했지만 결국 자신도 클로디어스와 크게 다를 바 없는 존재라는 사실을 깨달았다. 복수심 때문에 무고한 폴로니어스를 죽이고, 친구들을 죽음의 길로 보낸 햄릿은 자신의 한계를 깨달은 셈이다. 자신의 부족함에 대한 인식이 없는 상황에서 시도하는 전복은 기존의 잘못된 질서와 다를 바 없는 상황을 초래한다. 표면적으로 신의 섭리에 따르는 것으로 표현되고 있는 마음의 준비는 바로 햄릿이 진정으로 사회를 바로잡을 준비가 되어있음을 의미한다. 따라서 그가 결국 음모를 꾸민 클로디어스를 죽이는 것은 개인적 복수를 넘어, 덴마크 사회의 변화를 의미한다. 비록 햄릿은 죽지만, 햄릿의 "또 다른 자아"라고 할 수 있는 포틴브라스(Kott 59)가 왕권을 얻는다는 사실은 이를 입증하는 셈이다.

비평가들 사이에는 포틴브라스가 덴마크의 왕권을 차지하는 것에 대해 논란이 많다. 물론 포틴브라스 장면을 완전히 없애버리는 현대 공연 작품들처럼, 햄릿이 포틴브라스에게 왕권을 양도하는 것을 무시해버리는 평자들도 있다. 하지만 햄릿의 선택을 옹호하고 정당화하는 시각이 있는가 하면, 햄릿의 선택이 덴마크 사회에 부정적인 결과를 초래할 것이라는 시각도 있다. 마틴 도스워스(Martin Dodsworth)는 포틴브라스가 햄릿의 축복을 받고 들어오는 것이며, 전반적으로 덴마크의 상황이 "완벽하게 만족스러워" 보인다고 주장한다(295). 하지만 이 상황을 부정적으로 보는 비평가들은 극 초반에 덴마크에 근심과 불안을 야기했던 인물이 극의 결말에 왕권을 양도받아야 하는지에 대해 이해하지 못한다(Wells 68). 사실 햄릿은 덴마크의 왕권을 포틴브라스에게 양도하는 정치적 선택을 너무 쉽게 하는 것처럼 보이지만, 셰익스피어는 포틴브라스가 왕권을 계승할 자격이 있는 인물로 묘사하고 있다. 그 가장 큰 이유는 햄릿이 욕망하면서도 제대로 실천하지 못한 일들을 포틴브라스는 해낸 인물이기 때문이다. 그가 과거에 덴마크와 적대 관계에 있었다는 것은 중요하지 않다. 왕위 계승자가 없는 상황에서 클로디어스의 타락한 왕권으로 인해 배신과 불신으로 가득한 덴마크 사회를 완전히 새롭게 변화시킬 수 있는 인물로 이 사회에 물들지 않은 새로운 지도자가 필요한 것이다.

Ⅳ

지금까지 논의한 바와 같이 『햄릿』에는 햄릿 개인의 실존적 고민을 넘어서는 정치적 의식이 분명하게 내재되어 있고, 그 정치성은 복합적이고 이중적인 형태로 나타난다. 전통 비극 담론에서 규정하고 있는 것처럼 햄릿 개인의 비극적 결함과 깨달음에 초점을 맞춘다면, 이 극은 매우 보수적인 경향을 보이는 것이 분명하다. 하지만 복수의 욕망을 둘러싼 실존적 고민과 갈등의 형태로 나타나는 햄릿의 분열된 자아와 그의 정신적 변화 속에는 기존 정치 질서에 대한 강한 회의와 비판적 시각이 포함되어 있다. 기독교적인 시각으로 작품의 구조를 바라보면, 햄릿의 파멸은 필연적이고, 그가 결말에 도달하는 깨달음도 기독교적 인식이다. 그는 사적인 복수를 금하는 신의 뜻을 어기고 사적인 복수를 감행하다가 무고한 사람을 죽이는 잘못을 범하였고, 그것은 당연히 대가를 치를 수밖에 없다. 사악한 방법으로 왕권을 얻은 클로디어스와 근친상간의 죄를 범한 거투르드의 파멸 역시 도덕질서를 중시하는 보수적 시각에서 당연한 결과로 여겨진다. 결말에서 신의 섭리를 고백하는 햄릿은 신의 정의를 실현하는 도구로 사용된 것으로 여겨질 수 있다. 하지만 이러한 복수 과정에서 햄릿이 보여주는 갈등과 내적 분열은 단순한 복수보다도 더 진지하게 정치적 전복성을 표현하는 수단으로 작용한다. 햄릿의 복수는 어긋나고 부패한 사회를 바로 잡는 정치적 행위와 동일시된다. 그렇지만 내적 갈등으로 인해 복수를 지연하고 결국 복수로부터 초연한 태도가 오히려 전복적 정치성을 더욱 강화하는 극적 수단으로 작용한다. 따라서 이 극을 단순한 도덕적 질서의 회복으로 보는 시각은 지나치게 전통 비극 담론에 경도된 시각이다.

사실 『햄릿』이 쓰이고 공연된 1599년에서 1602년의 사이의 영국 사회는 정치적으로 매우 불안하고 위기의식이 팽배해 있던 시기였다. 앤드류 해드필드(Andrew Hadfield)는 셰익스피어가 『햄릿』을 쓸 때, 스코틀랜드의 여왕 메리(Mary)를 처형한 직후인 1580년대 후반과 엘리자베스 여왕의 죽음이 임박한 1590년대 후반, 그리고 에섹스(Essex) 백작의 반란이 일어났던 1601년의 정치 상황을 분명히 반영한 것이라고 지적한다(187). 특히 왕위를 이을 후계자가 없는 엘리자베스 여왕은 점점 늙어가고, 영국의 왕위를 맡길 인물을 스코틀랜드에서 데려와야 하는 상황이었다. 물론 결국 스코틀랜드의 제임스(James)가 혈통에 의거해 영국의 왕권을 차지했지만, 해드필드는 『햄릿』이 잘못된 왕위계승의 문제와 "공화주의"(republicanism)를 다룬 작품이라고 주장한다(189). 해드필드의 주장은 상당한 설득력을 지니고 있다. 그 이유는 이 극이 사악하고 부정한 수단으로 왕위에 오른 클로디어스와 같은 왕에게 순종해야 할 것인가의 문제를 다루고 있기 때문이다. 부정한 왕권을 인정할 수 없다면, 레어티즈와 같이 민중 폭동을 통해 전복을 시도해야 할 것인지, 아니면 포틴브라스와 같은 외국의 왕에게 왕권을 넘겨야 할 것인지에 대한 당대 영국인들의 고민이 햄릿의 내면적 갈등 속에 내재해 있는 것이다.

그렇지만 이처럼 정치적으로 민감한 문제를 직접적으로 표현하는 것은 당대의 불안한 정치 상황 속에서 불가능한 일이었을 것이다. 셰익스피어가 복수 비극이라는 형태를 활용한 것은 바로 이러한 배경이었을 것이다. 『스페인 비극』과 소실된 극 『원햄릿』(*Ur-Hamlet*)의 플롯을 변형하여 만들어진 것으로 여겨지는 『햄릿』은 이처럼 민감한 정치적 딜레마를 반영하는 탁월한 극으로 보인다. 햄릿이 세네카의 복수극이나 르네상스 시대 다른 복수 비극의 전형적 특징과 달리 시원한 복수를 하지 못하고 계속 갈등하고 분열된 모습을 보이는 이유를 이처럼 불안한 당대의 정치적 배경에서 찾을 수 있을 것이다. 그리고 또한 그러한 정치적 갈등에 당대의 지배 담론인 기독교적 시각이 반영되지 않을 수 없다. 따라서 사악한 수단으로 왕권을 얻은 지배자에 대해 복수를 통한 전복적 욕망과 어떤 수단으로 권력을 잡았든지 현실적 권력을 유능하게 행사하고 있는 지배자를 인정하고 순종하고자 하는 욕망이 햄릿의 내면을 통해 분열되어 나타나는 것이다. 셰익스피어가 『햄릿』의 의미를 이처럼 복합적이고 다층적으로 표현하고, 보는 시각에 따라 전혀 다른 분석이 가능하게 만든 이유는 바로 이러한 당대의 정치적 딜레마와 무관하지 않을 것이다.

4장 『복수자의 비극』(*The Revenger's Tragedy*)*

I

『복수자의 비극』(*The Revenger's Tragedy*)은 『스페인 비극』(*The Spanish Tragedy*)이나 『햄릿』(*Hamlet*)과 유사하게 권력자에 대한 복수의 패턴을 지니고 있으면서도, 또한 상당히 다른 면모를 보여주는 복수극이다. 이 극에는 거의 멜로드라마라고 부를 수 있을 정도로 욕정과 탐욕에 빠진 타락한 악인들이 등장하고, 이들을 응징하면서도 내적인 갈등이나 주저함이 전혀 없는 복수자의 냉소적인 잔인한 복수가 극의 중심 구조를 이루고 있다. 표면적으로는 지독한 악인들이 모두 파멸하고, 결국 복수자도 자신이 행한 잔인한 복수에 대한 대가로 파멸하기 때문에, 전형적인 기독교적 정의가 이루어지는 것으로 보인다. 따라서 이 극 역시 전통 비극 담론에서 규정하는 도덕질서의 회복을 중시하는 보수적 시각을 드러내는 것으로 보이지만, 이 극에서 주목할 점은 주인공 빈디체(Vindice)가 냉소주의자라는 사실이다. 이 극의 복수자, 빈디체가 보여주는 복수 과정은 전통적인 비극의 영웅들이나 복수의 주인공들과는 달리 내적 갈등과 고통을 극복하는 고귀함보다는, 오히려 상류지배층과 궁중의 타락한 윤리에 대한 잔인한 조롱과 경멸로 가득 차 있다. 그리고 이 극을 통해 전달되는 도덕적 정의는 잔인한 복수와 냉소적 회의를 통해 이루어지기 때문에, 전통 비극 담론이 규정하는 비극의 보수성을 오히려 훼손하는 효과를 초래한다.

---

* 이 글은 2011년 21세기 영어영문학 24권 3호에 실린 「복수자의 비극: 조롱과 환멸의 정치학」을 수정 보완한 내용이다.

이처럼 이중적으로 드러나는 극의 궁극적 비전을 파악하기 위해서 분명하게 규정되어야 할 것은 주인공 빈디체의 비극적 정체성이다. 냉소주의자인 그를 악당으로 규정하느냐 영웅으로 규정하느냐에 따라 극의 의미는 전혀 다르게 나타난다. 그리고 이는 복수 행위에 대한 당대 지배 담론인 기독교적 시각과 밀접한 관계를 갖는다. 복수 행위를 신의 정의를 무시하고 신의 뜻을 위반한 죄로 파악하는 기독교적 관점에서 본다면, 빈디체는 타락한 공작의 가족과 다를 바 없는 악인으로 여겨진다. 따라서 잔인한 복수에 따른 그의 파멸은 당연한 것이다. 하지만 기독교를 비롯한 기존 지배 질서의 억압에 회의와 환멸을 느끼는 피지배계층의 시각에서 본다면, 빈디체는 타락한 지배 권력층에 대한 자신들의 분노와 전복적 욕망을 충족시켜주는 영웅이다. 비록 그는 자신의 복수 행위의 결과로 파멸하지만, 그의 악마적 희열과 광기는 타락한 기존질서에 대한 저항과 복수를 즐기면서도 안토니오(Antonio)로 대변되는 새로운 정치 질서를 내세우는 데 기여하는 긍정적 효과를 초래한다. 이는 주인공의 복수와 자살, 즉 자기 희생을 통해 기존 질서에 저항하는 히에로니모식의 전복적 욕망에서 분명 한 단계 더 나아간 것이다. 매캘린던(T. McAlindon)은 이 극이 전통적인 개념의 비극이 아니라 "비극적 풍자극"(tragical satire)이라고 지적한다(136). 이러한 매캘린던의 시각은 빈디체에게 전통적인 비극의 주인공에게서 찾을 수 있는 내적 갈등과 고통, 고귀함이 보이지 않는다는 점에서 기인하는 것으로 보인다. 하지만 정의가 불가능한 사회 상황에 주목한다면, 그의 조롱과 잔인함이 고통에서 잉태된 것임을 간과해선 안 된다.

그런데 이러한 빈디체의 정체성에 관한 논란은 이 극의 저자에 관한 논란과 비교해볼 수 있다. 『복수자의 비극』은 『무신론자의 비극』(*The Atheist's Tragedy*)과 함께 시릴 터너(Cyril Tourneur)의 작품으로 알려져 있지만, 최근에는 토머스 미들턴(Thomas Middleton)의 작품으로 여기는 시각이 강하다. 『무신론자의 비극』은 1611년 처음 인쇄되었을 때 터너의 이름이 기록되어 있었지만, 『복수자의 비극』은 1607년에 작가의 이름 없이 인쇄되었기 때문이다. 1656년 에드워드 아처(Edward Archer)의 극 목록에서 이 극은 터너의 작품으로 기록되었지만, 이 작품의 저자에 대해 학자들은 서로 다른 견해를 보여왔다. 새뮤얼 쇼앤범과 R. H. 바커 등은 『복수자의 비극』이 미들턴의 작품이라고 주장한 반면, 해롤드 젠킨스(Harold Jenkins), 엘리스 퍼모(U. M. Ellis-Fermor) 등은 『복수자의 비극』과 『무신론자의 비극』 두 작품이 유사한 제목을 지니고 있고, 도덕적 주제를 뒷받침하기 위해 같은 수법으로 이미저리를 사용하고 있음을 근거로 터너의 작품이라고 주장하였다(Ribner 72). 한편 미들턴의 작품이라고 주장하는 시각은 축약이나 어법, 철자와 반복되는 표현 등과 같은 작품 내적인 요소들을 주목한다(Foakes 2). 그런데 아직까지 이 작품이 누구의 저작이라는 확실한 증거는 찾을 수 없지만, 분명하게 추정할 수 있는 사실은 이 극을 쓴 작가가 자신을 드러내기 꺼려했으며, 그것은 바로 통치자에 대한 빈디체의 냉소적 복수가 당시 영국 사회에서 충격적인 내용이었기 때문이라는 것이다.

두 작품의 제목만을 고려한다면, 두 작품의 도덕성은 같은 이념, 즉 기독교 사상에 근거를 두고 있음을 쉽게 알 수 있다. 당대 기독교 교리에 의하면, 무신론자와 복수자는 둘 다 죄인이고 신의 심판을 피할 수 없다. 무신론자는 신의 존재를 믿지 않기 때문에 당연히 구원을 받을 수 없고, 복수자는 신의 섭리에 맡겨야 할 복수를 스스로 하기 때문에 신의 정의와 힘을 믿지 않는 자이다. 이들이 모두 비극적인 운명에 처하는 것은 당연한 귀결이기 때문에 비극이라는 제목이 붙여진 것으로 여겨진다. 그리고 이는 불행과 고통을 통한 도덕적 교훈이 비극의 목적이라는 보수적 시각에 잘 부합한다. 『무신론자의 비극』은 의심의 여지가 없는 기독교 비극이다. 신의 섭리를 무시하고 자연과 돈을 신봉하여 형제를 죽이고 조카의 애인과 재산을 가로채는 댐빌(D'amvile)의 사악함은 응징을 받는다. 그런데 이러한 댐빌의 파멸을 기독교적 필연적 응징으로 만드는 것은 찰몬트(Charlemont)의 존재이다. 찰몬트는 개인적인 복수를 하지 말고 신의 뜻에 맡기라는 아버지의 유령의 말을 따라 복수를 하지 않고, 결국 신의 심판이 이루어지는 것을 보게 된다. 반면 『복수자의 비극』의 빈디체는 자신의 약혼녀가 당한대로 잔인한 복수를 행하는 인물이다. 그는 히에로니모나 햄릿과는 달리 신의 뜻이나 섭리를 떠올려 자신의 복수를 주저하거나 갈등하지 않는다(McAlindon 140). 따라서 철저한 복수의 화신이고, 악마처럼 복수를 즐기는 인물의 파멸은 기독교적 시각에서 필연적이다.

하지만 이러한 표면적 도덕질서 이면에 드러나 있는 정치적 의미를 살펴보면, 두 작품은 극명한 차이를 보인다. 『무신론자의 비극』은 정치적 문제보다는 도덕의 문제에 초점을 맞춘다. 재산과 지위를 얻기 위해 자신의 형제와 조카를 배반하고 죽이는 인물의 이야기는 르네상스 시기의 극단적인 개인주의나 자본주의적 사고를 반영하지만, 그러한 비도덕적 행위의 비극적 결과를 경고하는 목적이 분명하다. 하지만 『복수자의 비극』은 궁중을 배경으로 하고 있고, 복수 행위를 통해 지배계층과 피지배계층 사이의 갈등과 긴장 관계를 표현하고 있다는 점이 중요하다. 최고 권력자인 공작과 공작부인, 그리고 그의 아들들은 예외 없이 자신들의 권력과 지위를 이용하여 쾌락과 탐욕에 몰두하는 인물들이고, 이들의 탐욕과 욕망 충족을 위해 빈디체를 중심으로 하는 피지배계층은 부당한 피해와 죽음의 고통을 겪어야만 한다. 따라서 빈디체의 복수는 단순한 도덕의 문제가 아니라 지배계층의 통치에 대한 저항과 전복이라는 정치적 의미를 지니게 된다. 비록 빈디체가 권력을 목적으로 하는 쿠데타를 일으킨 것은 아니지만, 그의 잔인한 복수는 타락한 권력자를 어떻게 대할 것이냐는 당대의 정치적 고민에 대한 분명한 견해를 표현하고 있다. 그리고 극의 결말에서 덕성을 갖춘 인물 안토니오가 공작의 자리를 대신하면서 복수자인 빈디체와 히폴리토(Hippolito)를 처형하는 것은 작가의 의도적 전략으로 여겨진다. 이 극이 초점을 맞추고 있는 것은 사악하고 타락한 권력자를 조롱하고, 그의 악행에 걸맞은 복수를 하는 것이다. 복수의 광기와 희열을 잔인한 폭력을 통해 만끽한 후에, 마지막 순간 갑작스럽게 이루어지는 복수자의 파멸은 사치와 도덕적 타락으로 물들어 있으면서도 절대 왕권을 강조하던 당대 영국 지배계층의 감시를 고려한 것으로 보인다.

이 글은 『무신론자의 비극』과 함께 시릴 터너의 작품으로 알려져 있는 『복수자의 비극』이 어떤 점에서 도덕적 교훈을 강조하는 보수적 비극 요소와 동시에 그 이면에 정치성, 특히 전복적인 정치성을 드러내고 있는지 분석하게 될 것이다. 이는 단순히 『복수자의 비극』이 터너의 작품인지 아닌지를 밝히는 데 일조하고자 하는 목적이 아니며, 『복수자의 비극』이 당대 르네상스 복수 비극 전통에서 어떤 위치를 차지하고 있는지 연구하고자 하는 것이다. 이를 위해 우선 『복수자의 비극』을 『무신론자의 비극』과 유사한 기독교적 보수주의 시각으로 파악할 수 있는 도덕적 요소들을 분석하고, 이어서 그러한 보수적 구성을 와해시키고 의심스럽게 만드는 전복적 요소들을 연구하고자 한다. 특히 글의 논리적 전개를 위해 주인공 빈디체의 정체성에 대한 서로 다른 시각을 좀 더 구체적으로 다루게 될 것이다. 특히 타락한 공작이 다스리는 극 중 사회가 어떤 모습으로 드러나 있는지 주목할 것이며, 복수자인 빈디체의 잔인한 복수가 어떤 정치적 의미를 내포하는지 살펴볼 것이다.

Ⅱ

『복수자의 비극』을 기독교적 시각을 바탕으로 도덕적 교훈을 전달하는 비극으로 판단할 수 있는 근거는 무엇보다도 극의 상징적 구성에 있다. 피터 워맥(Peter Womack)은 이 극을 일종의 알레고리라고 주장하며, 그 근거로 등장인물들이 악(vice)을 의인화하고 있다고 설명한다(180).[1] 사실 이 극의 등장인물들은 선과 악으로 분명하게 구분될 수 있는 두 부류로 나누어지며 등장인물들의 이름이 특정한 품성을 나타낸다는 점을 고려한다면, 중세 도덕극의 전통을 활용하고 있다고 주장하는(White 144) 비평가들의 시각이 타당하게 여겨진다. 사악한 공작의 가족들이 악을 상징하는 집단이라면, 그들에게 희생당하며 고통받는 빈디체의 여동생 카스티자(Castiza)와 안토니오, 그리고 그의 아내로 대변되는 인물들이 선을 대변하는 부류로 분류될 것이다. 물론 빈디체와 히폴리토의 정체성은 모호해 보인다. 그들은 선한 그룹을 위해 악한 그룹에게 복수하지만, 자신들도 악인들과 같은 부류로 평가받는 것을 피할 수 없다. 그럼에도 불구하고, 이 극은 궁극적으로 악은 마땅한 처벌을 받고 선이 승리한다는 도덕적 비전을 제시하는 것으로 보인다. 어빙 리브너(Irving Ribner)는 이 극의 행위들과 인물들이 의도적으로 비현실적이며, 상징적인 특성을 과장하여 표현하고 있으며, 이

1) 빈디체(Vindice)의 이름은 복수자(vengeance)를 의미하고, 공작의 아들 루수리오소(Lussurioso)는 음탕한 자(lust), 공작부인이 낳은 아들 앰비치오소(Ambitioso)는 야심가(ambitious), 수퍼배큐오(Supervacuo)는 어리석은 자(overfoolish), 그리고 서자인 스퓨리오(Spurio)는 사생아의 뜻을 각각 나타내는 이름들이고, 그들은 모두 극 중에서 자신의 이름에 걸맞은 역할을 한다(Womack 179).

들이 강조하는 주제는 지상에서의 삶이 일시적이고 헛된 것이며 결국 내세에서의 삶에 희망을 두어야 한다는 것이라고 주장한다(76).

이러한 상징적 구성을 전제로 빈디체의 복수 행위를 고찰해본다면, 그의 복수는 악에 전염되어 본래의 악과 다를 바 없는 혹은 그보다 더 악랄한 악을 저지른 것으로 여겨진다. 그것은 이 극이 빈디체의 잔인한 복수 행위에 초점이 맞춰져 있다는 사실에서 두드러진다. 관객들은 빈디체의 아내와 아버지에게 어떤 일이 일어났는지 직접 보지 못하고, 빈디체의 독백을 통해 들어야만 한다. 그는 9년 동안이나 복수를 꿈꿔왔으며, 막이 열리면서 이제 복수를 시작할 모든 준비가 되어 있다고 선언한다. 그렇지만 앞서 지적한 것처럼, 그는 햄릿이나 히에로니모처럼 복수에 대한 갈등이나 주저함을 전혀 드러내지 않는다. 그의 마음은 오직 복수로만 가득 차 있다. 극의 상징적 구성으로 보면, 그는 악한 인물들에게 피해를 당한 피해자이다. 그의 약혼녀 글로리아나(Gloriana)는 늙은 공작의 음탕한 요구를 거절한 것 때문에 독살당했으며(1.1.31-34), 그의 아버지도 공작의 미움을 받아 그로 인한 불만과 슬픔 때문에 결국 세상을 하직했다(1.1.126-27). 따라서 그가 공작에게 적개심과 복수심을 갖는 것은 당연하다. 하지만 복수를 시작하면서, 매캘린던의 지적처럼 그는 자신의 "정체성을 상실"하면서 점점 악의 집단과 같은 잔인하고 교활한 모습을 보여준다(138). 기독교적 시각에서 보면, 복수 행위가 그를 점차 악랄한 악인으로 몰아가는 것이다.

막이 열리면서 시작되는 빈디체의 독백을 통해서 우리는 그가 자신의 적이 누구인지 이미 알고 있으며, 오랜 시간 동안 복수를 기다려왔다는 사실을 알 수 있다. 그가 손에 들고 등장하는 글로리아나의 해골은 그녀의 죽음 이후 흘러간 시간의 정도를 알려줄 뿐만 아니라, 그의 복수심의 정도를 알려준다. 따라서 이 극은 『스페인 비극』이나 『햄릿』

과 달리 억울한 죽음의 진실을 알려줄 유령의 존재가 필요 없고, 해골의 존재가 바로 유령의 존재와 마찬가지로 빈디체에게 죽은 자에 대한 기억과 복수심을 상기시키는 대상이다(Hallett 229). 해골을 바라보면서 살아있을 때 약혼녀의 아름다움을 상기하고, 그녀를 독살한 공작의 사악함에 분노하면서 그의 생각이 자연스럽게 도달하는 것은 복수이다.

> 복수, 그대 살인의 대가여, 이것으로
> 그대 자신이 비극의 소작인임을 보여주는구나.
> 오, 바라건대, 그대가 정한 복수의 대상에 대한
> 처벌의 약속을 지켜다오.
>
> Vengeance, thou murder's quit-rent, and whereby
> Thou show'st thyself tenant to Tragedy,
> O keep thy day, hour, minute, I beseech,
> For those thou hast determin'd. (1.1.39-42)

그는 고전 신화 속의 복수의 여신을 불러 복수를 호소하는 것도 아니고, 기독교의 신에게 복수를 호소하는 것도 아니다. 그는 복수가 "비극의 소작인", 즉 비극을 생산하는 원인이 된다는 것을 알고 있지만, 스스로 복수를 결심하고 선택하는 것이다. "복수가 정당히 받아야 할 것을 복수에게 주라"(give Revenge her due)(1.1.43)는 이어지는 대사에서 알 수 있듯이, 복수는 이미 그에게 흔들리지 않는 약속과 같은 대상으로 여겨진다.

찰스 할렛(Charles A. Hallett)은 이러한 빈디체의 태도를 사랑이 변형되어 생겨난 분노라고 지적하면서, 이 극이 얼마나 여성에 대한 남성의 욕정과 사랑에 초점을 맞추고 있는지 설명한다(225). 사실 이 극의 주요 플롯은 세 개의 복수로 이루어져 있는데, 모두가 정숙하고 순결한 여성들에 대해 공작과 공작의 아들들이 품은 정욕 때문에 생겨난 것들이다. 늙은 공작은 빈디체의 약혼녀를 유혹하려다 실패하자 독살했고, 공작의 아들 루수리오소(Lussurioso)는 빈디체의 여동생 카스티자를 유혹하기 위해 빈디체를 고용하고, 공작의 막내아들은 고결한 안토니오의 아내를 겁탈하여 그녀를 자살하게 만든 것이다. 빈디체는 이 세 개의 복수를 수행하는 중심인물인데, 그의 복수는 바로 이러한 타락한 정욕에 대한 복수라고 할 수 있다. 하지만 할렛의 지적처럼, 이 극의 남성들은 악인이나 선인이나 자신들의 정욕이나 사랑이 좌절되면 복수하는 인물들로 여겨질 수 있다(227). 늙은 공작이 자신의 정욕을 채우지 못하자 글로리아나에게 복수한 것처럼, 빈디체는 약혼녀와의 사랑을 이루지 못하게 만든 공작에게 복수하고자 한다는 것이다. 이러한 할렛의 주장은 결국 빈디체의 복수가 사악한 공작의 복수와 크게 다를 바 없다는 사실을 암시하는 것이다. 빈디체는 음탕한 정욕에 사로잡힌 자들의 죄를 보고 그들을 정죄하지만, 자신의 죄와 잘못은 보지 못한다는 것이다.

이러한 면모를 주목한다면, 빈디체의 악마적 복수 과정에는 여성에 대한 부정적 편견도 분명하게 드러난다. 빈디체의 남성 중심적 성향은 먼저 그가 자신의 누이와 어머니를 대하는 태도에서 어느 정도 엿보인다. 그는 피아토로 변장해서 루수리오소를 위해 포주 역할을 하기로 하는데, 루수리오소의 욕정의 대상이 자신의 여동생이라는 사실을 알고 경악하지만 변장한 상태로 누이와 어머니를 시험하기로 결심한다. 그의 유혹은 여동생 카스티자에게는 전혀 소용이 없지만, 어머니 그라치아나(Gratiana)에게는 위력을 발휘한다. 딸을 이용해서 가난을 벗어나 부자로 살며, 지위를 누리는 것이 결코 부끄러운 일이 아니라고 설득하는 빈디체의 말은 그라치아나의 마음을 흔들어놓고, 결국 그녀는 카스티자에게 공작의 아들에게 몸을 바치도록 강요한다. 이러한 상황은 물론 그라치아나가 쉽게 유혹에 빠질 수 있는 나약한 도덕관을 지니고 있었기 때문에 발생한 것이지만, 빈디체의 역할 역시 무시할 수 없다. 그는 굳이 여동생과 어머니를 시험하지 않고서도 자신의 목적을 달성할 수 있었을 것이다. 하지만 그는 악마와 같은 유혹자의 역할을 선택하며, 이로 인해 어머니를 타락하게 만들고 고결한 여동생을 고통스럽게 만드는 상황을 연출한 것이다.

주목할 점은 빈디체의 대사들 가운데 여성을 무시하거나 폄하하는 내용이 상당히 자주 등장하고 있다는 사실이다. 그는 피아토(Piato)로 변장해서 궁중으로 들어가기 전에 어머니와 여동생에게 작별인사를 하기 전에 히폴리토에게 "여자들은 그릇된 돈을 취하기 쉬운 경향이 있다"(women are apt to take false money)(1.1.104)고 말하는가 하면, "동침하고 자녀에게 젖 먹이기 위해 아내를 갖는다"(Wives are made to go to bed and feed)(1.1.132)라고 말하기도 한다. 이러한 빈디체의 시각은 여성을 욕정의 대상으로만 생각하는 공작과 공작의 아들들의 시각과 별로 다르지 않다. "자신의 아이를 밴 자라 할지라도 여자를 믿어서는 안 된다"(Women must not be trusted with their own)(1.2.200)고 말하는 서자 스퓨리오의 대사도 빈디체의 대사와 다르지 않다. 여성을 욕정의 대상으로만 생각하는 남성들의 시각에서 볼 때, 여성은 두 부류로 나누어질 뿐이다. 즉, 남성을 배신하지 않고 정조와 순결을 지키는 고결한 여성과 돈이나 지위로 얼마든지 정신과 육체를 살 수 있는 여성으로 나누어지는 것이다. 빈디체의 약혼녀 글로리아나와 여동생 카스티자(Castiza), 그리고 안토니오의 아내는 바로 첫 번째 부류에 속하는 여성들이고, 음탕한 공작부인이나 빈디체의 어머니 그라치아나는 바로 두 번째 부류에 속하는 여성이 된다.

빈디체는 정조를 지키는 여성은 귀하게 여기지만, 유혹에 넘어가는 여성은 자신의 어머니라 할지라도 경멸하고 거칠게 대하는 전형적인 남성중심적 태도를 보인다. 4막 4장에서 빈디체는 히폴리토와 함께 자신의 어머니 그라치아나를 단검으로 위협하며 죄를 고백하게 만든다. 그들이 이토록 그라치아나를 위협하며 정죄하는 이유는 그녀가 딸의 정조를 팔아 안락을 누리기 원했기 때문이다. 그렇지만 이러한 빈디체의 태도는 지나칠 정도로 남성 중심적이고 이기적이다. 변장을 하고 온갖 언변을 동원하여 그라치아나를 유혹한 것은 바로 빈디체 자신이었다. 그는 오히려 어머니를 시험하고 유혹한 것에 대해 용서를 구하고 진실을 밝히기보다는, 어머니를 타락한 여자로 정죄하고 폭력으로 위협을 가해야 죄를 고백하고 용서를 빌 것으로 판단한다. 그는 어머니의 죄를 심판하는 역할을 하고 있지만, 실제로는 자신이 어머니로 하여금 그러한 죄를 짓도록 유도한 사실을 잊고 있다. 이처럼 여성에 대해 빈디체가 보여주는 편견은 여성을 정욕의 대상으로만 생각하는 공작이나 공작의 아들들과 크게 다를 바 없다고 판단할 수 있는 여지를 제공한다.[2)]

그리고 이와 같은 여성에 대한 편견과 더불어 빈디체의 악마적 성향이 가장 두드러지는 장면은 바로 글로리아나의 해골을 이용하여 공작에게 복수하는 장면이다. 해골에게 가면을 씌우고 옷을 입혀 살아있는 여자의 모습으로 꾸미고, 그 입술에 독을 발라 키스를 이용해 공작을 독살하는 복수는 히폴리토의 반응처럼 참으로 "기발한 악의"(the quaintness of thy malice)(3.5.108)이다. 정욕 때문에 여인을 독살한 공

2) 피터 스탈리브라스(Peter Stallybrass)는 이 극에서 여성의 죽은 몸이 남성의 욕망 충족을 위해 사용되고 있으며, 글로리아나와 안토니오의 부인의 죽은 몸은 빈디체와 안토니오의 남성성을 지켜주는 수단으로 이용되고 있음을 지적하고 있다(130). 그 이유는 글로리아나와 안토니오의 부인은 죽음으로써 약혼자와 남편이 오쟁이지지 않도록 했기 때문이다.

작이 그 여인의 입술에 묻은 독에 의해 독살되는 것은 참으로 아이러니하면서도 합당한 처벌로 여겨진다. 하지만 여기에서 빈디체의 잔인한 광기가 지나치다고 여겨질 수 있는 이유는 자신의 복수심을 위해 연인의 해골을 이용한다는 사실이다. 그는 글로리아나 역시 자신과 같은 복수를 원할 것이라고 생각하지만, 그것은 빈디체 자신의 생각이다. 땅속에 묻힌 해골을 파내어 복수의 도구로 사용하는 그의 태도는 복수의 광기로밖에 설명하기 힘들다. 더구나 죽어가는 공작을 조롱하면서, 공작부인과 서자 스퓨리오가 남편과 아버지를 배신하고 서로 부정한 애정을 표현하는 장면을 지켜보게 하여 더욱 고통스럽게 죽어가도록 만드는 장면은 그의 잔인함을 극단적으로 부각시킨다.

그리고 이러한 빈디체의 잔인함은 늙은 공작의 죽음으로 새로운 공작이 된 루수리오소를 죽이는 장면에서도 똑같이 재현된다. 빈디체에게 있어서 루수리오소는 자신의 여동생을 정욕의 대상으로 삼았기 때문에 늙은 공작에게 느끼는 것과 마찬가지의 복수심을 가질 수 있는 존재이다. 하지만 루수리오소의 욕정은 채워지지 않았고, 빈디체는 자신의 변장으로 루수리오소를 마음껏 조롱한 상황이다. 하지만 그는 죽어가는 루수리오소도 조롱하면서 자신의 잔인함을 즐기는 모습을 보여준다.

> **빈디체.** 통풍입니다, 여러분, 통풍! (루수리오소의 귀에 속삭인다) 이제 이것에 대해 재잘대지 못할 거다. 너를 죽인 것은 빈디체다.
> **루수리오소.** 오
> **빈디체.** 너의 아버지를 죽인 것도--
> **루수리오소.** 오
> **빈디체.** 그리고 그게 나다. 누구에게도 말 못하지. (루수리오소 죽는다)
> (큰 소리로) 공작님께서 돌아가셨다.

Vindice. Air, gentlemen, air!
(He whispers in Lussurioso's ear)
Now thou'lt not prate on't, 'twas Vindice murdered thee--
Lussurioso. Oh!
Vindice. Murdered thy father--
Lussurioso. Oh!
Vindice. And I am he. Tell nobody. (Lussurioso dies) So, so.
(Aloud) The Duke's departed. (5.3.92-98)

이와 같은 빈디체의 잔인하고 교활한 태도는 거의 이아고와 같은 마키아벨리적 악당에게서나 찾아볼 수 있는 모습이다. 따라서 그가 햄릿이나 히에로니모와 같은 고귀한 복수자의 모습이 아니라, 악마적 광기에 사로잡힌 복수자의 모습을 보여주는 것은 분명해 보인다. 매캘린던은 이러한 빈디체의 복수 욕망 충족이 그에게 음탕한 공작의 가족들이 느끼는 것과 같은 성적인 흥분을 불러일으키는 것으로 판단하며, 당대 주요 비극에서 적에게 폭력을 행하면서 그와 같은 극단적인 기쁨을 얻는 인물은 없다고 지적한다(140).

따라서 새로운 통치권자의 자리에 오르는 안토니오가 복수자인 빈디체와 히폴리토를 처형하는 것은 권력 질서와 도덕질서를 회복하여 더욱 튼튼히 하는 결과라고 볼 수 있다. 공작을 죽인 것이 안토니오를 위한 것이었다고 항변하는 빈디체에게, 안토니오가 “노공작과 같은 늙은이를 말이지. 그를 살해한 너희야말로 나까지도 살해할 놈들이다”(Such an old man as he; You that would murder him would murder me)(5.3.124-25)라고 일축하는 것은 바로 빈디체의 복수로 인해 무너져버린 지배 질서의 권위를 새롭게 공고히 하는 의미를 내재한다. 그렇지만 물론 안토니오가 타락한 공작을 옹호하거나 그와 마찬가지의 권력 질서를 만들어갈 것이라고 여겨지지는 않는다. 노공작과 그의 가족들로 인해 타락한 권력질서와 도덕질서는 빈디체의 잔인한 복수로 인해 무너져 내렸지만, 그것이 오히려 안토니오로 대변되는 더 나은 지배질서와 도덕질서를 확립하는 계기가 된 것이다.

사실 안토니오는 빈디체와 다를 바 없는 피해를 입은 인물이지만, 그의 반응은 빈디체와 다르게 나타난다. 자신의 아내가 공작의 막내아들에게 당한 치욕 때문에 불행한 죽음을 선택했음에도, 안토니오는 빈디체와 같은 사적인 복수심에 사로잡히기보다는 공정한 재판이 이루어지지 않는 것에 대해 한탄할 뿐이다. 극의 결말에서 자신에게 통치권이 주어졌을 때, 그가 표현하는 첫 번째 대사는 “하늘이 나의 통치의 왕관을 지켜주시길”이며, 공작의 가족이 모두 끔찍한 죽음을 맞이한 것에 대해 빈디체가 “죽음에 죽음으로 당신의 선한 아내의 겁탈이 갚아졌습니다”(The rape of your good lady has been quited with death on death)(5.3.108)라는 대사에 “하늘의 법은 공정하네”(Just is the law above)(5.3.109)라고 응답한다. 이는 안토니오가 빈디체나 히폴리토와는 달리 사적인 복수보다는 하늘의 정의를 기다리는 인물이라는 점을 암시한다. 이처럼 하늘의 뜻에 순종하는 안토니오가 하늘의 뜻에 순종하지 않는 빈디체와 히폴리토를 사형에 처하는 것은 잔인한 복수에 대한 응분의 대가로 여겨진다.

이처럼 기독교 교리에 의거한 극의 상징적 구성으로 보면, 빈디체는 결국 공작의 가족들과 마찬가지로 악당으로 분류된다. 물론 그가 공작의 가족들처럼 사악한 욕정의 소유자는 아니지만, 복수를 선택하는 순간부터 그는 공작의 가족들과 마찬가지로 파멸의 길을 선택한 것이다. 이는 공작의 가족들이 서로 탐욕과 욕정에 사로잡혀 배신과 속임수에 익숙한 인물들인데, 이들의 입을 통해 자주 등장하는 중요한 단어가 바로 복수라는 사실에서도 입증된다. 공작부인은 자신의 욕정을 충족시켜주지 못하는 공작에게 복수하고자 하며, 스퓨리오는 자신의 서자로서의 불행한 운명을 저주하며 자신을 낳아준 공작과 공작의 가족을 비롯하여 모든 것에 복수를 맹세하는 인물이다. 루수리오소는 자신을 속인 피아토에게 복수하려고 하며, 앰비치오소와 수퍼배큐오 역시 루수리오소를 죽이려 하다가 막내 동생을 죽이게 된 사실을 알게 되자 복수를 맹세하는 인물들이다. 이들은 모두 자신들이 당한 사기나 속임수, 피해에 대해 복수를 맹세하는 인물들이라는 공통점을 지니고 있다. 그렇다면 빈디체 역시 이들과 같은 부류에 속한다고 할 수 있는 것이고, 이 극은 잔인한 복수를 곧 사악한 인물을 증거하는 극적 요소로 활용하고 있다는 여지를 충분히 보여주고 있는 셈이다.

Ⅲ

하지만 이처럼 표면적으로 기독교적 도덕질서를 지키고 더욱 공고히 하고 있는 것처럼 보이는 이 극의 알레고리적 극적 구성 이면에는, 기존 사회 정치 질서에 대한 냉소적 저항과 전복적 욕망 또한 내재되어 있다. 주인공의 잔인한 복수를 도덕적 교훈보다는 오히려 즐거움의 원천으로 파악할 수 있는 요소들이 내재해있는 것이다. 그 이유는 사악하고 타락한 통치권자로 대변되는 지배 정치 질서에 대한 저항과 비판의식이 잔인한 복수와 조롱의 형태로 표출되고 있기 때문이다. 통치권자의 타락으로 인해 법률이나 국가가 사회적 정의를 구현할 수 없는 상황에서 피지배자의 복수 행위는 강력한 정치적 전복성을 반영한다. 그리고 그것의 정당성은 피지배계층을 대변하는 복수자로서 빈디체가 조롱하고 경멸하는 타락한 궁중과 정치 질서를 통해 여실히 드러난다. 공작과 공작 가족의 사악함과 타락의 정도가 크면 클수록,

그리고 빈디체의 복수가 잔인하면 잔인할수록, 그가 느끼는 고통과 부당한 사회에 대한 분노는 더욱 부각될 수 있다. 비록 극의 결말에서 그는 자신이 저지른 복수와 살인의 대가로 필연적으로 파멸당하는 것처럼 보이지만, 그가 겪는 파멸에는 후회나 고통이 없고 오히려 만족과 즐거움이 느껴진다. 복수자의 잔인한 복수와 파멸은 관객들에게는 타락한 현실정치에 대한 불만과 분노를 대리 표출하는 수단으로 작용하고, 그러한 시각에서 본다면 복수자는 핍박받는 대중의 영웅이 되는 것이다.

빈디체의 복수 행위가 영웅적으로 여겨질 수 있는 가장 중요한 배경은 이 극이 지니고 있는 정치성에 근거한다. 선악의 이분법적인 도덕 구조에서 벗어나서 정치적 상황을 고려해보면, 이 극에는 계급질서나 지배 질서에 대한 회의적이고 전복적인 시각이 상당히 드러나 있다. 특히 타락한 곳이 궁중이고, 타락한 인물들이 최고통치권자인 공작과 그의 가족들이라는 사실은 이 극이 지닌 정치성을 분명하게 전달하는 요소이다. 할렛은 이 극이 여성에 대한 남성들의 정욕이 주된 플롯을 이루는 원인이라고 주장하지만, 단순히 그것만은 아니다. 오히려 그것보다 더 중요한 요소는 지배층의 권력 남용이다. 공작과 공작의 아들들은 자신들의 권력을 이용해서 힘없는 여성들을 정욕의 대상으로 삼으려 했고, 그것이 실패하면 상대에게 복수하거나 죽음으로 내모는 인물들이다. 빈디체의 복수가 영웅적으로 여겨질 수 있는 것은 바로 그가 타락한 권력자를 대상으로 악행을 저지르기 때문이다. 『스페인 비극』이나 『햄릿』에서처럼 복수의 지연이나 내면적 갈등이 없는 것은 주인공 복수자의 비극성을 감소시키고 잔인함과 사악함을 드러내는 원인으로 보이지만, 다른 한편으로는 신의 섭리나 정의, 그리고 정의가 이루어질 수 없는 사회에 대한 냉소적이고 회의적인 태도를 반영한다고 볼 수 있다. 즉 갈등과 고통의 단계를 넘어 조롱과 환멸의 단계로 넘어선 것이다. 화이트는 이 극이 풍자 희극적 요소를 지니고 있다고 지적하지만(144), 빈디체의 조롱과 복수는 단순한 풍자를 넘어 심각한 전복적 욕망을 드러내고 있다.

막이 열리면서 시작되는 빈디체의 독백에서 공작을 지칭하는 "통치권을 지닌 호색가"(royal lecher)[3]라는 표현은 매우 의미심장하다. 빈디체의 판단에 의하면, 공작의 실체는 호색가에 불과하다. 신분이나 지위는 그저 겉껍데기 이름일 뿐이다. 빈디체는 이미 권력이나 권력자의 권위를 처음부터 무시하고 있다. 빈디체의 말처럼 공작은 통치자로서의 권위나 능력을 모두 상실하고 있다. 그의 관심은 오로지 부인이 아닌 다른 여성들과 동침하여 욕정을 채우는 것에만 있다. 그는 자신의 아내뿐만 아니라 아들들도 제대로 다룰 수 없으며, 자신이 다스리는 국가와 민중에게 공정한 통치를 한다는 것은 불가능하다. 사실 공작부인이나 공작의 아들들이 공작과 마찬가지로 음탕하고 탐욕스러운 것은 공작 자신의 책임이라고 할 수 있을 것이다. 빈디체의 독백을 마무리하는 마지막 대사 역시 지배계급의 권위를 강조하는 계급질서를 조롱하는 의미를 담고 있다는 점을 우리는 주목할 필요가 있다. "연회, 안락함, 그리고 웃음은 위대한 사람을 만들 수 있지만, 그 위대함은 육체에 있으니, 하층의 현명한 사람이 그들보다 위대하다"(banquets, ease, and laughter can make great men, as greatness goes by clay, but wise men little are more great than they)(1.1.47-49) 같은 표현에서 드러나듯이, 빈디체의 복수심은 지배계층에 대한 경멸과 저항의식으로

3) 빈디체는 3막 5장에서 공작이 독이 묻은 해골의 입술에 키스하는 순간 다시 한 번 비슷한 표현을 사용한다. "통치권을 가진 악당, 하얀 악마와 같은 위선자" 라는 표현이 그것이다. 위선적인 군주를 나타내는 하얀 악마의 표현은 후에 웹스터가 자신의 작품 제목으로 사용한다.

표현되고 있다. 그의 악행이 공작 가족의 악행과 근본적으로 다른 점이 바로 그것이다.

공작이 통치하는 사회가 단순히 음탕한 욕정만이 난무하는 사회가 아니라 정의가 부재하는 사회라는 가장 분명한 증거는 1막 2장의 공작부인의 막내아들에 대한 재판에서 드러난다. 공작부인의 막내아들은 고결한 안토니오의 부인을 강간하여 그녀로 하여금 치욕 때문에 자살하게 만든 죄를 범했다. 너무나도 명백한 죄를 지었지만, 재판에서 그는 아무런 처벌도 받지 않는다. 이것은 모두 공작의 부당한 변덕에 의한 것이다. 공작은 재판의 서두에 막내아들의 난폭한 행동이 초래한 불행과 불명예를 언급하면서 판사들의 판결에 막내아들을 맡기겠다고 선언한다. 하지만 공작부인의 호소와 한탄을 들으면서 그는 판사의 마지막 판결 순간에 자신의 결정을 번복해버린다.

판사 1. 저 죄인으로 하여금--
공작부인. 살게 하라, 건강하게.
판사 1. 교수대에 올려--
공작. 멈춰, 멈추시오!
스퓨리오. (방백) 제길, 뭣 때문에 아버지가 지금 말을 꺼내는 거지?
공작. 판결을 다음 개정 때까지 연기하겠소.
그동안 그를 엄중하게 가둬두도록 하시오.
호위병, 데려가라.

First judge. Let that offender--
Duchess. Live, and be in health.
First judge. Be on a scaffold--
Duke. Hold, hold, my lord!
Spurio. (aside) What makes my dad speak now?
Duke. We will defer the judgment till next sitting.
In the meantime let him be kept close prisoner. --
Guard, bear him hence. (1.2.81-86)

이 장면은 이 극이 배경으로 하고 있는 사회에서 법률이나 재판이 결코 정의를 실행할 수 없다는 것을 단적으로 증명하고 있다. 정의를 시행해야 할 최고 통치권자인 공작 자신이 범죄자이고, 통치권자가 판사의 판결권을 가로채 범죄자를 살려주는 결정을 내리는 사회에서 빈디체와 같은 피지배계층의 억울한 사정이 공적으로 정당한 판결을 얻는다는 것은 전적으로 불가능하다.

빈디체가 피아토로 변장하여 악당 역을 자청하는 것도 바로 이처럼 타락한 세상에 대한 대응책이다. "알맞은 사람, 즉 때에 맞는 사람이 되려 한다. 정직한 것은 이 세상에 맞지 않기 때문이다"(I'll put on that knave for once, and be a right man, then, a man o'th'time, for to be honest is not to be i'th'world)(1.2.93-95)라는 선언은 자신의 악행이 불가피함을 전달한다. 그가 루수리오소의 음탕한 지시를 이행하는 과정에서 자신의 어머니 그라치아나를 시험하기 위한 "악한 것은 부끄러운 일이 아닙니다. 그것이 일반적이니까요"('Tis no shame to be bad, because 'tis common)(2.1.121)라는 표현 역시 세상이 얼마나 타락하였는지를 강조한다. 그라치아나가 "그래요 그 말이 위안이 되네요"(that's comfort on't)(2.1.122)라고 말하면서 변장한 빈디체의 유혹에 편안하게 넘어오는 것도 바로 이 순간이다. 이처럼 타락한 세상에 대한 인식은 "세상은 악당들과 바보들로 나누어져 있다"(The world's divided into knaves and fools)(2.2.5)는 루수리오소의 판단에서 다시 한 번 반복된다. 세상은 자신의 이익이나 욕망을 채우기 위해 다른 사람을 속이고, 이용하고, 해를 입히는 자와 어리석게 이러한 피해를 당하는 자들로 나누어져 있다는 것이다. 이러한 세상에서는 바보들은 끝없이 피해를 입고, 악당들은 끝없이 이익을 취하는 구도이다. 빈디체가 히에로니모나 햄릿과 달리 일부러 교활한 악당 역을 하는 이유를 이러한 세상에 대한 인식에서 찾을 수 있다. 그가 세상에 대해 느끼는 환멸과 분노가 그를 악당으로 만드는 것이고, 다른 악당들보다 더 잔인한 악당이 되는 것은 정의의 부재에 대한 야유가 된다.

빈디체가 공작이나 공작의 가족들과 같은 철저한 악당이 아니라는 반증은 그가 타락한 세상과 그 타락한 세상을 그대로 내버려두는 하늘의 섭리에 대해 독백이나 대사를 통해 보여주는 끊임없는 비판과 조롱에 있다. 돌리모어(Jonathan Dollimore)는 빈디체가 하늘을 향해 던지는 외침에는 분명한 조롱이 담겨있다고 주장한다(139). 그는 어머니 그라치아나가 자신의 유혹에 완전히 걸려든 사실을 확인한 후에, 하늘을 한탄한다.

> 어째서 하늘이 검게 변하거나, 또는 찡그린 인상으로
> 세상을 망쳐놓지 않는가? 어째서 땅이 벌떡 일어나
> 자신을 밟고 다니는 죄를 때리지 않는가?
>
> Why does not heaven turn black, or with a frown
> Undo the world? Why does not earth start up
> and strike the sins that tread upon't? (2.1.255-57)

세상이 죄에 물들어 가는데도 하늘은 아무런 반응을 보이지 않고 있음을 우회적으로 표현한 것이다. 그리고 이러한 한탄은 서서히 좀 더 직설적인 조롱으로 변해간다. 루수리오소가 자신을 속인 피아토에게 복수하기 위해 빈디체를 불러 피아토에 대해 거짓된 말을 늘어놓을 때, 빈디체는 "하늘도 무심하지, 번개는 다 써버렸나?"(Has not heaven an ear? /Is all the lightning wasted?)(4.2.162)라고 방백한다. 그리고 이어서 잠시 후, 루수리오소가 퇴장한 후에 또 다시 이렇게 독백한다.

남아있는 천둥은 없는 건가? 아니면
더 중한 복수를 위해서 아껴두는 건가? (천둥소리)
그럼 그렇지!

Is there no thunder left, or is't kept up
In stock for heavier vengeance? [Thunder is heard]
There it goes! (4.2.203-04)

빈디체는 겉으로는 신을 부르지만, 그 신의 역할을 믿지 않고 있으며 오히려 냉소적이다. 천둥소리는 울리지만, 그가 그것을 신의 응답으로 여기지 않는다는 것은 곧바로 이어지는 "그럼 그렇지"라는 반응에서 드러난다. 그것은 돌리모어의 지적처럼 당대 무대의 음향 효과를 패러디하는 희극적 반응으로 여겨질 수도 있지만(140), 그보다는 천둥소리가 빈디체에게는 아무런 의미도 갖지 못한다는 점이 더 중요하다. 타락한 세상에 대한 신의 분노를 알리는 것으로 여겨지는 천둥소리를 그는 오히려 조롱하고 있는 것이다. 죽어가면서 빈디체와 히폴리토를 악당이라고 부르는 공작에게 "하늘은 공평하고, 경멸당한 것은 경멸함으로써 보상받는다"(Heaven is just; scorns are the hires of scorns)(3.5.188)고 응답하는 빈디체의 대사는 하늘의 정의를 언급하는 것처럼 보이지만, 그 정의가 자신 스스로 행한 것이라는 점에서 신의 섭리를 무시하는 것이다.

따라서 빈디체의 잔인한 복수는 복수를 금하는 기독교의 교리를 조롱하고, 오히려 극단적으로 위반하는 것이다. 기독교적 시각에서 보면, 빈디체는 신의 섭리를 기다리지 못하는 어리석은 죄인이다. 하지만 그는 신의 정의를 대변해야 할 공작이나 법률이 타락한 사회에 남아있는 그러한 기대 자체를 무시한다. 그 근본적인 이유는 바로 타락한 권력자와 지배계층이 자신들의 지배질서를 공고히 하기 위해서 신의 섭리를 이용하기 때문이다. 빈디체의 행위가 영웅적으로 여겨질 수 있는 근거는 바로 통치권자의 지배권을 정당화하는 지배 담론인 기독교 교리에 도전하고 있기 때문이다. 이러한 시각에서 보면, 빈디체는 니체식의 비극적 영웅에 가깝다. 인간의 부정적 탐욕과 잔인함, 사악함을 당당하게 드러내고 있다는 점 때문에 오히려 비극을 고귀한 예술로 파악한 니체는 고통과 파멸 속에서도 용기와 위엄을 잃지 않는 주인공의 영웅성을 주목했다. 악마적 잔인함과 사악함을 드러내면서도 지배 담론인 기독교적 신의 정의와 통치권자 중심의 권력 질서에 도전하고, 이를 조롱하는 빈디체는 악당이라기보다는 영웅에 가까운 것이다.

빈디체를 통해 드러나는 기존 지배 질서에 대한 조롱과 회의는 현실 정치와 사회에 대한 비판과 전복적 욕망을 반영하는데, 특히 제임스 1세 당시의 혼란스럽고 타락한 영국 정치 상황과 런던의 사회현실을 반영하는 것으로 보인다(Foakes 11). 제임스 1세는 "왕의 신성한 권리"를 믿었으며 절대왕권을 확립하려 애를 썼지만, 그의 통치 아래서 군주의 힘과 낡은 귀족정치는 제임스와 궁중의 사치와 타락에 분노한 젠트리 계층과 상인들에 의해 점점 도전을 받고 있었다(Gibson 24). 제임스의 궁중은 극 중 공작의 궁중처럼 성적인 타락으로도 유명하였다(Gibson 30). 물론 외국인에 대해 배타적이었던 영국에서 이탈리아를 배경으로 하는 늙은 공작의 타락한 궁중은 영국인들에게 우월감과 만족감을 불러일으키는 측면을 무시할 수는 없겠지만, 그것보다는 이탈리아의 궁중을 빗대어 영국의 정치현실을 비판하는 수단으로 작용한다. 빈디체의 죽은 약혼녀의 이름 글로리아나가 에드먼드 스펜서(Edmund Spenser)의 『선녀여왕』(*The Faerie Queene*)에서 엘리자베스 여왕을 찬양하는 시적 이름들 중 하나라는 사실도 이러한 배경을 뒷받침한다. 이러한 인유 장치가 이미 사망한 엘리자베스 여왕 시대의 영국과 제임스 1세가 통치하는 영국의 상황이 비교할 수 있는 배경이 될 수 있는 것이다(Hill 331).

이 극에서 조롱하고 있는 것이 단순히 공작과 공작의 가족들의 음탕함만이 아니라 궁중 전체의 부패와 타락이라는 사실은 루수리오소가 새로운 공작이 되고 난 후, 귀족들이 그에게 보여주는 우스꽝스런 아부를 통해서 잘 드러난다. 늙은 공작의 사망을 확인하자마자 경쟁적으로 새로운 공작의 등극을 선언하는 귀족들은 곧바로 이어지는 주연자리에서 새로운 공작의 수명을 경쟁적으로 늘려 아부하는 모습을 보여준다. 심지어 공작이 영원히 죽지 않을 것이라고 아부하는 귀족만이 루수리오소에게 칭찬을 듣는데, 이는 권력자를 향한 아부가 극에 달한 궁중 전체의 타락상을 의도적으로 희화하는 것이다. 깁슨은 제임스 1세의 궁중에서도 많은 허영심과 야심에 찬 궁정인들이 사회적 금전적 이익을 얻기 위해 음모를 꾸미고 왕의 호의를 얻기 위해 서로 경쟁했다고 지적한다(30).

이 극이 지배 질서에 대한 전복적 욕망을 강하게 드러내고 있다는 점은 공작의 가족이나 궁중의 타락상뿐만 아니라, 대사 곳곳에서 드러나는 부당한 사회 현실에 대한 언급에서도 발견된다. 포크스는 이 극이 특히 다른 복수 비극들과 다른 점으로 관객들을 극의 내용 속으로 끌어들이고, 관객들에게 사회나 인생에 대해서 설교하고 있다고 주장한다(10). 하지만 중요한 점은 이러한 설교나 교훈이 표면적으로 내세우는 도덕성을 전복시키는 아이러니를 드러낸다는 점이다. 공작은 자신을 습격한 아들 루수리오소를 용서해줄 뜻을 내비치는 독백에서 "자신은 더 큰 죄를 지면서 살아있는 판사는 죄인에게 고개를 끄덕이기 마련이다./ 간통죄를 용서받기 바라는 심정에서 불순종의 잘못은 용서하겠다"(2.3.125-28)라고 말하는데, 그의 솔직한 대사는 타락한 권력자 밑에서 세상에 정의로운 판결이 불가능한 이유를 역설적으로 전달한다. 3막 5장에서 빈디체가 공작을 죽이기 위해 연인의 해골에 가면을 씌우고 등장한 후, 히폴리토에게 하는 대사도 역시 외양에 속고 있는 세상과 인생에 대해 설교하고 있다.

> 분명히 우리는 모두 미친 사람들이다. 그리고
> 우리가 미쳤다고 생각하는 자들은 미치지 않았다.
> 우리는 그들을 잘못 판단하고 있다.
> 미친 건 우리들이고, 그들은 외양만 그러한 것이다.
>
> Surely we're all mad people, and they
> Whom we think are, are not: we mistake those;
> 'Tis we are mad in sense, they but in clothes. (3.5.79-81)

빈디체의 설교는 우리가 세상을 착각 속에 살아간다는 것이다. 상대의 외모에 반하여 사랑을 해도 실체는 보잘 것 없는 것이고, 엄청난 이익을 얻을 것으로 생각해서 자신의 모든 것을 바쳐도 결국 돌아오는 것은 억울한 죽음이나 피해를 보는 것이 세상이다. 따라서 여기에서 빈디체는 가치의 기준을 역전시키고 있다. 우리는 다른 사람들을 미쳤다고 손가락질하지만, 실제로 미친 것은 우리 자신이라는 것이다. 이러한 시각은 빈디체가 현실적인 가치나 도덕질서에 대해 회의하고 믿지 않는 냉소주의자라는 사실을 반증해준다.

극의 결말에서 안토니오의 명령에 의해서 사형선고를 받은 빈디체가 자신과 히폴리토의 죽음을 마치 다른 사람의 경우인 듯이 초연하게 받아들이는 대사도 결국 냉소주의자 빈디체의 면모를 분명하게 보여주고 있다.

> 우리가 우리 자신의 적이라면 이제는 죽어야 할 시간이다.

살인자들이 살해를 마감할 때, 이 저주가 그들의 운명을 정해버리지.
아무도 폭로하지 않는다면, 그들 스스로가 자신을 드러내고 말지.
우리 자신이 아니었다면, 이 살인은 혀 없는 놋쇠 속에서 자고 있었을 것을. 그리고 세상은 바보처럼 모르고 죽는 거지.

'Tis time to die when we are ourselves our foes.
When murd'rers shut deeds close, this curse does seal 'em.
If none disclose 'em, they themselves reveal 'em.
This murder might have slept in tongueless brass
But for ourselves, and the world died an ass. (5.3.130-34)

빈디체의 대사는 살인자의 악행은 결국 밝혀지게 되고 악인은 대가를 치르게 된다는 보수적 교훈을 전달하는 것처럼 보이지만, 사실은 그러한 시각을 조롱하는 의미가 내재되어 있다. 만약 빈디체 자신이 스스로 폭로하지 않았다면, 그의 살인은 아무도 모르고 세상은 속고 말았을 것이다. 이러한 시각은 진실과 정의가 신의 섭리에 의해 이루어진다는 기독교적 시각을 냉소하는 것이다. 이는 권력자들의 악행이 드러나지 않고 "혀 없는 놋쇠 속에" 잠자고 있으며, 세상은 바보같이 속고 있는 현실을 교묘하게 표현하고 있다. 빈디체의 태도는 모든 행위의 주체가 자신임을 전달하고 있다. 그는 죽음이 임박한 상황에서 신의 이름을 부르지도 않으며, 자신의 살인이나 악행에 대해 잘못을 시인하거나 후회하는 모습을 보이지도 않는다. 오히려 그는 자신의 복수와 살인, 그리고 죽음 앞에서 만족한 모습을 보인다.

그가 죽음을 앞두고 보여주는 담담한 태도는 결코 도덕질서의 강화에 기여하지 못한다. 사실 빈디체는 이 극에서 거의 신과 같이 모든 상황을 주도하는 역할을 했다고 할 수 있다. 물론 연극적 용어로 표현한다면, 그는 상당부분에서 자신의 극을 연출한 것이나 마찬가지이다. 이처럼 모든 것을 계획하고 조종하고 통제하는 역할에서 그가 맞이하는 죽음은 표면적으로 드러나는 피할 수 없는 파멸의 의미와는 달리, 신의 섭리나 지배질서의 존재를 이미 조롱하는 의미를 함축하고 있다. 그는 다른 복수극의 주인공들과는 근본적으로 다르게 여겨진다. 『햄릿』에서 주인공 햄릿이 보여주는 내적 갈등과 복수 지연은 햄릿의 선택이 쉽지 않음을 보여주는 요소이다. 그것은 물론 햄릿의 성격 탓으로 돌릴 수도 있겠지만, 다른 한편으로는 헤겔이 자신의 비극론에서 주장하는 것처럼 서로 상반되는 가치에 대한 갈등에서 비롯된 것일 수 있다. 사실 클로디어스는 현실 정치에서 유능한 모습을 보여주고 있고, 그를 제거하는 것이 진정한 선인지 확신하기 힘들다. 특히 기독교적 가르침에서 복수를 죄로 규정하고 있는 상황에서, 햄릿은 신의 뜻을 따라 복수를 하지 않는 것과 아버지의 복수를 하는 것 사이에서 선택을 해야 하는 것이다. 하지만 빈디체의 경우는 햄릿의 상황과 다르다. 공작과 공작의 가족의 타락상은 너무도 분명하고 극단적이어서, 빈디체는 갈등할 필요가 없다. 따라서 빈디체는 헤겔식의 비극적 영웅은 될 수 없고, 오히려 선과 악의 대립에서 선의 승리보다는 오히려 한바탕 악의 축제를 통해 타락한 세상과 인간 본성의 적나라한 실체를 관객들에게 보여주는 것이다.

Ⅳ

지금까지 살펴본 바와 같이 『복수자의 비극』은 『햄릿』과 마찬가지로 기독교와 도덕질서 중심의 보수적 시각과 그와 정면으로 상반되는 지배질서에 대한 전복이라는 대립적 욕망이 공존하는 이중적인 텍스트이다. 표면적으로는 전통적인 비평가들이 주장하는 것처럼 복수자인 빈디체를 포함하여 사악하고 타락한 자들이 응징을 받고, 고결하고 선한 안토니오로 대변되는 도덕질서의 회복이 극이 전달하는 주된 교훈으로 여겨진다. 하지만 이러한 중세 도덕극과 같은 알레고리적 구성 이면에는 도덕질서나 신의 정의에 대한 회의적 시각이 내재되어 있으며, 이는 기존 정치 지배질서에 대한 도전과 잔인한 복수의 형태로 표현된다. 당대 영국 사회에서 금지되어 있던 사적인 복수가 기존 정치 질서에 도전하고 이를 전복시키는 수단으로 작용하는 것이다. 사실 빈디체의 복수 행위는 매우 아이러니컬하게 보인다. 그는 타락한 궁중을 응징하기 위해서 지배 담론에서 금지하는 복수를 사용하기 때문이다. 그렇지만 그것이 바로 기독교적 지배 담론에 근거해서 타락한 정치를 정당화하는 권력자에 대한 도전과 저항을 표현하는 중요한 수단으로 작용한다.

따라서 빈디체는 일종의 "악당 영웅"(villain-hero)이라고 할 수 있을 것이다. 하지만 그는 『오셀로』의 이아고나 『무신론자의 비극』의 댐빌과 같이 자신의 이기적 목적이나 편견 때문에 악행을 저지르는 악당이 아니다. 『복수자의 비극』은 신의 뜻을 위반한 죄인의 파멸과 동시에, 악행을 통해 기존 지배 질서에 도전하는 영웅의 모습을 보여준다. 따라서 앤 피핀 버넷(Anne Pippin Burnett)의 지적처럼, 이 극의 "관객들은 분노한 범죄자와 그 범죄자가 공격하는 타락한 질서 둘 다를 성원하고 또한 비난해야 하는" 상반된 감정을 경험한다(29). 기독교에서 금하는 잔인한 복수를 행한 빈디체가 극의 결말에서 파멸하는 것은 기독교적인 정죄로 여겨지지만, 오히려 그 정죄의 정당성에 대한 의심을 불러일으키는 효과를 초래한다. 더구나 빈디체가 자신의 파멸에 만족하고 기쁘게 응하는 태도 역시 냉소적이고 아이러니컬하게 여겨진다. 극의 결말에서 갑작스럽게 이루어지는 빈디체와 히폴리토의 사형이 진지하게 여겨지지 않는 이유가 바로 여기에 있다. 빈디체와 히폴리토의 파멸은 복수의 불행한 결과를 통해 도덕적 교훈을 전달하는 것 같지만, 그 이면에는 오히려 도덕적 결과를 조롱하는 냉소적 요소가 내재되어 있기 때문이다.

이처럼 『복수자의 비극』은 『스페인 비극』과 『햄릿』과 함께 르네상스 복수 비극의 대표적인 작품으로서 보수적 요소와 전복적 요소 둘 다를 지니고 있지만, 『스페인 비극』이나 『햄릿』보다는 전복적 욕망이 훨씬 강하게 드러난다. 그것은 기독교 교리의 가르침과 자신의 복수 욕망 사이에서 갈등하는 단계를 이미 넘어섰기 때문이다. 이 극의 구성이 『스페인 비극』이나 『햄릿』과 분명하게 다른 점은 단순히 도덕극적인 구성만이 아니다. 『스페인 비극』이나 『햄릿』에서는 복수자가 아들이나 아버지의 죽음에 대한 진실을 밝히는 과정과 복수의 결심을 하는 과정이 더 중요하게 다루어진다. 하지만 『복수자의 비극』에서는 극의 초점이 타락한 궁정의 모습과 복수자의 잔인한 복수 과정에 맞춰져 있다. 빈디체는 이미 모든 진실을 알고 있으며 9년 동안이나 복수를 기다려온 것이다. 그것이 그의 복수를 더 잔인하게 만드는 원인이 될 수도 있겠지만, 중요한 것은 그가 충분히 오랫동안 기다려왔다는 사실이다. 그렇게 오랜 세월을 기다렸지만, 공작과 그의 가족의 욕정과 타락은 전혀 변함이 없고, 억울하게 죽은 빈디체의 약혼녀를 위한 정의의 실현은 불가능하다. 빈디체가 복수 과정에서 신의 섭리를 조롱하고, 악당 이상의 악당의 모습을 보이는 것이 바로 지배 질서에 대한 경멸과 환멸의 표현이라고 할 수 있다.

연대기 순서로 본다면, 『스페인 비극』이 가장 먼저 쓰여 르네상스 복수 비극의 선구적인 작품으로 여겨지고, 그 후에 『햄릿』, 그리고 『복수자의 비극』이 가장 늦게 쓰였다. 그렇지만 이 세 작품은 서로 매우 밀접한 연관성을 보여준다. 그것은 물론 이들 작품이 복수 비극이라는 같은 장르 때문만은 아니다. 『햄릿』은 『스페인 비극』의 영향을 많이 받았고, 『복수자의 비극』은 힐의 지적처럼 『햄릿』의 후속편인 것처럼 여겨진다(330). 그것은 무엇보다도 막이 열리면서 해골을 들고 등장하는 빈디체의 모습에서 연유한다. 『햄릿』 5막에서 요릭의 해골을 보고 죽음에 대한 깨달음을 얻었던 복수자 햄릿이 이번에는 빈디체의 모습으로 무대 위에 등장한 것이다. 그리고 마이클 닐(Michael Neill)의 지적처럼 햄릿이 언급한 "공직자의 무례함"과 "법률의 지연"을 그대로 재현한다는 점에서도 햄릿의 후속편이라 할 수 있을 것이다(330). 하지만 빈디체의 복수는 앞선 두 복수극에 비해서 훨씬 파격적이다. 아들을 위한 복수가 아버지를 위한 복수로 이어지고, 나중에는 약혼녀를 위한 복수로 이어진다. 또한 사법관의 복수가 왕자의 복수로 이어지고, 결국에는 하층민의 복수로 이어진다. 공통점은 모두 왕이나 군주를 대상으로 하는 복수라는 점인데, 『복수자의 비극』은 특정 인물에 대한 복수라기보다는 타락한 궁중 전체에 대한 복수라는 특징을 보여준다. 더구나 하층민 복수자가 통치권자를 대상으로 조롱과 경멸을 드러내는 복수의 패턴은 지배 질서뿐만 아니라, 지배정치 질서가 바탕으로 삼는 기독교적 가르침에 대한 극단적인 거부가 오히려 진정한 도덕성을 드러내는 아이러니를 보여준다.

그렇다면 『복수자의 비극』이 최초로 인쇄되었을 때, 작자의 이름이 기록되지 않은 이유를 우리는 쉽게 짐작할 수 있다. 아무리 극의 배경이 이탈리아이고 통치자인 공작의 타락이 극에 달했다 할지라도, 지배자를 조롱하고 죽이는 내용을 담고 있는 작품이 절대왕권을 주장하던 당대 지배층에게 곱게 보일 리는 없다. 따라서 이 작품을 시릴 터너의 또 다른 작품 『무신론자의 비극』과 동일한 차원의 기독교적 시각으로 해석하는 것은 지나치게 보수적 도덕질서에 경도된 시각이다. 『복수자의 비극』은 『무신론자의 비극』과는 달리 정치적 요소가 매우 중요하게 다루어지고 있을 뿐만 아니라, 기독교적 도덕질서를 오히려 조롱하는 요소가 곳곳에 내재되어 있기 때문이다. 『복수자의 비극』이 시릴 터너의 작품이 아니라 풍자적 작품을 많이 쓴 미들턴의 작품으로 여겨지는 최근 견해가 더 타당하게 여겨지는 것은 바로 그러한 이유 때문이다.

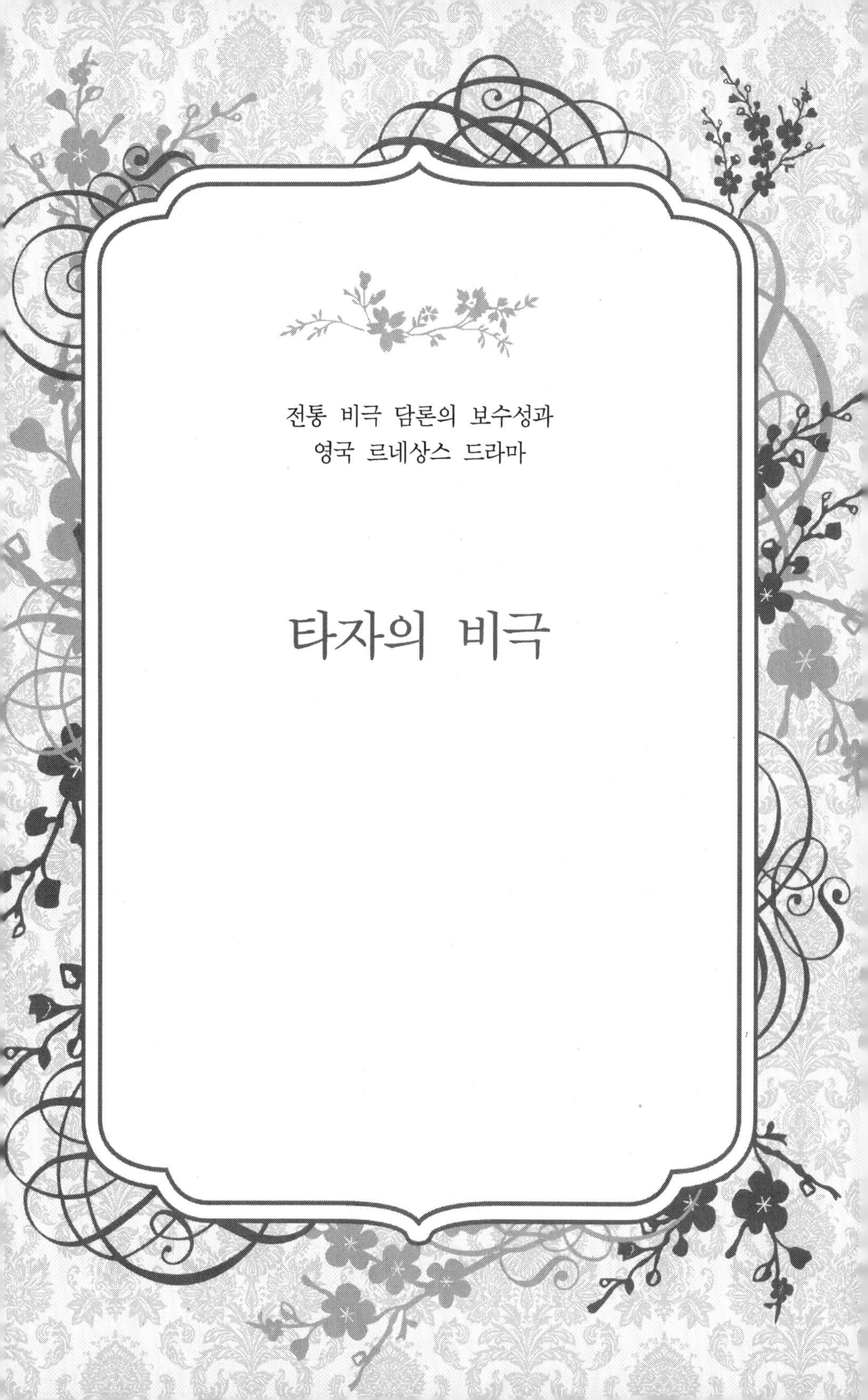

전통 비극 담론의 보수성과
영국 르네상스 드라마

타자의 비극

5장 영국 르네상스 비극과 타자 주인공

I

흔히 영국 르네상스 시기를 대변하는 대표적인 극작가로 여겨지는 크리스토퍼 말로는 중세의 봉건적, 계급 질서관에 도전하고 개인의 권력과 지식, 그리고 부의 욕망을 추구하는 르네상스적 인간형을 창조한 것으로 알려져 있다. 그런데 주목해야 할 또 다른 사실은 에밀리 바텔스(Emily C. Bartels)의 지적처럼, 말로의 주인공들이 모두 당대 영국 사회에서 "이방인"으로 여겨지는 인물들이라는 점이다(3). 동양의 야만인 탬벌레인(Tamburlain), 독일의 마법사 파우스투스(Faustus), 몰타의 유대인 바라바스(Barabas), 동성애자 에드워드 2세(Edward Ⅱ), 아프리카의 여왕 디도(Dido), 마키아벨리언 프랑스 공작 기즈(Guiz) 등은 모두 르네상스 영국 사회로부터 물리적, 정신적으로 타자인 존재들이다. 바텔스는 이처럼 말로의 작품에 타자들이 많이 등장하는 주요 배경을 당대의 제국주의 이데올로기의 발현에서 비롯하는 것으로 분석한다(4-6). 타자의 등장이 제국주의 이데올로기의 발현과 밀접한 연관이 있는 것은 분명해 보이지만, 그것이 제국주의 이데올로기를 강화하는 수단으로 작용하는지, 오히려 역으로 작용하는지에 대한 분석은 우리의 몫이다. 다만 분명한 점은 타자의 존재나 낯선 외국의 배경이 당대 영국의 지배질서로부터 벗어나 좀 더 자유롭게 전복적 욕망을 표출할 수 있는 정치적 수단으로 활용될 가능성을 충분히 내재하고 있다는 사실이다.

이러한 타자의 존재는 말로뿐만 아니라, 셰익스피어를 비롯한 르네상스 시대 영국 극작가들의 작품에서 수없이 발견된다. 셰익스피어의 경우 영국 사극을 제외하고는 거의 대부분의 작품이 이탈리아나 덴마크, 프랑스, 스코틀랜드, 혹은 낯선 섬과 같은 이국땅을 배경으로 하고 있으며, 웹스터나 포드, 미들턴과 같은 재코비언 시대 극작가들 역시 주로 이탈리아나 스페인 등 이국의 궁중이나 상류 사회를 작품의 배경으로 삼고 있다. 그런데 특이한 사실은 르네상스 시대 희극이나 도덕극의 경우는 런던을 배경으로 하는 작품들이 다수 존재하는 반면, 비극의 경우는 거의 예외 없이 외국을 배경으로 하고 있다는 점이다.[1] 이는 르네상스 비극이 상대적으로 훨씬 강한 정치성을 내재하고 있다는 반증이 될 수 있는데, 그 이유는 르네상스 비극 주인공들의 불행과 파멸은 주로 개인의 욕망충족을 위해 사회의 지배질서에 도전하거나 위반하는 행위에 대한 결과로 나타나기 때문이다. 물론 주인공의 비극이 지배질서와 지배이념을 위반한 대가로 여겨진다는 점에서는 표면적으로 보수적 견해를 제시하는 것처럼 보이지만, 위반과 전복의 행위 자체가 관객들에게 미치는 영향 또한 무시할 수 없다. 특히 이국땅을 배경으로 할 경우, 극작가들은 위반과 저항의 정도를 훨씬 자유롭게 표현할 수 있는 것이다. 그리고 이국의 배경에서 등장하는 타자의 존재가 영국 내의 타자의 존재와 밀접한 관계가 있으리라는 것은 쉽게 짐작할 수 있다.

르네상스 당대 영국, 특히 런던 내에는 수많은 이방인들이 존재했

1) 셰익스피어의 경우 희극작품의 배경은 시실리, 베로나, 런던, 아테네, 베니스, 영국 윈저, 일리리어, 파리, 비엔나, 나바르, 패두어, 에베소 등 다양하고, 벤 존슨은 베니스도 있지만 주로 런던을 배경으로 희극을 썼다. 반면 크리스토퍼 말로는 스키타이, 몰타, 파리, 아프리카, 독일을 배경으로 비극을 썼으며, 셰익스피어 역시 덴마크, 스코틀랜드, 베니스, 고대 브리튼 왕국, 베로나와 같은 이국을 배경으로 비극을 썼다. 키드는 스페인을, 웹스터는 이탈리아, 포드나 미들턴과 같은 재코비언 시대 대표적인 비극 작가들 역시 대부분 외국을 배경으로 비극을 썼다.

다. 대니얼 비트커스(Daniel Vitcus)는 16세기 중엽 이탈리아 상인들이 사치품들을 계속해서 런던으로 들여왔으며, 런던에는 이탈리아와 유대인 이주자들이 넘쳐났다고 설명한다(168). 또한 로이드 에드워드 커모드(LLoyd Edward Kermode)는 엘리자베스 여왕의 통치기간 동안 대륙으로부터 건너온 수만 명의 이주자들이 영국에 살고 있었다고 지적한다(1). 특히 16세기 북유럽에서 발생했던 전쟁들과 정치적 사건들로 인해 네덜란드와 프랑스의 신교도들이 대거 영국으로 이주해왔으며, 이들 이주민의 존재는 영국인들에게 상반된 갈등을 불러일으켰다. 한편으로 이주민들은 새로운 기술을 영국에 소개했으며, 영국의 무역이나 경제발전에 기여했다. 하지만 다른 한편으로는 그들의 경제활동과 종교 활동이 영국인들에게 위협을 주기도 하였다. 따라서 이러한 이방인들에 대한 불만이 영국의 계층 간에 갈등을 유발할 정도였다(Kermode 1). 지주들은 새로운 이주민들의 싼 노동력을 이용해 이익을 챙길 수 있었지만, 도제들이나 일꾼들은 이방인들이 영국인의 일거리를 도둑질해 간다고 생각했다. 이처럼 이방인으로 인해 생겨나는 영국 내의 불만과 갈등은 당대의 극작가들에게 이러한 이주민과 같은 타자의 존재를 무대 위에 올리게 하는 배경이 되었을 것이다. 그리고 이러한 타자의 존재는 영국 내의 종교적, 정치적, 경제적 질서에 대한 새로운 시각을 제시하는 극적 수단이 되었을 가능성이 높다.

이처럼 타자에 대한 관심이 폭발적으로 증가했던 르네상스 시대 영국의 상황을 인지하면서, 이 책의 후반부에서 관심을 갖는 타자의 개념은 단순히 당대 영국인과 다른 외국인이나 적대관계에 있는 국가의 개념을 넘어, 영국 사회의 지배질서에서 소외되고 핍박당하는 주요 대상을 포함한다. 여기에는 종교적 타자, 인종적 타자, 성적 타자, 계급적 타자 등의 다양한 대상이 존재한다. 캐롤 레빈(Carol Levin)과 존 왓킨스(John Watkins)는 『셰익스피어의 이국세계들』(*Shakespeare's Foreign Worlds*)의 서문을 통해 셰익스피어의 작품에서는 이곳에서 태어난 자들이 타자들을 지속적으로 처벌하는 과정을 통해 자신들의 영국적 정체성을 규정한다고 지적한다(9). 이러한 과정은 외국에 대한 무시와 경멸뿐만 아니라, 영국적인 규범과 이상을 따르지 못하는 개인이나 집단을 정죄하는 두 가지 효과를 불러일으킨다고 하는데, 이러한 인물들에는 흔히 "늙은 여성, 이탈리아인, 종교적 반대자들, 유대인들, 프랑스인들, 순종하지 않는 여성들"이 포함된다(Levin & Watkins 9). 이들은 전혀 다른 종류의 인물들로 보이지만, 셰익스피어 당대의 영국에서는 수많은 집단과 개인들이 타자의 범주에 포함될 수 있었다,

그중에서도 특히 셰익스피어를 포함하는 영국 르네상스 비극에서 주목할만한 관심의 대상이 되는 대표적인 타자들은 유대인, 흑인 혹은 무어인, 그리고 여성으로 대변된다. 이러한 타자들은 심킨(Stevie Simkin)의 지적처럼 흔히 개인성보다는 집단적 정체성에 의해 그 행동이나 특성이 결정되는 것으로 이해된다(136). 르네상스 시대에 이들의 존재는 사실 신역사주의, 탈식민주의, 페미니즘 등과 같은 현대 비평적 시각을 통해 많은 조명을 받고 있다. 그렇지만, 이들의 존재를 단순히 영국 사회의 타자라는 시각에서 접근하기보다는, 비극의 주인공이라는 관점에서 전통적인 비극 담론과 차별화되는 전복적 의미를 탐색하는 것이 이 글의 목적이다. 유대인이나 흑인, 그리고 여성과 같은 타자들은 르네상스 드라마에서 다양한 형태로 등장한다. 하지만 그들이 비극의 주인공으로 등장하는 경우는 매우 예외적이고 드물다. 그렇다면 이러한 타자가 비극의 주인공으로 등장하는 르네상스 비극 작품들은 전통 비극 담론에서 규정하는 비극의 개념과 어떻게 달라지며, 그러한 전통 담론에서 벗어난 파격적인 인물설정이 이끌어내는 의미는 무엇인가?

전통 비극 담론은 기본적으로 지배계층, 엘리트, 남성 중심의 보수주의적 세계관에 기초하고 있다. 아리스토텔레스가 『시학』(*The Poetics*)에서 규정한 것처럼, 전통 비극론에 따르면 비극의 주인공은 지위나 신분이 높은 남성이어야 한다. 비극의 주인공을 영웅이라고 부를 수 있는 가장 기본적인 근거가 바로 그의 신분과 지위에 있기 때문이다. 르네상스 시대 비극의 주인공들도 흔히 이러한 전통 비극론으로 설명이 가능한 신분이나 지위를 가진 경우가 많다. 하지만 르네상스 비극들 중에는 이처럼 신분이나 지위가 높은 인물들이 아닌, 그와는 상반되는 타자들이 주인공으로 등장하는 경우가 종종 나타난다. 그러한 인물들 중에는 단순히 사회의 소외된 계층뿐만 아니라, 경멸과 배척의 대상이었던 타 인종도 포함된다. 이들은 때로는 기존 사회의 보수적 시각을 반영하여 비난과 경멸을 불러일으키는 악역이나 조롱의 대상으로 묘사되기도 했지만, 그와는 반대로 비극의 주인공으로 등장하기도 하였다. 대표적인 경우가 바로 말로의 유대인 바라바스,[2] 셰익스피어의 무어인 오셀로(Othello), 그리고 웹스터의 여성 주인공 말피 공작부인(Duchess of Malfi)이다. 사실 이들이 당대에 비극의 주인공으로 등장한다는 사실 자체만으로도 충격적이며, 전통 비극 담론의 근본을 혼란스럽게 하는 효과를 초래한다. 현대 비극의 경우처럼 계급이나 신분의 개념이 사라진 상태에서 보통 사람이 주인공으로 등장하는 것이 아니

2) 『몰타의 유대인』은 일반적인 의미에서 비극이라고 부르기 힘든 요소들을 갖고 있다(Bawcutt 17). 핼럼(Henry Hallam)은 이 극의 처음 두 막은 위대한 비극의 형태를 갖추고 있지만, 나머지 세 막은 익살스런 멜로드라마에 불과하다고 주장하였고(재인용, Bawcutt 17), 그 후 많은 비평가들이 이러한 시각을 지지하였다. 우리는 말로가 이 극의 제목을 "몰타의 부유한 유대인의 유명한 비극"(*The Famous Tragedy of a Rich Jew of Malta*)이라고 붙이고, 마키아벨리가 등장하는 극의 서문에서도 "유대인의 비극"이라고 밝히고 있다는 사실을 주목할 필요가 있다. 말로는 이 극을 『탬벌레인 대왕』이나 『파우스투스 박사』와 같은 비극으로 규정하였고, 바라바스라는 타자를 극의 주인공으로 삼았다.

기 때문에, 르네상스 극작가들이 이러한 타자들을 주인공으로 삼고 또 한 대중들이 이러한 형태의 비극을 즐겼다는 사실은 관심의 영역이 신에서 인간으로, 인간들 중에서도 타자에게까지 확장되는 르네상스 당대 극장 문화 차원에서뿐만 아니라 정치적으로도 상당히 중요한 의미를 갖는다.

신분이나 지위가 높은 인물들을 비극의 주인공으로 규정하는 전통 비극 담론은 주인공의 실수나 잘못된 행위에 따른 고통과 파멸에 초점을 맞추고 있으며, 이들의 극적 기능을 즐거움보다는 교훈, 즉 잘못된 인간행위에 대한 경고와 정화를 목적으로 하고 있다고 설명한다. 그렇다면 유대인이나 흑인, 여성과 같은 타자를 주인공으로 삼고 있는 비극들도 역시 유사한 도덕적 의미를 전달한다고 할 수 있을까? 이러한 판단은 쉽지 않다. 사실 유대인이나 흑인, 여성들은 르네상스 영국 사회의 지배 담론에서 사악하거나 열등한 존재로 이미 규정되어 있었다. 여성의 경우는 상황이 좀 다르지만, 유대인이나 흑인의 경우는 비극의 주인공으로서 그들 스스로 어떤 실수나 도덕적 잘못을 하지 않더라도 이미 고통과 파멸을 겪을 수밖에 없는 사회적 정형성을 지니고 있었다고 할 수 있다(Hunter, *Elizabethans* 52). 그렇다면 이들은 교훈적이거나 도덕적인 목적보다는 단순히 관객들의 흥미를 불러일으키는 대상으로서 기능했을까? 만약 관객들의 흥미만을 위한 목적이었다면, 이들이 굳이 비극의 주인공이 될 필요는 없었을 것이다. 오히려 그러한 목적이라면, 장르적으로는 멜로드라마나 희극이 훨씬 더 적합할 것이다. 따라서 당대의 타자 비극들은 단순한 선악의 이원론적 시각이 아닌 훨씬 복합적이고 정치적인 시각에서 접근해야 할 것이다.

그런데 비극의 주인공이 되는 타자들 역시 대부분 그들을 배척하고 무시하는 사회에서 성공한 타자들이라는 것은 주목해야 할 점이다. 이러한 사실은 전통 비극 담론이 규정하는 엘리트 비극의 주인공이 갖추어야 할 요소와 일맥상통하는 부분이다. 비록 타자이지만, 신분이나 지위를 막론하고 성공적인 위치에 있던 인물이 자신의 실수나 잘못으로 인해 파멸에 이르게 된다면, 이는 기본적으로 전통 비극 담론의 패턴과 부합하기 때문이다. 따라서 이러한 타자 비극도 전통 비극 담론의 틀을 통해 분석하고 이해하려는 시도가 존재해왔는데, 그러한 시도는 불가피하게 그들의 타자성을 무시할 수밖에 없다. 그런데 중요한 것은 이들의 파멸이 타자 자신들의 악행이나 실수에서 비롯된다기보다는, 오히려 그들에 대한 기존사회의 편견과 질투에서 비롯된다는 사실이다. 당연히 열등한 존재로 규정하고 있는 타자들이 성공하여 행복과 풍요를 누리고 있을 때, 지배질서의 구성원들은 뭔가 잘못되어 있음을 느끼게 되고 분노하게 되는 것에서 타자 비극의 씨앗이 싹튼다.

비극의 원인이 주인공 자신의 잘못이나 실수에 있는 것이 아니라 사회적 편견에 있다는 시각은 전통 비극 담론이 규정하는 비극의 본질과는 전적으로 상반된 시각이다. 이는 흔히 전통 비극론이 아닌 레이먼드 윌리엄스(Ramond Williams)로 대변되는 현대 비극론으로 설명할 수 있는 시각이다. 르네상스 비극은 전통 비극 담론으로 설명할 수 없는 비극적 요소들을 분명하게 내재하고 있다. 특히 타자 주인공의 경우, 자신의 도덕적 잘못이나 실수보다는 사회적 편견이 그를 부당하게 대우하고 파멸로 이끄는 동인을 부여하기 때문이다. 몰타 섬의 성공한 상인 바라바스는 단지 유대인이라는 이유 때문에 그가 수고하여 모은 전 재산을 모두 빼앗기는 상황에 처하며, 베니스의 성공한 장군 오셀로는 기본적으로 그가 무어인이라는 이유로 이아고(Iago)나 로더리고(Roderigo)로 대변되는 백인 남성들의 질투와 음모에 노출되어 있다. 그런가 하면 말피 공작부인은 여성이라는 이유 때문에 자신의 욕망을 억압하고 사랑하는 사람과의 재혼을 숨겨야 하며 퍼디난드(Ferdinand) 공작과 추기경이 대변하는 가부장 계급질서의 억압과 폭력을 견뎌야 하는 사회적 편견에 처해있다. 이들의 비극에서 우리는 타자 주인공들의 비극적 행위를 유발하는 사회적 이데올로기에 주목해야 한다. 물론 이들의 파멸이 타자들에게 부여된 전형적 속성, 즉 사악함이나 야만성, 음탕함과 같은 부정적 속성에서 비롯된 것으로 규정하는 시각도 존재한다. 이러한 시각은 결국 타자의 성공이 이러한 부정적 속성을 은폐함으로써 얻어진 것으로 폄하하고, 결국 결정적인 순간에 타자의 본성을 드러내는 것으로 파악한다. 이러한 시각의 배경에는 지배질서의 편견과 이데올로기가 그대로 반영되어 있다. 타자 비극들은 표면적으로는 타자 주인공의 정형화된 약점이나 사악한 요소를 더욱 부각시킴으로써 사회적 편견을 강화하고 지배 담론을 정당화하는 면모를 보여준다는 것이다. 이러한 시각에 따르게 되면, 타자를 주인공으로 하는 비극을 쓴 르네상스 시대의 극작가들은 타자들의 성공적인 모습 이면에 감추어진 사악하고 음탕한 본성을 폭로함으로써, 그들에 대한 지배 담론의 보수적 시각을 옹호하고 강화하는 역할을 하는 셈이다. 페미니즘이나 포스트콜로니얼리즘과 같은 비평 시각은 드라마 작품 속에 내재되어 있는 이와 같은 타자의 차별적 본성에 주목함으로써, 당대의 보수적 이데올로기의 편견과 모순을 폭로하기도 한다.

하지만 우리가 주목할 점은 이러한 비극에 등장하는 타자 주인공들의 중심 행위가 흔히 기존 지배 질서에 대한 복수나 도전, 혹은 비판의 성격을 갖는다는 사실이다. 그들은 자신들이 부당하게 당해온 억압이나 핍박에 강하게 반발하거나, 지배질서와 동등한 관계를 유지하기 위해 지배 담론에서 금기시되어온 것을 시도하기도 한다. 말로의 바라바스는 터키군의 위협에 따른 공물로 바치기 위해 자신의 재산을 강탈한 기독교도 총독에 대해 복수를 시도하고, 셰익스피어의 오셀로는 백인 귀족의 딸을 아내로 삼아 백인 남성 사회에 도전하는가 하면, 웹스터의 말피 공작부인은 여동생의 재혼을 허용하지 않는 남성 중심의 지배질서를 위반한 것에 대한 대가를 치르는 구조적 패턴을 지니고 있다. 이러한 구조는 표면적으로는 타자의 도전이나 복수를 통해 그들의 사악함이나 반항적 요소를 재현하고 그들의 필연적 파멸을 보여줌으로써 지배질서의 견고함을 강조하는 듯하다. 하지만 그 이면에는 지배질서의 타락과 부패, 그리고 뒤틀린 지배 현실을 보여줌으로써 타자의 전형적 모습과 다를 바 없거나 오히려 더 추악한 지배세력의 모습을 부각시킨다는 점을 간과해서는 안 된다.

따라서 르네상스 시대 영국의 타자 비극은 아리스토텔레스의 정의와는 달리 개인의 행위에 대한 모방이라기보다는 사회적 편견이나 정치적 이념에 대한 모방이고, 주인공 타자의 고통과 파멸은 개인의 잘못된 행위에 대한 경고라기보다는 사회적 편견과 지배질서에 대한 도전과 회의의 표현으로 여겨진다. 타자의 이야기는 관객들이 당연하게 여겨온 지배사회의 위선이나 편견의 실체를 드러내주는 극적 수단이 된다. 앞서 언급한 것처럼, 타자의 개념은 매우 광범위하게 적용될 수 있다. 영국인에게 외국인은 모두 타자가 될 수 있으며, 그중에서도 스페인이나 터키와 같은 정치, 종교적으로 적대관계에 있는 나라 사람들이 좀 더 적대적인 타자로 분류될 수 있을 것이다. 하지만 이처럼 동등한 위치에서 경쟁하는 타자가 아닌, 유대인이나 흑인, 여성과 같은 사악하거나 열등한 존재로 여겨지던 타자가 비극의 주인공으로 등장하는 『몰타의 유대인』, 『오셀로』, 그리고 『말피 공작부인』의 경우를 중심으로, 당대의 사회적 편견과 이를 위반하는 타자 비극의 전복성을 차례로 살펴보자. 그리고 좀 더 구체적으로 르네상스 시대 영국 사회에서 존재했던 대표적인 타자들에 대한 무시와 편견의 양상을 살펴볼 필요가 있다.

Ⅱ

유대인이 등장하는 영국 르네상스 드라마의 역사에서 말로의 『몰타의 유대인』은 매우 상징적인 위치를 차지한다. 그 이유는 『몰타의 유대인』에 등장하는 유대인 주인공 바라바스 이후, 극 중 유대인의 성격이 완전히 달라졌기 때문이다. 로지(Lodge)는 『몰타의 유대인』 이전에 영국 르네상스 드라마에 등장하는 유대인들은 유대인이라는 이유로 부정적으로 묘사되지 않았다고 지적한다(재인용, Berek 137). 16세기 영국에서 『경건한 왕비 에스더』(*Godly Queen Hester* 1527), 『야곱과 에서』(*Jacob and Esau* 1554), 『고결하고 경건한 수산나』(*The Most Virtuous and Godly Susanna* 1569), 그리고 『아브라함의 번제』(*Abraham's Sacrifice* 1575)와 같이 구약성서의 인물들을 다루는 극작품들은 유대인들을 우호적으로 묘사했다. 하지만 『몰타의 유대인』의 주인공 바라바스는 교활하고, 탐욕스러우며, 잔인한 악마적인 인물로 묘사된다. 바라바스 이후에 르네상스 드라마에 등장하는 많은 유대인들은 실제 당대 영국 사회의 유대인의 모습이라기보다는 바라바스의 모습을 모방한 것으로 여겨진다. 피터 베렉(Peter Berek)은 바라바스를 통해 말로가 규정해놓은 유대인의 특징이 그 후 등장하는 많은 유대인의 성격을 결정했다고 지적한다(131). 셰익스피어의 『베니스의 상인』(*The Merchant of Venice*)에 등장하는 샤일록(Shylock) 역시 바라바스의 모습을 반영하고 있으며, 그 이후에 등장하는 극작품의 유대인 인물들은 바라바스와 샤일록을 모방하고 있다. 그리고 대부분 이러한 유대인들은 주로 비극적

인물들이 아니라 희극적 조롱의 대상으로 나타난다.[3)]

그렇다면 이처럼 기존의 유대인 등장인물에 대한 시각을 완전히 바꾸어놓은 말로의 바라바스는 어디에서 유래하였으며, 그가 전달하는 타자로서 유대인의 특징은 어떤 사회적 의미를 갖는 것일까? 엘리자베스 시대 영국인에게 바라바스의 존재는 종교적 타자임과 동시에 인종적 타자의 의미를 동시에 지니고 있었던 것으로 보인다. 종교적으로는 기독교도에 대한 타자로서 예수를 구세주로 인정하지 않고 죽음으로 몰아넣은 유대인에 대한 증오와 혐오감이 자리 잡고 있다.[4)] 성경이 예수와 그의 제자들이 유대인이었다는 사실은 무시하고 오히려 유대인들을 그리스도의 적으로 묘사하고 있기 때문에(Sanders 341), 기독교인들은 유대인들을 "그리스도와 그의 백성들을 멸망시키기 위해 기도하는 적그리스도의 세력"으로 평가하였던 것이다(Trachtenberg 43). 한편 인종적 타자라는 사실은 유대인이 다른 이방인들과 마찬가지로 당대 영국인들의 삶을 위협하는 이방 민족으로 여겨졌다는 점에 기인한다. 제임스 사피로(James Shapiro)는 당대 엘리자베스 시대 극장 관객들이 바라바스의 행동을 당시 런던 시민들의 삶을 위협하던 외국

---

3) 피터 베렉은 이처럼 정형화된 유대인이 등장하는 희극 작품으로 당대의 악명 높은 사건들을 설명하는 팸플릿에 기초한 두 작품을 언급하고 있다. 첫 번째 작품은 「세 영국인 형제들」(*The Three English Brothers*)이라는 팸플릿에 기초한 닉슨(A. Nixon)의 『세 영국인 형제들의 여행』(The Travels of the Three English Brothers, 1607)이다. 두 번째 작품은 1609년에 나온 악명 높은 해적 와드(Ward)와 덴스커(Densker)에 대한 팸플릿에 기초한 로버트 대본(Robert Daborne)의 『터키인으로 변한 기독교인』(A Christian Turned Turk, 1610)이다(154-156).

4) 바라바스는 구약 성서에 등장하는 선한 유대인이 아니라, 예수를 십자가에 못 박는 대신 살아난 강도의 이름이다. 유대인들은 예수를 구세주로 받아들이는 것을 거부하고 십자가에 못 박아 죽게 하면서, 대신 바라바스를 선택하였다. 헌터(G. K. Hunter)가 지적하듯이, 유대인들은 "영혼을 버리고 육체를 선택하였으며, 하늘의 보물을 버리고 땅의 보물을 선택한 것이다"(재인용. Berek 139). 즉, 기독교인들은 유대인을 악마나 마법사와 동일시하였으며, 흉년이나 화재, 홍수, 사산이나 기형아의 출산, 질병, 전염병 등이 유대인 때문에 발생한다고 믿었다. 더구나 유대인들은 기독교도의 어린아이를 유괴하여 십자가의 제물로 삼아 그 피로 악마의 의식을 치르는 끔찍한 괴물들로 여겨졌다.

상인들이나 노동자들과 같은 위험한 이방인의 행동과 얼마나 닮아 있는지 분명히 잘 알고 있었을 것이라고 주장한다(184).

사실 말로 이전의 영국 사회에서는 종교적 반유대주의 문제가 그다지 심각하게 부각되지 않았다. 오히려 종교적 반감보다는 영국 사회에서 성공하여 질투의 대상이 되는 타자로서의 유대인이 더 문제였다. 윌버 샌더스(Wilbur Sanders)는 당대 영국에는 유대인들이 거의 존재하지 않았다고 지적한다(341). 영국의 유대인들은 오랜 기간 동안의 박해와 강탈을 겪은 후에[5] 1290년에 에드워드 1세의 명령에 의해 대부분 추방당했고, 1655년까지는 합법적으로 영국에 정착할 수 없었다. 그럼에도 불구하고 16세기 후반 영국에는 200명 정도의 유대인이 살고 있었으며, 80명 정도의 포르투갈 출신의 마라노들[6]이 런던에 정착하고 있었다(White 74). 마라노들은 기독교로 개종하고서도 보이지 않는 곳에서는 유대 신앙을 따르는 유대인으로서의 삶을 살아가는 이중적이고 위선적인 사람들을 지칭하였다. 이들은 소위 "새로운 기독교인들"(New Christians)이었다. 당대 영국인들은 이러한 마라노들의 이중생활을 어느 정도 인식하고 있었으며, 이를 밝혀내고자 하는 욕망을 갖고 있었다. 이처럼 개종한 유대인들은 캐롤 레빈(Carol Levin)과 존 왓킨스(John Watkins)가 지적하듯이 기독교인도 아니고, 유대인도 아닌 고립된 삶을 살아가고 있었다(86). 그렇다면 말로는 반유대주의라는 종교적 편견과 당대 영국인들이 민감하게 느끼고 있던 이방인에 대한 반감을 결합하여 바라바스를 창조한 것으로 보인다. 특히 바라바

5) 1217년부터 영국에 있는 유대인들은 노란색 배지를 달아야 했으며, 시민권도 없이 매매의 대상이 되는 존재였다. 그들은 상속권도 없었고, 사망하면 재산은 모두 국가에 귀속되었다. 또한 혹독한 세금을 징수당했으며, 이를 거부하면 고문을 당했다(Simkin 139).

6) 1594년 엘리자베스 여왕 암살 혐의로 무참하게 처형당한 여왕의 주치의 로더리고 로페즈가 바로 대표적인 포르투갈 출신 마라노였다.

스와 같은 성공한 이방인 상인의 존재는 당대 영국인들에게 질시와 분노의 대상이었다.[7)]

결국 바라바스의 비극은 종교적 인종적 타자이면서도 사회에서 성공하여 기독교도들에게 위화감을 조성한 데서 비롯한다. 물론 바라바스가 보여주는 위선적 행동, 기독교도뿐만 아니라 같은 유대인들마저 속이는 교활함, 자신의 딸을 포함하여 수많은 수녀들을 모두 독살하는 잔인함 등은 결말에서의 그의 파멸을 정당화하는 요소들이다. 하지만 중요한 사실은 그의 사악하고 잔인한 본성을 자극한 것은 바로 총독 페르네즈(Ferneze)로 대변되는 기존 지배세력의 편견과 독단이라는 점이다. 만약 페르네즈의 종교적 편견과 불합리한 결정이 없었다면, 바라바스의 사악한 보복과 그로 인한 파멸도 없었을 것이다. 바라바스는 기독교 사회의 도움을 받아 성공한 것이 아니라, 자신의 장사 수완과 능력에 의해 성공한 전형적인 "르네상스형 인간"으로 보인다(Berek 129). 하지만 그의 성공은 유대인에 대한 편견을 가진 몰타의 기독교도들에게 시기와 질투를 유발하며, 몰타 섬의 타자인 그에게 희생을 강요하는 것은 당연한 것으로 여겨진다.

전통 비극 담론의 패턴을 이용해 바라바스의 비극을 분석한다면, 바라바스의 실수는 페르네즈의 첫 번째 제안을 받아들이지 않은 것이다. 터키에 공물을 바치기 위해 재산의 반을 내놓거나 아니면 기독교도로 개종하라고 했을 때, 다른 유대인들은 재산의 반을 내놓겠다고 말했다. 하지만 바라바스는 처음에는 재산의 반을 내놓는 것에 이의를 제기했다가 나중에 다시 번복하는데, 페르네즈는 이를 받아들이지 않

7) 화이트(Paul Whitfield White)는 1593년 봄 런던에서 런던 시민들의 삶을 위협하는 외국 상인들과 노동자들에 대한 폭동과 소요가 잇달아 발생하였음을 지적하고, 그로부터 몇 주 후에 『몰타의 유대인』이 로즈 극장에서 공연되었다고 밝히고 있다(77).

고 그의 전 재산을 몰수해버리는 것이다. 기독교적 시각에 따르면, 베풀 줄 모르고 자기 재산만을 모으는 유대인이 탐욕을 버리지 못하고 욕심을 부리다 불행을 자초한 것이 된다. 그리고 재산을 빼앗긴 것에 대한 복수로 수많은 악행을 저지르는 것은 당연한 파멸을 불러오는 행위가 된다. 개인적인 복수를 죄악으로 규정하고 유대인을 적그리스도 세력으로 규정했던 기독교 시각에서 본다면, 바라바스의 파멸은 탐욕의 대가를 경고하고, 유대인의 전형적인 악마성을 밝혀내는 역할을 하여 기독교 사회의 도덕질서를 더욱 공고히 하는 정치적 효과를 초래하는 것으로 보인다.

하지만 『몰타의 유대인』에는 이러한 기독교 중심의 지배 담론을 해체시켜버리는 전복적 요소들이 분명하게 내재되어 있다. 그것은 바라바스를 정죄하는 기독교도들의 탐욕과 음탕함, 그리고 극단적인 이기심에서 비롯한다. 말로는 기독교도들이 유대인이라는 이유로 바라바스를 비난하고 조롱하지만, 그들 역시 바라바스와 전혀 다를 바 없는 존재들이라는 점을 분명하게 보여준다. 총독의 아들과 그의 친구는 수녀가 된 여자에게 음심을 품어 서로 싸워 죽이고, 수사들도 바라바스의 재물을 탐내 서로 싸워 죽인다. 계략에 성공하여 몰타의 총독이 된 바라바스는 상인 기질 때문에 총독자리를 재물과 바꾸고, 페르네즈의 계략에 속아 비참한 최후를 맞이한다. 이러한 과정에서 바라바스의 악행은 아이러니컬하게도 기독교도들의 위선과 탐욕을 드러내는 수단으로 작용한다. 말로의 바라바스는 르네상스 영국의 유대인에 대한 부정적 편견을 더욱 강화하는 역할을 한 것으로 보이지만, 그는 역으로 기독교 지배세력의 위선과 사악함을 비추는 거울 역할도 하고 있음을 간과해서는 안 될 것이다.

그리고 또한 기억해야 할 점은 이 극에 등장하는 기독교도들이 몰타라는 이국땅에 사는 가톨릭교도라는 사실이다. 더구나 이들은 당시 영국과 적대관계에 있었던 스페인 정부의 지배를 받는 가톨릭교도들이다. 따라서 영국 관객들에게는 유대인인 바라바스뿐만이 아니라, 그를 핍박하는 몰타의 가톨릭교도들도 혐오스런 타자들이다. 그렇다면 페르네즈를 비롯한 몰타의 가톨릭교도들이 바라바스에게 속아서 치욕을 당하는 것과 바라바스가 결국 파멸을 겪는 결말이 모두 말로의 관객들에게는 유쾌한 경험이 될 수 있다. 하지만 이처럼 가톨릭교도들과 유대인이 서로를 이용하고 속이는 과정에서 드러나는 사악하고 추악한 면모들은 영국 사회에도 존재하는 타자에 대한 사회적 편견의 실체가 결국 어떤 것인지를 적나라하게 보여주는 역할을 하게 된다. 타자들 간의 지배와 억압, 대립과 저항의 관계를 통해서 영국의 관객들은 자신들의 현실을 비춰볼 수 있는 것이다.

Ⅲ

셰익스피어의 위대한 비극 중의 하나로 여겨져 온 『오셀로』의 주인공 오셀로는 유대인 바라바스와는 상당히 다른 면모를 보여주는 타자 주인공이다. 바라바스가 유대인으로서의 정체성을 버리지 않고 기독교 사회에서 성공하려는 위선적인 면모를 보여주는 타자라면, 오셀로는 흑인으로서의 정체성과 열등감에서 벗어나 베니스라는 백인 사회의 일원으로서 성공하고자 노력하는 타자이다. 오셀로의 비극이 전통 비극 담론의 틀에 잘 부합하고, 그가 비극적 영웅으로서 평가받을 수 있었던 배경은 그가 베니스 사회에서 성공한 장군이며 흑인으로서의 타자성을 극복할만한 고상함과 용기를 보여주고 있다고 판단되기 때문이다. 그러한 시각은 전형적으로 식민주의를 정당화하는 보수적인 시각에서 비롯한다. 하지만 오셀로는 바라바스와 마찬가지로 영웅이라기보다는 희생자라고 보는 것이 옳다. 그가 아무리 백인 사회에 편입되기 위해 노력한다고 해도 그의 피부색과 외모의 특성으로 대변되는 타자성을 없앨 수는 없으며, 그의 비극적 파멸의 밑바닥에는 개인의 실수나 잘못된 행위가 아니라 무어인이라는 인종에 대한 사회적 편견이 자리 잡고 있다.

당대의 사회적 편견을 고려한다면, 셰익스피어가 오셀로를 비극의 주인공으로 삼은 것은 말로가 바라바스를 주인공으로 삼은 것보다 더 충격적이다. 그 이유는 말로는 바라바스를 기존의 사회적 편견에 어울리는 악당으로 묘사하고 있지만, 셰익스피어는 오셀로를 기존의 사회적 편견과는 전혀 다른 고귀한 영웅적 인물로 시작하고 있기 때문이다. 바라바스의 비극이 악당 비극의 형태를 지니고 있다면, 오셀로의 비극은 영웅 비극의 형태를 지니고 있다. 그렇다면 셰익스피어는 말로보다 인종적 편견이 없어서 흑인을 백인과 다를 바 없는 비극의 주인공으로 선택한 것일까? 사실 셰익스피어가 흑인에 대한 당대의 사회적 편견을 모르고 오셀로를 주인공으로 삼은 것으로 보이진 않는다. 그의 초기 작품 『타이터스 안드로니커스』(*Titus Andronicus*)에는 아론(Aaron)과 같은 악마적 무어인이 등장하기 때문이다. 보수적 시각으로 보면, 오셀로의 비극은 더 교묘하게 식민주의나 제국주의를 정당화하는 보수적 이데올로기를 강화하는 것처럼 보인다. 비록 무어인일지라도 그의 능력이 탁월하고 베니스 사회의 안전과 질서를 옹호한다면 그는 높은 지위와 성공을 보장받는다. 그의 파멸은 전적으로 자신의 야만적 본성을 다스리지 못한 것 때문이라는 논리가 가능하기 때문이다. 이러한 시각에서 본다면, 오셀로의 비극은 질투에 눈이 멀어 죄없는 아내를 무참하게 살해한 오셀로 자신의 실수와 잘못된 행위에서 기인하는 것이다. 그의 파멸이 관객들에게 전달하는 교훈은 질투를 조심하라는 것이고, 아직도 온전히 베니스 사회에 동화하지 못한 오셀로의 야만성을 안타깝게 여기는 것이 될 것이다.

하지만 우리는 이 극에서 오셀로의 야만적 본성을 이끌어내기 위해 온갖 음모와 모략을 꾸미는 백인 남성이 존재한다는 사실을 잊어선 안 된다. 이아고가 바로 그 대표적인 인물이지만, 흑인에 대한 편견을 이아고의 사악함에만 한정시키기는 어렵다. 베니스 사회 전체의 편견을 대변하는 인물은 바로 데즈데모나의 아버지 브러밴쇼(Brabantio)이다. 자신과의 이해관계에서 이익이 될 때는 흑인 오셀로의 용기와 모험을 환대하지만, 가족의 일원으로 받아들이는 것은 용납할 수 없다. 전체 베니스 사회가 오셀로를 대하는 태도 역시 마찬가지이다. 터키의 침공을 막는 데 필요한 용병으로서는 오셀로를 환대하지만, 베니스 사회의 일원으로 받아들이기는 어렵다. 그런데 오셀로는 감히 다른 귀족 백인 남성들도 차지하지 못하는 아름다운 데즈데모나(Desdemona)의 사랑을 얻고 그녀와 결혼함으로써 백인 우월주의 지배질서에 도전한 것이다. 이아고와 로더리고가 아름다운 백인 여성을 아내로 맞이한 오셀로에 대해 느끼는 질투와 시기심은 바로 베니스 사회의 백인 남성들의 시각을 대변하며, 이는 곧 영국 관객들의 시각과 크게 다르지 않을 것이다. 르네상스 당대 영국 사회에서도 흑인에 대한 시각은 다른 유럽 나라들에 비해 결코 호의적이지 않았다.

『오셀로』가 공연되었던 17세기 초 런던에서 아프리카 흑인은 흔하지 않았지만, 사람들은 이들의 존재에 대해 모르고 있지 않았다. 엘리자베스 여왕 시대 영국에서는 프란시스 드레이크(Francis Drake), 존 호킨스(John Hawkins), 월터 롤리(Walter Raleigh)와 같은 탐험가들이 새로운 땅을 찾아 모험과 항해를 시도했으며, 아프리카 연안의 국가들과 상업적 외교적 관계를 맺는 역할을 했다. 이러한 과정에서 흑인 노예무역이 생겨났으며, 그중 일부 흑인들은 런던에 정착하여 거주하였다. 하지만 1601년경에 엘리자베스 여왕은 점점 늘어나는 "니그로와 흑인 무어인들"(Negroes and blackmoors)의 숫자에 불만을 표했으며, 그들을 그리스도와 복음을 전혀 이해하지 못하는 이단자들로 규정하였고, 그 결과 그들을 추방할 것을 지시했다(Bartels 100). 따라서 당대 엘리자베스인들은 아프리카 흑인들의 모습을 어느 정도 알고 있었으며, 흑인들에게서 어떤 경제적 위협을 느끼지 못했다는 헌터(Hunter)의 주장과는 달리 국가에 대한 위협으로 인식하였다(Loomba 43). 그중에서도 "무어"(Moor)라는 표현은 북아프리카 흑인을 지칭하는 명칭인 반면, "니그로"(Negro)는 서아프리카 원주민을 지칭하는 표현이었다(Bartels 103). 하지만 무대 위에서는 이러한 구분이 이루어지지 않았으며, 무어가 모든 아프리카인을 통칭하는 표현으로 사용되었다. 탐험가들과 노예상인들이 북아프리카 항해 후에 흑인 노예들을 데리고 들어오기 시작한 16세기 중반부터 이 아프리카 흑인들의 존재는 뭔가 특이하고 낯선 호기심을 불러일으키는 효과 때문에 연극작품이나 공연에 소개되기 시작했다.

하지만 이들의 존재는 거의 항상 악마적으로 묘사되는 것이 일반적이었다. 아프리카 무어인들을 악마로 묘사하는 가장 근본적인 이유는 그들의 피부색 때문이었다. 세계를 빛과 어둠, 선과 악, 정신과 물질 등의 대립으로 파악하는 기독교적 이원론 시각에서 본다면, 검은 피부를 지닌 흑인의 존재는 악을 상징하는 종족이다.[8] 마이클 망간(Michael

8) 카렌 뉴만(Karen Newman)은 르네상스 시대 영국의 여행가였던 조지 베스트(George Best)의 『담론』(*Discourse*)에 나타난 흑인에 대한 성서적 기원을 인용하면서 셰익스피어 당시 흑인에 대한 편견이 "흑인과 악마의 연관성"(the link between blackness), "흑인의 성욕에 관한 신화"(the myth of black sexuality), "하나님의 권위에 대한 흑인의 불순

Mangan)이 지적하는 것처럼 무어인은 유대인보다도 더 타자성이 두드러졌으며, 영국의 무대 전통에서 흑인 무어인은 "음탕하고, 폭력적이며, 질투심 많고, 변덕스러우며, 비굴하고, 미숙한" 것으로 여겨졌다(155). 로버트 필(Robert Peele)의 『알카자의 전투』(*The Battle of Alcazar*)와 작자 미상의 『음욕의 지배』(*Lust's Dominion*)와 같은 극작품에서 이러한 열등하고 추악한 무어인이 등장하며, 셰익스피어의 『타이터스 안드로니커스』의 아론이 이러한 전형적인 악한 무어인을 대변하는 인물이다.

전통적인 비극 담론의 패턴을 오셀로의 경우에 적용한다면, 오셀로는 영웅적 고상함을 지니고 있었지만 질투심으로 인해 성급한 판단과 죄 없는 아내에게 야만적인 폭력을 행사하는 잘못을 저지른 인물이다. 그는 베니스라는 백인 사회에서 이례적으로 성공한 흑인이었지만 이아고의 간교한 말만을 믿고 손수건이라는 얄팍한 증거물 하나 때문에 자신이 가장 사랑하는 여자를 잔인하게 살해한 것이다. 한순간의 질투를 참지 못해 자신이 쌓아온 모든 명예와 지위를 상실하고 만 것이다. 따라서 그의 파멸과 죽음은 안타까운 것이 되고, 관객들에게 질투의 위험성을 경고하는 교훈을 전달하는 것으로 보인다. 그런데 오셀로의 갑작스러운 변화와 파멸을 당대의 인종주의와 제국주의적 시각으로 바

종"(the problem of black subjection to authority)의 문제와 관련 있음을 지적한다(146). 베스트의 주장에 따르면, 흑인은 구약 성서에서 아버지 노아와 하나님의 뜻에 불순종하고 자신의 욕심을 채우려 한 노아의 아들 함(Ham)의 후손으로서 하나님의 저주를 받은 족속이기 때문에, 흑인은 악마의 세력과 불결한 음탕함, 그리고 권위에 대한 불순종과 관련되어 있다. 더구나 "커다란 성기를 달고 벌거벗은 흑인"(naked black men bearing enormous sexual organs)을 묘사하는 당대의 아프리카 지도책들과 여행 기록들은 한결같이 흑인 무어인을 성욕으로 가득 찬 괴물이나 악마와 동일시하였다(Newman 147). 따라서 16세기 이전의 옥스퍼드 영어 사전에 나오는 "black"(흑인)의 정의는 "더러운 것으로 깊게 물들어 있으며… 음흉하고 치명적인 사악한 음모를 지닌 대상(deeply stained with dirt… having dark or deadly purposes, malignant)"으로 설명되어 있다(qtd. in Loomba 167). 이러한 담론들을 고려해볼 때, 르네상스 당대 영국인들이 흑인 무어인을 혐오스런 타자로 여기는 것은 당연한 결과였다.

라보면, 그의 파멸은 지극히 당연한 결과이다. 극 초반에 오셀로가 보여주었던 고귀한 모습은 결국 가식적인 위선이었고, 그의 실체는 당대의 무어인에 대한 스테레오 타입에서 크게 벗어나지 않는다는 판단을 가능케 하기 때문이다. 비록 그가 자신을 터키인에 비유하며 자살을 감행하지만, 그는 데즈데모나를 진심으로 사랑한 것이 아니라 백인 사회에서 자신의 명예와 성공을 위한 수단으로 생각한 것으로 의심받을 수 있다. 오셀로는 당대 사회에서 비인간적인 열등한 존재로 여겨지는 무어인이면서도 백인 사회에서 성공했으며, 무엇보다도 백인 남성들도 얻지 못하는 아름다운 데즈데모나를 차지하여 백인 남성들의 질투와 시기를 유발하였다. 이처럼 지배질서와 관습을 위협하는 인물의 파멸은 피할 수 없다.

하지만 오셀로의 비극은 다른 한편으로는 전통 비극 담론의 보수성에 대한 도전이며, 또한 당대의 제국주의나 인종주의와 같은 지배 이데올로기에 대한 전복적 의미를 내재하고 있다. 오셀로는 표면적으로는 베니스 사회에서 성공한 장군이지만, 본질적으로는 음탕한 무어인이라는 사회적 편견을 벗어나지 못하고 있기 때문이다. 따라서 음탕한 무어인이 고상한 비극의 주인공이 되었다는 사실 자체만으로도 오셀로는 비극의 전통에 도전하는 셈이 된다. 그리고 오셀로의 비극이 그 자신의 잘못보다는 그를 파멸로 이끌기 위해 온갖 거짓과 속임수로 위장하는 이아고의 음모에서 비롯한다는 점을 간과해서는 안 된다. 이아고는 악마와 동일시되는 사악한 인물로 여겨지기도 하지만, 중요한 점은 그가 당대 베니스 사회의 전형적인 백인 남성을 대변한다는 사실이다. 그는 자신의 부와 성공을 위해 거짓과 속임수로 위장하며, 자신보다 못한 자의 성공을 시기하고 질투하며 타자에 대한 경멸과 배타성을 지닌 전형적인 르네상스 시대 인간형을 닮아 있다. 오셀로는 이처럼 이아고로 대변되는 이기적이고 배타적인 당대 백인 사회의 인종주의 이데올로기의 희생자이고, 그의 파멸은 그러한 사회적 편견의 위험성을 고발하는 의미를 분명하게 내재한다.

Ⅳ

웹스터의 『말피 공작부인』은 『몰타의 유대인』이나 『오셀로』에 못지않게 비극의 전통에서 새로운 도전을 시도하는 중요한 의미를 갖는 작품이다. 그것은 『말피 공작부인』이 여성을 주인공으로 삼은 비극이라는 사실 때문이라기보다는, 여성을 주인공으로 내세움으로써 전통 비극 담론에 도전하고 남성이 지배하는 사회에서 여성에 대한 사회적 편견의 실체를 폭로하는 역할을 하기 때문이다. 극 중 공작부인이 행한 비극적 행위는 르네상스 당대 사회에서 불법적인 것도 아니고, 비도덕적인 것도 아니다. 그녀는 자신보다 낮은 계급의 남성을 사랑하여 재혼한 것이다. 당대 사회에서 과부의 재혼은 법적으로 허용되어 있었다. 그렇다면 그녀가 불행한 죽음을 맞이하게 된 것은 단순히 그녀의 재혼 때문이라기보다는, 그녀의 재혼을 금지하는 오빠들의 명령을 위반한 것 때문이다.[9] 그녀는 남성이 지배하는 상류사회의 계급질서에 도전한 것이다. 따라서 그녀는 전통 비극 담론에서 규정하는 비극적 영웅의 모습과는 상당히 다르다. 그녀 역시 바라바스나 오셀로와 마찬가지로 영웅이라기보다는 희생자이다. 극 초반에 공작부인이 보여주는 당당함과 여성에 대한 편견을 무시하는 의연한 태도가 극 후반으

9) 그녀는 아버지의 뜻을 어기고 무어인과 결혼을 감행한 데즈데모나와 많이 닮은 모습이다. 데즈데모나가 무어인 남편에게 죽임을 당하는 것과 말피 공작부인이 오빠들에게 죽임을 당하는 것만 차이가 날 뿐 가부장제의 질서를 위반한 여성이 비극적 파멸을 겪는 점은 동일하다.

로 가면서 점차 사라지고 남편과 아이들에 충실한 전형적인 여성의 모습으로 변하는 것 때문에 비극의 주인공으로서의 그녀에 대한 평가는 혼란스러워질 수 있다. 하지만 그녀의 불행한 파멸이 남성들의 지배적인 편견에 의해 초래된다는 사실을 주목한다면, 그녀의 불행과 파멸이 주는 교훈은 여성의 욕망이 초래하는 위험성에 대한 경고라기보다는 광기와 다름없는 남성의 계급우월주의 편견에 대한 신랄한 공격이 된다.

사실 타자로서의 여성은 타자로서의 유대인이나 무어인과는 성격이 약간 다른 측면이 있다. 르네상스 당대에 유대인이나 무어인은 인종이나 종교 자체가 다르기 때문에 개인의 특성과는 상관없이 집단적으로 사악하거나 음탕한 인종으로 평가되었던 반면, 여성에 대한 평가는 크게 둘로 나뉘었다. 성서의 성모 마리아로 상징되는 이상적인 여성상과 이브로 상징되는 욕망을 절제하지 못해 가정과 사회를 혼란에 빠트리는 부정적인 여성상이 바로 그것이다(Hansen 3). 이러한 이분법은 르네상스 당대 남성 중심의 가부장제 사회가 규정한 여성의 역할과 규범에 순종하고 따르는 여성을 권장하고, 이를 위반하거나 가부장제에 도전하는 여성을 핍박하기 위한 수단이다. 이상적인 여성상을 다른 타자의 경우와 비교한다면, 유대인은 기독교도로 개종하는 유대인이며, 무어인은 오셀로의 경우와 같이 백인 사회가 필요로 하는 역할에 부응하려고 애쓰는 무어인에 비유할 수 있을 것이다. 하지만 기독교로 개종한 유대인이나 베니스인으로 변모한 무어인이나 결코 타자의 정체성을 완전히 떨쳐버릴 수 없으며, 지배사회에서 그것을 용납하지도 않는다. 여성의 경우도 마찬가지이다. 이상적인 여성도 결국 가부장제의 남성 질서에 순응하는 불안정하고 나약한 존재라는 정체성을 벗어날 수 없고, 이를 벗어나면 마녀나 악마와 같은 존재로 낙인찍히기 때문이다. 셰익스피어의 비극에서 오필리아(Ophelia)나 코딜리아(Cordelia),

데즈데모나와 같은 착한 여성인물들이 무력하게 파멸당하고, 거투르드(Gertrude), 거너릴(Goneril), 리건(Regan), 맥베스 부인(Lady Macbeth)과 같은 인물들이 사악하고 음탕한 악마와 같은 존재로 그려지는 이유가 이와 무관치 않다.

흔히 르네상스 영국 사회에서 여성이 열등한 존재라는 시각이 지배적이었다는 것은 잘 알려진 사실이다. 여성은 소심하고 감정적이어서 합리적인 판단을 내릴 수 없고 남성의 지도를 받아야 한다는 것이 당대 설교집이나 교리 등에 나타나는 여성에 대한 지배적인 견해였다. 또한 의학적으로도 여성은 남성보다 열등한 신체조건을 지니고 있으며, 정신적으로도 약하고 불안정하다고 규정되었다(Maclean 30-31). 『르네상스 시대 여성의 역할』(*Women's Roles in the Renaissance*)의 저자들이 지적하는 것처럼 르네상스 유럽 국가들에서 여성은 일반적으로 정치, 대학, 전쟁, 과학, 법률, 의학, 철학, 금융활동, 그리고 항해나 탐험에 참여할 수 없었다(Brown and McBride 1). 여성의 일과 역할은 주로 집안에 한정되어 있었고, 집안을 떠나지 못하도록 정해져 있었다. 그리고 대부분의 경우에 여성들의 존재는 남성들과의 관계에 의해 결정되었다. 그들은 남편의 아내, 혹은 과부, 혹은 아버지의 딸로 그 존재의미가 결정되었다. 따라서 르네상스 사회에서 이상적인 여성은 정숙하고, 조용하고, 순종적인 여성이었다. 그 반대로 자기주장이 강하거나 순종적이지 못한 여성은 파괴적이고 괴물 같은 존재로 여겨졌다(Brown and McBride 4).

그렇다면 『말피 공작부인』의 주인공 공작부인의 전복성은 그녀가 성적으로 타자이면서도 타자가 아닌 남성 주인공처럼 행동한다는 사실에서 비롯한다. 그녀의 오빠들은 자신들의 명령에 순종하지 않고 자신의 욕망을 당당하게 드러내는 동생을 견딜 수 없는 것이다. 그녀의 행동이 계급질서와 신분질서를 무시하는 결과를 초래하기 때문이다. 하지만 중요한 것은 웹스터가 묘사하는 공작부인이 결코 사악하거나 타락한 여성이 아니라는 점이다. 그녀는 과부이고, 과부로서 재혼에 대한 자신의 당당한 권리를 주장하고 실행에 옮기는 인물이다. 사랑하는 사람을 향한 욕망을 당당하게 표현하면서도 고상함을 잃지 않는 그녀의 태도는 기존의 이분법으로 설명할 수 없는 여성의 모습이다. 오히려 그녀를 핍박하고 잔인하게 죽이는 과정에서 여성에 대한 남성적 편견을 대변하는 오빠들의 광기와 야만성이 적나라하게 드러난다. 그녀의 파멸은 재혼이라는 그녀 자신의 일탈 행위 때문이 아니라, 재혼을 음탕한 죄로 규정하는 오빠들, 퍼디난드 공작과 추기경의 탐욕스럽고 잔인한 편견에서 비롯하는 것이다.

영국 르네상스 시대 비극 작품들 중에는 『말피 공작부인』 외에도 여성의 일탈이나 저항, 혹은 기존의 남성 가부장제 질서에 도전하는 여성인물을 다루고 있는 작품들이 상당히 많다. 앞서 언급한 『오셀로』에 등장하는 데즈데모나도 그러한 유형의 여성인물이고, 웹스터의 또 다른 작품 『하얀 악마』(*The White Devil*)에 등장하는 비토리아(Vitoria), 그리고 『여성이여 여성을 경계하라』(*Women beware women*)의 비앙카(Vianca), 『가엾게도 그녀가 창녀라니』(*'Tis Pity She's a Whore*)의 애너벨라(Anabella), 그리고 『뒤바뀐 신부』(*The Changeling*)의 베아트리스 조안나(Beatrice-Joanna)도 유사한 여성인물들이다. 그런데 아니아 룸바(Ania Loomba)의 지적처럼 이러한 여성인물들의 공통적인 특징은 가부장질서에 대한 위반이나 일탈의 대가로 결국 벌을 받는다는 것이다(39). 룸바는 이처럼 여성에게 행해지는 폭력이나 처벌이 가부장제의 통제를 강화하는 수단으로 작용한다고 지적한다(80). 하지만 여성의 일탈은 당대 사회의 역사적 현실을 반영하기도 하겠지만, 다른 한편으로는 여성을 억압하는 남성 질서의 모순과 위선을 부각시키는 역할을 한다는 점을 간과해서는 안 된다.

『말피 공작부인』의 주인공 공작부인이 이러한 도전적 유형의 여성 인물들과 차별화되는 점은 그녀가 단순히 남성 질서에 도전하다 벌을 받는 여성인물에 그치지 않고, 그러한 남성 질서의 억압을 뛰어넘는 비극의 주인공으로서의 가능성을 보인다는 점이다. 그렇지만 그녀의 비극은 전통 비극 담론의 패턴을 적용하기 힘들다. 그녀는 우선 여성이기 때문에 전통 비극 담론이 규정하는 주인공의 자격을 결여하고 있다. 다만 그녀가 공작부인이기 때문에 신분과 지위에서는 합당한 자격을 지니고 있지만, 그녀가 어떤 도덕적 실수나 잘못을 행한 것인가에 대해서는 논란의 여지가 있다. 조이스 피터슨(Joyce Peterson)과 같은 비평가는 공작부인의 재혼을 지나친 개인주의의 소산으로 평가하며, 사회의 질서를 위반하는 것으로 본다(재인용, Farley-Hills 146). 하지만 과부의 재혼은 당대 르네상스 영국 사회에서 금지되어 있지 않았다. 캐시 린 에머슨(Kathy Lynn Emerson)은 『르네상스 영국의 일상생활 1485-1649』(*Everyday Life in Renaissance England from 1485-1649*)에서 르네상스 시대 영국 미망인 여성들 중의 50~70 퍼센트가 재혼을 했다고 지적하고 있다(71). 특히 아이가 있거나 경제적으로 어려움을 겪는 여성들은 곧바로 재혼을 했다. 다만 옛 봉건제도 하에서 토지를 소유하고 있는 여성들은 재혼을 하려면 허락을 받아야 했는데, 허가의 대가로 토지에서 매년 거두어들이는 소득의 삼분의 일에 해당하는 비용을 지불해야 했다(Emerson 71). 그녀는 허락을 얻지 못한 상태에서 몰래 재혼을 시도한 셈이다.

그런데 공작부인의 재혼을 허락하지 않는 오빠들의 이유는 결코 도덕적 정당성을 획득하기 힘들다는 점이 중요하다. 그들은 표면적으로는 재혼을 타락한 음탕한 짓이라고 비난하면서(1.1.297) 혈통과 명예를 더럽힌다고 동생의 재혼을 금하지만, 공작부인이 죽은 후 퍼디난드는 동생의 결혼을 반대한 솔직한 이유를 드러낸다. 그는 공작부인이 천한 신분의 남성과 결혼하는 것은 자신에게 아무런 의미도 없다고 고백하면서, 진정으로 그가 원한 것은 과부인 동생의 재산이었다고 고백한다(4.2.282-284). 더구나 재혼의 대상이 천한 신분의 집사라는 사실은 신분과 혈통의 문제를 더욱 부각시킬 수 있는 근거를 제공한다. 재물에 대한 욕심과 함께 의심스러운 것은 동생을 향한 그의 욕정이다. 프랭크 위그햄(Frank Whigham)과 같은 일부 비평가는 당대 재코비언 영국 사회에서 계급질서 와해에 대한 위기의식 때문에 족외혼을 금하고 오히려 근친간의 결혼 경향이 나타났으며, 쌍둥이 오빠로서 퍼디난드가 공작부인에 대한 근친상간의 욕망을 갖고 있는 것으로 지적한다(265). 이에 대한 분명한 증거는 찾기 어렵지만, 이러한 의심이 가능한 것은 동생의 재혼 사실에 그가 보여주는 광적인 분노에서 발견할 수 있다. 어쨌든 분명한 것은 퍼디난드와 추기경이 공작부인보다 더 추한 욕망에 사로잡혀 있으면서도, 이기적인 편견과 탐욕을 위해 죄 없는 여동생을 억압하고 살해한 것이다.

따라서 공작부인의 비극은 그녀의 비도덕적인 재혼에 대한 정죄와 경고라기보다는, 그녀의 자유를 억압하는 남성 계급질서의 위선과 편견을 폭로하는 극적 수단으로 작용한다. 그녀의 모습이 당당하고 고귀할수록, 그녀의 오빠들의 부당한 광기는 더욱 두드러진다. 그녀가 결혼한 이후에 남편과 아이들에게 보여주는 헌신적인 아내와 어머니의 모습은 비극적 영웅으로서의 그녀의 자질을 위축시키고 남성의 지배에 순종하는 여성상으로 변모하는 것처럼 보이지만, 이는 오히려 그녀의 재혼을 더욱 정당화시키고 그녀를 처벌하는 퍼디난드와 추기경의 부당한 폭력을 더욱 부각시키는 역할을 한다. 더구나 공작부인을 정죄하고 위선과 폭력을 행사하는 지배적 남성들이 추기경으로 대변되는 가톨릭세력이라는 사실은 영국 관객들에게 공작부인보다는 잔인한 오빠들에 대한 비난을 강화시키는 역할을 한다. 결국 그녀의 비극은 남성 지배 질서의 모순과 편견에 대한 저항의 목소리를 강하게 드러내고 있다.

V

지금까지 살펴본 타자의 비극들은 전통적인 비극 담론의 틀을 위반하면서 신 중심에서 인간중심으로, 즉 지배계층에서 피지배계층으로 확대되어가는 르네상스적 관심의 특징을 반영하고 있다. 타자 비극들은 공통적으로 우선 기존 사회의 영웅이 아닌 타자를 주인공으로 선택함으로써 전통 비극 담론에 대해 도전하고 있다. 그리고 이는 당연히 전통 비극 담론이 규정하는 비극의 보수적 정치성을 위반하는 결과를 초래한다. 지배 사회가 규정한 전형적인 약점을 지닌 타자가 주인공이 됨으로써 주인공의 고통과 파멸은 당연한 결과가 되어버린다. 르네상스 타자 비극들은 표면적으로는 타자의 약점을 강화시키는 도덕적 질서를 전달하는 것처럼 보이지만, 오히려 타자를 비극으로 몰아가는 사회적 편견과 지배세력의 시기와 질투를 재현하는 공통적 특징을 보여주고 있다. 타자 비극이 정치적으로 전복적 성격을 가질 수밖에 없는 이유가 여기에 있다. 따라서 타자는 지배 사회의 현실을 비춰주는 거울 역할을 한다고 볼 수 있다.

그런데 이러한 타자 비극의 특징 가운데 주목할 점은 한 타자의 이야기가 다른 타자와의 연관성을 통해 서로를 비춰주는 역할을 한다는 점이다. 『몰타의 유대인』에 등장하는 타자는 유대인 바라바스만이 아니다. 그를 핍박하는 몰타의 기독교인들은 가톨릭 신도들이고, 그들도 영국의 관객들 입장에서 보면 타자들이다. 『오셀로』에서도 무어인 오셀로만이 타자가 아니다. 오셀로를 질투하고 시기하는 베니스인들 역시 타자이며, 오셀로가 목 졸라 살해하는 데즈데모나 역시 베니스 사회의 타자이다. 『말피 공작부인』의 공작부인뿐만 아니라 그녀를 핍박하고 죽이는 오빠들 역시 이탈리아인들이고 가톨릭 성직자들로서 영국 관객들에게는 모두 타자로 여겨질 수 있다. 이러한 타자들의 관계가 만들어내는 비극이 영국 관객들에게 불러일으키는 효과는 결코 단순하지 않고 복합적 측면을 지닌다. 이러한 관계에서 주목해야 할 것은 한 타자에 대한 사회적 편견이 또 다른 타자에 대한 사회적 편견을 정당화하는 과정에서 깨어지는 경우가 발생한다는 점이다. 물론 서로 다른 타자들 모두가 비판의 대상이 되는 경우도 존재하지만, 이러한 과정은 결국 기존의 사회적 이념이나 편견에 대한 새로운 인식을 유발하는 결과를 초래한다. 결국 타자에 대한 편견이 상대적인 것이 되고, 변화할 수 있다는 의미를 전달하는 것이다.

6장 『몰타의 유대인』(*The Jew of Malta*)*

I

『몰타의 유대인』(*The Jew of Malta*)은 줄리아 럽튼(Julia Reinhard Lupton)의 지적처럼 크게 세 가지 관점에서 최근 비평가들의 관심을 끌어왔지만(144),[1] 이러한 관점들의 중심에는 유대인 주인공 바라바스(Barabas)를 어떤 시각으로 바라볼 것인가의 문제가 항상 존재해왔다. 초기 비평가들에게 바라바스는 유대인에 대한 당대의 시각을 반영하여 인간이 아닌 단순한 괴물 같은 악당으로 여겨지기도 했으며(Levin 84), 그와는 반대로 부당하게 핍박받는 인간 유형으로 여겨지기도 했다(Bawcutt 18). 19세기 후반에는 극단적으로 부를 열망하는 르네상스적 인간형으로 여겨지기도 했으며, 최근에는 바라바스가 작가 말로의 종교적 정치적 믿음을 대변하는 존재로서 논쟁의 대상이 되기도 했다. 따라서 일부 비평가들에게는 작품에 내재된 신학적 함의가 유대인 바라바스에 대한 명백한 저주로 여겨지는가 하면, 다른 비평가들에게는 작품의 가장 중요한 의미가 바라바스를 핍박하는 기독교도들의 위선에 대한 풍자로 여겨진다. 이러한 논란 과정에서 가장 주목의 대상이

---

* 이 글은 2012년 *Shakespeare Review* 48권 1호에 실린 「몰타의 유대인: 말로의 냉소주의와 타자」를 수정 보완한 내용이다.

1) 엘리엇(Eliot), 베빙턴(Bevington), 그리고 체니(Cheney)와 같은 비평가들이 영국의 극장과 문학 형식의 발전과 연관해서 『몰타의 유대인』을 분석하였으며, 헌터(Hunter)와 그린블랏(Greenblatt), 샤피로(Shapiro)와 같은 비평가들은 이 작품을 르네상스 당대 유럽의 유대인에 대한 시각을 재현한 작품으로 평가한다. 그리고 최근에는 바텔스와 카텔리(Cartelli) 같은 비평가들이 이 작품에서 당대의 제국주의와 식민주의에 기반을 둔 지중해의 문화 정치적 상황에 대한 영국적 상상력을 발견해낸다.

되어온 것은 역시 반유대주의 문제이다. 주인공 바라바스를 전형적인 유대인의 스테레오 타입으로 재현한 말로의 시각이 당대의 지배 담론이 규정하는 타자 유대인에 대한 혐오와 증오를 그대로 반영하는 것인지, 혹은 그와는 반대로 유대인을 핍박하는 기독교도들의 편견과 위선을 비판하는 전복적 욕망의 표현인지의 문제가 이 작품에 대한 최근 논쟁의 중심에 있는 것은 부인할 수 없는 사실이다.

그런데 주목할 사실은 이 작품에 등장하는 타자가 주인공 바라바스만이 아니라는 점이다. 물론 작품의 중심 갈등 구조는 몰타의 총독 페르네즈(Ferneze)를 비롯한 기독교도들과 유대인 바라바스의 관계에 있다. 몰타의 기독교도 입장에서는 유대인 바라바스가 대표적인 타자이고, 바라바스 역시 기독교도들을 타자로 여기고 있다. 그렇지만 에밀리 바텔스(Emily Bartels)의 지적처럼 이 작품의 배경은 지중해 연안에 있는 섬 몰타이고, 그 섬의 지배권을 놓고 스페인과 터키가 서로 대립하고 있다. 이 사실을 기억한다면, 우리는 이 작품에 등장하는 등장인물들이 모두 다 말로 당대의 영국인들이 싫어하는 타자들이라는 점을 간과해서는 안 된다. 엘리자베스 여왕 당시 스페인은 정치적, 종교적 갈등으로 인해 영국과 적대 관계에 있었고, 터키는 종교적 정치적 문제로 인해 당시 유럽의 모든 기독교 국가들의 대표적인 적대국이었다. 그리고 더욱 중요한 점은 몰타의 기독교도들이 신교도가 아니라 가톨릭교도라는 사실이다. 말로가 『파리의 대학살』(*The Massacre at Paris*)에서 그 역사적 갈등을 적나라하게 재현하고 있듯이, 헨리 8세 이후로 가톨릭과 절연하고 신교를 받아들인 영국 사회에서 가톨릭 세력은 영국의 지배 종교가 배척하는 타자의 위치에 있었다. 따라서 이 작품의 주된 대립 관계인 몰타의 기독교도들과 유대인 바라바스, 그리고 나아가서 몰타, 스페인, 터키 사이의 갈등은 영국 관객들 입장에서 보면 타자와 타자 사이의 갈등이고, 타자들 간의 대립인 것이다.

그렇다면 말로가 이처럼 유대인 바라바스를 중심으로 하는 극의 플롯을 타자들 간의 각축장인 몰타라는 섬을 배경으로 재현했다는 사실에서 우리는 어떤 정치적 함의를 찾을 수 있을까? 역사적으로 시실리의 해안에서 가까운 작은 섬 몰타는 시실리의 통치를 받았지만, 16세기 동안 시실리는 점차 스페인의 지배를 받게 되었으므로 몰타 역시 스페인의 지배하에 있었다고 보는 것이 옳다. 1565년에 터키가 몰타를 정복하려 하였으나 실패하였고, 이 사건으로 인해 몰타는 영국을 비롯한 많은 유럽 국가들의 관심을 끌게 된 섬이다(Bartels, *Spectacles of Strangeness* 88). 말로는 이러한 역사적 사실을 변형시켜 10년 이상을 터키가 몰타를 지배해 온 것으로 묘사한다. 바텔스는 말로가 이처럼 역사적 사실을 바꿈으로써 몰타를 "지배에 의해 좌우되는 장소"로 만들었다고 지적하지만(88), 좀 더 구체적인 정치적 배경을 고려한다면 이러한 역사적 변형에는 스페인에 대한 당대 영국의 반감이 작용한 것으로 보인다. 스페인과 가톨릭에 대한 영국인들의 반감을 고려하여, 스페인의 우위를 부정하고 몰타를 스페인과 터키의 각축장으로 만드는 정치적 시도를 한 것이다. 팍 호난(Park Honan)의 지적처럼, 셀림 칼리마스(Selim Calymath)로 대변되는 말로의 터키인들은 몰타의 가톨릭교도들에 비해 상대적으로 덜 타락한 모습을 보이며, 극의 결말에서는 바라바스를 지나치게 신뢰할 정도로 관대해 보이는 것이 사실이다(260). 하지만 이보다 더 중요한 점은 스페인과 터키 모두 식민지 몰타를 착취와 탐욕의 대상으로 이용하고 있다는 사실이다. 이 점은 바텔스가 이 극을 제국주의 시각으로 분석하는 주요 근거가 된다.

말로는 이 극의 등장인물들을 모두 영국 사회의 타자로 설정함으로써 모든 인물들을 조롱하고 비난할 수 있는 극적 기반을 조성했다. 사악하고 간교한 전형적인 유대인의 복수와 파멸의 과정은 또 다른 타자인 몰타의 가톨릭교도들의 탐욕과 위선을 폭로하는 수단이 되고, 유대인 바라바스와 터키인 노예 이타모어(Ithamore) 사이의 복수와 파멸 과정 역시 두 타자의 악마성과 탐욕을 드러내는 수단이다. 그리고 스페인을 대변하는 마틴 델 보스코(Martin Del Bosco)와 터키를 대표하는 칼리마스 역시 몰타를 지배하는 목적이 궁극적으로 자신들의 물질적 탐욕을 채우려는 것임을 분명하게 드러냄으로써 유대인 바라바스와 기독교도 사이의 추한 보복관계에 끼어드는 형국이다. 결국 이러한 타자들 간의 역학관계는 어느 한 세력의 도덕적 우위나 정치적 정당성을 전달하기보다는 그들 모두에 대한 조롱과 냉소를 전달하는 수단이 된다. 스티븐 그린블랏(Stephen Greenblatt)은 유대인의 전형적인 악행으로 인해 파멸하는 바라바스가 극 중 사회에서 예외적인 존재가 아니라, 그 사회를 진정으로 대표하는 존재라고 지적한다(114). 말로가 드러내는 냉소주의의 핵심대상은 지배 세력과 피지배 세력 사이의 억압적 관계 이면에 내재해있는 추한 탐욕과 위선이다.

이러한 말로의 냉소주의는 『몰타의 유대인』의 서막에 등장하는 마키아벨리(Machevil)를 통해서 잘 암시되어 있다. 흥미로운 사실은 마키아벨리 역시 바라바스와 마찬가지로 영국 사회에서 비난과 증오의 대상이 되는 대표적인 타자라는 점이다. 그는 유명한 『군주론』(*The Prince*)에서 군주가 권력을 유지하고 정치를 시행하기 위해서는 도덕이나 신의 섭리에 얽매이지 말고 수단 방법을 가리지 말아야 한다고 주장했다. 따라서 신의 섭리와 도덕질서를 중시했던 당대 영국인들은 그를 타락한 이기적인 이탈리아인으로 비난하였다. 말로는 작품 속에서 마키아벨리와 바라바스를 거의 동일시하는 것으로 보이는데, 이는 당대 영국 사회에서 이탈리아인과 유대인에 대한 평가가 거의 동일했었다는 사실을 주목한다면 그리 놀라운 일이 아니다. 대니얼 비트커스(Daniel Vitcus)는 16세기 중엽 이탈리아의 상인들과 금전거래인들이 영국에 새로운 금전거래 관행을 소개했음을 지적하면서, 이탈리아의 상인들은 "탐욕스럽고, 착취적이며, 비기독교적"이고, 고리대금업자 유대인에 비유되었다고 지적한다(169). 따라서 이탈리아인과 유대인 둘 다 영국에 비도덕적인 금전관행을 이끌어 들여 영국 경제와 도덕질서를 위협하는 범죄자들로 여겨졌던 것이다.

하지만 말로는 이처럼 이탈리아인과 유대인을 범죄자 취급하는 당대 영국의 지배 담론을 작품의 서막에 등장하는 마키아벨리의 조롱 섞인 대사로 간단하게 역전시켜버린다. 이 극에 내재된 진정한 냉소는 "나는 나를 가장 증오하는 자들에게서 존경을 받습니다"(Admired I am of those that hate me most)(Pro. 9)라는 마키아벨리의 역설적인 대사 속에 가장 잘 함축되어 있다. 마키아벨리를 가장 증오하는 자들이 그를 존경한다는 아이러니는 외양과 내면의 차이에서 발생한다. 마키아벨리의 사상을 겉으로는 격렬하게 비난하는 자들이 실제로는 그의 사상을 그대로 좇아 행동하는 것이다. 이러한 마키아벨리의 냉소는 극중에서 바라바스의 냉소로 이어지면서 구체화된다. 따라서 마키아벨리와 바라바스의 아이러니컬한 표현과 연기를 통해 구체화되는 말로의 냉소적 태도는 넓게는 겉으로 정직하고 도덕적인 척하면서 속으로는 자신들의 이기적인 욕망 달성을 위한 삶을 살아가는 르네상스 시대 유럽인들의 위선을 향한 것이고, 좁게는 도덕질서를 강조하면서 당대 영국 사회의 정치, 종교, 이념의 질서를 결정하는 지배 담론과 그 담론을 절대시하는 지배세력의 위선을 향한 것이다.

서막에서 마키아벨리가 전달하는 종교와 정치에 관한 냉소는 비록 로마 가톨릭과 로마 황제를 대상으로 삼고 있지만, 이는 영국을 포함한 당대 유럽 사회 전체의 현실에 대한 냉소라고 할 수 있다. 자신을 증오하면서도 존경하는 자들로 그가 가장 먼저 언급하는 인물이 바로 "베드로의 의자"(Peter's chair)에 이르는 교황이다. 교황은 마키아벨리의 책을 비난하면서도 그의 책을 읽고, 그의 사상을 좇아 온갖 권모술수를 이용하여 교황의 자리에 올라가는 것이다. 그래서 마키아벨리는 "나는 종교를 어린아이들의 장난감으로밖에 생각지 않고, 죄는 없고 무지만이 있는 것이라 생각합니다"(I count religion but a childish toy/ And hold there is no sin but ignorance)(Pro. 14-15)라고 단언한다. 또한 그는 카이사르(Caesar)를 언급하며 왕관을 소유할 권리에 대해 "힘이 왕들을 만들었고, 법률들은 드라코의 법전처럼 피로 쓰였을 때 가장 확실한 효력을 가졌다"(Might first made kings, and laws were then most sure/ When like the Draco's they were writ in blood)(Pro. 20-21)라고 말한다. 이는 권력이나 법률에 부여된 정당성이 얼마나 부당한 것인지 조롱하는 것이고, 가장 강력한 권력은 정의가 아닌 무력을 통해 얻어진다는 사실을 지적하고 있다. 이는 결국 종교와 정치가 모두 위선적이라는 사실을 전달하는 것이다. 그러고 나서 그가 전하겠다고 말하는 "한 유대인의 비극"(the tragedy of a jew)(Pro. 30)은 이러한 종교와 정치에서 드러나는 위선이 돈과 재산이라는 르네상스 당대 또 다른 중요한 욕망의 대상과 어떻게 연관되어 있는지를 전달하는 수단이 된다.

이 극은 타자의 사악함이나 악마성을 조롱하고 정죄하는 보수적 시각을 지지하거나, 그와 대립하여 인종적, 종교적 타자를 변호하거나 지배 담론을 비난하기보다는, 타자들 간의 갈등과 배척, 위선을 묘사함으로써 그와 다를 바 없는 욕망에 사로잡혀 있는 르네상스 당대 영국을 포함하여 유럽 사회의 위선적 현실을 조롱하는 의미를 전달한다. 그런데 중요한 것은 말로가 주인공 바라바스를 이러한 냉소적 태도를 전달하는 중심 수단으로 삼고 있다는 사실이다. 따라서 이 글에서는 말로가 바라바스를 통해서 어떻게 이러한 냉소적 태도를 전달하고 있는지에 초점을 맞출 것이다. 특히 이 극에 혼재되어 있는 비극적 요소와 희극적 요소에 주목하면서, 바라바스와 몰타의 가톨릭교도들, 바라바스와 이타모어, 그리고 몰타의 가톨릭교도들과 터키, 스페인 등의 복합적인 관계를 통해 드러나는 타자들 간의 대립과 적대 관계를 분석해 각각의 관계가 궁극적으로 어떤 위선적 욕망에 근거하고 있는지를 밝힘으로써 서로에게 어떤 거울의 역할을 하는지 고찰하게 될 것이다.

Ⅱ

이 극의 장르에 대한 비평가들의 시각은 다양하다. 초기 판본 극의 표지에 붙어있는 제목이 『몰타의 부자 유대인의 유명한 비극』(*The Famous Tragedy of the Rich Jew of Malta*)이고, 서막에 등장하는 마키아벨리도 자신이 전달할 이야기를 "한 유대인의 비극"이라고 부르기 때문에 일반적으로 비극의 범주에 포함시키는 비평가들이 있다. 하지만 클래어 해러웨이(Clare Harraway)는 마키아벨리가 믿을 수 없는 인물이기 때문에 비극이라는 그의 말은 거짓말이라고 주장한다(169). 스티비 심킨(Stevie Simkin)은 이 극이 전통적 형태의 비극은 결코 아니며 오히려 블랙코미디의 요소가 다분하다고 지적하며, 심지어 소극에 가깝다고 주장한다(141).[2] 그런가 하면 헨리 할럼(Henry Hallam)과 같이 이 극을 처음 2막까지는 위대한 비극, 나머지 3막은 멜로드라마로 규정하는 비평가들도 있다(재인용, Bawcutt 18). 보컷의 설명에 따르면,

---

2) 더글라스 콜(Douglas Cole) 역시 T. S. 엘리엇의 글을 인용하면서 이 극이 비극이라기보다는 오히려 소극이나 블랙코미디에 가깝다고 주장한다(93).

18, 19세기의 초기 비평가들은 이 극에 드러나 있는 "어조의 혼합" 때문에 혼란스러워 극의 장르를 규정하기 힘들어 했다고 한다(17). 사실 『몰타의 유대인』은 이러한 혼란스런 반응을 가능케 하는 특징을 지니고 있다. 그 이유는 극 초반부의 주인공 바라바스의 모습과 극 후반부의 바라바스의 모습이 상당히 다르게 여겨지기 때문이다.[3] 극의 초반에 등장하는 바라바스는 해외 무역을 통해 당당하게 성공한 상인이고 유대인에 대한 편견 때문에 희생당하는 인물로 보이지만, 극의 결말에서는 전형적인 유대인 악당으로 변모한다. 그리고 유대인 악당 바라바스가 파멸하고 가톨릭교도인 총독 페르네즈가 승리함으로써 이 극은 결국 선이 승리하는 멜로드라마로 여겨지기도 한다.

그런데 이러한 장르의 모호성은 말로가 당대 르네상스 사회에 대한 자신의 냉소적 태도를 좀 더 효과적으로 표현하기 위한 전략으로 보인다. 전통 비극 담론에 따르면, 바라바스는 전통적인 비극의 주인공이 될 자격이 없는 인물이다. 그는 당시 유럽 사회의 대표적인 타자였던 유대인이고, 그러한 유대인의 전형적인 타자성을 그대로 드러내고 있는 인물이기 때문이다. 따라서 바라바스를 비극의 주인공으로 정하는 것은 우선적으로 전통 비극의 권위를 훼손하는 의미를 갖는다. 그런데 말로가 극 초반에 이처럼 전형적인 타자를 극의 주인공으로 설정한 배경은 무엇보다도 차별성에 대한 부정이 될 수 있다. 즉 우리와 타자를 구별하지 않는 전략인 것이다. 이렇게 함으로써 말로는 바라바스의 타자성을 희석시키고, 상대적으로 그를 핍박하는 몰타의 가톨릭교도들의 이기적인 위선을 더욱 부각시킬 수 있다. 호난은 어느 사회

3) 이러한 차이에 대한 비평가들의 견해는 크게 둘로 나뉜다. 첫 번째 그룹은 극의 후반부를 말로가 아닌 다른 작가가 쓴 것으로 판단한다. 두 번째 그룹은 이러한 왜곡된 형태를 말로가 새로운 극 장르를 만들어내기 위한 시도로 평가한다(Harraway 170-71).

이건 지배 종교나 도덕질서는 타락하기 마련이기 때문에 타자인 바라바스가 몰타의 부정과 타락을 판단하는 권위를 갖는다고 지적한다(257). 전통 비극 담론의 시각을 적용하면, 바라바스는 몰타에서 성공한 상인이고 가톨릭교도들의 독단과 편견에 의해 희생을 겪는 인물이다. 따라서 그는 자신이 당한 피해를 복수하는 복수 비극의 주인공처럼 여겨진다. 하지만 이는 말로의 전략일 뿐이다.[4] 바라바스는 극 초반부터 비극의 주인공이 될 만한 고귀함이나 개성을 지니고 있지 못하다. 극 초반에도 그는 이기적이고 교활한 유대인의 면모를 그대로 드러내고 있기 때문이다. 말로는 유대인에 대한 당대의 편견을 활용해 몰타의 위선자들을 비판하는 목적을 위해 타자 유대인을 주인공으로 삼는 비극의 형태를 빌리고 있을 뿐이다.

막이 열리자마자 집무실에 금화더미를 쌓아놓고 세계 곳곳에서 이루어지고 있는 자신의 무역 거래에 대해 늘어놓는 바라바스의 긴 독백은 그를 성공한 상인이자, 막대한 부를 추구하는 전형적인 "르네상스적 인간"(Peter Berek 129)으로 보이게 만든다. 그는『베니스의 상인』(*The Merchant of Venice*)에 등장하는 샤일록과 같은 유대인들의 전형적인 직업이었던 고리대금업자가 아니라, 수많은 상선을 가지고 해외무역을 통해 정당한 수익을 챙기는 상인인 것이다. 따라서 바라바스를 샤일록이 대적하는 기독교상인 안토니오(Antonio)에 비유하는 비평가도 있지만, 우리가 주목해야 할 것은 바라바스는 안토니오와는 전혀 다른 부류의 상인이라는 사실이다. 친구인 바싸니오(Bassanio)를 위해 자신이 가진 모든 것을 희생할 수 있었던 안토니오는 친구들에게 "지

4) 팍 호난(Park Honan)은 바라바스의 경제적 성공과 짧은 기간이지만 몰타의 총독이 되는 설정은 당대 유럽사회에서 가난과 박해에 시달리는 일반적인 유대인의 모습과는 대조적이라고 지적한다(256).

상을 걷는 가장 친절한 신사"(A kinder gentleman treads not the earth)(2.8.32)라는 칭송을 받는 인물이었던 반면, 바라바스는 유대인 동료들에게조차 그러한 평가를 받지 못한다. 그는 다른 유대인들을 무시하고 겉과 속이 다른 태도를 보이고 있으며, 다른 유대인들은 바라바스가 전 재산을 빼앗기고 슬퍼할 때 안타까움을 표하지만 진심으로 그를 위해 슬퍼하는 모습을 보여주지 않는다. 더구나 비트커스의 지적처럼 당대 유대인의 전형적인 직업으로 알려졌던 usury라는 단어는 고리대금업만을 지칭하는 것이 아니라, 비기독교적이고 비도덕적인 상업행위를 모두 칭하는 것이었다는 점을 기억할 필요가 있다(169). 그의 거창한 자기자랑에도 불구하고 그의 독백을 통해 분명하게 드러나는 것은 더글라스 콜이 지적하는 것처럼 "탐욕"이다(90).

하지만 이러한 바라바스의 물질에 대한 탐욕이 전형적인 유대인의 악마적 악행[5]으로 발전하는 과정에는 몰타의 가톨릭교도들의 편견과 시기심이 중요한 역할을 한다는 점을 주목해야 한다. 터키의 칼리마스가 함대를 이끌고 와 10년 동안 밀린 공물을 요구할 때, 몰타의 총독 페르네즈는 그 공물을 유대인의 재산으로 충당하기로 결정한다. 사실 그가 유대인들에게 재산을 요구하는 것은 칼리마스가 몰타에 공물을 요구하는 것과 크게 다를 바 없다. 식민지와 피식민지의 관계처럼, 지배세력이 피지배세력을 착취하는 형태인 것이다(Bartels 87). 하지만 페르네즈와 몰타의 기사들은 이러한 상황을 종교적 원인으로 돌린다. 페르네즈는 "하느님 앞에 저주받은 너희들의 밉살스런 모습을 눈감아준

5) 유대인에 대한 당대의 시각에 따르면, 유대인은 우물에 독을 넣어 사람들을 죽이고, 어린아이를 유괴하여 죽이고, 그 피로 악마의 의식을 치르는 끔찍한 괴물들로 여겨졌다. 당대 기독교인들은 유대인을 악마나 마법사와 동일시하였으며 흉년이나 화재, 홍수, 사산이나 기형아의 출산, 질병, 전염병 등이 유대인 때문에 발생한다고 믿었다(Trachtenberg 184).

것 때문에 이 공물들과 고통스런 상황이 발생했다"(through our sufferance of your hateful lives,/ Who stand accursed in the sight of heaven,/ These taxes and afflictions are befallen)(1.2.63-65)라고 말하며 자신들의 행위를 정당화한다. 이는 유대인들을 몰타에서 자유롭게 살도록 허락했기 때문에 이런 불행이 닥쳤다고 말하는 것이다. "너희의 최초의 저주가 … 너희를 가난하게 하고 온 세상의 조롱거리로 만든다 하더라도/ 그것은 우리 잘못이 아니라 너희가 타고난 죄 때문이다"(If …/ make thee poor and scorned of all the world,/ 'Tis not our fault, but thy inherent sin)(1.2.108-110)라고 말하는 기사 1의 대사도 표면적으로는 종교적 이유를 내세우고 있지만, 그 이면에는 유대인들의 재산축적에 대한 시기와 분노가 내재해 있다. 흥미로운 사실은 나중에 델 보스코의 지원을 받아 칼리마스에게 공물을 바치지 않기로 결정한 후에도 페르네즈는 유대인들에게 재산을 돌려주지 않는다는 점이다.

그런데 여기에서 간과해서는 안 될 점은 다른 유대인들과는 달리 바라바스는 한순간의 이의제기로 인해 전 재산을 빼앗기게 되었으며, 그의 재산의 반은 "한 도시의 재산"(a city's wealth)(1.2.86)에 해당할 정도로 막대하다는 사실이다. 사실 바라바스의 이의제기는 당연해 보인다. 같은 재산의 반이라 할지라도 그가 내놓아야 할 액수는 다른 유대인들보다 훨씬 크기 때문에 불공평하다는 점을 제기한 것이다. 하지만 페르네즈는 기다렸다는 듯이 바라바스의 전 재산을 몰수한다고 선포해버린다. 다음 순간 바라바스가 마음을 바꿔 다른 유대인들과 같이 재산의 반을 내겠다고 말하지만, 페르네즈는 "이제는 취소할 수 없다"(now it cannot be recalled)(1.2.94)라고 못박아버린다. "많은 사람이 한 사람을 위해서 파멸하는 것보다 한 사람이 손해를 보는 것이 낫다"(And better one want for a common good/ Than many perish for a private man)(1.2.99-100)가 그의 논리이다. 엘리자베스 시대의 관객들은 이러한 논리를 통쾌하게 생각했을 가능성이 있지만, 다른 유대인들과의 형평성마저 무시한 페르네즈의 결정은 그가 말하는 "정의"의 시행으로 여겨지지 않는다. 결국 바라바스가 전 재산을 빼앗긴 것은 단순히 종교적인 문제만이 아니고, 몰타의 가톨릭교도들이 바라바스의 경제적 성공과 많은 재산에 대해 느끼는 시기와 질투가 작용했다는 것을 쉽게 간파할 수 있다.[6)]

따라서 이 사건 이후에 바라바스가 보여주는 악마적 행위들은 그가 당한 부당한 피해에 대한 복수에서 비롯된다고 볼 수 있다. 그런데 바라바스의 복수는 악마적 유대인의 전형에 어울리도록 잔인하고 사악하게 묘사되지만, 그의 복수의 대상이 되는 가톨릭교도들의 행태는 그들을 동정하기보다는 오히려 관객들로 하여금 바라바스와 함께 그들을 조롱하게 만드는 결과를 초래한다. 전 재산을 빼앗긴 바라바스가 수녀원으로 바뀐 자신의 집 마당에 숨겨놓은 보물을 되찾기 위해 딸 아비게일을 거짓 수녀로 보내는 것은 수단 방법을 가리지 않고 재산을 모아온 그의 과거 행동과 크게 달라 보이지 않는다.[7)] 하지만 수녀가 된 아비게일에게 욕정을 품고 그녀를 차지하기 위해 서로 싸우다 죽는 총독의 아들 로도윅과 마티아스는 욕망의 대상만 다를 뿐 바라바스와 크게 다르지 않다. 비록 거짓으로 수녀가 된 것이지만, 수녀가 된 여자에게 욕정을 품는 모습과 가톨릭교도들이 경멸하는 유대인의

---

6) 제임스 사피로(James Shapiro)는 이 극이 유대인에 대한 종교적 반감뿐만 아니라, 인종적 민족적 타자에 대한 반감을 반영하고 있으며, 당대 엘리자베스 시대 관객들이 극중 바라바스의 행동들을 영국 사회에서 재산을 축적하는 위험한 이방인들과 유사한 존재로 보았을 것이라고 지적한다(184).

7) 아비게일이 거짓으로 수녀로 개종하는 것은 16세기 후반 영국에 살고 있었던 마라노들을 연상시킨다. 마라노들은 기독교로 개종하고서도 보이지 않는 곳에서는 유대 신앙을 따르는 유대인으로서의 삶을 살아가는 이중적이고 위선적인 사람들을 지칭하였다 (White 74).

딸을 탐내는 것은 페르네즈와 몰타의 기사들이 바라바스의 재산을 탐내는 것과 다를 바 없다. 로도윅이 바라바스에게 아비게일을 "다이아몬드"에 비유하는 것은 바로 이처럼 성적 욕망과 물질적 욕망을 동일시하는 가톨릭교도와 바라바스의 교감을 통해 양측의 편견과 위선에 대한 조롱이 내재해 있는 것이다.

그런데 이러한 경멸적 조롱은 로도윅과 마티아스보다도 가톨릭 수사들을 통해 훨씬 더 강하게 드러난다. 로도윅과 마티아스를 죽인 장본인이 바로 자신의 아버지라는 사실을 알고 절망한 아비게일이 실제로 수녀가 되고 난 후, 바라바스는 수녀원으로 변한 자신의 집에 기거하는 가톨릭 수녀들 전체뿐만 아니라 자신의 딸마저도 독살하는 극악한 모습을 선보인다. 그런데 이러한 바라바스의 잔인성은 충격적이지만, 가톨릭 수사들의 탐욕과 음탕함도 이에 못지않다. 베르나딘 수사는 아비게일이 로도윅과 마티아스의 죽음에 관한 진실을 밝히고 죽어갈 때, 그녀의 죽음 자체보다도 그녀가 "순결한 처녀"로 죽는 것을 더 안타까워한다(Ay, and a virgin, too, that grieves me most)(3.6.41). 이는 이타모어가 조롱하듯이, 수사들이 수녀들과 음탕한 관계를 맺는다는 소문을 사실로 입증해주는 대사이다. 그리고 베르나딘 수사와 자코모 수사가 바라바스의 범죄 사실을 알면서도 그의 재산을 노리고 서로 바라바스를 자신의 수도원으로 끌어들이기 위한 추한 싸움을 벌일 때, 가톨릭에 대한 조롱은 극에 달한다. 심지어 이처럼 추악한 수사들을 바라바스가 속여서 살해하는 것이 오히려 마땅한 처벌로 여겨질 정도이다.

이처럼 말로는 바라바스와 가톨릭교도들과의 대립관계에서 어느 한 쪽을 도덕적으로 더 우월하게 평가하기 힘들게 만든다. 그들은 상대를 종교적으로 타자로 여기는 편견을 갖고 있지만, 탐욕과 욕정을 채우기 위해서는 언제든지 종교에 얽매이지 않고 타협하거나 배신할 수 있는 존재들로 그려지고 있는 것이다. 비록 극의 결말에서 물질에 대한 탐욕을 버리지 못한 바라바스가 터키군을 도와 몰타의 총독이라는 지위를 얻고도 페르네즈에게 속아 비참한 최후를 맞이하지만, 이것을 페르네즈의 도덕적 승리로 보기는 힘들다. 페르네즈는 바라바스가 자신을 속였던 것과 똑같은 속임수를 써서 바라바스를 파멸시키기 때문이다. 물론 엘리자베스 시대 관객들은 이것을 사악한 유대인에 대한 통쾌한 보복으로 여길 수도 있겠지만, 페르네즈의 간교함과 다른 가톨릭교도들의 추악한 탐욕을 기억한다면, 그가 외치는 "운명이나 행운을 찬미하지 말고, 오직 하늘만을 찬미하라" (let prais be given neither to fate nor fortune, but to heaven)(5.5.122-23)는 대사는 공허하게 들릴 뿐이다. 폴 휫필드 화이트(Paul Whitfield White)의 지적처럼 페르네즈 역시 마키아벨리의 추종자인 것이다(78).

바라바스와 가톨릭교도들 사이의 갈등관계를 패러디함으로써 말로의 냉소적 목소리를 더욱 강하게 들려주는 관계가 바로 바라바스와 이타모어의 관계이다. 이 두 인물은 우선 유대인과 터키인이기 때문에, 영국 관객들에게는 둘 다 혐오스럽게 증오할만한 타자들이다. 하지만 돈을 주고 이타모어를 산 바라바스는 주인이고 이타모어는 노예이기 때문에, 이들의 관계 역시 지배와 착취의 관계라는 사실이 중요하다. 이들의 관계 역시 몰타의 가톨릭교도들과 바라바스의 관계와 유사하다. 공통의 적 기독교도가 있기 때문에 두 사람은 처음에는 매우 잘 화합하는 것처럼 보인다. 사실 로도윅과 마티아스, 베르나딘과 자코모 수사 등 가톨릭교도들을 죽게 만드는 과정에서 이타모어는 바라바스를 충실히 돕는 역할을 한다. 두 인물은 기독교도의 대표적인 타자인 유대인과 터키인의 사악한 스테레오 타입을 연기함으로써, 관객들의 야유를 불러일으키는 효과를 초래한다. 하지만 창녀 벨라미라에게 욕정을 느낀 이후, 이타모어는 곧바로 자신의 몫을 요구하며 바라바스를 배신하고 위협하는 비열한 터키인의 모습을 드러낸다. 이들의 관계는 자신의 이익을 위해서는 서로를 이용하지만, 또한 필요할 때는 언제든지 배신과 보복으로 돌아설 수 있는 관계이다. 이는 바라바스와 페르네즈의 관계에서도 동일하게 드러났던 관계이다.

사실 바라바스와 이타모어가 악의를 투합해 몰타의 가톨릭교도들을 괴롭히고 살해할 때, 두 사람은 인종이나 종교를 무시하고 서로를 아끼고 동료처럼 여기는 것으로 보인다. 렙튼은 바라바스와 이타모어의 결합을 아비게일이 수녀로 개종하는 것처럼 동료의식 변화의 또 다른 예로 설명한다(147). 하지만 이는 잘못된 판단이다. 두 사람은 필요를 위해 결합할 뿐이지 결코 서로를 진심으로 아끼거나 신뢰하지 않는다. 바라바스는 아비게일이 진심으로 수녀가 되었다는 사실을 알게 되자, 그녀를 저주하면서 이타모어에게 자신의 모든 재산을 상속할 것처럼 말한다.

> 오 충직한 이타모어, 하인이 아닌 나의 친구!
> 여기에서 널 나의 유일한 상속자로 삼겠다.
> 내가 죽으면 내가 가진 모든 것은 네 것이다.
>
> O trusty Ithamore, no servant, but my friend!
> I here adopt thee for mine only heir,
> All that I have is thine when I am dead, (3.4.41-42)

하지만 이타모어가 바라바스의 명을 행하러 나간 사이 곧바로 이어지는 대사에서 바라바스는 이타모어에 대한 자신의 속셈을 이렇게 드러낸다.

이렇게 모든 악당은 재물을 쫓거든.
부자가 되는 건 희망사항일 뿐인데도 말이야.

Thus every villain ambles after wealth,
Although he ne'er be richer than in hope. (3.4.52-53)

이처럼 바라바스는 다른 속셈을 가지고 있으면서도 자신의 목적을 위해서 감언이설로 상대를 속이는 것이다. 그런데 이러한 속셈은 바라바스만 가지고 있는 것이 아니다. 이타모어 역시 마찬가지이다. 그는 겉으로는 바라바스에게 충성을 다하고 그의 명을 충실히 따르는 것처럼 보이지만, 속으로는 그를 조롱하는 태도를 보인다. 그는 여러 번 바라바스의 커다란 코를 언급하는데, 이는 물론 유대인의 전형적인 외모로 분장한 바라바스 역의 배우를 빗대어 말하는 것이지만, 결국 유대인의 교묘하고 대담한 악행을 감탄하는 척하면서 조롱하는 것이다. 그리고 벨라미라와 필리아 보르자의 부추김에 넘어가 자신이 대단한 존재가 된 것 같은 착각에 빠지자, 그는 유대인에 대한 자신의 속마음을 분명하게 드러낸다. "유대인을 파멸시키는 것은 자비를 베푸는 거지, 죄가 아니야"(To undo a Jew is charity, and not sin)(4.6.80)라고 말하는 이타모어는 유대인을 타자로 여기는 기독교도와 똑같은 터키인의 시각을 보여주고 있는 것이다.

여기에서 기억할 것은 유대인인 바라바스에게 이타모어가 종교적 인종적으로 타자이고, 터키인인 이타모어에게도 바라바스가 종교적, 인종적으로 타자이지만, 이들의 관계는 돈으로 사고 팔린 주인과 노예의 관계가 먼저라는 사실이다. 이타모어는 델 보스코가 이끄는 스페인 함대에 의해 포로가 된 터키인이고, 노예로 몰타의 시장에서 바라바스에게 팔린 것이다. 따라서 이타모어에게 바라바스는 혐오스런 유대인이지만 섬겨야 할 주인이고, 바라바스에게 이타모어는 혐오스런 터키인이지만 자신의 목적을 위해 이용하는 노예이다. 그린블랏은 이처럼 유대인이 기독교도의 노예시장에서 터키인을 살 수 있는 것을 "종교적, 정치적 장벽"이 무너진 "문명사회의 승리"라고 선언한다(116). 하지만 타자에 대한 종교적, 정치적 장벽이 완전히 무너진 것이 아니라, 자신의 경제적 이익을 위해서 종교적, 정치적 편견을 때로는 이용하기도 하고 때로는 무시하기도 하는 것이 이 극에 등장하는 인물들의 특징적인 관계라고 할 수 있다. 따라서 말로는 이 극에서 타자에 대한 종교적 인종적 편견이 경제적 목적과 얼마나 밀접한 관련을 맺고 있는지를 분명하게 보여주고 있는 것이다.

터키와 스페인 모두 몰타에 대한 지배권을 주장하면서 몰타의 시민들에게 요구하는 것은 자신들의 경제적 목적을 위한 것이다. 터키의 셀림칼리마스는 예의를 갖춰 말하지만, 그가 군함들을 이끌고 몰타에 온 목적은 10년간 밀린 공물을 받아내는 것이다. 터키는 종교적으로 이슬람과 적대관계에 있는 가톨릭이 지배하는 몰타를 그대로 유지시키면서 경제적으로 착취하고 있는 것이다. 이는 바텔스의 지적처럼 몰타의 가톨릭교도들이 유대인 바라바스를 몰타에 살게 하면서 경제적으로 착취하는 것과 같은 관계이다(87). 말로는 역사적으로 터키가 몰타를 정복하려 한 목적이 결국 속국으로 만들어 공물을 받아내기 위한 것이었음을 전달하고 있는 셈이다. 그런데 이와 마찬가지로 주목할 것은 스페인의 해군 장교 델 보스코가 몰타에 온 목적이다. 델 보스코가 몰타에 대한 스페인 왕의 권리를 주장하면서 몰타의 총독에게 요구하는 것은 노예판매이다. 보스코는 터키와의 동맹관계 때문에 터키인을 노예로 판매하는 것을 허락할 수 없다고 말하는 페르네즈에게 기독교국과 터키간의 오랜 종교적 적대관계를 상기시키면서 터키군과 대적하여 싸울 것을 종용한다. 하지만 이를 통해 그가 얻어내고자 하는 것은 자신의 군함으로 데려온 노예들을 몰타의 시민들에게 팔아 이익을 챙기는 것이다. 군사적 목적마저 경제적 목적으로 변해버리는 이러한 상황을 통해 말로는 스페인 역시 터키와 전혀 다를 바 없는 경제적 목적에 혈안이 되어 있음을 조롱하고 있는 것이다.

황제의 아들과 해군 장교로 대변되는 터키와 스페인의 지배계층과 몰타의 총독 페르네즈 사이에 일어나는 지배와 착취의 관계가 유대인 바라바스와 페르네즈의 관계를 통해 구체적으로 재현된다면, 이러한 유사한 지배와 착취의 관계가 하층민들 사이에서도 동일하게 이루어진다. 창녀인 벨라미라와 도둑 필리아보르자는 이타모어를 이용해서 바라바스의 돈을 뜯어내기 위해서 이타모어를 애인으로 또한 주인으로 모신다. 이는 노예로 팔려 온 이타모어가 자신의 생존을 위해 바라바스를 주인으로 모시는 관계와 유사하다. 하지만 이들이 이타모어를 주인으로 모시는 이유는 그를 통해 바라바스의 돈을 착취하기 위함이다. 이들이 바라바스를 착취하는 방식은 영국의 관객들에게 즐거움을 선사했을 것이 틀림없지만, 이들의 방식은 몰타의 총독 페르네즈가 바라바스를 착취하는 방식을 패러디하는 것이라고 할 수 있다. 1막 2장에서 바라바스는 페르네즈가 자신의 전 재산을 몰수한다고 선언할 때, 이를 도둑질이라고 분명하게 말한다--"그렇다면 각하께선 제 재산을 훔칠 셈인가요?/ 도둑질이 당신들 종교의 원칙인가요?"(Will you then steal my goods?/ Is theft the ground of your religion?)(1.2.95-96) 몰타의 가톨릭교도들은 지배층이나 하층민이나 다를 바 없이 수단 방법을 가리지 않고 타자를 착취하여 자신들의 물질적 이익을 충족시키려는 모습을 보여주고 있는 것이다.

Ⅲ

말로의 냉소주의 전략에 따라 비극의 주인공 역할을 하는 바라바스가 당하는 착취와 지배가 이처럼 타자들의 각축장인 몰타에서 마키아벨리의 가르침대로 수단방법을 가리지 않고 자신의 이익을 위해 속임수와 악행을 서슴지 않는 극 중 타자들의 위선적 현실을 대변하는 역할을 한다면, 극 중반과 후반에 두드러지는 전형적인 유대인으로서의 바라바스의 희극적 행동 양식은 이러한 위선과 탐욕에 대한 냉소주의를 더욱 분명하게 전달하는 수단으로 작용한다. 대릴 그랜틀리(Darryll Grantley)는 이 극의 연극성(theatricality)과 연극적 기법이 전복적 전략의 기반이 된다고 지적하는데(224), 바라바스의 다양한 역할 연기와 수많은 방백, 그리고 관객들을 자신의 편으로 끌어들이기 위해 이중적인 속임수를 늘어놓는 독백은 그의 간교함만을 전달하는 것이 아니라, 그를 핍박하는 타자들의 위선을 조롱하는 말로의 극적 수단이 되는 것이다. 바라바스의 복수는 자신의 재산을 착취하거나 자신을 배신하는 모든 대상에게 잔인하게 이루어지지만, 이 복수 과정에서 주목해야 할 것은 그가 계속해서 보여주는 상대에 대한 조롱과 경멸의 태도이다. 흔히 도덕극의 Vice(악덕)에 비교되는 바라바스의 이중적인 태도와 냉소적 방백을 통한 관객과의 은밀한 소통은 이 극을 비극이 아닌 희극이나 소극으로 평가하게 만드는 중요한 요소이다. 더글라스 콜은 이처럼 관객들이 도덕적으로 혐오하는 것을 웃음을 통해 감탄하게 만드는 것이 말로의 전략이라고 지적한다(89).[8] 비극적 전개보다도 바라바

---

8) 도덕극에서 관객들은 악역 vice를 미워하면서도 어리석게 죄에 빠지는 인간역보다는 인간의 나약함을 조롱하면서 파괴하는 악역(vice)에 더 감정적으로 동조하는 경향을 보이는데(Cole 90), vice의 후예라고 할 수 있는 바라바스 역시 이러한 특징을 내재하고 있다.

스나 이타모어로 대변되는 풍자적 소극이나 희극적 요소들이 바로 당대 사회에 대한 냉소적 태도를 전달하는 또 다른 전략이 되는 셈이다.

사실 이 극에서 바라바스는 수많은 역을 소화해내는 연기자라고 해도 과언이 아니다. 그가 연기하는 역들은 부유한 상인, 핍박받는 유대인, 딸을 이용해서 복수하는 복수자, 기독교인들을 몰살시키는 살인자, 프랑스의 음악가, 그리고 마지막에는 몰타의 총독에 이르기까지 다양하다. 그는 자신에게 주어진 역할들을 능수능란하게 연기하는데, 주목해야 할 점은 그가 그러한 역할들에 몰입하기보다는 의식적으로 연기하고 있음을 관객들에게 끊임없이 상기시키며 역할 이면의 다른 메시지를 전달한다는 사실이다. 그는 기독교인들에게 핍박받는 유대인이면서도 다른 유대인들마저 무시하고 신뢰하지 않는 개인주의자이고, 부유한 상인이면서 만족을 모르는 물질적 탐욕에 빠져있는 인물이다. 또한 그는 자식의 행복과 생명마저도 희생시켜 자기 재산을 빼앗은 자들에게 복수하는 복수자이지만, 복수의 대상인 가톨릭교도들의 탐욕을 조롱하는 희극적 악당이다. 그런가 하면 음악을 연주하는 프랑스 음악가로 변장하여 이타모어 일당에게 복수할 때는 좀도둑마저 유대인의 재산을 착취하는 것을 당연하게 생각하는 사회현실을 풍자하고, 마지막으로 몰타의 총독이 되어서도 재물을 위해 권력을 포기하는 어리석은 물질욕의 소유자로 나타난다. 이러한 바라바스의 다양한 역할들이 풍자하는 물질적 탐욕에 대한 냉소는 그가 보여주는 아이러니컬한 연기와 연극적 기법을 통해 더욱 적나라하게 드러난다.

무엇보다도 바라바스가 이 극에서 가장 중요하게 연기하는 것은 심킨이 지적하듯이 전형적인 유대인의 유형이다. 심킨은 바라바스가 개성을 가진 인물이라기보다는 전형적인 유대인의 유형을 연기하는 인물이라고 주장한다(159). 그는 당대 영국의 기독교 관객들이 기대하는 유대인의 모습을 연기하는 것이다. 바라바스의 그러한 면모가 가장 구체적으로 잘 드러내는 장면은 바로 바라바스가 이타모어에게 자신의 과거를 말하는 장면일 것이다.

> … 나는 밤중에 외출하여,
> 담장 아래에서 신음하는 병든 자들을 죽이고,
> 때로는 돌아다니며 우물 안에 독을 넣지.
> …
> 젊었을 때는 의학을 공부했고, 이탈리아인들을
> 대상으로 처음 진료를 시작했지.
> 거기에서 성직자들에게 많은 장례의식을 부탁했고,
> 교회 관리인들의 팔은 무덤을 파고 조종을 울리느라
> 쉴 틈이 없게 해주었지.
> …
> 1년이 지난 후에는 감옥들을 파산자들로 가득 채웠고,
> 고아원에는 어린 고아들이 넘쳐나게 했으며,
> 매달 몇몇은 미치게 만들었고,
> 어떤 자는 내가 고리대금 이자로 얼마나
> 괴롭혔던지 기다란 두루마리 편지를 가슴에 매단 채,
> 고통 때문에 스스로 목을 매달았지.

> … I walk abroad a-nights,
> And kill sick people groaning under walls:
> Sometimes I go about and poison wells;
> …
> Being young I studied physic, and began
> To practise first upon the Italian;
> There I enriched the priests with burials,
> And always kept the sexton's arms in ure
> With digging graves and ringing dead men's knells
> …
> I filled the jails with bankrupts in a year,
> And with young orphans planted hospitals,
> And every moon made some or other mad,
> And now and then one hang himself for grief,

Pinning upon his breast a long great scroll
How I with interest tormented him. (2.3.177-9. 184-8, 196-201)

사실 이 대사에서 바라바스가 언급하고 있는 과거의 악행은 유대인에 대한 당대의 전형적인 시각을 그대로 드러내고 있다. 우물에 독을 타고, 어린이들을 십자가에 못 박아 죽이며, 기독교인들의 죽음과 고통을 즐긴다는 편견으로 수세기 동안 규정되어온 유대인의 악마적인 모습이 이 대사를 통해 거의 그대로 재현하고 있다. 하지만 흥미로운 사실은 바라바스의 이러한 고백이 매우 아이러니컬하게 들린다는 점이다. 그는 자신이 전형적인 악당 역을 연기한다는 사실을 충분히 잘 의식하고 있으며, 의도적으로 이러한 연기를 즐기는 것으로 여겨진다. 더구나 그의 대사를 통해 소개되는 끔찍한 악행들은 진지하기보다는 우스꽝스런 소극이나 블랙코미디로 변형된다. 따라서 바라바스의 극 중 역할은 사악한 유대인의 역을 연기하면서, 이를 당연하게 여기는 다른 인물들과 관객들까지 조소하는 면모를 보여준다. 이러한 사실을 주목한다면, 우리는 바라바스가 극 초반부터 역할연기에 능하며, 냉소적인 태도로 다른 인물들을 조롱하는 특징을 지니고 있음을 발견할 수 있다.

바라바스의 두드러지는 연극성은 극 초반 다른 유대인들과의 만남에서부터 시작된다. 그가 연기하는 역은 다른 유대인들에게도 속마음을 드러내지 않는 탐욕스런 유대인이다. 세 명의 유대인들이 터키 함대가 몰타 섬을 찾아온 이유를 걱정할 때, 그는 몰타나 다른 유대인들의 위기는 아랑곳하지 않고 자신과 자신의 재산을 지키는 것에만 관심이 있다. 그리고 이는 계속적으로 나타나는 그의 방백을 통해 희극적으로 표현된다. 국가에 어떤 일이 생기면 반드시 자신이 보살피겠다고 말하지만, 그는 마지막에 관객을 향해 "나 자신만"(*unto myself*) 이라고 방백함으로써 종교적, 정치적 이데올로기를 해체하는 웃음을 유발한다. 페르네즈의 명에 따라 관리가 터키에 바칠 공물을 유대인에게서 징수하고 유대인은 재산의 반을 내야 한다고 공표할 때도, 그는 "내 재산을 말하는 건 아니겠지"(*I hope you mean not mine*)(1.2.71)라고 방백하여 웃음을 유발하며, 기사 1이 유대인이 겪는 불이익이 자신들의 탓이 아니라 유대인들이 지은 죄 때문이라고 압박할 때도 그는 일부 유대인들이 사악하다고 말하면서 "기독교인들이 모두 사악한 것처럼"(*as all Christians are*)(1.2.113) 이라고 방백함으로써 기독교인들을 조롱하면서도 관객들의 공감을 이끌어낸다. 이처럼 유대인과 기독교인을 가리지 않는 그의 연극성은 그의 불행을 위로하던 다른 유대인들이 퇴장하고 난 후 이어지는 그의 독백을 통해 더욱 분명하게 구체화된다.

> 천박하고 단순한 놈들 같으니.
> 제 놈들은 제기랄 아무런 지혜도 없으면서
> 나를 한번 물에 닿기만 하면 부서져버릴
> 감각도 없는 흙덩어리로 생각하는군.
> 아니야, 바라바스는 더 좋은 운을 타고났고,
> 보통사람들보다 더 훌륭한 주형으로 만들어졌어.
>
> See the simplicity of these base slaves,
> Who for the villains have no wit themselves
> Think me to be a senseless lump of clay
> That will with every water wash to dirt!
> No, Barabas is born to better chance
> And framed of finer mould than common men. (1.2.216-221)

그는 다른 유대인들 앞에서 자신의 불행 때문에 괴로워하는 모습을 보여주지만, 다음 순간 그들의 단순함을 조롱하면서 자신이 평범한 그들과는 다른 존재임을 과시한다. 그는 핍박받는 유대인의 역할에 그치지 않고, 또 다른 역을 할 것임을 암시한다. 여기에서 주목할 점은 바라바스가 주로 방백과 독백을 사용해 지속적으로 관객과 소통하고 있다는 사실이다. 그리고 그가 이러한 방백과 독백이라는 연극적 전략을 통해 조롱하는 내용은 종교나 도덕을 뛰어넘어 당대 영국 르네상스 시대 관객들이 공감하는 개인주의와 물질에 대한 탐욕이다.[9] 그는 종교적 정체성마저 무시하고 자신의 재산만을 소중히 여기는 탐욕스런 르네상스 인간형을 연기하고 있지만, 자신의 연기에 속아 넘어가 어리석음과 위선을 드러내는 다른 인물들을 조롱하는 양면성을 보여준다. 관객들은 탐욕적이고 위선적인 유대인에게 혐오감을 느낄 수 있겠지만, 그의 희극적 방백과 독백에 이끌려 자연스럽게 그의 조롱에 동참하게 된다.

그렇지만 바라바스의 교활한 위선적인 연기는 유대인들보다는 가톨릭교도들과의 관계에서 두드러진다. 수녀원장과 수사들 앞에서 수녀로 개종한 딸 아비게일을 욕하면서 동시에 여러 차례의 방백을 통해 그녀에게 보물을 숨겨둔 장소를 재확인하고 만날 시간 약속을 하는 장면에서 바라바스는 당대 관객들에게 혐오감을 불러일으킬 수 있다. 앞서 언급한 것처럼 당대 영국에도 거짓 개종하고 살아가는 유대인들이 상당수 있었기 때문이다. 하지만 수녀와 수사들을 속이는 그의 희극적 연기는 관객들에게 야유와 동시에 웃음을 유발할 수 있다. 그리고 이러한 야유와 웃음은 아비게일을 탐내는 돈 로도윅과의 거래 장면을 거쳐 음탕하고 탐욕스런 수사들과의 거래 장면까지 이르면서 점

9) 아그네스 헬러(Agnes Heller)는 『르네상스 맨』(*Renaissance Man*)에서 전통적 계급질서와 개인주의가 갈등하며 공존하던 르네상스 사회에서 한 개인이 성공하고자 할 때, 그는 보통 공적인 삶과 사적인 삶을 나누는 가면을 써야만 했다고 지적한다. 사람들은 일부러 자신들의 실제 모습과는 다른 모습으로 위장했는데, 악한 의도가 있을 때는 선한 척 자신들의 진짜 목적을 숨기고 그와 반대되는 고백을 했다(206).

차 노골적인 수위에 이르는데, 관객들은 바라바스의 연기에 놀아나는 수사들에게 야유와 조롱을 던질 수밖에 없다.

> **바라바스.** [베르나딘에게] 제가 큰 죄를 지었다는 걸 압니다.
> 수사님께서 절 개종시키고, 제 모든 재산을 가지십시오.
> **자코모.** 오 바라바스, 그들의 규율은 엄격하다오.
> **바라바스.** [자코모에게] 압니다. 그러니 당신 수도원에 있겠어요.
> **베르나딘.** 그들은 셔츠도 입지 않고, 맨발로 다닌다오.
> **바라바스.** [베르나딘에게] 그렇다면 제겐 맞지 않는군요. 결심했습니다. 당신께서 절 개종시키고, 재산을 모두 가지십시오.
> **자코모.** 훌륭한 바라바스, 내게 오시오.
>
> **Bar.** [to Bern.] I know I have highly sinned.
> You shall convert me, you shall have all my wealth.
> **Jac.** O Barabas, their laws are strict.
> **Bar.** [to Jac.] I know they are, and I will be with you.
> **Bern.** They wear no shirts, and they go barefoot too.
> **Bar.** [to Bern.] Then 'tis not for me; and I am resolved
> You shall confess me, and have all my goods.
> **Jac.** Good Barabas, come to me. (4.1.80-87)

이 장면에서 바라바스는 방백을 통해 관객들의 소통을 이끌어낼 필요가 없다. 아비게일을 통해 바라바스의 엄청난 죄를 알고 있는 수사들이지만, 그들은 탐욕에 눈이 멀어 바라바스가 어떤 존재인지 생각할 겨를도 없다. 자신의 죄를 고백하고 자신의 고백을 들어주는 수사의 수도원에 전 재산을 바치겠다고 말하는 바라바스의 간단한 죄인 연기는 수사들의 야비함과 탐욕을 폭로하는 수단이 된다. 재산을 이용해서 수사들을 이간하는 바라바스의 연기는 관객들로 하여금 수사들의 어리석은 탐욕을 조소하는 데 동참하도록 이끄는 데 부족함이 없다.

이처럼 탐욕에 대한 조롱과 야유를 전달하는 여러 장면들 중에서 가장 두드러지게 소극에 가까운 희극적 특징을 보여주는 장면은 바로 바라바스와 이타모어가 서로 속고 속이는 장면이다. 이타모어를 통해 바라바스의 약점을 알게 된 필리아 보르자가 그를 협박하여 돈을 뜯어내는 장면은 참으로 관객들의 폭소를 불러일으킬 만하다. 악독한 유대인이 좀도둑에게 꼼짝 못하고 당하는 모습은 관객들을 즐겁게 하기에 충분하다. 하지만 말로는 이 장면에서도 바라바스만을 관객들의 조롱거리로 만들지 않는다. 바라바스는 프랑스 음악가로 변장하여 다시 한 번 자신의 연기력을 유감없이 발휘한다. 이타모어와 벨라미라 앞에서 연주하는 장면에서 바라바스는 계속해서 방백을 사용하는데, 그것은 그가 연주를 하고 있음을 암시한다. 이타모어 일당이 그의 연주에 대해 언급하면서 유대인에 대해 비난할 때마다, 바라바스는 연주를 하면서 관객을 향해 방백을 하는 것이다. 표면적으로는 “유대인을 파멸시키는 것은 죄가 아니라 자선이다”(To undo a Jew is charity, and not sin)(4.4.80)라고 선언하는 이타모어 일당이 유대인을 착취하는 데 성공하는 것 같지만, 결국 승리는 바라바스의 것이다. 바라바스는 이타모어 일당보다 더 뛰어난 연기자이기 때문이다.

결국 바라바스는 극 중에서 다양한 역할 놀이를 통해 자신의 목적을 달성한다. 그는 핍박받는 유대인, 부자 상인, 교활한 복수자, 비인간적인 살인자, 프랑스 음악가, 몰타의 총독과 같은 다양한 역할을 연기하지만, 어떤 특정한 정체성을 지닌 인물이라고 하기 어렵다. 심킨의 지적처럼 그는 당대 유럽의 반유대주의가 규정하는 전형적인 유대인의 모습을 연기하는 것으로 보이지만, 관객들에게 혐오감을 불러일으키는 존재가 아니라 오히려 관객과의 소통을 통해 당대 사회의 물질적 탐욕에 대한 조소를 불러일으키는 존재이다. 사악한 유대인의 역할 연기를 하고 있지만, 이 역할연기는 가톨릭교도들을 포함해 주변의 다른 인물들이 전형적인 유대인에 못지않게 타락하고 탐욕스러움을 전달하는 기능을 한다.

Ⅳ

지금까지 살펴본 바와 같이 바라바스는 기독교 사회에서 핍박받는 단순한 유대인 타자가 아니라, 지배와 착취로 특징지어지는 르네상스 당대 유럽 사회의 제국주의적 이념과 물질에 대한 탐욕을 조롱하는 작가 말로의 냉소주의를 구현하는 상징적 인물이다. 그리고 바라바스를 중심으로 극 중에서 일어나는 주요 사건들은 표면적으로는 사악한 타자 유대인과 가톨릭교도 사이의 갈등에서 가톨릭교도의 승리로 여겨지지만,[10] 그 과정에서 발생하는 복잡한 상황들과 교묘한 극적 기법들은 이 극을 단순히 반유대주의라는 종교적 이데올로기로 설명하기 힘들게 만든다. 그 이유는 바라바스의 악마적 악행이 당대 유대인의 전형적인 역할연기로 다뤄지고 있기 때문에, 작품의 초점은 유대인의 악행이 아니라 오히려 그러한 유대인의 교활한 악행의 동기와 속임수에 넘어가 놀림감이 되는 가톨릭교도들의 탐욕과 어리석음이 된다. 따라서 이 극에서 타자의 존재는 단순한 적대감과 혐오감의 대상이 아니라, 자신 혹은 우리의 사악함과 문제점을 폭로하는 극적 수단이 되는 것이다.

그렇지만 이 극에 등장하는 인물들 중에는 당대 말로의 관객들이 자신들과 동일시할만한 존재가 아무도 없다는 사실에서, 우리는 상당히 의도적인 말로의 정치적 전략을 발견할 수 있다. 당대 영국 관객들에게는 유대인 바라바스를 포함하여 페르네즈와 가톨릭교도들, 수사

10) J. B. 스티안(Steane)은 페르네즈가 바라바스와 칼리마스를 타도하는 것을 외부의 타자에 대한 기존 세력의 승리라고 표현한다.

들, 터키의 칼리마스, 그리고 스페인의 델 보스코 등 모두가 적대감을 불러일으키는 타자들이다. 따라서 이들 모두에게 적대감을 지니고 있는 관객들은 페르네즈가 바라바스를 핍박하는 사건이나 바라바스가 가톨릭교도들을 속여 파멸시키는 사건들을 상당히 객관적으로 바라볼 수 있게 된다. 앞서 언급한 것처럼 이 극을 지배하고 있는 정서는 냉소이다. 극의 주인공이라 할 수 있는 바라바스가 역할연기를 통해 극중 내내 보여주고 있는 태도가 바로 조롱과 냉소인 것처럼, 말로가 이 극을 통해 관객들에게 전달하고자 하는 정서도 바로 냉소이다. 그렇지만 그 냉소의 대상은 극에 등장하는 특정인물도 특정 그룹도 아니고, 지배와 착취, 그리고 물질적 탐욕에 빠져있는 모든 존재들이다.

말로는 이러한 냉소주의를 효과적으로 전달하기 위해 비극적인 요소와 희극적인 요소를 동시에 혼합하고 있다. 당대 사회에서 착취와 지배의 대상이 되는 유대인이 당하는 고통과 악랄한 복수가 초래하는 파멸이라는 비극적 요소는 제국주의나 식민주의 이데올로기에 내재되어 있는 이기적인 착취의 현실을 반영하고, 속임수와 살인을 즐기는 바라바스의 역할연기를 통해 드러나는 희극적 요소는 피지배자에 대한 착취와 물질적 탐욕에만 눈이 먼 지배 세력의 어리석음을 조롱하는 수단이다. 혐오스런 타자의 파멸이기 때문에 애초부터 전통 비극적인 장엄함을 지니는 것이 불가능하지만, 굳이 말로가 "유대인의 비극"이라는 제목을 붙인 이유는 바로 기존 지배 담론에 대한 저항과 전복의 의미도 포함된다. 이 극이 단순한 멜로드라마나 희극의 형태만이 아닌 이처럼 모호한 장르적 특징을 갖는 배경에는 바로 이러한 정치적 전략이 자리 잡고 있다고 봐야 할 것이다.

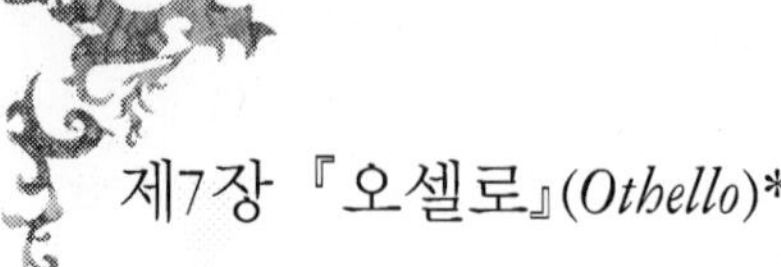

제7장 『오셀로』(*Othello*)*

I

셰익스피어의 비극 『오셀로』(*Othello*)를 인종주의 시각으로 바라보는 최근 비평적 접근은 중심에서 소외된 존재에 주목하며, 작품 속에 분명하게 드러나 있음에도 불구하고 그동안 간과되었던 타자에 대한 관심에서 연유한다. 사실 이아고(Iago)나 로더리고(Roderigo), 그리고 브러밴쇼(Brabantio)와 같은 인물들은 인종차별적인 대사들을 적나라하게 쏟아놓으며, 오셀로 자신도 자신의 피부색으로 상징되는 이방인으로서의 열등감을 분명하게 내비치고 있다. 무어인인 오셀로는 작품의 배경인 베니스 사회에서 인종적 타자인 것이 분명하다. 이는 역사적 사실이고, 셰익스피어는 지랄디 친디오(Giraldi Cinthio)의 원전에서 묘사되는 무어인과 관련한 인종편견문제를 당대 영국의 사회적 현실을 반영하여 좀 더 적나라하게 변형시킨 것으로 보인다.[1] 그런데 주목할 점은 이 극에는 타자인 오셀로마저 혐오하는 또 다른 타자가 존재한다는 사실이다. 그 존재는 데즈데모나로 대변되는 타락한 여성, 타락한 아내, 그리고 야만적인 무어인 자신이다. 오셀로는 베니스 사회의

---

* 이 글은 2012년 『21세기 영어영문학』 25권 3호에 실린 「오셀로: 타자의 타자」를 수정 보완한 내용이다.

1) 1566년 베니스에서 출간된 친디오의 *Hecatommithi*에서 주인공 무어인과 디즈데모나(Disdemona)를 파멸로 이끄는 이아고 역의 기수는 무어인에 대한 증오심이나 인종편견보다는 디즈데모나를 향한 욕정 때문에 모든 음모를 꾸민다. 그는 자신이 그녀를 즐기지 못한다면, 다른 자도 그녀를 즐기지 못하도록 디즈데모나를 파멸로 몰고 가는 것이다(Ridley 246). 따라서 친디오의 원전에서 무어인과 디즈데모나의 비극은 순전히 이아고 역인 기수의 질투와 시기에서 비롯된다고 할 수 있다. 하지만 셰익스피어는 이아고와 브러밴쇼의 입을 통해 무어인 오셀로에 대한 인종편견을 심각하게 부각시킨다.

타자이지만, 동시에 철저한 베니스인으로 묘사된다. 따라서 그는 자신을 사랑하면서 동시에 자기 안에 스스로 직면하기 두려운 타자를 내재하고 있다. 그는 자신의 타자성을 부인하는 극적 행위로서 베니스 사회의 남성 가부장제 이데올로기에 따라 아내 데즈데모나를 살해하지만, 이는 아이러니컬하게도 자신 안의 타자를 더욱 적나라하게 드러내는 결과를 초래한다. 셰익스피어는 당대의 인종편견 현실과 여성 혐오주의 현실을 교묘하게 결합시켜 오셀로의 비극을 탄생시켰다. 결국 타자인 자신을 죽이는 오셀로의 비극은 베니스 사회의 인종적, 성적 편견의 현실이 초래하는 불행을 복합적으로 재현하고 있다.

『오셀로』는 표면적으로는 전통 비극 담론의 개념에 잘 부합하는 작품이다. 위대하고 고상한 성품의 장군이 격렬한 질투심에 사로잡혀 사랑하는 아내를 살해하는 끔찍한 실수를 저지르고, 진실을 알게 된 순간 파멸의 대가를 치른다. 악당 이아고의 유혹에 넘어가 질투와 살인이라는 죄를 범한 오셀로는 관객들에게 연민과 공포를 불러일으키고, 악의 유혹과 질투의 위험성을 경고하는 도덕적 교훈을 전달한다. 이러한 시각에 따르면, 베니스 사회의 질서와 규범의 틀 안에서 위대하고 고귀한 장군이었던 자가 한순간에 야만적인 괴물과 같은 존재로 전락할 수 있다는 것이 바로 셰익스피어가 전달하는 인간의 본질로 여겨진다. 하지만 이러한 전통적 시각은 오셀로의 피부색과 당대의 인종적 편견을 무시한 견해이다.[2] 아니아 룸바(Ania Loomba)가 지적하는 것처럼, "비평가들에게는 주인공으로서의 극적 역할과 오셀로의 피부색을 조화시키는 것이 가장 큰 문젯거리였다"(165). 따라서 그의 피부색을

2) 매튜(G. M. Matthews)는 전통적인 오셀로 비평이 오셀로의 피부색을 중요시하지 않았다고 설명한다(123). 엘드레드 존스(Eldred Jones) 역시 셰익스피어가 무어인을 비극의 주인공으로 선택한 것은 인간 본성의 비극성을 좀 더 효과적으로 표현하기 위한 것이었다고 평가한다(54).

무시하거나, 루스 카우힉(Luth Cowhig)이나 레슬리 피들러(Leslie Fiedler)처럼 오셀로의 피부색을 인종적 차별이 아닌 상징적 의미로 받아들이는 견해가 있어왔다(143-5). A. C. 브래들리(Bradley)같은 전통적인 비평가들은 무어인으로서의 오셀로가 아닌 한 인간으로서 오셀로의 성급한 성격과 오류를 분석하였다. 과거 『오셀로』 공연에서 주인공 오셀로 역을 흑인이 아닌 백인이 담당하면서 얼굴에 검은색 칠을 해 온 사례들도 간접적으로 이러한 의미를 전달하는 효과를 초래한다. 비록 얼굴에 검은 칠은 했지만, 관객의 눈에 익숙한 백인 배우가 맡은 오셀로 역은 인종문제보다는 오셀로가 처한 보편적 문제, 즉 질투와 악의 문제를 강조하는 것으로 여겨지기 때문이다.

하지만 이 극의 비극적 의미를 결정하는 가장 중요한 요소는 베니스 사회가 바라보는 오셀로의 타자성과 오셀로 자신이 바라보는 자신의 타자성이다. 오셀로를 자신의 도덕적 실수에 대한 죗값을 죽음으로 치르는 비극적 영웅으로 볼 것인가, 아니면 베니스 사회의 인종적, 성적 편견에 의한 희생물로 볼 것인가의 문제는 베니스 사회가 오셀로를 바라보는 시각과 오셀로 자신이 베니스 사회와 자신을 바라보는 시각에 달려있다. 오셀로는 『베니스의 상인』(*The Merhant of Venice*)의 샤일록이나 『몰타의 유대인』(*The Jew of Malta*)의 바라바스와 같이 자신을 타자로 여기는 사회에 대해 적대감이나 반감을 가지고 겉과 속이 다르게 행동하는 인물이 아니다. 그는 자신을 베니스 사회에서 공로를 인정받는 당당한 베니스인으로 생각하며 행동한다. 그는 자신의 신분이나 능력을 신뢰하고 있으며, 극 초반에는 결코 자신을 베니스 사회의 타자로 여기지 않는다. 룸바는 이러한 극 초반의 오셀로를 베니스의 백인 사회에 식민지화되어 베니스 사회의 이데올로기를 내면화하기 위해 노력하는 대상으로 파악한다(48). 따라서 그의 비극은 그 자신도 알지 못하는 자신의 모습을 발견하였을 때 발생한다고 볼 수 있다. 오셀로에게는 베니스 사회가 그를 어떻게 보느냐도 중요하지만, 그 자신이 베니스 사회와 자신을 어떻게 보느냐가 더 중요하다.

베니스 사회가 오셀로를 바라보는 시각에는 극단적으로 다른 두 평가가 존재한다. 브러밴쇼(Brabantio), 이아고(Iago), 로더리고(Roderigo)는 오셀로를 전형적인 인종편견의 시각으로 매도하고 경멸하는 태도를 보이지만, 캐시오(Cassio), 몬타노(Montano), 그리고 공작과 그밖의 베니스의 의원들은 오셀로의 인품과 성격을 존중하며 이상적이고 훌륭한 인물로 평가한다. 그렇다면 이처럼 다른 평가의 원인은 어디에 있을까? 이아고나 브러밴쇼는 특별한 인종편견주의자이고, 다른 베니스인들은 그렇지 않다고 할 수 있을까? 한 가지 주목할만한 사실은 베니스 사회에서 오셀로로 인해 이익을 얻는 사람들은 오셀로에 대해 관대한 반면, 오셀로로 인해 박탈감을 느끼는 사람들은 공격적인 인종편견을 보인다는 점이다. 브러밴쇼는 상류층으로서의 신분과 지위를 갖고 있지만, 오셀로에게 딸을 빼앗겼다는 박탈감을 가지고 있다. 데즈데모나(Desdemona)가 베니스의 상류층 자제와 결혼했다면 브러밴쇼가 누릴 수 있는 명예와 기쁨은 훨씬 커졌을 것이다. 이아고와 로더리고 역시 박탈감에 시달리는 인물들이다. 이아고는 플로렌스 출신 캐시오에게 부관자리를 빼앗겼다고 생각하며, 사실이건 아니건 무어인 오셀로에게 아내의 정조를 빼앗겼다고 생각한다. 한편 로더리고는 자신이 짝사랑해온 데즈데모나를 무어인 오셀로에게 빼앗겼다고 생각한다. 따라서 이들이 오셀로에 대해 분노와 편견을 퍼붓는 것은 당연한 것으로 여겨진다. 극 중 베니스 사회는 오셀로로 인해 이익을 본다고 생각하는 사람들과 오히려 손해를 본다고 생각하는 사람들로 나뉘어져 있다.

오셀로와 데즈데모나의 결혼은 오셀로 입장에서는 베니스 사회의 일원으로서의 동등한 관계를 넘어 오히려 우월함을 과시하는 의미를 갖지만, 베니스인들에게는 열등감과 박탈감을 불러일으키는 상징적인 사건이다. 라라 보빌스키(Lara Bovilsky)는 작품 속의 인물들이 다른 문제에서는 오셀로에 대해 매우 우호적이고 호감을 표시하고 있지만, 유독 데즈데모나와의 결혼에 대해서는 인정하지 못하고 극단적인 불쾌감을 표시한다고 지적한다(43). 이러한 보빌스키의 지적은 매우 타당하다. 브러밴쇼, 로더리고, 심지어 이아고까지도 오셀로의 성품에 호감을 갖고 있지만, 이는 데즈데모나와의 관계 이전의 상황이다. 오셀로와 데즈데모나의 결합은 그녀를 이방인에게 빼앗겼다고 생각하는 브러밴쇼, 로더리고, 그리고 이아고와 같은 인물들의 불만을 증폭시키는 중요한 사건이 된다. 카렌 뉴먼(Karen Newman)의 지적처럼, 이들은 오셀로와 데즈데모나의 결혼을 흑인과 백인 여성이 공유하는 끔찍한 성적 욕망의 결과물로 파악한다(78-88).[3] 하지만 이들이 오셀로를 미워하는 더 중요한 이유는 흑백 결합에 대한 혐오감뿐만 아니라, 오셀로로 인해 자신들이 누려야 할 것을 빼앗겼다는 박탈감 때문이다. 오셀로가 베니스 사회에서 누리는 지위와 성공은 그가 베니스 사회의 안전에 도움을 주기 때문에 필요하다. 하지만 데즈데모나와의 결합은 베니스 사회의 백인 남성 중심 질서를 혼란스럽게 하는 행위로 여겨진다. 따라서 오셀로의 비극은 오셀로 자신의 성격적 결함이나 실수보다는, 오히려 백인 남성 중심의 질서를 위협하는 타자에 대해 분노하는 베니스 사회의 백인 남성들의 질투와 시기에서 비롯한다고 보는

3) 앤소니 바셀레미(Anthony Gerard Barthelemy)는 오셀로 이전에 영국 문학에 등장했던 사악하지 않은 흑인의 예로서 『베니스 상인』의 모로코 군주(Prince of Morocco)와 『알렉산드리아의 맹인 거지』에 등장하는 포루스(Porus)를 언급하면서, 흑인이 아무리 고귀하고 순수하다 할지라도 그가 일단 백인 여성과 성적으로 연루되면 그는 그 사회에서 불만족스러운 인물이 된다고 지적한다(92).

것이 옳을 것이다. 그리고 그것을 대변하는 인물이 바로 이아고라고 할 수 있다.

그런데 아이러니컬하게도 오셀로의 비극을 완성하는 것은 오셀로 자신의 편견이다. 자신을 철저하게 베니스인이라고 생각하는 오셀로의 착각은 이아고나 브러밴쇼처럼 박탈감을 지닌 자들의 편견까지도 극복할 수 있다고 생각한 것이다. 그는 베니스 사회를 위해 많은 공적을 세웠고, 베니스의 안전을 지키는 장군이며, 아름다운 백인 여성을 아내로 맞이하였기 때문에 자신이 베니스 사회의 상징적 질서에 완벽하게 포함되어 있다고 생각한다. 따라서 그는 베니스 사회의 남성적 질서를 위반한 것으로 여겨지는 데즈데모나의 말보다는, 베니스 사회의 남성 지배질서를 대변하는 이아고의 말을 더 신뢰한다. 어떤 의미에서, 그는 무어인을 경멸하는 베니스 사회를 타자로 삼기보다는, 이방인 무어인을 선택한 데즈데모나를 타자로 삼는 것이다. 그리고 나아가서 자신도 인정하기 싫은 또 다른 자신의 모습을 타자로 삼아 죽음을 선택하는 순간까지도 베니스 사회의 일원으로 남으려 하는 것이다. 오셀로의 운명은 자신이 베니스 사회의 타자라는 사실을 죽는 순간까지도 인정하지 않는다는 점에서 더욱 비극적이다.

그렇다면 이 극에서 우리는 오셀로를 중심으로 복합적으로 대립되는 세 종류의 타자 관계를 생각해 볼 수 있다. 이는 오셀로와 베니스 사회, 오셀로와 데즈데모나, 오셀로와 또 다른 오셀로의 관계이다. 첫째, 오셀로는 이아고로 대변되는 베니스 사회가 경멸하는 타자 무어인이지만, 이를 인정하려 하지 않는다. 둘째, 오셀로는 남편인 자신을 배신한 것으로 여겨지는 아내 데즈데모나를 자신과 베니스 사회의 타자로 생각한다. 가부장제가 지배하는 베니스 사회에서 여성이 타자로 여겨지는 것은 피할 수 없는데, 타락한 여성의 존재는 더 말할 나위가 없다. 셋째, 오셀로는 죄 없는 순결한 아내를 죽인 자신을 베니스인과는 전혀 다른 존재, 즉 베니스 사회의 타자인 터키인에 비유한다. 그는 죽는 순간까지도 베니스인으로 남기를 원한 것이다. 이러한 복합적인 타자와의 갈등은 "백인 가부장제의 인종편견"이 흑인 남성과 백인 여성에게 각각 작용한 결과로 여겨진다(Loomba 49). 오셀로는 흑인이기 때문에 베니스 사회에서 편견과 억압의 대상이고, 데즈데모나는 여성이기 때문에 편견과 억압의 대상이다. 그리고 오셀로와 데즈데모나의 관계는 결혼으로 인해 가부장제가 지배하는 남녀 관계가 되어버린 것이다.

그런데 이러한 논쟁에서 간과해서는 안 될 사항은 이 극의 배경이 당대 대부분의 비극들과 마찬가지로 영국이 아닌 이방도시라는 사실이다. 그것도 당대 이탈리아에서 가장 상업 활동이 활발하고 동시에 가장 타락한 도시로 여겨졌던 베니스이다. 당대 영국인들은 가톨릭과의 갈등이나 마키아벨리의 영향 등으로 인해 이탈리아인들에 대해 상당히 비판적이었고, 특히 영국에 이주해온 이탈리아인들에 대한 부정적인 인식[4]을 지니고 있었던 것으로 알려져 있다. 따라서 대표적인 이탈리아 도시인 베니스 사회에서 일어나는 비극적인 사건은 영국 관객들에게는 복합적인 반응을 불러일으킬 수 있다. 보빌스키의 지적처럼 베니스인들이 이방인 무어인에 대해 보여주는 태도나 편견을 영국인들이 똑같이 공감할 수는 없다(48). 영국 관객들은 무어인 오셀로와 아름다운 데즈데모나의 결혼을 질투하고 비난하는 베니스인들에 대해서 공감할 수 있겠지만, 교활한 음모를 꾸며 악마와도 같이 그를 파멸로 이끄는 이아고와 같은 사악한 존재에 대해서는 공감보다는 야유와

---

4) 비트커스(Daniel Vitcus)는 16세기 중엽 이탈리아 상인들이 사치품들을 계속해서 런던으로 들여왔으며, 런던에는 이탈리아와 유대인 이주자들이 넘쳐났다고 설명한다(168).

비난을 퍼부을 가능성이 높다. 그렇다면 셰익스피어가 이아고를 이처럼 악마와 같은 존재로 설정한 배경에는 그가 이방인 이탈리아인이라는 사실도 중요하다. 영국 관객들에게는 오셀로뿐만 아니라 이아고도 타자인 것이다.

따라서 이아고의 악마적 음모는 관객들에게 베니스인의 사악함과 물질적 탐욕을 비난하는 의미를 전달하고, 상대적으로 오셀로의 어리석은 질투와 잔인한 살해를 동정하게 만드는 원인을 제공한다. 하지만 G. K. 헌터(Hunter)가 지적한 것처럼, 이탈리아나 스페인 사람들과 유대인이나 무어인, 그리고 터키인과 같은 이교도 이방인에 대한 영국인의 반응은 분명 달랐을 것이다(52). 물론 이탈리아나 스페인은 당시 종교적으로 구교 가톨릭을 신봉했고 신교를 믿는 영국에 적대국이었지만, 같은 신을 믿는 기독교도라는 점에서는 악마와 같은 존재로 여겨지는 유대인이나 흑인에 대해 유사한 인종적 편견을 보이는 것이 당연하다. 다만 당대 유럽 사회에서 악마로 여겨지는 것이 당연한 무어인 오셀로가 위대한 비극적 영웅으로 묘사되고, 오히려 무어인보다 더 우월해야 할 베니스의 백인 남성이 훨씬 더 사악하고 잔인한 인물로 등장하는 아이러니컬한 배경에는 분명 복합적인 의미가 내재되어 있다. 이처럼 타자들 사이의 갈등이 초래하는 비극적 아이러니는 이아고가 대변하는 타락한 베니스 사회와 베니스인의 악마적 질투와 편견에 대한 비난을 넘어서, 이 극이 공연되는 영국 사회를 향한 은밀한 정치적 암시를 드러낸다.

이 글에서는 『오셀로』에 드러난 타자에 대한 편견이 어떻게 극의 비극성을 결정하는지 고찰해보고자 한다. 이를 위해 우선 작품 속에 드러난 베니스 사회의 타자에 대한 편견을 구체적으로 살펴볼 것이고, 다음으로는 이러한 편견이 어떻게 주인공의 아이러니컬한 비극을 초래하는 원인으로 작용하는지 분석할 것이다. 마지막으로는 이처럼 타자에 대한 편견이 초래하는 비극이 함축하는 정치적 의미를 연구하게 될 것이다. 오셀로는 비극적 영웅이라기보다는 베니스 사회의 인종 편견의 희생물이다. 데즈데모나 역시 성적 타자인 여성에 대한 사회적 편견의 희생물로 여기는 것이 옳다. 이아고는 이러한 타자에 대한 사회적 편견을 대변하는 인물이지만, 주목해야 할 점은 이 극에서 오셀로 역시 타자이면서 동시에 타자를 억압하는 존재라는 사실이다. 이는 그와 데즈데모나의 관계에서 일차적으로 드러나며, 마지막에서는 오셀로 자신과 오셀로 안에 있는 타자와의 관계에서 드러난다. 그는 베니스 사회에서 억압받는 인종적 타자이면서도, 베니스 사회의 가부장제 이데올로기에 근거하여 성적 타자인 데즈데모나를 핍박하는 이중적 존재이다. 그리고 자신 안에 있는 타자, 즉 질투심 많고 잔인한 타자를 제거하는 베니스인이기도 한 것이다.

Ⅱ

오셀로가 비극의 주인공이라는 사실은 많은 비평가들로 하여금 오셀로의 타자성을 무시하도록 만드는 원인이었지만, 이 극은 오셀로의 영웅적 자질도 베니스 사회의 인종편견을 뛰어넘기는 불가능하다는 사실을 분명하게 보여준다. 톰 매캘린던(Tom McAlindon)의 지적처럼, 극 중 오셀로는 베니스를 지키기 위해서 그만한 적임자가 없을 정도로 용감하고 탁월한 인물이며, 사회가 의존하는 전형적 영웅의 특징을 지니고 있다(xxvi). 이처럼 전형적인 무어인의 부정적 특징과는 너무나 다른 오셀로의 모습을 엘드레드 존스(Eldred Jones)는 "착한 무어인"(white Moor)과 "악한 무어인"(villainous Moor)이라는 이분법으로 설명한다

(39).[5] 오셀로는 사악한 무어인과는 다른 착한 무어인인데, 이아고가 자신의 이기적 목적을 위해 인종편견을 자극하여 오셀로를 파멸로 이끈다는 것이다. 이는 충분히 설득력 있는 주장이지만, 오히려 사회에 만연한 부정적 인종편견이 얼마나 무서운가를 반증하는 것이다. 셰익스피어 당대 영국 관객들은 결코 오셀로에게서 자신의 모습을 발견하기 힘들었을 것이다. 그 이유는 무대 위에서 분명하게 드러나는 오셀로의 피부색 때문이다. 무어인이나 흑인에 대해 당대 영국인들이 지니고 있던 편견을 생각한다면, 오셀로의 영웅성은 그렇게 큰 영향력을 가지기 힘들다. 그가 아무리 고귀한 성품의 소유자이고 국가의 안위를 지키는 용맹한 장수라 할지라도, 자국인이 아닌 타 인종, 그것도 야만인이라고 여겨지는 무어인이 아름다운 백인 여성을 차지하고 사회에서 성공하는 것에 대해 당대 관객이 질투와 불쾌함을 느끼는 것은 당연한 일이다.[6] 카렌 뉴먼의 설명처럼, 그는 영웅이면서 동시에 괴물인 것이다(134). 따라서 관객들은 오히려 이아고의 인종편견 발언과 악행에 상당부분 동조하고, 결국 오셀로의 잔인한 살인과 파멸에 안타까움과 동시에 안도감이라는 복합적인 감정을 경험했을 가능성이 높다.

우리는 오셀로에 대한 베니스 사회의 인종 편견이 극이 처음 시작하는 1막 1장에서부터 드러난다는 점을 주목할 필요가 있다. 많은 비

---

5) 엘드레드 존스는 르네상스 영국 문학에 이러한 두 부류의 무어인이 등장한다고 지적한다. 첫 번째 부류인 악한 무어인에는 『알카자의 전투』(*The Battle of Alcazar*)의 뮬리 해밋(Muly Hamet), 『타이터스 안드로니커스』(*Titus Andronicus*)의 아론(Aaron), 그리고 『욕정의 지배』(*Lust's Dominion*)의 엘리저(Eleazer)가 있다. 두 번째 착한 무어인은 『알카자의 전투』에서 해밋과 대적하는 압디멜렉(Abdilmelec)과 『베니스의 상인』(*The Merchant of Venice*)의 모로코 왕(Prince of Morocco)을 예로 든다.

6) 토머스 라이머(Thomas Rymer)는 *A Short View of Tragedy*(1693)에서 『오셀로』의 도덕은 아버지의 허락 없이 흑인무어인들과 함께 도주하는 모든 처녀들에 대한 경고라고 주장했다(*Cambridge Shakespeare Othello* 231).

평가들의 지적처럼, 1막 1장에서 이아고와 로더리고의 대화 속에 등장하는 오셀로는 무어인으로만 불린다. 그는 분명 이아고의 상관이고 높은 직책을 지닌 인물이지만, 그에 대한 불만과 비난을 늘어놓을 때 이아고는 결코 그를 직함이나 이름으로 부르지 않고 "무어인"(the Moor)이라고 경멸적으로 부른다. 로더리고 역시 오셀로를 지칭하는 첫 번째 표현이 "입술 두꺼운 놈"(the thicklips)(1.1.67)이다. 이러한 경멸적 태도가 더욱 구체화되는 것은 바로 이아고가 상원의원인 브러밴쇼 앞에서 오셀로와 데즈데모나를 늙은 검은 숫양과 흰 양이라는 동물에 비유하고, 오셀로를 악마에 비유하는 장면이다.

> … 늙은 검은 숫양이
> 당신의 하얀 암양을 덮치고 있단 말이오. 일어나시오, 일어나.
> 종을 울려 곤히 잠들어 있는 시민들을 깨우시오.
> 그렇지 않으면 악마가 당신에게 손자를 안겨줄 테니까.
>
> … an old black ram
> Is topping your white ewe. Arise, arise;
> Awake the snorting citizens with the bell,
> Or else the devil will make a grandsire of you

이아고의 이러한 표현은 셰익스피어 당대의 무어인에 대한 편견을 그대로 반영하는 것이다. 무어인과 같이 피부색이 검은 아프리카 원주민을 인간이 아닌 동물에 가까운 존재로 묘사하는 당대 여행서들이 유행했다는 사실은 잘 알려져 있으며, 또한 악마는 흑인처럼 시커먼 존재로 묘사되었다는 것 역시 잘 알려져 있다. 그리고 이아고가 "당신 딸과 무어인이 등이 둘 달린 짐승을 만들고 있다"(your daughter and the Moor is making the beast with two backs)(1.1.115-16)라고 조롱하는 것 역시 무어인과의 성행위를 동물적 행위로 경멸하는 편견을 그대로 반영한다. 룸바는 맨더빌(Mandeville)의 『여행기록』(*Travels*)과 장 보뎅(Jean Bodin)의 『역사에 대한 쉬운 이해방법』(*Method for the Easy Comprehension of History,* 1945)을 인용하면서, 비기독교도인 흑인들이 동물들과 성행위를 하여 많은 괴물들을 낳았다는 당대 기록을 바탕으로 이아고의 대사가 나오는 것이라고 지적한다(*Shakespeare, Race, and Colonialism* 51). 따라서 이아고의 표현에는 짐승인 흑인과 관계를 맺는 백인 여성도 짐승과 같은 존재이고, 그들이 만드는 아이도 짐승이 될 수밖에 없다는 논리가 분명하게 작용하고 있다. 그리고 이는 결국 악마적 행위로 귀결된다.

이러한 이아고와 로더리고의 인종편견적 태도는 상원의원인 브러밴쇼에게서도 그대로 발견된다. 브러밴쇼 역시 오셀로를 잘 알고 있지만, 그의 이름을 부르기보다는 무어인이라는 표현을 경멸적으로 계속 사용한다. 그리고 그는 자신의 딸이 오셀로와 같은 시커먼 무어인과 관계를 맺었다는 사실을 믿을 수 없다. 그는 이것을 악마의 마법 때문이라고 생각한다.

> 만약 그녀가 마법의 사슬에 묶이지 않았다면,
> 그토록 결혼에 반대하여 온 나라의 부유한 귀족 자제들을
> 거부했던 온화하고, 아름다우며, 행복한 처녀가
> 사람들의 조롱을 감수하며 아버지의 보호를 벗어나
> 너 같은 것은 시커먼 가슴으로 달려갔겠느냐.
> 즐거움이 아니라 두려움의 대상일 텐데.
>
> If she in chains of magic were not bound,
> Whether a maid so tender, fair, and happy,
> So opposite to marriage that she shunned
> The wealthy curled darlings of our nation,
> Would ever have, t'incur a general mock,
> Run from her guardage to the sooty bosom
> Of such a thing as thou - to fear, not to delight. (1.2.65-71)

브러밴쇼가 오셀로와 데즈데모나의 사랑을 믿을 수 없는 것은 그것이 자연의 법칙에 어긋난다고 생각하기 때문이다. 쳐다보기조차 무서운 대상에게 사랑을 느낀다는 것은 있을 수 없는 일이라고 생각한다. 따라서 사람의 "피를 들끓게 하는 어떤 혼합물"(some mixtures powerful o'er the blood)(1.3.104)을 먹여 데즈데모나의 마음을 홀린 것이라고 생각하는 것이다. 이는 당대 무어인들에 대해 가지고 있던 편견 중의 하나이다. 1막 3장에서 오셀로가 밝히듯이, 브러밴쇼는 데즈데모나와의 일이 발생하기 전에는 오셀로를 사랑하여 그를 집에 초대하고, 그가 살아온 이야기를 상세히 묻곤 했다(1.3.127-30). 하지만 그가 호감을 보였던 무어인이 자신의 딸과 결혼한다고 했을 때, 브러밴쇼는 점잖고 친절한 태도 뒤에 숨은 인종편견을 적나라하게 드러낸다. 시커멓지만 용감한 무어인이 호기심의 대상이기는 하지만, 그를 자신의 가족으로 받아들이는 것은 상상할 수 없는 것이다.

이러한 브러밴쇼의 태도는 베니스의 다른 상류층의 시각과 크게 다르지 않을 것이다. 사실 공작과 다른 원로원 의원들은 상대적으로 오셀로에게 호의적인 태도를 보여준다. 특히 공작은 극 중에서 최초로 오셀로를 무어인으로 부르지 않고, "용감한 오셀로"(valiant Othello)라고 부르는 인물이다. 하지만 아니아 룸바가 지적하는 것처럼, 공작이나 다른 의원들이 오셀로에 대해 호의적인 이유는 베니스의 상황이 급박하고, 그가 터키군의 공격으로부터 베니스를 지킬 유일한 인물이기 때문이다(50). 만약 그들이 브러밴쇼와 같은 상황에 처했다면 그들도 마찬가지로 행동했을 가능성이 높다. 이는 "강도를 당했어도 미소를 짓는 자는 도둑에게서 뭔가를 빼앗지만, 부질없는 슬픔에 사로잡히는 자는 스스로 평안을 빼앗게 되지요"(The robbed that smiles steals something from the thief;/ He robs himself that spends a bootless grief)(1.3.206-07)라고 위로하는 공작에게 브러밴쇼가 "그렇다면 터키군이 우릴 속여 사이프러스를 차지해도, 미소를 지을 수 있는 한 우리는 그것을 잃지 않는 셈이군요"(So let the Turk of Cyprus us beguile,/ We lose it not so long as we can smile)(1.3.208-09)라고 비꼬는 응답에서 잘 드러나 있다. 브러밴쇼는 이방인에게 자신의 땅이나 재산, 그리고 가족을 잃는 것이 어떤 것인지를 지적하고 있는 것이다. 오셀로가 데즈데모나와 결혼하는 것은 브러밴쇼에게는 이방인에게 딸을 빼앗기는 것과 같은 고통이다. 오셀로는 베니스의 여성을 빼앗는 이방인이면서, 동시에 이방인으로부터 베니스를 지키는 역할을 하는 인물인 셈이다.

그런데 지금까지 언급한 이아고, 로더리고, 브러밴쇼가 보여준 오셀로에 대한 경멸적 표현들이 그들이 느끼는 박탈감의 산물이라는 사실은 오셀로를 칭찬하는 다른 인물들의 대사를 통해 분명하게 드러난다. 오셀로를 칭찬하는 대표적인 인물들은 바로 사이프러스의 총독 몬타노와 플로렌스 출신 부관 캐시오이다. 몬타노는 오셀로가 사이프러스의 총독으로 온다는 말을 듣자마자, "반가운 소식이오. 그분은 훌륭한 총독이지요"(I am glad on't; 'tis a worthy governor)(2.1.30)라고 반기며, "난 그분을 모셔본 적이 있는데, 그분은 진정한 군인답게 통솔하시지요"(I served him, and the man commands like a full soldier)(2.1.35)라고 평가한다. 캐시오의 경우도 마찬가지다. 술에 취해 소란을 일으킨 이유로 오셀로가 그의 부관 지위를 박탈했을 때도 캐시오는 자신의 잘못을 자책하며, 오셀로에 대해 어떠한 불만이나 비난도 하지 않는다. 이아고가 오셀로에게 다시 한 번 간청해보라고 조언할 때도, 그는 "차라리 경멸해달라고 간청하고 싶네. 그렇게 경솔하게 취해 무분별한 부관이 되어 그렇게 훌륭하신 장군님을 기만하는 것보다 그게 나을 걸세"(I will rather sue to be despised than to deceive so good a commander with so light, so drunken, and so indiscreet an officer) (2.3.254-55)라고 괴로워한다. 그는 오셀로를 진정으로 존경하는 모습을 보이며, 인종적 편견을 전혀 보이지 않는다. 그렇지만 이들이 이아고나 로더리고, 브러밴쇼와 다른 점은 이들이 오셀로로 인해 박탈감을 느끼지 않는다는 사실이다. 몬타노의 입장에서 오셀로는 자신의 지위를 대신하는 무어인이지만, 위기에 처한 사이프러스를 구하러 오는 인물이다. 캐시오는 오셀로의 배려 덕분에 부관의 자리에 오른 인물이다. 부하로서 오셀로를 미워할 이유가 없다. 반면 이아고나 브러밴쇼가 보여주는 오셀로에 대한 인종편견은 오셀로에 대한 공정한 평가라기보다는 오셀로로 인해 자신들이 겪는 박탈감에 대한 분노가 강하게 반영되어 있다.

이러한 예는 엘드레드 존스가 지적한 것처럼, 에밀리아의 변화된 태도에서도 찾아볼 수 있다(43). 에밀리아는 무어인인 오셀로의 본성에 대해 의심을 갖고 있지만, 그가 데즈데모나를 살해하기 전까지는 경멸감이나 편견을 드러내지 않고 그를 존중하는 모습을 보인다. 하지만 오셀로가 데즈데모나를 살해한 사실을 알게 된 순간, 그녀는 그동안 드러내지 않았던 무어인에 대한 경멸을 적나라하게 표출한다. 그녀는 그를 "더 시커먼 악마"(the blacker devil)(5.2.132), "악마"(devil)(5.2.133), "얼간이"(gull)(5.2.164), "멍청이"(dolt)(5.2.164)라고 부르며, 더 이상 그를 장군이나 오셀로로 부르지 않고 무어인라고 부른다. 그녀는 "무어인이 주인아씨를 죽였다"(The Moor has kill'd my mistress)(5.2.168)라고 소리칠 때, 자신이 의심해왔던 무어인에 대한 편견이 옳다는 것을 확인한 것이다. 그녀는 브러밴쇼나 이아고와 마찬가지로 무어인에 대한 편견을 지니고 있었지만, 오셀로가 자신에게 피해를 주지 않고 오셀로와 데즈데모나의 행복과 성공이 자신과 남편인 이아고에게도 도움이 된다는 것을 잘 알고 있다. 하지만 데즈데모나 살해 사실을 알게 되자마자, 그녀의 분노는 곧바로 인종편견으로 연결된다.

그런데 주목할 점은 오셀로에 대한 인종편견이 데즈데모나에 대한 성적 편견과 자연스럽게 연결된다는 사실이다. 오셀로가 아무리 훌륭한 성품을 지니고 있다 하더라도, 아름다운 백인 여성이 보기에도 무서운 무어인을 사랑한다는 사실은 인종편견을 지닌 베니스의 백인 남성들에게는 이해할 수 없는 사건이다. 따라서 베니스 남성들이 상처를 입지 않을 수 있는 방법은 데즈데모나를 음탕하고 혐오스러운 여성으로 규정하는 것이다. 르네상스 시대 가부장제 이데올로기가 규정하는 두 부류의 여성, 즉 남성에게 순종적이고 정조를 지키는 이상적인 여성과 음탕하고 남성을 파멸로 이끄는 혐오스러운 여성, 성모 마리아와 이브로 대표되는 극단적인 두 유형의 여성 중에서 후자로 몰아가는 것이다. 특히 르네상스 당대의 여성 혐오론을 대변하는 이아고와 같은 인물에게 데즈데모나의 남편 선택은 다른 이유를 찾기 어렵다. 그녀가 아버지 몰래 무어인을 남편으로 선택한 것은 오로지 욕정 때문이고, 그 욕정도 곧 식어 새로운 상대를 찾게 되는 전형적인 음탕함으로 규정하는 것이다.

일부 비평가들의 견해에 따르면, 이러한 이아고의 판단을 뒷받침하는 장면이 바로 사이프러스 섬에 먼저 도착한 데즈데모나가 이아고의 음담패설에 흥미를 보이며, 그와 함께 시간을 보내는 장면이다. M. R. 리들리(Ridley)는 이 장면이 셰익스피어의 독자들에게 가장 불만스런 장면 중의 하나일 것이라고 지적한다. 그녀가 오셀로가 없는 곳에서 이아고와 함께 음탕한 대화를 나누는 것을 지켜보는 것은 매우 불쾌한 사실이라는 것이다(54). 그런데 흥미로운 사실은 이아고가 대변하는 여성에 대한 혐오감이 흑인에 대한 혐오감을 상기시키는 형태로 묘사된다는 사실이다. 이아고는 여성을 네 부류로 나눠 평가하는데, 데즈데모나를 빗대어 아름답고 지혜로운 여성은 자신의 지혜로 아름다움을 이용해 남성을 유혹한다고 냉소한다. 이에 데즈데모나는 "시커멓게 추하면서도 지혜로운 여성은 어떤가?"(How if she be black and wit)라고 묻는데, 이에 이아고는 다음과 같이 답한다.

> 만약 시커멓게 추하면서도 지혜롭다면,
> 그녀는 자신의 추함에 어울리는 백인 남성을 찾을 겁니다.
>
> If she be black, and thereto have a wit,
> She'll find a white that shall her blackness fit. (2.1.131-32)

이아고가 평가하는 네 부류의 여성은 모두 남성을 유혹하는 욕망에 사로잡힌 존재로 묘사되는데, 그중에서도 추한 외모의 여성을 'black'으로 표현하고 있다는 사실을 주목할 필요가 있다. 그리고 추한 여성은 그녀의 'blackness'에 어울리는 'white'를 찾을 것이라는 대사는 비록 성이 바뀌었지만, 오셀로와 데즈데모나의 관계를 비유적으로 표현하고 있다. 따라서 추한 여성은 피부색이 검은 흑인 여성을 상기시키며, 흑인과 백인의 결합을 음탕한 욕정에 따른 것으로 비하하고 있는 것이다. 무어인과 결합한 백인 여성 데즈데모나는 오셀로의 추한 모습(blackness)에 어울리는 존재가 되는 것이다.

따라서 이 극에는 베니스 사회의 보수적 인물들이 혐오하는 두 부류의 타자가 등장한다고 볼 수 있다. 첫째는 무어인 오셀로이고, 둘째는 음탕한 여성으로 매도당하는 데즈데모나이다. 데즈데모나는 오셀로와 결혼함으로써 성적인 욕망에 있어서 오셀로와 다를 바 없는 시커멓고 추악한 존재로 평가받는 셈이다. 사실 데즈데모나가 오셀로를 사랑하게 된 배경을 살펴보면, 우리는 그녀에게서 여성의 삶에 대한 불만족과 저항을 발견할 수 있다. 의원들 앞에서 오셀로가 밝히는 이야기에 따르면, 데즈데모나는 오셀로의 여행과 모험 이야기에 매료되었고, 중요한 것은 "자신도 그런 남자로 태어났더라면 하고 바랐다" (she wished that heaven had made her such a man)(1.3.161-62). 그녀는 오셀로가 겪어온 위험 때문에 그를 사랑했고, 오셀로는 그녀가 보여준 동정 때문에 그녀를 사랑했다(She loved me for the dangers I had passed, and I loved her that she did pity them)(1.3.166-67). 그렇다면 데즈데모나의 오셀로 선택은 베니스 사회의 인종편견에 대한 도전일 뿐만 아니라, 베니스 사회의 성역할에 대한 도전으로 여겨진다.[7] 테넨하우스는 심지어 데즈데모나의 성적 욕망을 정치적으로 전복적이라고 규정한다(123). 그녀는 의원들 앞에서 오셀로의 성품에 매료되었고 그의 마음속에서 그의 얼굴을 보았다고 고백하고 있지만, 베니스 사회의 인종차별주의자들에게 그녀의 고백은 아무런 효과가 없다. 그녀의 하얀 피부는 베니스 사회가 지향하는 가치와 도덕을 상징하지만, 무어인과의 결혼은 그녀의 하얀 피부를 시커멓게 만드는 상징적 행위가 되는 것이다.

Ⅲ

그런데 흥미로운 사실은 오셀로와 데즈데모나의 비극은 베니스 사

7) 백인 여성이 흑인 남성을 욕망하는 것은 르네상스 당대 유럽의 백인 사회에서 두려움과 금기의 대상이었고, 백인 여성과 흑인 남성의 결합은 백인 남성 가부장제와 제국 자체를 파멸시키는 위협으로 여겨졌다(Lawrence 64).

회의 타자에 대한 편견에서 시작되었지만, 그 비극을 완성시키는 것은 타자 자신이라는 점이다. 이아고의 음모가 간교한 것은 그가 오셀로와 데즈데모나를 대적하는 것이 아니라, 오셀로 스스로 데즈데모나와 자신을 증오하게 만든다는 것이다. 사실 오셀로와 데즈데모나는 자신들에 대한 베니스 사회의 편견을 극복하고 당당하게 자신들의 사랑의 권리를 획득했다. 두 사람의 마음이 하나가 되어 인종적, 성적 편견을 지닌 세력의 편견마저도 극복할 수 있었던 것이다. 하지만 두 사람의 믿음과 신뢰가 무너지면서 비극은 완성된다. 여기에서 이아고의 음모는 엄청난 영향력을 발휘하는데, 그는 타자의식을 극복한 오셀로와 데즈데모나에게 타자의식을 다시금 불어넣어 그들 스스로 파멸을 선택하도록 이끈다. 베니스 사회의 인종적 타자인 오셀로가 백인 남성 중심 사회의 상징적 질서를 위반한 데즈데모나를 정죄하고 제거하는 것은 남성 가부장제에 의존하여 자신의 인종적 타자성을 부인하는 행위이다. 그렇지만 그가 궁극적으로 제거하는 타자는 아이러니컬하게도 오셀로 자신이다. 타자가 타자를 제거하는 것은 베니스 사회가 인종적 타자인 무어인을 고용하여 터키군을 제거하는 것과 유사한 패턴을 보여준다. 오셀로는 베니스 사회의 충실한 신하이고, 베니스 사회를 보호하는 장군이지만, 결국 베니스 사회의 편견을 지키는 희생양의 역할을 벗어나지 못한다.

셰익스피어는 극 초반에 오셀로가 비록 무어인이지만 베니스 사회에서 결코 열등감이나 타자의식에 사로잡혀 있지 않는 당당한 인물로 묘사한다. 그는 상원의원의 딸과 몰래 결혼한 사실이 밝혀졌어도 전혀 두려움을 보이지 않는다. 이아고가 브러밴쇼의 불만에 대해 얘기할 때, 오셀로는 "마음대로 해보시라지. 국가를 위해 내가 행한 봉사는 그분의 불평보다 더 중요하게 여겨질 걸세"(Let him do his spite; My services which I have done the signiory shall out-tongue his complaints)(1.2.17-19)라고 반응하며, 브러밴쇼가 이끄는 무리의 접근에 이아고가 몸을 피하라고 경고할 때도 "어차피 만나야 한다. 나의 성품, 나의 지위, 그리고 나의 결백한 영혼이 나를 정당하게 표현해 줄 것이다"(I must be found. My parts, my title, and my perfect soul shall manifest me rightly)(1.2.30-31)라고 응답한다. 그리고 분노에 가득 차 인종 편견적 폭언을 쏟아내는 브러밴쇼 앞에서와 원로원 의원들 앞에서 오셀로가 보여주는 태도는 결코 비굴한 타자의 모습이 아니다. 그렇지만 그는 샤일록이나 바라바스와 같은 유대인처럼 베니스인들보다 자신을 더 우월한 존재로 생각하고 겉치레와는 다르게 그들을 무시하거나 업신여기지도 않는다. 그는 자신의 지위와 성품, 그리고 공적이 흑인으로서의 자신의 타자성을 충분히 상쇄할 수 있다고 믿는 인물로 여겨진다.

따라서 그는 자신을 베니스 사회의 타자로 여기지 않고, 오히려 베니스인들과 동등하거나 오히려 그들보다 더 훌륭한 베니스인으로 여긴다. 우리는 그가 특히 베니스의 종교와 도덕을 중시하는 인물로 묘사된다는 점을 주목할 필요가 있다. 이아고의 음모로 인해 캐시오와 몬타노가 서로 싸우는 소동이 일어났을 때, 잠에서 깨어난 오셀로는 다음과 같이 소리친다.

> 이 일이 어떻게 일어난 거지?
> 우리가 터키인으로 변해서 하늘이 터키군에게 금지하신 일을
> 우리 스스로에게 하고 있는 것인가?
> 기독교인의 수치이니, 이 야만적인 싸움을 당장 집어치워.
>
> From whence ariseth this?
> Are we turned Turks, and to ourselves do that
> Which heaven hath forbid the Ottomites?
> For Christian shame, put by this barbarous brawl. (2.3.150-52)

이 장면에서 오셀로는 부하들이 일으킨 소동을 터키군의 공격에 비유하여 꾸짖고 있다. 그리고 그러한 행동을 기독교도라면 해서는 안 될 야만적인 행동으로 규정한다. 그는 베니스의 안전을 지키는 장군으로서 철저하게 베니스의 가치와 도덕을 옹호하고 대변하는 모습을 보여준다. 이러한 오셀로의 태도는 그가 베니스인들이 경멸하는 무어인이라는 사실을 전혀 의식하지 않고 있음을 보여준다. 베니스에서의 자신의 신분이나 지위에 당당하고, 베니스 남성들도 얻지 못하는 아름다운 여성을 아내로 맞이한 상황에서 오셀로는 어떠한 열등감이나 타자의식도 보이지 않는 것이다. 룸바의 주장처럼 그는 철저하게 베니스 사회의 가치를 내재화하고 있는 것이다.

이아고가 무너뜨리는 것이 바로 오셀로의 이러한 주인의식과 당당함이다. 이아고는 오셀로로 하여금 데즈데모나의 진정성을 의심하도록 유도하면서, 교묘하게 그의 인종적 타자성을 부각시킨다. "부인께선 장군님과 결혼하면서 자신의 아버지를 속이셨습니다. 그리고 장군님의 얼굴을 보고 두려워 떠는 것처럼 보였을 때에도, 그 얼굴을 가장 사랑하셨습니다"(She did deceive her father, marrying you;/ And when she seem'd to shake and fear your looks,/ She lov'd them most)(3.3.210-12)라는 표현은 데즈데모나의 이중성을 지적하고 있지만, 그 이면은 오셀로가 인정하고 싶지 않은 시커먼 타자성을 직면하게 한다. 오셀로가 처음으로 데즈데모나를 의심하기 시작하는 순간이 바로 "그렇지만 어떻게 천성을 어기면서까지..."라고 자신이 백인 사회의 타자임을 인정하는 순간이다. 피부색이 같고, 신분이 같은 구혼 상대를 선택하는 것이 당연한 일인데, 데즈데모나가 시커먼 피부의 이방인을 선택한 것은 뭔가 순수하지 않은 의도가 있다고 충고하는 이아고의 말은 오셀로의 내면에 잠재되어 있던 타자의식을 일깨운 것이다. 이는 오셀로가 다른 베니스 사회 남성들보다 더 뛰어난 인물이기에 아름다운 데즈데모나의 사랑을 얻은 것이 아니라, 데즈데모나의 음탕한 다른 의도 때문에 이루어진 일임을 은근히 암시한 것이다.

그런데 중요한 점은 오셀로가 이 충고를 받아들이는 방식이다. 그는 자신의 타자성을 인정하는 순간 절망감에 빠져 괴로워하지만, 다음 순간 베니스 사회의 성적 타자인 여성을 혐오함으로써 자신의 타자성을 부인하는 수단으로 삼는다. 데즈데모나의 불륜을 의심하게 된 순간 이후 "난 모욕당했고, 날 구하는 길은 그녀를 미워하는 거야"(I am abus'd, and my relief/ Must be to loathe her)(3.3.271-72)로 시작되는 오셀로의 여성 혐오는 "우리가 어머니 뱃속에서 태동을 시작할 때부터. 이 뿔이 돋는 불행은 우리에게 운명 지워져 있다"('Tis destiny, unshunnable, like death:/ Even then this forked plague is fated to us,/ When we do quicken)(3.3.279-80)라고 남성 전체의 불행으로 합리화된다. 그리고 그것은 데즈데모나를 자신보다 더 추악한 타자의 위치로 끌어내리는 데까지 발전한다.

다이애나 여신의 얼굴처럼 깨끗했던
그녀의 이름이 지금은 더럽혀져서 내 얼굴처럼
시커멓게 되어버렸어.

Her name, that was as fresh
As Dian's visage, is now begrimed and black
As mine own face. (3.3.387-88)

오셀로가 데즈데모나의 이름을 자신의 얼굴 피부색에 비유해서 더러운 대상으로 묘사하는 것은 상당히 의미심장하다. 그것은 그가 자신의 피부색에 대한 타자의식을 인식하고 있음을 반증하고 있기 때문이다.

하지만 여기에서 그가 강조하고 있는 것은 피부색이 아니라 명예이다. 자신은 피부색이 시커멓지만, 데즈데모나는 이름이 시커멓게 변한 것이다. 피부색은 깨끗하지만 그녀의 명예는 더럽고, 자신은 피부색은 시커멓지만 명예는 깨끗하다는 것을 암시하는 것이다.

이 순간부터 그는 여성에 대한 전형적인 베니스 사회의 편견을 대변하는 인물로 변모하기 시작한다. 그는 여성의 정조를 강조하는 르네상스 시대 남성들의 가부장제 이데올로기를 강렬하게 드러내기 때문이다. 데즈데모나를 혐오하기 시작하는 순간부터 그는 여성의 부정에 분노하고 이를 응징해야 한다는 생각에 사로잡히는데, 이아고가 오셀로에게 부추기는 것이 바로 혐오스러운 베니스 여성의 모습이다.

베니스에서는 여자들이 남편 앞에서는 감히 보여주지 않는
못된 장난을 하느님 앞에서는 거리낌 없이 보여준답니다. 그들에게
최선의 양심이란 못된 짓을 하지 않는 것이 아니라,
들키지 않게 하는 것이지요.

In Venice they do let God see the pranks
They dare not show their husbands. Their best conscience
Is not to leave't undone, but keep't unknown. (3.3.204-05)

오셀로의 의심을 확신으로 바꾸는 결정적인 증거는 손수건이라고 많은 학자들이 주장하지만, 오셀로가 손수건에 쉽게 넘어갈 수 있었던 배경은 이미 그 전에 이아고가 언어를 통해 시각화시킨 묘사 때문이다. 부정의 증거를 대라고 추궁하는 오셀로에게, 손수건을 이미 손에 넣은 상태에서 이아고는 오셀로의 질투심과 혐오감을 극대화할 수 있는 장면 묘사들을 한다. "장군님께서는 구경꾼처럼 입을 벌리고 놈이 그녀를 올라타고 있는 걸 보시겠습니까?"(Would you, the supervisor, grossly gape on? Behold her topped?)(3.3.396-97)라는 이아고의 도발은 "저주받아 죽을 것들! 오!"(Death and damnation! O!)(3.3.398)와 같은 오셀로의 반응을 이끌어내고, 캐시오의 음탕한 잠버릇에 대한 묘사와 "저주받은 운명이여, 당신을 무어인에게 주다니!"(Cursed fate that gave thee to the Moor)(3.3.427)와 같은 대사는 "오 끔찍하다, 끔찍해!"(O monstrous, monstrous)(3.3.428)와 "그년을 갈기갈기 찢어버리겠다"(I'll tear her all to pieces!)(3.3.432)라는 극단적인 반응을 이끌어낸다. 이러한 묘사들은 사실이 아니라 가정이고, 꿈 이야기에 불과하지만, 오셀로의 상상력은 이미 그녀의 불륜현장을 목격하고 있는 것이다. 4막 1장에서 오셀로가 발작을 일으키는 장면도 이아고가 던지는 "같이 잤는지 올라탔는지 좋으실 대로 생각하세요"(Lie with her, on her, what you will)(4.1.34)라는 음탕한 표현에서 비롯된다는 것을 기억할 필요가 있다.

이와 같은 선정적이고 음탕한 묘사를 통해 촉발된 오셀로의 질투심과 분노는 부정한 여성에 대한 혐오와 증오로 옮겨가는데, 이는 오셀로의 배신감과 타자로서의 열등감을 회복할 수 있는 수단이 된다. 따라서 그는 그녀의 부정을 용서받을 수 없는 죄악으로 규정지으며, 그녀를 창녀로 못 박는다. 김종환이 지적하는 것처럼, 그는 자신에게 그녀의 순결이 얼마나 중요한 것인지에 대해 장황하게 늘어놓는데(221), 이는 그녀를 정죄하기 위한 과정이라고 볼 수 있다.

> 내가 내 마음을 간직해둔 그곳,
> 내가 살거나 죽는 것이 달려있는 그곳,
> 내 생명의 물줄기가 흘러나오는 샘,
> 그곳이 아니면 내 생명의 물줄기가 말라버리는데,
> 그곳에서 버림받다니! 그곳을 더러운 두꺼비들이 엉겨 붙어
> 알을 까는 웅덩이로 만들어버리다니!

But there where I have garnered up my heart,
Where either I must live or bear no life,
The fountain from the which my current runs
Or else dries up — to be discarded thence
Or keep it as a cistern for foul toads
To knot and gender in! (4.2.56-60)

여기에서 오셀로는 데즈데모나의 자궁을 생명의 물줄기가 흘러나오는 샘으로 묘사하고 있다. 이는 생물학적으로는 오셀로의 자식이 생명을 얻어 태어나야 하는 곳이고, 상징적으로는 오셀로의 명예와 생명이 달려있는 곳이라고 할 수 있다. 르네상스 시대 남성들이 가장 두려워했던 것이 오쟁이지는 것이었다는 사실을 기억한다면, 오셀로의 대사는 당대 남성들의 심리를 반영하고 있다고 할 수 있다. 특히 베니스 사회에서 인종적 타자인 오셀로가 아름다운 백인 여성 데즈데모나를 통해서 얻은 심리적 만족감까지 고려한다면, 그녀의 정조는 그에게 절대적인 의미를 갖는다고 할 수 있다. 그런데 그녀의 부정이 확실하다면, 그가 자신을 구원하는 길은 그녀를 원래부터 음탕한 창녀로 낙인찍는 것이다.

오셀로가 데즈데모나를 향한 사랑과 분노 사이에서 갈등할 때, 이아고가 부추기는 것이 바로 오셀로의 남성성이라는 사실은 주목할만하다. 데즈데모나가 흑인 남성을 사랑할 수 있을 정도로 부자연스럽고 언제든지 상대를 바꿀 수 있는 음탕한 베니스 여성이라는 사실을 강조한 후에도 오셀로가 확실한 증거를 가져오라며 강하게 추궁하자, 이아고는 "장군도 남자입니까? 영혼이나 혹은 분별력이 있으신가요?"(Are you a man, have you a soul or sense?)(3.3.380)라고 호소한다. 또한 손수건을 증거물로 오셀로의 증오심을 극도로 자극하여 발작을 일으킨 후, 다시 깨어난 오셀로에게 이아고는 "장군님, 남자답게 행동하십시오. 결혼의 멍에를 짊어진 수염 난 남자들은 모두 장군님과 같은 신세라는 걸 생각하십시오"(Good sir, be a man,/ Think every bearded fellow that's but yok'd/ May draw with you)(4.1.65-67)라고 부추긴다. 이아고는 교묘하게 오셀로의 남성성을 자극함으로써, 겉으로는 참으라고 하면서도 결국 음탕한 여성을 정죄하는 남성이 되도록 부추기는 것이다. 이처럼 오셀로의 남성성을 부추기는 것은 결국 룸바가 지적하는 것처럼, 인종적 타자임을 인정할 수밖에 없게 된 오셀로에게 데즈데모나를 희생시켜 베니스인으로서의 자신의 정체성을 회복하고자 하는 욕망을 불러일으킨다고 볼 수 있다(59).

5막 2장에서 오셀로가 데즈데모나를 죽이기 전에 내세우는 정의의 논리는 바로 여기에서 연유한다. 그는 자신을 개인적 질투심 때문이 아니라 모든 남성들을 대변해서 부정한 여성을 처단하는 정의의 사도라고 자칭한다. "그래도 그녀는 죽어야 해. 그러지 않으면 더 많은 남자들을 배신할 테니까"(Yet she must die, else she'll betray more men)(5.2.6). 이러한 오셀로의 대사에는 분명 당대 가부장제 이데올로기의 시각이 반영되어 있다. 부정을 저지른 여성을 처단하는 것은 죄가 아니며, 오히려 신성한 결혼의 가치를 지키는 명예로운 행동으로 생각하는 것이다. 흥미로운 사실은 오셀로가 데즈데모나를 죽이기 전에 그녀에게 용서를 구하는 기도를 올리라고 말하면서, "준비되지 않은 당신의 영혼을 죽이지는 않겠소"(I would not kill thy unprepared spirit)(5.2.31)라고 한다는 점이다. 그는 결코 야만적인 무어인의 모습이 아니라, 경건하고 명예로운 기독교인의 모습을 보이고 있다. 나중에 데즈데모나의 순결함을 알고 자신의 판단이 잘못된 것이었음을 알고 나서도, 오셀로는 로도비코에게 "괜찮으시다면 명예로운 살인자라고 해주십시오. 증오가 아니라, 명예 때문에 한 짓이었으니까요"(An honourable murderer, if you will)(5.2.291)라고 말하는 것도 이러한 그의 주인 의식을 반영한다. 그는 비록 죄 없는 데즈데모나를 살해한 죄로 자신의 영혼이 지옥에 떨어진다 하더라도 자신의 의도가 명예로운 것이었음을 밝히고 있는 것이다. 오셀로는 인종적 타자 무어인으로서가 아니라, 기독교인 남편으로서 간음을 저지른 데즈데모나를 살해한 것이다.

이러한 오셀로의 주인 의식은 그가 자살을 기도할 때 절정에 이른다. 그는 무어인으로서 자신의 잘못을 후회하면서 자살을 기도하는 것이 아니라, 기독교인으로서 죄 없는 베니스 여성을 죽인 야만적인 무어인을 처단하는 것이다. 이러한 이중적인 표현법은 오셀로가 결코 자신을 야만적인 무어인이나 터키인과는 다른 존재이며, 베니스의 안전과 명예를 위해 목숨을 바칠 수 있는 충성스런 베니스인이라는 사실을 죽음을 통해서라도 밝히고자 하는 욕망을 반영한다. 전통적인 비극 담론에 의하면 오셀로의 비극은 그가 분노를 이기지 못하고 성급하게 아내를 살해하는 실수에서 비롯한다고 볼 수 있다. 그리고 그가 자신의 잘못을 깨닫고 난 후, 자신의 잘못을 책임지는 자살을 하는 것이 그를 비극적 영웅으로 만드는 것이다. 그의 자살 행위는 데즈데모나를 죽이는 행위와 똑같은 형태를 갖는다. 즉, 의로운 베니스인이 죄를 범한 베니스 사회의 타자를 죽이는 것이다. 그리고 그의 비극적 행위는 표면적으로 도덕적 잘못에 대한 경고의 메시지를 담는다.

하지만 이 극의 진정한 비극성은 의로운 자의 실수가 아니라, 타자에 의한 타자의 처단이라는 아이러니에서 생겨난다. 이 극의 일차적 대립은 이아고와 오셀로의 대립이다. 이아고는 오셀로를 인종적 타자로 여기고, 그의 성공을 질투하여 파멸로 이끈다. 그런데 이 극의 또 다른 대립은 오셀로와 데즈데모나의 대립이다. 물론 오셀로가 그녀를 음탕한 창녀로 판단하는 순간부터, 그는 데즈데모나를 베니스 사회의 타자로 여기고 파멸로 이끈다. 그리고 이 극에서 가장 아이러니컬한 대립은 바로 베니스인 오셀로와 무어인 오셀로이다. 베니스인 오셀로는 죄 없는 베니스 여성을 죽이는 야만적인 죄를 범한 무어인 타자 오셀로를 처단한다. 오셀로는 자신이 완벽한 베니스인이라고 생각했지만 자신이 인정하고 싶지 않은 자신의 타자성을 발견하게 되고, 이는 그를 비극으로 이끈 중요한 원인이다. 하지만 오셀로의 진정한 비극은 그를 파멸로 몰아간 베니스 사회의 편견을 죽는 순간까지도 제대로 인식하지 못하고 명예로운 베니스인으로 남고 싶어 한다는 사실이다. 다만 이아고가 대변하는 인종적 성적 편견이 오셀로를 조종하여, 인종편견을 정당화하는 파괴적 행동으로 이어지도록 유도한다는 사실을 우리는 기억해야 한다.

Ⅳ

극의 결말에서 "저 악마 같은 놈에게 왜 내 영혼과 육체를 이렇게 함정에 빠트렸는지"(Why he hath thus ensnared my soul and body?)(5.2.299) 물어봐 달라는 오셀로에게 이아고는 아무런 답도 하지 않는다. 그는 "내게 아무 것도 묻지 마시오. 알만한 것은 당신도 알고 있소"(Demand me nothing; what you know, you know)(5.2.300)라고 앞으로는 아무 말도 하지 않겠다고 선언한다. 많은 비평가들이 이아고의 침묵을 여러 가지 견해로 설명하고 있지만, 이 장면에서 이아고의 침묵은 모든 불행의 원인을 자신이 아닌 오셀로의 야만성으로 돌리는 효과를 갖는다. 덫은 자신이 놓았지만, 거기에 걸려들어 야만적 살인을 저지른 것은 오셀로 자신이라는 점을 부각하는 것이다. 스티븐 그린블랏(Stephen Greenblatt)은 타자의 삶을 통제하고 지배하는 이아고의 능력을 식민주의 이데올로기의 결과로 파악해야 한다고 주장한다 (229). 콜리지의 견해처럼 그를 동기 없는 악당이나 단순한 악마의 화신으로 판단하는 것은 이아고가 극 중에서 보여준 여러 행동들과 대사들을 설명하기 힘들다. 이아고는 기독교 교리가 규정하는 악마의 화신이라기보다는 르네상스 시대 개인적 성공을 꿈꾸는 전형적인 르네상스형 인간이며, 인종적 성적 타자에 대한 백인 가부장제 사회의 편견을 대변하는 인물이다. 그는 베니스 사회의 타자인 무어인 오셀로가 자신보다 성공적인 지위를 누리고, 베니스인들도 얻지 못한 아름다운 여성을 차지하는 것에 대한 불만과 분노를 표출하고 있는 것이다. 이아고의 불만과 분노는 엘리자베스 시대 런던에서 이방인들에게 일자리를 빼앗겼다고 생각했던 영국인들의 불만과 일맥상통한다.

이아고를 중세 도덕극의 악의 현현이나 단순한 악당으로 보지 않고 르네상스 시대의 전형적인 개인으로 판단하는 근거는 그가 개인의 이익을 위해서는 타자를 착취하는 것을 철저하게 합리화한다는 사실에서 기인한다. 그가 어리석은 로더리고를 이용하는 궁극적인 목적은 돈이다. 1막 3장에서 오셀로와 데즈데모나의 결혼이 확정된 후에, 이아고가 절망하는 로더리고에게 욕정을 채워주겠다고 약속하면서 "지갑에 돈을 채워오라"(put money in thy purse)는 표현을 11번이나 반복하는 것은 그의 물질적 욕망을 분명하게 드러내주는 역할을 한다. 또한 절망하여 물에 빠져 죽어버리겠다고 하는 로더리고에게 "우리가 이렇게 저렇게 되는 것은 다 우리 자신 탓이라"('Tis in ourselves that we are thus or thus)(1.3.313)고 말하면서 개인의 의지가 얼마나 중요한가를 강조하는 이아고의 모습은 전형적인 르네상스 개인주의자이면서 식민주의자의 모습이다. 우리에게 일어나는 모든 일을 신의 섭리로 받아들이기보다는 개인의 의지의 결과로 받아들이는 것은 역사를 인간의 행동의 결과로 파악하는 마키아벨리적 역사관에서 생겨난 것이고, 이는 도덕보다는 개인의 이익을 훨씬 우선하는 가치관을 대변하기 때문이다.

그런데 결국은 극의 결말에서 여성을 혐오하는 남성들이 여성보다 훨씬 더 혐오스런 존재들이고, 무어인을 혐오하던 백인 이아고가 무어인 오셀로보다 훨씬 더 혐오스런 존재임이 명백하게 드러난다는 사실이 중요하다. 오셀로와 데즈데모나의 관계에서 지배를 당하는 타자는 분명 여성인 데즈데모나이다. 오셀로는 남편의 권위와 남성 중심의 편견으로 데즈데모나를 판단하고 정죄하지만, 그의 판단과 평가는 분명한 오류로 나타난다. 그녀는 무어인과의 결혼을 통해 백인 남성들이 의심할만한 충격적인 선택을 했지만, 결코 이아고나 오셀로가 생각하는 것처럼 음탕하고 위선적인 모습을 보이지 않는다. 한편 이아고와 오셀로의 관계에서 지배를 당하는 타자는 분명 오셀로이다. 이아고는 인종적 편견을 바탕으로 오셀로를 음탕하고 변덕스러운 존재로 경멸하지만, 오셀로는 이아고의 판단보다는 훨씬 더 고상한 인물이다. 특히 바셀레미가 지적하는 것처럼, 여성을 육체적으로 지배하고자 하는 성적 욕망에 사로잡혀 있는 것은 오셀로가 아니라 오히려 이아고인 것으로 보인다(93). 오셀로는 베니스 사회의 뿌리 깊은 인종 편견에 대해 제대로 인식하지 못하고 있지만, 자신의 잘못에 대해 책임을 질 줄 아는 인물이다. 그는 자신의 잘못을 결코 인정하지 않고 침묵으로 입을 닫아버리는 이아고보다 훨씬 훌륭한 인물이다.

그렇다면 베니스의 백인보다도 무어인을 더 훌륭하고 고귀한 인물로 설정한 것에서 우리는 어떤 정치적 의미를 찾을 수 있을까? G. K. 헌터의 주장처럼 "신의 섭리 안에서는 이방인의 존재도 의미가 있다는 과거의 생각"(57)을 전달하는 것일까? 사실 셰익스피어가 오셀로 주변의 백인들을 이아고와 같은 타자 혐오자와 타자에 대한 편견이 없는 자의 두 부류로 분명하게 나누고 있다는 사실은 그가 베니스 사회 전체에 대한 비판이나 적대감의 표현과 같은 어떤 정치적 목적을 갖고 있는 것으로 보이지는 않는다. 하지만 중요한 것은 이아고의 인종적 성적 편견에서 비롯된 질투심이나 이기적인 탐욕이 어떤 비극적인 결과를 불러올 수 있는지 분명하게 보여주고 있다는 사실이다. 이아고와 오셀로의 대립은 단순히 흑인과 백인의 대립으로 보기는 힘들다. 물론 무어인과 베니스 사회의 대립으로 보기도 어렵다. 이 작품은 베니스 사회에 내재한 이방인에 대한 불만과 편견이 어떠한 형태로 드러날 수 있는지를 보여주고 있다. 무어인에 대한 전형적인 편견과는 다른 오셀로와 같은 훌륭한 무어인도 이러한 편견 앞에서는 자유로울 수 없다.

그렇다면 이 극에서 진정한 타자는 누구인가? 사실 셰익스피어 당대 영국의 관객들에게는 무어인 오셀로뿐만 아니라, 사악한 베니스인 이아고도 혐오스런 타자이다. 영국인들이 경멸하는 이아고가 대변하는 베니스 사회의 타자가 오셀로인 것이다. 데즈데모나 역시 베니스 사회의 타자이고, 베니스 사회의 가부장제 이데올로기를 대변하는 오셀로의 타자이다. 그렇다면 이러한 타자들의 갈등과 대립을 영국 관객들은 어떤 시각으로 바라보았을까? 영국 관객들이 느끼는 감정은 매우 복합적이었을 것이다. 오셀로가 비열한 백인보다 더 영웅적이고 고상하게 묘사되는 것은 오셀로를 옹호하기 위한 것이 아니다. 오셀로와 데즈데모나를 파멸로 이끄는 이아고의 사악함 역시 단순히 그가 베니스인이라는 사실로만 설명하기 힘들다. 『오셀로』는 인종적 성적 타자에 대한 편견을 정당화하는 보수적 시각에서 접근하기보다는, 이러한 편견이 초래하는 불행과 잘못된 결과에 대한 비판적 시각이 훨씬 더 많이 반영되어 있는 텍스트라고 보는 것이 옳을 것이다. 이 극은 타자의 성공에 대한 분노, 물질주의 팽배, 여성의 일탈에 대한 우려, 속임수와 음모가 판치는 사회 현실을 반영한다. 타자 비극은 개인의 행위에 대한 모방이 아니라, 사회적 편견과 정치이념에 대한 모방이다. 따라서 오셀로는 영웅이라기보다는 희생물이다. 이 극이 비극으로 설정되어 있고 오셀로에 대해 우리가 연민을 느낀다면, 백인 남성 사회의 보수적 편견이 초래하는 불행한 결과에 대한 비판적 의식을 발견할 수 있어야 할 것이다.

제8장 『말피 공작부인』(*The Duchess of Malfi*)

I

존 웹스터(John Webster)의 『말피 공작부인』(*The Duchess of Malfi*)에서 공작부인을 목 졸라 살해한 보솔라(Bosola)가 퍼디난드 공작(Duke of Ferdinand)에게 이 사실을 알리며 자신이 받을 보상금을 요구하자, 퍼디난드는 보상을 외면하고 오히려 보솔라에게 살인죄를 씌우며 어둠 속에서 오소리 사냥을 하겠다고 떠나버린다. 이에 보솔라는 분노와 실망감의 표현을 이렇게 시작한다.

> 완전히 돌아버렸군. 벗어버려라. 허울뿐인 명예를!
>
> He's much distracted. Off, my painted honour! (4.2.335)

여기에서 보솔라가 언급하는 "허울뿐인 명예"는 이 극에 내재된 핵심적인 주제를 표현하고 있는 것으로 보인다. 이는 보솔라 자신이 악행이라는 수단을 통해 추구해온 것이기도 하지만, 그보다는 그를 사주하여 악행을 일삼는 추기경과 퍼디난드 공작의 가치관과 더욱 밀접하게 연관된다. 누이인 공작부인과 대립하는 퍼디난드 공작과 추기경(Cardinal)은 가문과 혈통의 명예를 가장 중시하는 최고 지배층이고, 반면 공작부인은 그 명예가 허울뿐이고 진정한 가치는 다른 곳에 있음을 아는 인물이다. 그녀가 신분이 낮은 집사 안토니오(Antonio)와 결혼하는 극의 중심사건은 바로 이 허울뿐인 명예를 벗어던지는 행위이고, 그녀를 핍박하여 살해하는 퍼디난드와 추기경의 행위는 바로 이 허울뿐인 명예를 지키고자 하는 잔인한 몸부림이다. 그렇다면 퍼디난드와 추기경은 자신들이 누리고 있는 신분과 계급질서를 유지하고자 하는 상류지배층을 대변하는 인물들이고, 공작부인은 비록 같은 상류층이지만 오빠들에게 핍박받는 여성으로서 여성뿐만 아니라 신분질서로 인해 불이익을 당하며 능력과 재능을 인정받지 못하는 대부분 중·하층민들의 욕망을 대변하는 인물이라고 할 수 있다.

웹스터의 대표작이라고 할 수 있는 『말피 공작부인』은 흔히 비극으로 평가되지만, 전통 비극 담론에서 벗어나는 특징들 때문에 그 장르적 구분이 모호하게 여겨진다. 그리고 그 배경에는 주인공이 여성이라는 사실이 중요한 요소로 작용한다. 이미영 교수는 『말피 공작부인』에서 비극의 주인공으로서의 여성의 가능성을 분석하였지만, 그녀가 결국 아무런 저항도 못하고 오빠들이 금하는 재혼의 대가로 희생당한다는 점에서 그 한계를 지적하였다(115). 표면적으로 말피 공작부인은 르네상스 시대 많은 다른 비극들에 등장하는 가부장제 질서에서 일탈하는 여성이며, 그로 인해 파멸을 겪을 수밖에 없는 여성의 운명을 표현하고 있다(Loomba 39).[1] 조이스 피터슨(Joyce E. Peterson)과 같은 비평가가 공작부인의 "음욕"(lust)이나 "사적인 욕정"(private desire)을 지적하면서 당대 관객들이 그녀의 행동을 만족스럽지 않게 바라보았을 것이라고 주장하는 것도 같은 맥락에서 비롯한다(재인용, Forker 297). 그런데 주목할 점은 말피 공작부인의 파멸이 대부분의 르네상스 비극

1) 룸바는 르네상스 비극에서 여성의 일탈은 실제적이든 상상적이든 가족이나 국가, 교회, 혹은 법관들에게 억압을 받고 벌을 받는다고 지적하면서, 그 예로서 『오셀로』(*Othello*)의 데즈데모나(Desdemona), 말피 공작부인, 『하얀 악마』(*The White Devil*)의 비토리아(Vittoria), 『여성이여 여성을 경계하라』(*Women beware women*)의 비앙카(Bianca), 『그녀가 창녀라니』(*'Tis Pity She's a Whore*)의 애너벨라(Annabella), 그리고 『바뀌친 아이』(*The Changeling*)의 베아트리스 조안나(Beatrice-Joanna)를 언급한다.

의 남성 주인공들처럼 도덕적 실수나 잘못된 판단에 의한 것이 아니며, 이로 인한 도덕적 교훈을 주기 힘들다는 점이다. 극 중에서, 그녀의 실수와 잘못은 오빠들의 가부장적 권위에 불순종한 것이다. 따라서 보수적 시각으로 바라보면, 그녀의 파멸은 관객들에게 도덕적 교훈보다는 가부장제를 무시하는 여성들에 대한 경고를 전달하는 듯하다. 하지만 말피 공작부인의 일탈과 그로 인한 파멸에는 여성에 대한 경고만이 아니라, 가부장적 지배를 강압하는 상류지배층 남성들에 대한 전복적 욕망이 강하게 드러나 있다. 그리고 그 배경에는 말피 공작부인을 억압하고 파멸시키는 남성 권력자들의 타락하고 왜곡된 권위가 있다.

말피 공작부인이 겪는 불행과 고통은 르네상스 시대 여성의 지위나 신분과 밀접하게 연관되어 있다. 이는 사실 르네상스 시대 극작품을 연구하는 수많은 페미니즘 비평가들이 가장 관심을 갖고 연구하는 주제이다. 그런데 흥미로운 사실은 당대 여성들에 관해 완전히 상반된 견해가 존재한다는 것이다. 줄리엣 더신베르(Juliet Dusinberre)는 『셰익스피어와 여성의 본질』(*Shakespeare and the Nature of Women*)에서 르네상스 사회에서 여성의 지위는 점차 향상되었고, 르네상스 드라마 작품들에도 이러한 현상이 반영되어 있다고 주장한다. 반면, 리사 자딘(Lisa Jardine)은 당대 여성들의 실제적인 지위는 하락했다고 주장하면서, 그 이유를 자기주장이 강한 여성들을 처벌함으로써 가부장제 질서를 위반하는 여성들에 대해 경고했던 것으로 설명한다. 이처럼 상반된 견해는 여성혐오주의에 대한 상반된 견해에서도 찾아볼 수 있다. 발레리 웨인(Valerie Wayne)은 여성을 모두 창녀와 같은 존재로 여기는 중세의 여성 혐오주의가 르네상스 당대 사회에서도 사라지지 않고 존재했으며, 일부 문학 작품들 속에 잘 드러나 있음을 지적하고 있다(156). 카스틸리오네(Castiglione)의 『궁정인』(*Courtier*)이나 보먼트(Beaumont)와 플레쳐(Fletcher)의 『여성혐오자』(*Woman Hater*)가 이에 해당하고, 『오셀로』(*Othello*)에 등장하는 이아고(Iago)는 대표적인 여성혐오론자라고 할 수 있다. 하지만 당대에는 토머스 엘리엇(Thomas Elyot)의 『착한 여성에 대한 옹호』(*Defence of Good Women*)와 같이 여성혐오론을 부인하고 착한 여성을 옹호하는 시각도 존재했다. 웨인은 이러한 착한 여성 옹호론을 여성혐오론의 형태만 달라진 것으로 파악한다(159).

이와 같은 여성의 지위나 평판에 대한 상반된 견해는 일견 모순된 것처럼 보이지만, 실제로는 동전의 양면과 같이 당대의 공통된 시각이라는 점을 쉽게 발견할 수 있다. 자본주의의 발달로 계급질서가 흔들리고 개인의 성공이 중요하게 여겨지던 르네상스 사회에서 억압된 여성의 지위나 역할에 대한 회의와 이를 개선하려는 시도가 나타나는 것은 당연한 현상이라고 할 수 있다. 그렇지만 그러한 자유로운 삶을 추구하는 여성들이 늘어나는 것을 원하지 않았던 남성 지배계층이 가부장제 질서를 위반하거나 일탈을 시도하는 여성들에 대해 처벌을 강화하고 더욱 억압하려 하는 것 역시 충분히 예측할 수 있는 현상이다. 따라서 처벌을 받는 여성의 수가 늘어나고 여성 혐오주의가 더욱 조장되고, 여성에 대한 억압이 강화되는 현실은 역설적으로 기존 남성 중심 질서로부터 일탈하는 여성이 많아졌다는 것을 반증하는 것이다. 그리고 이는 결국 르네상스 사회에서 여성의 불평등한 지위나 역할에 대한 회의와 함께 실제적으로 변화가 생겨나기 시작했다는 것을 입증한다.

이러한 르네상스 시대 여성들의 삶의 변화는 르네상스 드라마 작품들에 잘 반영되어 있다. 예를 들어, 셰익스피어의 희극에 등장하여 어리석은 남성들을 가르치고 놀라운 지혜와 기지를 발휘하는 여성들의 존재는 기존의 여성들과는 다른 새로운 이상적인 여성의 출현에 대한 비현실적 기대를 반영한다. 반면 셰익스피어 비극에 등장하여 가부장제 질서를 어지럽히는 여성들은 거의 대부분 처벌의 대상이 되거나 파멸을 겪는다. 이는 결국 여성의 일탈을 경계하는 당대 가부장제 사회의 현실적 위기의식을 반영한다고 볼 수 있다. 그런데 셰익스피어의 비극에 등장하는 여성의 파멸은 재코비언 시대 비극에 등장하는 여성의 파멸과는 상당히 다르게 나타난다. 셰익스피어 비극에서 가부장제에 도전하는 여성인물들은 주로 사악하거나 음탕한 여성으로 묘사되며, 결국 악행에 걸맞은 불행한 파멸을 맞이하거나 혹은 가부장제의 권위에 순종하는 모습을 보이며 안타까운 파멸을 겪는다. 하지만 재코비언 비극 작품들에 등장하는 여성인물들은 가부장제 질서로부터 일탈하며 그 결과로 파멸하지만, 끝까지 순종을 거부한다. 이들은 가부장제가 정한 도덕적 규범을 위반하면서도 남성인물들을 압도하는 강인하고 용기 있는 인물들로 묘사된다.

웹스터의 두 여주인공 비토리아(Vitoria)와 말피 공작부인이 이러한 도전적인 여성을 대표하는 인물들이다. 맥베스 부인(Lady Macbeth)이나 거너릴(Goneril), 리건(Regan)과 같은 셰익스피어 비극의 사악한 여성들은 자신들의 악행으로 성공하는 듯하지만, 결국 악행의 대가를 피할 수 없다. 죄 없는 데즈데모나(Desdemona)는 아버지의 보호와 질서로부터 벗어나 자신이 원하는 남편감을 선택하는 일탈을 보이지만, 결국 남편 오셀로에게 순종하며 일탈의 대가를 치른다. 코딜리아(Cordelia) 역시 아버지 리어왕의 불합리한 요구를 거부하는 용기를 보여주지만, 결국 프랑스 왕의 도움으로 아버지를 구하는 순종적인 딸의 모습을 보여주며 희생물이 되고 만다. 이는 사회질서를 위반하는 불순종의 결과를 공통적으로 암시하는 듯하다. 하지만 비토리아와 말피 공작부인의 경우는 이러한 경우들과 상당히 다르다. 비토리아는 비록 불륜이라는 비도덕적인 행위를 범하지만, 그녀가 보여주는 순수한 사랑과 용기 있는 대사의 강한 호소력은 그녀의 불륜을 뛰어넘는 매력을 발산한다. 말피 공작부인 역시 오빠들의 명령을 어기고 과감하게 재혼을 시도하고, 그녀의 대담한 사랑고백과 당당한 태도는 그녀의 고통과 파멸을 뛰어넘어 강한 호소력을 갖는다. 찰스 포커(Charles R. Forker)는 『말피 공작부인』을 "더 건전하고, 더 풍요로우며, 더 인간적인 가치"를 위해 자신들의 목숨을 거는 연인들의 헌신과 공작부인의 자기실현을 다룬 비극이라고 주장한다(297). 이처럼 재코비언 비극에서는 극의 중심이 남성에서 여성으로 넘어오면서, 동시에 여성의 일탈을 단순한 처벌의 대상이 아니라 부당한 억압에 대항하여 새로운 가치실현을 위한 도전으로 평가한다. 그리고 이는 남성이 지배하는 기존질서의 모순과 타락을 폭로하는 수단이 된다.

주목해야 할 점은 여성의 삶을 억압하는 가부장제 이데올로기는 계급질서 의식과 이를 정당화하는 사상적 배경인 당대 기독교 교리와 밀접하게 연관되어 있다는 사실이다. 왕권의 절대성을 강화하기 위해 강조되는 "왕권신수설"과 "존재의 연쇄" 이론은 계급질서를 정당화하고, 가정에서 가부장의 권위를 절대시하는 가부장제 이론과 통하며, 이는 결국 남성이 여성을 지배하고 통제하는 사상적 배경으로 활용되는 것이다. 따라서 남성의 권위에 도전하거나 일탈하는 여성의 존재는 가부장 질서뿐만 아니라, 넓은 의미에서는 당대의 계급질서와 종교적 질서에 도전하는 것이라고 볼 수 있다. 따라서 이러한 여성의 존재를 영웅시하는 작품은 가부장제 이데올로기에 대한 비판뿐만이 아니라, 계급질서와 종교질서에도 회의적인 시각을 반영한다고 할 수 있다. 하지만 그것이 셰익스피어의 낭만 희극에서처럼 비현실적인 상황이라면 그 의미는 상당히 반감된다. 더구나 남성배우들이 여성의 역을 맡았던 당대 극장관습을 고려한다면, 이러한 이상적이고 영웅적인 여성의 존재는 희극적 효과와 남성들의 변형된 욕구를 표현하는 의미를 내포한다. 하지만 웹스터의 『말피 공작부인』은 비현실적인 희극이 아니라 사회적, 정치적, 종교적 현실을 반영하는 비극의 형태를 지니고 있으며, 여성 주인공의 존재를 통해 정치 현실의 문제점을 폭로하고자 하는 정치적 욕망을 드러낸다.

이와 같이 말피 공작부인의 일탈을 통해 드러나는 여성의 전복적 욕망은 웹스터 작품 전반에 나타나는 기존 권력 질서나 종교 질서에 대한 비판과 회의적 인식에 밀접한 연관을 맺고 있다. 스티비 심킨(Stevie Simkin)은 영국 르네상스 문화가 당대의 종교적 신념에 대한 도전에 직면해 있었음을 지적하면서 웹스터의 작품들에서 죽어가는 주인공들이 죽기 직전에 남기는 대사에 주목한다(9). 연인이었던 추기경에게 독살당해 죽어가는 줄리아(Julia)는 "나는 간다, 어디인지도 모르는 곳으로"(I go/ I know not whither)(5.2.284-85)라고 말하며, 보솔라는 "우리는 파멸하여 아무런 반향도 없는 죽은 벽이나 둥근 무덤과 같은 존재에 불과하다"(We are only like dead walls, or vaulted graves,/ That, ruined, yields no echo)(5.5.96-7)라고 선언한다. 보솔라에게 살해당하는 추기경 역시 "이제 날 눕혀 영원히 잊혀지게 해주게"(let me/ Be laid by, and never thought of)(5.5.88-9)라고 말한다. 이러한 대사들은 모두 죽음 이후의 삶에 대해 어떤 확신이나 희망을 보여주기보다는 오히려 알 수 없는 것이며, 영원히 망각되는 것으로 표현한다. 그렇다면 이러한 대사들 자체가 당대의 기독교적 질서에 대한 회의와 도전의 의미를 내포하고 있다고 볼 수 있다.

또한 『말피 공작부인』에 나타난 주인공 공작부인의 비극적 운명이 결정되는 과정에는 당대 지배 이데올로기인 기독교와 남성 중심의 신분계급 질서에 대한 전복적 욕망이 잘 드러나 있다. 사실 표면적으로는 아니아 룸바(Ania Loomba)가 지적하는 것처럼, 공작부인의 위반과 파멸의 결과에는 여성의 일탈을 경계하고 처벌하는 남성적 질서의 지배가 두드러진다. 하지만 중요한 것은 그녀는 비록 파멸하지만, 결코 굴복하지 않는다는 사실이다. 그리고 그녀를 파멸시키는 남성적 질서의 광기와 타락은 더 이상 그 질서의 지배를 정당화할 수 없도록 만든다. 그렇다면 공작부인의 위반과 파멸은 오히려 당대의 보수적 지배질서를 전복하고자 하는 욕망을 표현하는 극적수단이라고 할 수 있다. 이를 밝히기 위해 먼저 허울뿐인 명예를 지키기 위해 공작부인을 억압하는 지배 권력층의 타락성을 고찰할 것이며, 또한 이러한 지배질서를 대변하는 요소들이 얼마나 회의적으로 묘사되는지, 그리고 마지막으로 공작부인의 일탈이 어떤 영웅적 요소를 지니고 있는지 살펴보게 될 것이다.

Ⅱ

이 작품에서 주목할 점은 말피 공작부인의 오빠들이 공작부인의 재혼을 금지하는 가장 중요한 이유가 바로 가문의 이름을 더럽히지 않게 하려는 것이라는 사실이다. 그리고 재혼의 대상이 집사인 안토니오라는 사실을 알았을 때, 퍼디난드와 추기경이 드러내는 도를 넘는 분노는 계급질서의 절대성에 대한 그들의 맹목적 의식을 잘 보여준다. 물론 퍼디난드의 근친상간 욕망과 이들의 공작부인의 재산에 대한 욕심 또한 중요한 요인으로 평가되지만, 좀 더 근본적인 원인은 바로 재혼을 통해 가문의 혈통을 더럽히는 것에 대한 분노이다. 이는 『스페인 비극』(*The Spanish Tragedy*)에서 로렌조(Lorenzo)가 동생인 벨임페리아(Bel-Imperia)가 안드레아(Andrea)나 호레이쇼(Horatio)와 사귀는 것을 금하고, 오히려 적국의 왕자 발사자(Balthazar)와 결혼시키려 하는 의도와 유사하다. 캐서린 아이서먼 모스(Catharine Eisaman Maus)는 호레이쇼를 살해하는 로렌조의 마키아벨리적 음모가 계급질서를 위협하는 하층계급에 대한 경고와 귀족계층의 계급질서 유지 욕망을 반영한다고 주장한다(92). 이러한 모스의 시각은 상당히 설득력이 있으며, 이는 말피 공작부인과 그녀의 오빠들 사이의 갈등에서도 충분히 발견할 수 있는 욕망이다.

사실 공작부인과 집사의 결혼은 당대의 신분질서와 계급질서를 흔드는 사건으로 웹스터 당대 상류지배층에게는 매우 불쾌한 위기의식을 불러일으킬 수밖에 없다. 이는 셰익스피어의 『십이야』(*The Twelfth Night*)에서는 조롱거리로 전락하는 집사 말볼리오(Malvolio)의 꿈이 이루어지는 사건이라고 할 수 있다. 결코 현실에서는 있을 수 없는 낭만희극 속의 이야기로 다루어졌던 안주인과 집사의 사랑이나 결혼이 웹스터의 작품에서는 현실세계를 반영하는 비극의 중심 주제가 된 것이다. 그리고 이보다 더 중요한 사실은 집사 안토니오에 대한 묘사이다. 셰익스피어의 말볼리오가 위선적인 청교도이면서 탐욕에 사로잡인 인물이라면, 웹스터의 안토니오는 신분은 낮지만 고상하고 정의로운 인물로 묘사된다. 공작부인의 결혼이 단순한 타락한 욕정이나 탐욕에서 비롯된 것이 아니라, 사랑과 존경에서 비롯된 것이라는 점을 웹스터는 분명하게 암시하고 있다. 따라서 안토니오의 훌륭한 성품과 자질, 그리고 공작부인과 안토니오의 재혼은 계급질서를 중시하는 상류계층에게 자신들의 신분과 자질을 비하시키는 의미로 받아들여질 수 있다.

집사인 안토니오가 단순히 집안 관리를 잘하는 성실하고 선한 인물만이 아니라, 궁정과 정치에 대한 올바른 식견을 지닌 훌륭한 인물이라는 사실은 매우 중요하다. 극의 첫 장면에 등장한 그는 프랑스에서 자신이 경험한 현명한 왕의 이야기와 신하들의 임무에 대해 이렇게 설명한다.

> 우선 살랑거리는 아첨꾼들이나
> 무절제하고 파렴치한 자들을 궁전에서 쫓아냈는데,
> 그분은 그것을 자기 주인의 걸작, 즉 하나님이
> 하신 일이라고 멋지게 이름 붙였다네.
> …
> 궁정에 있는 어떤 이들은 군주에게 무엇을 해야 한다고
> 가르치는 것이 주제넘은 짓이라고 생각하지만,
> 군주들이 마땅히 내다보아야 할 것들을 알려주는 일은
> 신하들의 고귀한 임무일세.
>
> quits first his royal palace
> Of flatt'ring sycophants, of dissolute
> And infamous persons, which he sweetly terms
> His master's masterpiece, the work of heaven,
> …
> Though some o'th' court hold it presumption
> To instruct princes what they ought to do,
> It is a noble duty to inform them
> What they ought to foresee. (1.1.6-22)

그는 비록 집사에 불과하지만 훌륭한 군주에게 필요한 덕목이 무엇인지, 그리고 신하된 자의 진정한 도리가 무엇인지를 분명하게 제시하고 있다. 이러한 대사를 집사 신분의 안토니오가 한다는 사실은 매우 의미심장하다. 그는 비록 신분은 낮지만, 식견이나 성품은 상류 지배층을 훨씬 능가한다. 더구나 이러한 안토니오의 훌륭한 품성은 실제로 퍼디난드와 추기경의 평가에 의해 더욱 강화된다. 퍼디난드는 승마술에 대한 안토니오의 설명에 "훌륭한 설명이로군"(You have bespoke it worthily)(1.1.146)이라고 칭찬하며, 추기경은 공작부인을 감시하는 역

할을 안토니오에게 맡기지 않는 이유를 "그는 본성이 그런 일을 하기에는 너무 정직해"(His nature is too honest for such business)(1.1230)라고 설명한다. 따라서 안토니오의 정직하고 훌륭한 성품은 부인할 수 없는 사실로 받아들여진다.

그렇다면 공작부인과 안토니오의 결혼은 『오셀로』에서 상원의원의 딸 데즈데모나와 흑인 장군 오셀로의 결혼에 견주어볼 만하다. 말피 공작부인이 하층민인 집사 안토니오와 결혼하는 것은 상류계층의 아름다운 여성 데즈데모나가 당대 사회의 인종적 타자인 무어인과 결혼하는 것과 마찬가지로 당대 사회의 보수적 질서를 크게 위반하는 것이기 때문이다. 사실 오셀로가 비록 흑인이지만 고귀하고 훌륭한 성품의 소유자로 묘사되는 것처럼, 안토니오 역시 공작부인이 먼저 구혼을 할 정도로 훌륭한 성품의 소유자로 묘사된다. 하지만 두 작품에는 상당히 중요한 차이점들이 존재한다. 첫째는 이들의 결혼을 반대하는 친족 상류지배층에 대한 묘사이다. 셰익스피어는 데즈데모나의 아버지 브러밴쇼(Brabantio)를 통해 딸에게 배신당한 아버지의 분노와 실망감을 표현하면서 그의 인종 차별의식을 부각시키는 데 그쳤지만, 웹스터는 퍼디난드 공작과 추기경의 계급적 편견을 부각시키는 데 그치지 않고 그들의 위선적이고 사악한 면모를 더욱 부각시킨다. 두 번째 중요한 차이점은 여성의 일탈이 다루어지는 방식이다. 데즈데모나의 경우는 결혼 후 전통적인 순종적 여성의 모습으로 회귀하는 반면, 말피 공작부인은 죽음을 맞이하는 순간까지 자신을 억압하는 오빠에게 굴복하지 않는다. 따라서 공작부인의 결혼에는 단순한 가족 내의 갈등과 가치관의 문제를 넘어 지배질서 자체에 대한 회의와 분노가 내재되어 있다.

안토니오가 선하고 훌륭한 인물로 묘사되는 반면, 신분질서를 중시하는 퍼디난드 공작과 추기경은 위선적이고 잔인한 인물로 평가되는 이유가 여기에 있다. 추기경의 하수인 역할을 했던 보솔라는 추기경과 퍼디난드를 "고여 있는 웅덩이 위로 구부러져 자라는 자두나무"(plum trees that grow crooked over standing pools)(1.1.48)에 비유하고, 추기경을 "악마대왕을 사로잡아 더 나쁘게 만들 능력을 지니고 있다"(this great fellow were able to possess the greatest devil, and make him worse)(1.1.45)고 평가한다. 보솔라를 통해 알 수 있는 추기경은 그를 위해 저지른 살인의 대가로 7년간 노예선에서 생활한 보솔라에게 아무런 보상도 주지 않는 인물이다. 이러한 추기경에 대해 안토니오는 "그의 얼굴에 나타나는 활기는 두꺼비의 가식에 불과하다"(The spring in his face is nothing but the engendering of toads)(1.1.158)고 간파하며, 그가 "온통 아첨꾼들, 뚜쟁이들, 스파이들, 무신론자들, 그리고 수천 명의 정치적 괴물들에 둘러싸여 있다"(he strews in his way flatterers, panders, intelligencers, atheists, and a thousand such political monsters)(1.1.161)고 평가한다. 퍼디난드에 대해서도 "참으로 고집 세고 사나운 성격의 소유자"(a most perverse and turbulent nature)(1.1.169)이고, "그에게 나타나는 유쾌함은 겉모습에 불과하다"(what appears in him mirth is merely outside)(1.1.170)고 평가한다. 사실 이러한 극의 구성은 매우 아이러니컬하다. 공작과 추기경의 신분은 당대 사회의 최고위층이며 지배질서를 대표한다고 볼 수 있다. 이들은 안토니오가 지적한 것처럼 아첨꾼들과 파렴치한들을 쫓아내고 축복받은 통치를 해야 할 인물들이다. 하지만 이들은 아첨을 즐기고, 감시와 조종을 통해 힘없는 자들을 핍박하고, 욕정과 탐욕에 눈이 어두운 인물들이다. 케이트 오터슨(Kate Aughterson)이 지적하는 것처럼, 웹스터가 그리는 가부장제 귀족사회는 명예와 지조, 욕정의 자제, 그리고 합법적 상속과 같은 가치들을 강조하는 정치적 특징을 지니고 있지만, 실제로는 참으로 나약하고 깨지기 쉬운 면모를 지니고 있다(147). 웹스터가 이처럼 상류 지배층의 타락과 위선을 적나라하게 드러내고, 안토니오와 같은 집사의 입을 통해 군주와 신하의 덕목과 도리를 나열한 것은 기존 지배계층의 타락상을 더욱 강조하는 의미를 갖는다. 하층민에게까지 지배층의 타락이 적나라하게 알려져 있다면, 이는 그 타락의 정도를 짐작할 수 있기 때문이다.

그런데 이러한 안토니오의 평가가 단순한 억측이 아니라는 것은 2막 4장에서 추기경의 불륜과 2막 5장에서 퍼디난드의 포악하고 잔인한 태도를 통해 분명하게 증명된다. 추기경은 늙은 영주 카스트루키오(Castruchio)의 부인 줄리아(Julia)와 정을 나누고 있는 사이다. 자신의 동생 공작부인에게 여성의 음탕한 욕망을 비난하면서 재혼을 경고하지만, 그는 정당한 재혼보다도 훨씬 추한 행동을 서슴지 않고 있다. 최고의 성직자 위치에 있으면서도 다른 사람의 아내와 정을 통하는 것은 그의 타락한 언행을 증명한다. 또한 보솔라를 통해 누이인 공작부인의 결혼 사실을 알게 된 퍼디난드는 광기에 사로잡혀 잔인한 독설을 내뱉는데, 이는 많은 학자들이 지적하듯이 누이에 대한 근친상간의 욕망이나 그보다 추악한 욕망에서 비롯된 질투라고밖에는 판단하기 힘들다. 사실 과부의 재혼은 작품 내에서 공작부인도 암시하지만, 웹스터의 당대 영국 사회에서도 불법이 아니었고 매우 흔하게 이루어지고 있었다(Emerson 70).[2] 포커는 스코틀랜드의 메리 여왕을 비롯해서 수많은 당대 영국 왕실의 여성들이 두 번 이상 결혼한 경력들을 지니고 있었음을 예로 들면서, 당대에 여성의 재혼을 죄악시하는 풍조가 보편적이지 않았고 오히려 자신의 행복과 보호를 위해 결혼을 권

2) 에머슨(C. L. Emerson)은 르네상스 영국 사회에서 당대 결혼의 약 30%가 재혼이었다고 지적하고 있다.

장하는 서적도 있었음을 지적한다(298-99).[3] 결국 여성의 재혼이 불법으로 정해져 있지 않고 얼마든지 가능한 당대 사회에서 공작부인의 결혼을 억압하고 잔인하게 처벌하는 추기경과 퍼디난드는 훨씬 추악한 욕망에 사로잡혀 있는 인물들로 묘사되는 것이다.

흥미로운 사실은 프랭크 위그햄(Frank Whigham)이 지적하는 것처럼, 퍼디난드의 근친상간 욕망이 위협받는 당대 계급질서에 대한 위기의식의 반영으로 여겨진다는 사실이다. 휘갬은 퍼디난드가 보여주는 누이에 대한 근친상간 욕망을 하층민과 연루되는 것을 회피하고자 하는 욕망의 절박한 표현이라고 주장한다(266). 사실 퍼디난드의 행태를 면밀하게 살펴보면, 그는 누이인 공작부인을 『가엾게도 그녀가 창녀라니』(*'Tis Pity She's a Whore*)의 지오반니처럼 이성적으로 사랑하는 것으로 여겨지지 않는다. 그가 관심 있는 것은 그녀가 다른 남성과 재혼하는 것을 막는 것뿐이다. 만약 그가 누이와의 근친상간을 진심으로 원했다면, 언제든 시도할 수 있는 공간적, 시간적 여유가 존재한다. 하지만 그는 보솔라를 고용하여 누이의 행동을 감시하였을 뿐이다. 그리고 누이가 집사와 재혼했다는 사실을 알게 되었을 때, 그가 보여주는 광기에 가까운 분노는 이러한 사실을 뒷받침한다. 이는 재혼으로 인해 공작부인의 재산이 다른 자에게 넘어가는 것을 참지 못하는 것과 맥을 같이한다. 자신의 신분이나 혈통이 계급이 낮은 다른 자에게 확장되는 것을 견디지 못하는 것처럼, 자기 가문의 재산이 다른 자에게 넘어가는 것을 견디지 못하는 것이다.

존 러셀 브라운(John Russell Brown)은 말피 공작부인의 행위를 영국 왕 제임스 1세의 행위에 비교한다. 그녀가 신분이 낮은 젊은 남자

3) 포커는 1586년에 출간된 앤젤 데이(Angel Day)의 *English Secretorie*라는 인기 있는 편지 설명서를 언급한다.

와 사랑에 빠지는 것을 바로 제임스 1세가 젊은 총신들과 애정행각을 벌인 것에 비유하고, 극 중에 드러나는 모든 상황을 제임스 1세의 궁정 상황에 비유한다(5-6). 하지만 이는 지나친 비유로 여겨진다. 물론 이탈리아라는 국가의 배경이 다르고, 주인공이 여성이며, 시대적으로 매우 오래된 사건을 다룬 내용이기 때문에, 이미 차별화된 상황에서 웹스터가 제임스 1세의 궁정에 대한 자유로운 풍자를 시도했을 가능성은 높다. 하지만 제임스 1세에 대한 당대의 평판은 말피 공작부인의 극 중 상황과는 많이 다르다. 지나친 사치와 향락으로 비난의 대상이었던 권력자 제임스 1세와 핍박의 대상이면서 일탈과 도전을 시도한 공작부인을 비유하는 데는 어려움이 있다고 여겨진다. 오히려 공작부인의 존재는 제임스 1세 자신이 아니라, 제임스 1세로 대변되는 타락한 지배 권력에 대한 풍자와 비판이라고 보는 것이 옳을 것이다.

결국 이 극에서 가장 중요한 사건은 바로 지체 높은 공작부인이 신분이 천한 집사와 결혼한 사건이다. 이는 공작부인의 욕정을 강조하기 위한 목적이 아니고, 신분이나 재물, 계급질서를 떠나 그 사람 개인의 진정한 가치를 인정하는 사건으로 묘사된다. 이 극에서 악당 역이면서 동시에 타락한 사회에 대한 냉소주의자이면서 불평분자인 보솔라는 자신의 남편이 집사 안토니오라고 밝히는 공작부인의 말을 듣는 순간 놀라움을 다음과 같이 표현한다.

> 제가 꿈을 꾸는 게 아닙니까? 이 야심만만한 시대가
> 재물이나 공허한 체면을 따지지 않고 단순히
> 그 사람의 가치만을 선호하는 그런 훌륭함을
> 지니고 있을 수 있습니까? 그게 가능하나요?
>
> Do I not dream? Can this ambitious age
> Have so much goodness in't as to prefer

A man merely for worth, without these shadows
Of wealth and painted honours? Possible? (3.2.279-82)

물론 보솔라의 이 표현은 공작부인을 안심시키고 자신의 의도를 숨기기 위한 가식적인 반응이라고 할 수도 있다. 하지만 중요한 것은 그의 표현 속에 내재되어 있는 진실이다. 이 "야심만만한 시대"는 개인의 능력이나 가치보다는 재물이나 신분만을 따져 사람을 평가하고 있음을 분명하게 드러내고 있고, 공작부인의 선택과 결혼은 바로 이러한 시대적 흐름을 거부한 것이다.

그런데 퍼디난드와 추기경의 하수인인 보솔라 역시 이 시대의 계급신분 질서가 초래하는 불행과 고통의 직접적인 피해자라는 사실을 주목할 필요가 있다. 이 작품의 원전인 『쾌락의 궁전』(*The Palace of Pleasure*)에서 보솔라는 공작부인의 죽음 후에 안토니오를 죽이기 위해 고용된 "잔인한 짐승"으로 등장한다(Brown 6). 하지만 웹스터는 보솔라를 극의 첫 장면에서부터 등장시키며 사회에 불만을 가진 아웃사이더로 묘사한다. 그는 극 초반에 자신이 어떻게 추기경에게 이용당하고 아무런 보상도 받지 못했는지 적나라하게 밝히는 인물이다. 그는 추기경 대신 죄를 뒤집어쓰고 노예선에서 7년 동안이나 보내고 돌아온 인물이다. 그의 적나라한 불만과 냉소는 추기경의 위선과 권위의식을 폭로하는 극적 수단이 되고, 추기경에 이어 그를 스파이로 이용하는 퍼디난드 공작 역시 보솔라를 통해 그 교활함과 잔인함을 드러낸다. 웹스터가 보솔라를 단순한 악당으로 묘사하지 않고, 이처럼 냉소주의자이면서 불평분자로 묘사한 것은 바로 이러한 정치적 의미를 담고 있다고 보인다. 그가 점점 공작부인의 당당한 태도에 이끌려 나중에 그녀를 죽인 후에는 양심의 가책을 느껴 자신의 행동을 뉘우치고 안토니오를 살리려 노력하는 모습에서도 이러한 면모는 더욱 강화된다. 결국 보솔라는 추기경이나 퍼디난드 공작의 하수인으로서 비극적 결말을 초래하는 장본인이지만, 그의 존재가 갖는 궁극적 기능은 상류 지배층에 대한 불만 표출과 그들의 위선을 폭로하는 역할이라고 할 수 있다.

Ⅲ

이처럼 남성 중심의 계급질서를 중시하는 당대 사회에 대한 전복적 욕망을 드러내는 방식은 추기경과 퍼디난드 공작으로 대변되는 상류 지배층의 타락과 위선에 대한 폭로가 중요한 극적 수단으로 작용하지만, 그보다도 더 중요한 요소는 바로 말피 공작부인의 비극적 영웅성이다. 이전의 작품들과는 달리 여성이 비극의 주인공 역할을 한다는 사실도 중요하지만, 우리는 기존의 남성 중심의 계급질서에 도전하는 그녀의 방식이 영웅적으로 묘사되고 있다는 사실에 주목할 필요가 있다. 그녀는 오빠들의 경고와 위협에도 불구하고 자신의 선택과 결혼에 강한 의지를 보이며, 결혼 신청도 그녀가 주도한다. 그리고 그 결과에 대한 책임을 감당하는 데에도 결코 나약한 모습을 보이지 않는다. 원전인 『쾌락의 궁전』에 등장하는 공작부인 역의 인물이 보여주는 "공포와 슬픔, 항의, 그리고 정의에 대한 요구"는 웹스터의 작품에서 결코 나타나지 않는다(Brown 17). 웹스터의 공작부인은 죽음을 맞이하는 순간까지 용기를 잃지 않으며 자신의 상황을 분명하게 인지하는 통찰력을 보여준다. 웹스터가 원전으로부터 자신의 작품에서 변형시킨 공작부인의 면모를 살펴보면, 그녀의 영웅적 태도가 전달하는 정치적 암시가 드러난다. 그녀는 남성 중심의 가부장제 질서에 도전하는 여성 영웅이라기보다는, 오히려 당대의 계급질서와 성질서의 모순과 문제점을 부각시키는 인물로 보는 것이 옳을 것이다.

공작부인의 대담함은 가장 먼저 그녀의 오빠들이 그녀의 재혼을 경고하면서 여성들의 음탕함을 들먹인 후에 드러난다. 퍼디난드는 "두 번 결혼하는 자들은 가장 음탕한 존재들이야"(They are most luxurious will wed twice)(1.1.297)라고 말하며, 그녀가 살고 있는 "궁중의 기름진 초원"(a rank pasture here, i'th' court)에 "치명적인 꿀물"(honeydew that's deadly)이 있어서 그녀의 명예를 독살할 거라고 경고하는가 하면, 추기경은 "결혼식 날 밤이 감옥으로 들어가는 입구가 되는 거지"(the marriage night is the entrance into some prison)(1.1.324)라고 위협한다. 하지만 공작부인은 이들이 퇴장한 직후 다음과 같이 독백한다.

이 정도로 내가 물러설 것 같아? 내 친족들이 모두
이 결혼을 반대한다 할지라도, 난 그들을 밟고
올라설 거야. 이렇게, 지금처럼 날 미워할지라도,
대전투에 참여한 남자들이 위험을 감지하고서도
거의 불가능한 일을 성취하는 것처럼(병사들이 그렇게
말하는 것을 들었거든) 그렇게 나도 공포와 위협을 뚫고
이 위험한 모험을 시도할 거야. 내가 남편을 유혹하고
선택했다고 늙은 아낙네들이 떠들어도 좋아.

Shall this move me? If all my royal kindred
Lay in my way unto this marriage,
I'd make them my low footsteps: and even now,
Even in this hate, as men in some great battles,
By apprehending danger, have achieved
Almost impossible actions--I have heard soldiers say so--
So I, through frights and threat'nings, will assay
This dangerous venture. Let old wives report
I winked and chose a husband. (1.1.341-49)

이러한 반응은 셰익스피어의 여주인공들에게서는 찾아볼 수 없는 반

웅이다. 그녀는 오빠들의 위협과 경고에 대해 전혀 위축되거나 두려워하는 모습을 보이지 않는다. 그녀가 자신을 비유하는 대상은 전투에 참여하는 병사의 모습이다. 자신의 파트너를 선택하고 유혹하는 것은 전통적으로 남성의 역할이지만, 그녀는 자신이 그러한 역할을 할 것이라는 것을 당당하게 드러낸다. 그것에 대해 아낙네들이 떠들어대는 것을 개의치 않는다는 그녀의 태도는 전통적인 여성의 태도가 아니다.

그녀가 집사인 안토니오에게 구혼하는 장면은 그녀의 이러한 뒤바뀐 성 역할을 더욱 부각시킨다. M. C. 브랫브룩(Bradbrook)은 말피 공작부인과 안토니오의 관계를 남편과 아내의 관계라기보다는 사회적 계약의 관계로 설명한다. 결혼생활에서 안토니오의 역할은 수동적이고 여성적인 반면, 공작부인은 남성적이고 관계를 주도하며 위험에 맞서는 역할을 한다는 것이다(150). 사실 그녀는 구혼의 단계에서부터 남성의 역할을 한다고 볼 수 있다. 직접 반지를 빼어 안토니오에게 끼워주는가 하면, 결혼에 대해 전혀 생각하고 있지 않는 안토니오를 독려하여 결혼을 받아들이도록 유도한다. 이러한 역전된 성 역할은 신분질서 때문에 생겨나는 것으로 보이기 때문에, 신분질서가 성역할보다 더 우위에 있다는 점을 전달하는 것처럼 보일 수 있다. 하지만 이 상황에서 우리가 주목해야 할 대사는 바로 공작부인의 신분과 관련한 대사이다.

> 높은 신분으로 태어난 우리와 같은 사람들의 불행은
> 아무도 감히 우리에게 구애하지 않기 때문에 직접 구애를
> 해야 한다는 거지요.

> The misery of us that are born great--
> We are forced to woo, because none dare woo us; (1.1.441-42)

그녀가 보여주는 대담함이나 남성적인 성향과 같은 뒤바뀐 성역할은

그녀의 타고난 성격에서 비롯된다기보다, 오히려 신분 계급 질서 때문에 어쩔 수 없이 선택하는 행동이라고 볼 수 있다. 물론 이러한 대담한 선택을 하는 것이 상대를 리드하는 것을 좋아하는 그녀의 기질에 기인한다고 볼 수도 있을 것이다. 그렇지만 더욱 중요한 점은 그녀의 행동이 남녀 간의 전통적 역할관계를 전복시키는 역할을 할 뿐만 아니라, 신분 계급질서에 대한 도전이자 전복의 시도가 된다는 것이다. 높은 신분으로 태어난 사람들은 감히 아무도 구애를 하지 않기 때문에 전통적으로 정략적으로 정해진 결혼을 하는 것이 일반적이다. 하지만 그녀는 이러한 계급적 전통을 불행이라고 규정하고 있으며, 정해진 결혼이 아니라 자신이 구애하는 결혼을 하는 것이다. 그녀의 결혼이 단순한 기행이나 욕정의 산물이라기보다 영웅적 행위로 여겨지는 이유가 바로 여기에 있다.

구혼 장면에 이어서 공작부인과 안토니오가 결혼식을 올리는 장면은 다시 한 번 공작부인의 행동이 기존 질서에 대한 도전임을 암시한다. 가톨릭 국가에서 결혼은 신부나 사제의 축복과 선언을 통해 이루어지는 것이 정해진 원칙이다. 재혼의 경우도 다를 바 없다. 하지만 공작부인은 그러한 축복과 혼인선언을 스스로 행한다. 시녀인 카리올라(Cariola)를 증인으로 삼아 안토니오와 함께 무릎을 꿇은 공작부인은 "하늘이여, 이 성스러운 고디어스의 매듭을 폭력이 결코 풀 수 없도록 축복해 주소서"(Bless, heaven, this sacred Gordian, which let violence never untwine)(1.1.480)라고 기원함으로써 간단하게 결혼의식을 마무리한다. 그런데 흥미로운 것은 그녀가 안토니오와 함께 영원한 사랑의 소망을 기원한 후에 교회에 대해 언급하는 내용이다. 그녀는 "교회에서 이보다 더 단단하게 묶어줄 수 있을까? 우린 이제 남편과 아내이고, 교회는 이것을 되풀이해줄 뿐이지요"(How can the church bind faster? We now are man and wife, and 'tis the church that must but echo this)(1.1.491-92)라고 선언한다. 그녀의 이러한 대사는 교회와 성직자의 권위를 무시하는 의미를 갖는다. 물론 그녀는 자신의 결혼이 세상에 알려지는 것을 원치 않기 때문에 이처럼 간단하게 의식을 치르고 교회의 인정을 받지 못한 결혼을 합리화하려는 것으로 여겨진다. 하지만 그녀의 모습에서 우리는 결코 교회에서의 정식 결혼을 아쉬워하는 태도를 찾기 힘들다. 그녀는 결혼의식에서 교회의 축복이나 선언보다도 두 사람의 굳은 사랑의 맹세가 훨씬 더 중요하다는 사실을 밝힘으로써, 교회가 누리고 있는 절대적 권위를 인정하지 않는다.

이러한 태도는 교회나 신분질서를 중시하는 보수적 시각에서 보면 매우 불경스럽고 부도덕한 것이 되겠지만, 지배계층이나 교회의 타락한 모습을 알고 있는 관객들의 시각에서는 오히려 신선하고 의미 있는 대사로 들릴 수 있다. 특히 공작부인의 형제인 추기경의 타락한 모습을 비교해보면, 공작부인의 용감하고 영웅적인 면모는 더욱 부각된다. 추기경은 성직자의 신분이고 그의 상대역은 유부녀이다. 추기경과 줄리아의 관계는 타락한 욕정 외에는 달리 설명할 방법이 없다. 추기경은 교회와 성직자의 권위를 스스로 훼손하고 있다. 한편 공작부인은 과부이고, 그의 상대역 안토니오는 미혼의 남성이다. 이들의 사랑과 결혼은 합법적인 것이고, 오히려 상류층을 제외한 대부분의 사람들이 환호할만한 사건이다. 상류층의 시각에서는 그녀의 결혼이 계급질서를 훼손하는 것으로 여겨지기 때문에 음탕한 행동으로 매도할 수 있겠지만, 대부분의 웹스터의 관객들에게 공작부인의 행동은 신분이나 계급질서를 뛰어넘는 영웅적 행동으로 여겨질 수밖에 없다.

그런데 안토니오와의 결혼이 퍼디난드 공작에게 들통 났을 때, 공작부인이 보여주는 태도는 그녀의 영웅적 면모를 약화시키는 듯하다.

퍼디난드가 자신의 결혼사실을 알게 된 순간, 그녀가 던진 첫 대사는 "날 죽이시든 살리시든 둘 다 군주답게 받아들이겠어요"(whether I am doomed to live or die, I can do both like a prince)(3.2.70) 이다. 그녀는 죽음을 예감하고 오빠의 조치를 따르겠다는 순종적인 태도를 보인 것이다. 하지만 이를 그녀가 자신의 잘못을 인정하고 죄를 달게 받겠다는 것으로 받아들이는 것은 잘못된 시각이다. "내가 결혼하면 왜 안 되죠? 내가 결혼했다고 해서 새로운 세상이나 새로운 관습을 만들어 낸 것은 아니잖아요?"(Why might not I marry? I have not gone about, in this, to create any new world, or custom)(3.2.109-110)라고 퍼디난드에게 반박하는 공작부인은 결코 자신의 결혼을 잘못된 것으로 생각하지 않는다. 다만 여기에서 그녀가 인정하는 것은 자신과 남편 안토니오가 힘이 없다는 사실이다. 브랫브룩이 지적하는 것처럼, 안토니오는 공작부인보다도 훨씬 나약하다(149). 그는 퍼디난드가 공작부인에게 단검을 주고 갔다는 사실을 듣고 나서, "칼을 그에게 돌리세요. 칼끝을 그의 야비한 가슴에 박으세요"(turn it towards him, and so fasten the keen edge in his rank gall)(3.2.153)라고 말할 수 있을 뿐이다. 그는 스스로 어떤 행동을 취할 수 있는 용기와 힘을 갖고 있는 인물이 아니다. 오히려 위급한 상황에 대처할 방법을 찾고, 남편과 아이를 피신시키는 결정을 내리는 것은 공작부인이다.

그렇다면 그녀가 죽음이든 삶이든 군주답게 받아들이겠다고 한 대사는 나약함의 표시가 아니라, 오히려 강인함의 표시라고 보는 것이 옳을 것이다. 그것은 그녀가 죽음을 감수하더라도 자신의 선택을 바꾸지 않겠다는 의지를 표명한 것이기 때문이다. 이러한 태도는 가면을 쓴 보솔라에게 붙잡혀 감옥에 갇히게 되었을 때도 변함없이 유지된다. 특히 그녀가 보솔라에게 들려주는 연어와 상어의 이야기는 바로 신분이나 계급이 인간의 가치를 결정하는 척도가 될 수 없음을 알려 준다. 신 앞에서 인간은 종류가 다른 물고기에 지나지 않는다는 점을 전달하고 있기 때문이다. 그녀는 자신이 신분이 낮은 남자를 남편으로 선택한 것이 단순한 욕정 때문이 아님을 다시 한 번 증명한 셈이다. 더구나 죽음으로 위협하는 보솔라와 퍼디난드의 조롱과 협박에도 그녀는 결코 굴하지 않고 죽음을 두려워하는 모습을 보이지 않는다. "난 아직도 말피 공작부인이다"(Iam still Duchess of Malfi)라는 대사로 널리 알려져 있는 그녀의 용기와 당당함은 4막 내내 길게 이어진다는 사실을 우리는 주목할 필요가 있다. 웹스터는 죽음의 위협 앞에서 강한 정신력과 자제력을 보이는 인물로 공작부인을 묘사한 것이다. 그녀의 강인함에 대조되는 인물이 바로 시녀 카리올라(Cariola)이다. 카리올라 역시 용기 있는 여성이지만 죽음 앞에서는 두려움과 나약함을 보이며 추한 모습을 드러내는 반면, 공작부인은 죽는 순간까지 당당함을 잃지 않는다. 자신의 목을 조르는 밧줄을 당기는 암살자들에게 "당겨라, 세게 잡아당겨. 너희들의 힘으로 하늘을 내게 끌어당겨야 하니 말이다"(pull, and pull strongly, for your able strength must pull down heaven upon me)(4.2.229-30)라고 말하는 그녀의 모습은 어느 남성 영웅보다도 더 강하게 느껴진다.

그녀의 영웅적 면모를 더욱 강화하는 사건은 바로 악당 보솔라의 변화이다. 극 초반부터 공작부인과 접촉을 해온 보솔라는 점차 그녀의 훌륭한 가치관과 용기를 인정하게 되고, 그녀의 죽음 이후에는 결국 양심의 가책을 느껴 공작부인을 대신하여 퍼디난드와 추기경에게 복수하는 인물로 변모한다. 오터슨은 "공작부인과 보솔라가 특권의식을 지닌 폐쇄적인 타락한 귀족주의적 남성 중심 사회에서 사회적 성적 희생자로서 연결되어 있다"고 지적한다(125). 사실 이 극의 주인공은 말피 공작부인이지만, 다른 한편으로는 보솔라라고 할 수도 있다. 다른 비극들과는 달리 주인공인 공작부인이 4막에서 살해당하고, 5막에는 등장하지 않기 때문에 전통적 의미의 비극성은 반감된다고 할 수 있다. 하지만 악당이면서 불합리한 사회에 대한 불평분자인 보솔라가 자신의 이익을 위해서가 아니라 공작부인의 가치를 지키기 위해서 5막을 이끌어간다는 점에서 공작부인과 보솔라는 허울뿐인 명예를 벗어버리고 진정한 가치를 추구하는 서로 다른 존재들이라고 할 수 있다. 다만 보솔라의 변화는 공작부인의 존재가 있었기에 가능했다는 점을 기억해야 할 것이다.

Ⅳ

이 글의 서두에서 보솔라의 대사를 언급하였지만, 그가 죽기 직전에 던지는 마지막 대사 역시 이 극이 관객들에게 전달하고자 하는 중심 메시지를 담고 있다.

> 오 이 우울한 세상!
> 이런 그늘지고 어두운 깊은 구덩이에서 얼마나
> 사내답지 못하고 겁 많은 인간들이 살고 있는가!
> 훌륭한 자들은 결코 죽음을 두려워하지 않고
> 정당한 일을 부끄러워하지 않기를 바라오.
> 난 또 다른 여행을 떠나야겠소. (죽는다)
>
> O, this gloomy world!
> In what a shadow, or deep pit of darkness,
> Doth womanish an fearful mankind live!
> Let worthy minds ne'er stagger in distrust
> To suffer death or shame for what is just--
> Mine is another voyage. (Dies) (5.5.100-105)

이 대사는 정치적으로 상당히 선동적으로 여겨진다. 부도덕하고 타락한 세상에서 죽음을 두려워하여 숨죽이며 살아가는 겁 많은 남성들을 책망하고 있기 때문이다. 그렇다면 이 상황에서 보솔라가 "훌륭한 자들"로 염두에 두고 있는 사람은 분명 말피 공작부인이다. 사내답지 못한 겁쟁이들이 많은 세상에서 여성이지만 공작부인이 보여준 용기와 당당함은 나약한 사내들보다 훨씬 뛰어난 것이었으며, 자신처럼 그녀의 용기로 인해 정당한 일을 부끄러워하지 않는 자들이 많이 나타나기를 바라는 것이다. 이는 공작부인이나 보솔라의 용기와 파멸을 헛된 것으로 돌리지 않을 수 있는 근거가 된다.

로버트 왓슨(Robert N. Watson)과 같은 일부 비평가는 이 극의 세계가 너무나 타락하고 신의 섭리가 부재하는 곳이어서 개인의 노력이 아무런 소용이 없는 곳으로 설명한다(334). 이러한 부정적 시각의 근거는 초자연적인 공작부인의 경고 목소리도 안토니오의 운명을 구할 수 없었고, 그녀의 용기와 당당함이 그녀를 죽음으로부터 구할 수 없었다는 것이다. 따라서 안토니오가 퍼디난드로 오인 받아 보솔라에게 살해당하는 것은 흔히 이 극이 추구하는 가치의 한계를 나타낸다고 여겨진다. 보솔라가 마음을 바꿔 안토니오를 도우려 하지만, 결국 그의 행동은 무심코 무고한 자를 죽음으로 이끄는 악행을 범한다는 것이다(Watson 334). 하지만 안토니오의 죽음이 이 극에서 시사하는 바는 크지 않아 보인다. 그는 비록 올바른 가치관을 가진 훌륭한 성품의 소유자이지만, 타락한 지배세력에 저항하거나 변화시키려는 적극적인 정신을 지닌 인물은 아니다. 그는 보솔라가 언급하는 죽음을 두려워하는 겁 많은 사내 중의 한 사람일 뿐이다. 그는 공작부인의 용기 때문에 주목의 대상이 된 인물이다.

『말피 공작부인』에 내재한 전복적 욕망은 표면적으로는 남성 지배

질서에 대한 저항과 도전이라고 여겨지지만, 그보다 더 궁극적인 욕망은 타락한 세상과 권력질서에 대한 저항과 위반이다. 공작부인의 재혼은 단순히 여성의 자유를 억압하는 남성 중심의 가치관에 대한 비판만이 아니라, 여성을 포함하여 지배를 받는 모든 피지배계층의 불만과 비난을 담고 있다. 공작부인은 이러한 타락한 지배질서에 대한 전복을 꿈꾸는 정치적 욕망을 담아내는 극적 수단이고, 그녀의 불행과 파멸은 불순종에 대한 처벌을 나타내는 것이 아니라 오히려 타락한 지배층의 잔인함과 비인간성을 증명하는 수단이 된다. 당당하게 죽음을 받아들이고, 자신을 죽인 자들을 감동시킨 공작부인에 비하면, 그녀를 파멸시킨 퍼디난드 공작과 추기경의 파멸은 훨씬 추악하고 비겁하게 묘사된다. 특히 자신이 독살한 줄리아의 시체를 몰래 옮기기 위해 다른 궁중인들을 가까이 오지 못하게 함으로써 그들이 지켜보는 가운데 살해당하는 추기경의 모습은 타락한 지배층에 대한 조롱과 경멸의 극치라고 할 수 있다.

결국 퍼디난드와 추기경이 지키려고 한 명예는 가치 있는 것이 아니라, 허울밖에 없는 명예이다. 자신의 신분이나 지위에 걸맞은 품위와 고귀함을 지니고 있지 못하고, 신분이나 지위를 이용해 사람들을 이용하고 착취하는 자들이 지키고자 하는 것이 바로 허울뿐인 명예이다. 공작부인이 벗어던진 것이 바로 이 겉치레 명예인 것이고, 그녀는 그로 인해 죽음을 당한 것이다. 그리고 이 극에서 허울뿐인 명예가 아닌 진정한 명예를 지킨 인물은 바로 공작부인이다. 죽음 앞에서도 용기와 당당함을 잃지 않고 자신이 추구하는 가치를 지키는 그녀는 공작부인이라는 명예에 걸맞은 행동을 보여준 인물인 것이다. 그녀의 죽음이 헛되지 않은 것은 보솔라의 변화에서만 찾을 수 있는 것이 아니다. 주요 인물들이 모두 죽음을 당하지만, 공작부인의 맏아들은 살아

남는다. 웹스터가 공작부인의 첫째 아들을 살게 한 것은 델리오가 말하는 것처럼 그가 "어머니의 권리"(mother's right)를 되찾고, 진정한 가치가 무엇인지를 깨달은 궁중인들의 도움을 받아 정당하고 올바른 사회를 이끄는 인물로 자라나기를 바라는 소망을 전달한다. 허울뿐인 명예가 아니라 신분이나 계급을 뛰어넘는 진정 가치 있는 명예를 추구하는 것이다.

제9장 『가엾게도 그녀가 창녀라니』(*'Tis Pity She's a Whore*)*

I

존 포드(John Ford)의 대표작 『가엾게도 그녀가 창녀라니』(*'Tis Pity She's a Whore*)는 대부분의 재코비언 시대 비극에서 흔히 볼 수 있는 복수, 폭력, 잔인함, 그리고 성적 일탈이라는 요소들을 공통적으로 지니고 있지만, 당대의 다른 작품들보다 훨씬 충격적이고 파격적인 주제를 다루고 있다. 그것은 바로 당대 사회에서 용서받을 수 없는 죄로 규정되어 있는 근친상간의 문제인데, 포드는 이를 다른 작가들의 작품들[1)]보다 훨씬 더 적나라하고 도전적으로 다루고 있다. 오빠인 지오반니(Giovanni)와 여동생 애너벨라(Annabella)가 서로에게 느끼는 사랑과 욕망은 당대 사회의 종교적 관념이나 도덕질서에 의하면 변태적이고 추악한 욕정이며, 엄중한 처벌의 대상이다. 따라서 이들의 결말이 지독한 고통과 처참한 죽음으로 마무리되는 것은 당연하게 여겨진다. 하지만 주목할 점은 포드가 지오반니와 애너벨라의 근친상간을 단순한 변태적 욕망으로만 표현하지 않는다는 사실이다. 그는 근친상간을 순수하고 고귀한 사랑으로 묘사하고 있으며, 남매의 용기와 사랑을 높이

---

* 이 글은 2013년 21세기 영어영문학 26권 3호에 실린 「『가엾게도 그녀가 창녀라니』에 나타난 탈도덕적 실험」을 수정 보완한 내용이다.

1) 토머스 미들턴은 『여자여 여자를 조심하라』(*Women beware women*)에서, 웹스터는 『말피 공작부인』(*Duchess of Malfi*)에서, 그리고 보먼트와 플레처는 『왕과 왕이 아닌 자』(*A King and No King*)에서 근친상간의 주제를 다루고 있다. 하지만 『여자여 여자를 조심하라』 경우는 근친상간이 부차적 사건이고, 『말피 공작부인』에서는 암시적으로 드러나며, 『왕과 왕이 아닌 자』에서는 누이와 함께 자라지 않아 첫눈에 반하는 것이 납득할 만한 이유가 된다. 그리고 결국 혈육관계가 아닌 것으로 드러나기 때문에 크게 문제가 되지 않는다.

평가하는 것처럼 보인다. 비난과 처벌의 대상인 죄인들을 비극의 주인공으로 삼고, 이들에게 영웅적 면모를 부여한 것이다. 그렇다면 그가 이처럼 당대의 도덕질서에 도전하는 도발적인 비극 작품을 무대에 올린 배경은 무엇이었을까? 근친상간의 위험성을 경고하고, 그 비극적 파멸을 통해 도덕적 교훈을 전달하기 위함일까? 혹은 당대 영국 관객들의 숨겨진 변태적 욕망을 극장이라는 안전한 공간을 통해서 대리체험하게 하는 효과를 노리는 것일까? 이 글에서는 당대 사회에서 금기시되었던 근친상간의 주제가 이 작품에서 어떻게 특별한 방식으로 전개되고 있으며, 그러한 극적 전개를 통해 드러나는 정치적 함의는 무엇인지 분석해보고자 한다.

포드가 『가엾게도 그녀가 창녀라니』를 쓰고 공연한 1629-33년은 찰스 1세가 통치하던 캐롤라인 시대에 속하며, 제임스 1세의 재코비언 시대를 이은 찰스 1세의 시대가 지독한 갈등과 혼란의 시기였다는 것은 잘 알려져 있는 사실이다. 절대 권력을 강화하고자 하는 찰스 1세를 지지하는 세력과 이에 저항하는 의회세력 사이의 대립과 갈등은 이전 어느 영국 역사에서도 찾아보기 힘든 심각한 것이었다. 더구나 제임스 1세 시대부터 이어져 온 청교도 세력의 성장은 왕권신수설을 바탕으로 독단적이고 부당한 통치를 지속하는 찰스 1세의 행보를 가로막는 강력한 힘이었다. 특히 영국 종교개혁 이후로 당대 영국 사회에서 박해받던 로마 가톨릭을 지지하는 프랑스의 헨리에타 마리아(Henrietta Maria)와 결혼하고, 국민들에게 과중한 세금을 부과하는 등 찰스 1세의 불합리한 행동은 반대세력의 불만과 저항을 불러일으키는 주요 원인이 되었다. 이처럼 정치, 종교적으로 일관된 가치와 질서에 대한 믿음이 상실되고, 불만과 대립이 고조된 사회적 상황은 『가엾게도 그녀가 창녀라니』와 같은 충격적인 작품을 탄생시키는 데 중요한 역할을 한 것으로 보인다. 종교적 교리가 흔들리고 옳고 그름의 가치가 불확실한 시기에 전통이나 도덕을 위반하고 의심하는 실험적 시도는 재코비언 시대부터 당대 극작가들의 주요 관심사였다. 하지만 포드는 이 작품에서 지배 권력층의 타락에 대한 비판이나 조롱을 뛰어넘어 충격적인 탈도덕적 실험을 시도하였다. 그것은 바로 근친상간이라는 도덕적 금기에 대한 도전이다.

어빙 리브너(Irving Ribner)의 지적처럼, 포드에 대한 전통적인 평가는 매우 부정적이었다. 대부분의 비평가들은 포드를 단지 선정적인 것을 좋아하는 당대 관객들의 기호에 맞춰 퇴폐적인 내용을 전달하는 작가로 평가했다(Bulman 353). 스튜어트 셔먼(Stuart P. Sherman)은 포드를 "퇴폐적인 극작가"로 규정하고, 그가 타락한 상류층의 기호를 만족시키기 위해 근친상간까지도 미화하는 "불법적인 사랑의 사도"로 평가했으며(재인용, Ribner 153), T. S. 엘리엇(Eliot)은 포드를 아무런 목적의식도 없는 극작가로 치부하고 『가엾게도 그녀가 창녀라니』를 실패작으로 평가하기도 했다(재인용, Ribner 154). 한편 리브너는 포드를 당대의 가장 염세적인 비극 작가로 평가하면서, 이 작품이 도덕적 확신을 갖는 것이 불가능한 당대의 혼란스런 사회에 대한 반응이라고 표현하였다(155). 리브너의 분석은 상당한 설득력을 지니고 있다. 하지만 혼란스런 사회에 대한 반응이 단순한 재현으로 나타나는 것이 아니라, 기존질서에 대한 회의와 도전의 형태로 표현된다는 사실을 주목할 필요가 있다. 특히 지오반니는 당대의 지배가치인 기독교적 도덕질서가 금기시하는 욕망을 추구하면서 전통규범에 도전하는 모습을 보인다. 이들의 근친상간은 타락한 욕망을 넘어, 종교적 금기도 막을 수 없는 강렬한 사랑으로 묘사되기 때문이다. 이는 물론 기독교적 시각에서는 신성모독이지만, 인본주의적 시각에서 볼 때는 종교적 지배

질서에 대한 회의와 도전을 표현하는 극적수단으로 여겨질 수 있다.

오빠와 여동생 사이의 근친상간 문제는 물론 웹스터의 『말피 공작부인』에서도 어느 정도 암시되고 있지만, 포드의 접근 방식은 전혀 다르다. 웹스터는 근친상간을 가부장제에 사로잡힌 상류지배층 남성의 타락한 욕망으로 묘사하고 있는 반면, 포드는 이를 가부장제나 계급질서와 결부시키지 않고 오히려 도덕질서를 문제 삼는다. 말피 공작부인에 대한 퍼디난드 공작의 근친상간적 욕망은 가문의 혈통을 더럽히지 않고, 신분질서와 계급질서를 유지하려는 르네상스 시대 상류지배층의 욕망을 반영하고 있다. 그리고 웹스터는 퍼디난드의 잔인한 모습과 정신병에 걸려 비참하게 파멸하는 모습을 통해 가문이나 혈통을 중시하는 계급의식에서 비롯되는 근친상간적 욕망의 결과를 부정적으로 묘사하고 있다. 하지만 많은 비평가들의 지적처럼, 지오반니와 애너벨라의 사랑은 로미오와 줄리엣의 사랑과 유사한 구조를 지니고 있는 것이 사실이다(Bulman 352). 오빠와 누이동생의 사랑과 욕망을 진실한 연인의 관계로 미화하고 있기 때문에, 포드는 웹스터와는 달리 근친상간에 대한 전통적인 시각을 혼란스럽게 만든다. 그리고 이는 역설적으로 도덕적으로 진실하고 고귀한 사랑과 명예의 부재를 강조하는 효과를 가지며, 근본적으로 옳고 그름을 규정하는 기존의 도덕질서를 조롱하고 새로운 도덕기준을 제시하는 의미를 지닌다.

사실 표면적으로 드러난 이 작품의 의미는 다른 르네상스 시대 작품들의 경우와 마찬가지로 매우 이중적이고 모호하게 여겨진다. 마크 스타빅(Mark Stavig)과 같은 비평가는 극의 중심인물인 지오반니를 극이 진행되어가면서 점점 불경스러워지고, 질투에 사로잡혀 비이성적인 복수를 자행하는 인물로 파악하며, 이러한 지오반니의 도덕적 타락을 욕정으로 인해 생겨난 결과라고 주장한다(96). 반면, 도로시(Dorothy)

M. 파(Farr)는 지오반니와 애너벨라의 사랑을 진실하고 정직한 것으로 파악하며, 이들의 사랑과 연관된 이미지들이 단순한 욕정을 뛰어넘는 고상한 것들로 이루어져 있다고 지적한다(39). 만약 극의 중심인물인 지오반니와 애너벨라를 어찌할 수 없는 사랑의 열정에 사로잡힌 고귀한 인물들로 파악한다면, 이들은 보수적인 사회 질서 때문에 희생당하는 비극적 인물들로 여겨질 수 있다. 반면, 만약 이들을 추악한 욕망에 사로잡혀 스스로를 합리화하는 인물들로 파악한다면, 이들은 억압적 사회의 희생물이 아니라, 도덕적 잘못에 대한 대가를 치르는 전통적인 비극의 주인공이 되고 이들의 파멸은 당연한 것이 된다. 그렇다면 이처럼 모호한 측면을 지니고 있는 지오반니와 애너벨라의 사랑의 의미를 좀 더 분명하게 파악하기 위해, 우리는 지오반니와 애너벨라를 둘러싸고 있는 사회의 가치관과 이를 따르는 다른 인물들의 행동방식을 주목할 필요가 있다. 지오반니와 애너벨라의 비극은 그들 자신의 욕망에서만 생겨나는 것이 아니라, 그들의 욕망을 판단하고 정죄하는 사회의 시각과 밀접하게 관련되어 있기 때문이다.

근친상간을 금기시하는 이유나 그 엄격함의 정도는 시대나 문화권에 따라 약간씩 다르지만, 대개는 공통적인 배경을 지닌다. 그리스 시대 크세노폰(Xenophon)의 『회고록』(*Memorabilia*)에서 소크라테스(Socrates)는 히피아스(Hippias)에게 근친상간을 행하는 자들은 신들의 법을 어기는 자들이며, 나쁜 자녀를 얻는 벌을 받는다고 지적한다(재인용, Archibald 12). 로마시대는 그리스 시대보다 더 엄격하게 근친상간을 금했는데, 근친상간을 뜻하는 incest라는 구체적인 단어가 존재했다. 물론 그러한 금기를 정하는 근거는 확실치 않지만, 전반적으로 근친상간이 타락을 불러오고 신들에게 죄를 범하는 것이라는 의식이 존재한 것으로 보인다(재인용, Archibald 16). 더구나 이러한 종교적 배경을 떠나 일반적으로 근친상간은 인간적인 행위가 아니라 짐승들이나 하는 행위라는 부정적인 사고가 그리스 로마 시대 사람들에게 널리 퍼져있었다. 그리고 고전 시대 이후 중세의 기독교인들은 유대교 전통과 성서의 가르침으로부터 근친상간에 대한 복합적인 태도를 물려받았지만, 성욕을 포함하는 모든 쾌락을 죄악으로 규정했던 중세의 사상은 근친상간을 원죄에 비유할 정도였다. 성서에서도 「레위기」(*Leviticus*) 18장 6절에서 18절에 이르기까지 성행위를 금하는 친족 관계의 목록을 나열하고 있다.

이러한 역사적, 문화적, 종교적 전통이 르네상스 시대 영국 사회에도 이어진 것은 분명하다. 당대 영국인들은 근친상간을 끔찍한 죄로 규정했다. 『하느님의 심판 극장』(*The Theatre of Gods Judgement,* 1596)에서 성직자이자 작가인 토머스 비어드(Thomas Beard)는 근친상간의 끔찍함을 강조하고 심판을 피할 수 없음을 강조했다. 그는 근친상간이 "사물의 좋은 질서를 모두 혼란에 빠트린다"고 지적했으며, 모든 관계에서 요구되는 정직함의 한계를 깨트린다고 주장했다(재인용, Massai 4). 그런가 하면 배스(Bath)와 웰스(Wells)의 주교인 아서 레익(Arthur Lake)은 근친상간과 다른 유형의 성적 위반인 혼전성교, 간통에 대해 1628년의 설교에서 다음과 같이 설명했다.

> 혼전성교, 간통, 근친상간은 모두 음란함의 산물이지만, 간통이 혼전성교보다 나쁘고, 근친상간이 간통보다 더 나쁘다. 혼전성교는 두 미혼 남녀 사이에 있어야 할 좋은 질서를 음란한 욕정으로 위반하는 것이다. 간통은 거기에 가정의 혼란을 더하고, 후손들과 상속을 구별하기 어렵게 만들지만, 근친상간은 자연이 새겨준 예의를 무시하는 것이다(재인용, Massai 4).

레익이 이처럼 근친상간을 혼전성교나 간통과 같은 음란함의 산물로 간주하는 것은 그것이 신의 계율뿐만 아니라 혈연과 친족 간의 관계를 규정하는 규율을 어기는 죄라는 당대의 사고를 반영하는 것이다. 그리고 이러한 죄는 그에 합당한 사회적 처벌을 피할 수 없는 것으로 귀결된다.

하지만 브루스 토머스 보흐러(Bruce Thomas Boehrer)가 지적하는 것처럼, 르네상스 시대 영국의 왕족들은 근친상간을 정치적으로 이용하였다(19-20). 그 대표적인 인물이 바로 헨리 8세이다. 헨리 8세는 앤 볼린(Anne Boleyn)과 결혼하기 위해 본 부인인 캐서린(Catherine of Aragon)과 이혼하는데, 그 이혼 사유로서 바로 자신과 캐서린의 결혼을 근친상간이었다고 규정한다. 스페인의 공주였던 캐서린은 헨리 8세의 형인 아서(Arthur) 왕자의 아내였지만, 아서가 사망한 후에 스페인과의 정치적 이유 때문에 헨리는 형수와 결혼한 것이다. 결혼할 때는 정치적 목적 때문에 근친상간을 이용하였지만, 필요할 때는 근친상간에 대한 금기를 이용하여 개인적, 정치적 목적을 달성한 것이다. 이러한 정치적 상황들을 설명하면서, 보흐러는 16세와 17세기 동안 영국의 법률과 관습이 근친상간의 금기를 규정하고 재규정하는 데 두드러지는 관심을 보이고 있다고 지적한다(21). 정치적 지배와 권력 확보를 위해서 근친상간을 정략적으로 활용하기도 하고, 또한 이러한 목적을 좌절시키기 위해 근친상간의 금기를 활용하기도 했던 것이다. 그리고 실제로 영국의 귀족들보다는 평민들과 같은 하층민들 사이에서는 근친상간이 훨씬 흔하게 이루어졌고, 적발되어도 가벼운 처벌로 끝나는 경우가 대부분이었다고 한다(Boehrer 22). 따라서 르네상스 시대 영국의 담론은 근친상간이 무엇인지, 또한 근친상간에 대한 금기와 처벌의 정도를 정확하게 규정하는 데 혼란과 어려움을 겪었다는 것을 알 수 있다.

그렇다면 포드의 『가엾게도 그녀가 창녀라니』에서 근친상간에 대한 논쟁이 벌어지고, 그것이 어떤 분명한 도덕적 결론에 도달하지 못하는 충격적 장면으로 끝나는 것은 이러한 정치, 종교적 혼란을 반영한다. 사실 르네상스 영국 사회는 어떤 절대적 이념이나 질서가 지배한 사회가 아니라, 대립되는 사상과 이념이 충돌하고 공존했던 사회였다. 근친상간이라는 도덕적 금기가 정치적으로 이용될 수 있는 것도 이러한 배경에서 비롯된다고 할 수 있다. 따라서 정치적 목적에 따라 쉽게 뒤바뀌는 근친상간의 금기는 절대적 권력과 통치를 추구하는 정치적, 종교적 지배질서의 위선적인 면모를 들춰내기 위한 좋은 극적 수단이 될 수 있다. 정치적, 종교적 지배질서가 정의를 행하기보다 정략적 목적을 위해 진실을 왜곡한다면, 지배질서가 금기시하는 근친상간도 진실한 사랑의 모습으로 왜곡될 수 있는 것이다. 사실 이 극에는 지오반니와 애너벨라의 근친상간을 오히려 옹호하게 만드는 타락한 사회와 도덕질서에 대한 의심과 회의를 불러일으키는 극적 상황들과 인물들이 가득하다. 지오반니의 스승인 수사와 추기경이 대변하는 종교적 이념과 교리도 그 정당성에 회의를 불러일으키고, 소랜조(Soranzo)와 히폴리타(Hippolita) 그리고 리카르데토(Richardetto)가 대변하는 결혼과 사랑의 가치 역시 이미 그 진정성을 상실해버렸다. 또한 바스께즈(Vasquez)와 퓨타나(Puttana)가 대변하는 주인에 대한 충성심 역시 왜곡된 형태로 나타나 주인의 파멸을 부추긴다. 따라서 이 극이 묘사하는 세상은 도덕적 혼란에 빠져 있으며, 탐욕과 복수심에 사로잡혀 무엇이 옳고 그른지 갈피를 잡지 못하는 세상이다.

근친상간을 금기시하는 당대 유럽 사회 배경에서 근친상간의 욕망을 당당하게 드러내는 지오반니와 애너벨라 같은 인물들은 당대 사회적 관습이나 전통적인 도덕질서에서는 비난과 지탄의 대상이 되는 타자와 같은 존재들이다. 하지만 중요한 것은 포드가 이들의 욕망과 파멸을 다루는 방식이다. 알렉산더 리가트(Alexander Leggatt)는 애너벨라와 지오반니의 근친상간이 사회적, 정치적, 종교적 근본적인 관습에 대한 도전, 불법적인 욕망을 표현한다고 지적한다(229). 포드가 근친상간을 행한 오누이를 비극의 주인공으로 삼은 것은 매우 충격적이지만, 그들의 잘못된 사랑이 혼란스럽고 타락한 세상을 비유적으로 표현하는 극적 수단으로 여겨진다는 점은 분명해 보인다. 래리 챔피온(Larry S. Champion)은 이 극을 개인의 비극뿐만이 아니라, 사회 전체의 비극이라고 지적한다(78). 지오반니와 애너벨라가 위반하고 있는 도덕질서를 강요하는 사회는 탐욕과 배신, 욕정과 복수심으로 가득한 사회이기 때문이다. 지오반니와 애너벨라의 사랑이 추악하고 더러운 욕정에 사로잡힌 범죄행위로 묘사되지 않고, 어찌할 수 없는 내면의 끌림에서 비롯된 자연스런 사랑으로 묘사되고 있다는 점에 바로 이 작품의 정치적 전복성이 내재되어 있다고 할 수 있다.

Ⅱ

지오반니와 애너벨라의 왜곡된 사랑과 비극적 결말로 대변되는 극의 전반적인 구조는 전통 비극 담론의 패턴에 어느 정도 부합하기 때문에 보수적 해석도 얼마든지 가능하다. 물론 이들이 고전 비극의 주인공들처럼 신분이나 지위가 높은 인물이 아닌 것은 분명하지만, 지오반니는 학식이나 재주가 뛰어난 인물이고 애너벨라 역시 많은 남성들이 구애를 하는 아름다운 여성으로 주목받는 인물이다. 따라서 이들이 자신들의 학식이나 감정을 도덕질서보다 더 중시하여 근친상간이라는 치명적인 죄를 범하고, 그 부도덕한 쾌락을 누리지만 피할 수 없는 결과로 파멸에 이르는 것은 고전 비극의 전형적인 틀을 닮아 있다. 더구나 이들은 오이디푸스처럼 모르고 죄를 범한 것이 아니라, 맥베스처럼 알고서도 금기를 범하는 인물들로 여겨진다. 그런데 이들은 맥베스보다도 한 단계 더 나아가 자신들의 행위에 대해 죄의식이나 고통을 느끼기보다 오히려 당당하고 근친상간을 금기시하는 도덕질서와 관습에 의문을 제기하고 근친상간을 정당화하고 합리화하는 모습을 보인다. 따라서 이들의 사랑이 사회적 관습과 도덕의 벽에 부딪혀 질투와 복수의 나락으로 빠져들어, 사랑의 이름으로 동생을 죽이고 파멸을 선택하는 아이러니컬한 불행한 결과를 초래하는 것은 당연한 귀결로 보인다. 이러한 시각에서 바라본다면, 포드는 근친상간을 미화하는 퇴폐적인 작가가 아니라, 근친상간과 같은 부도덕한 행위를 정당화하는 행위가 어떤 비극적인 결과를 낳을 수 있는지를 경고하는 듯하다.

표면적으로 지오반니와 애너벨라의 근친상간은 극 중 대부분의 인물들의 불행과 파멸의 근본적 원인이다. 애너벨라의 사랑을 얻기 위해 구혼하는 많은 남성들은 서로 싸우고 모략하지만 오빠를 흠모하는 애너벨라의 사랑을 얻지 못한다. 그리고 근친상간의 씨앗을 숨기기 위해 임신한 채로 소랜조와 결혼한 애너벨라는 결국 남편에게 들켜 창녀로 낙인찍히고, 파멸을 예감한 지오반니는 동생을 죽이고, 그녀를 창녀로 낙인찍은 소랜조를 죽이고, 자신도 바스께즈의 칼에 찔려 죽음을 맞이한다. 물론 그 과정에서 소랜조의 옛 애인 히폴리타와 애너벨라의 유모 퓨타나가 바스께즈의 속임수에 넘어가 죽임을 당하고, 지오반니와 애너벨라의 아버지 플로리오(Florio)도 충격으로 사망한다. 이러한 불행한 결과들은 지오반니와 애너벨라의 근친상간이 없었다면, 생겨나지 않았을 것이다. 더구나 지오반니의 경우는 마크 스타빅의 지적처럼, 욕정이 고귀한 인물을 얼마나 타락시킬 수 있는지를 보여주는 본

보기가 될 수 있다(96). 사실 지오반니는 극이 진행되어 가면서 점점 욕정과 질투에 사로잡혀 동생의 심장을 꺼내는 잔인한 행동까지 저지르는 것으로 보인다. 지오반니는 극 초반 수사와의 대화에서 자신의 감정에 대해 갈등하는 모습을 보여주지만, 일단 기도로도 자신의 욕망을 다스릴 수 없게 되자 그 후에는 신의 뜻을 무시하고 운명이라는 이교도 사상을 숭배하는 쪽으로 돌아선다. 자신의 욕망을 충족시키기 위해 도덕질서와 기독교질서를 부인하는 모습을 보이는 것이다.

기독교질서를 절대적으로 받아들이는 관객들의 시각에서 보면, 극 초반에 지오반니가 보여주는 태도는 신성 모독적이고, 철저하게 이기적인 욕망에서 비롯한다. 보나벤추라(Bonaventura) 수사와 함께 벌이는 근친상간에 대한 논쟁은 그의 교만함과 욕정을 분명하게 보여주는 듯하다. 지오반니는 근친상간의 위험성을 경고하는 수사와의 대화에서 애너벨라를 여신의 지위로까지 승격시키며, 기독교에서 규정하는 금기에 정면으로 대적한다. 그는 애너벨라를 향한 자신의 사랑을 운명으로 규정하고, 신의 뜻보다는 자연이 부여하는 감정에 따르는 것을 선택한다. 지오반니의 논리는 당대의 금기를 신의 뜻으로 설명하는 수사의 조언을 무시하고, 매우 작위적이며, 스스로 자신의 논리를 부인하는 오류를 범하는 것으로 보인다. 같은 부모에게서 태어난다는 것이 영혼과 육체, 사랑과 마음 모두를 하나로 규정할 수 있다는 그의 논리는 종교적 시각으로는 설득력을 갖지 못한다. 더구나 그는 아버지가 같은 것을 기뻐하기보다는 저주한다는 말을 넣음으로써, 스스로 자신의 논리를 부정하는 모순을 보인다. 또한 주목할 점은 그의 이러한 주장이 결국 순수한 사랑을 넘어 누이와 잠자리를 같이하는 즐거움을 원한다는 사실(My joys be ever banished from her bed?)(1.1.37)을 드러내고 있다는 점이다.

포드는 극의 첫 장면에서 수사와 지오반니의 대화를 통해서 이 사실을 전달하고 있으며, 이러한 지오반니의 주장이 결국 불행과 죽음의 결과를 초래할 것이라는 점을 분명하게 암시하고 있다. 지오반니의 불경스런 주장을 한탄스럽게 생각하는 보나벤추라 수사는 "욕정과 죽음을 가까이 하려고 공부를 내팽개쳤나? 욕정에는 죽음이 따르기 마련이지"(Hast thou left the schools/ Of knowledge to converse with lust and death?)(1.1.57-8)라고 경고한다. 그리고 이러한 자신의 경고에도 지오반니가 마음을 돌리려 하지 않는 것을 보고, "자네의 타오르는 욕정이 자네를 파멸시킬 게 벌써 보이네. 하늘은 정의롭거든"((I have done and in thy wilful flames/ Already see thy ruin. Heaven is just)(1.1.66-7) 이라고 선언한다. 포드는 극 초반부터 근친상간의 욕망에 사로잡힌 지오반니가 결국 파멸할 것을 암시하고 있는 것이다. 이와 같은 수사의 경고와 암시에도 지오반니가 "제 노력 밖에 있는 것이라면 제 운명을 신으로 삼겠습니다"(else I'll swear my fate's my god)(1.1.84)라고 응답하는 것은 운명을 이교도적 시각으로 받아들이는 것을 보여준다. 기독교적 시각에서 보면, 신의 뜻과 운명은 일치해야 한다. 하지만 지오반니는 신의 뜻과 운명을 다른 것으로 받아들인다. 그는 애너벨라에 대한 욕정과 종교적 금기 사이에서 욕정을 선택한다. 그렇다면 그는 운명의 이름으로 신의 뜻과 종교질서를 위반하는 죄를 범하고, 그 결과에 대한 두려움은 무시하는 것이 된다.

이러한 지오반니와 마찬가지로 애너벨라도 오빠를 깊이 사랑하고 있지만, 중요한 차이점은 그녀의 마음은 "슬픔과 공포"로 가득 차 있다는 점이다. 그녀는 지오반니를 향한 마음을 가지고 있으면서도 종교와 도덕질서에 대한 두려움 때문에 이를 숨기고 있었던 것으로 보인다. 하지만 지오반니의 고백이 그녀에게 용기를 불어넣어 속마음을 털어

놓게 만든 것이다. 그런데 여기에서 주목할 점은 지오반니가 애너벨라의 마음을 얻기 위해 진실을 왜곡한다는 사실이다. 그는 수사에게 조언을 구했다고 말하며, "그분은 내가 널 사랑할 수도 있다고 하셨고, 너를 사랑해도 되니까, 내가 널 사랑하는 것은 당연한 것이다"(I have asked counsel of the holy Church,/ Who tells me I may love you, and 'tis just/ That since I may, I should, and will, yes, will!)(1.2.249-251)라고 그녀를 설득한다. 하지만 이는 분명한 사실이라고 할 수 없다. 수사는 결코 오누이간에 성적인 사랑이 가능하다고 하지 않았지만, 지오반니는 자신의 목적 달성을 위해 종교적 조언을 이용한 것이다. 이러한 두 사람 사이의 차이점은 후에 임신을 하게 된 애너벨라가 수사와의 대화를 통해 두려움에 사로잡히고, 소랜조와의 결혼을 결심하게 되는 이유가 된다고 여겨진다. 그렇지만 중요한 사실은 그녀가 자신의 죄를 회개하고 진실을 밝히는 용서를 구하는 것이 아니라, 마음에도 없는 소랜조와의 결혼을 통해 또 다른 죄를 범한다는 점이다. 이는 그녀가 결코 불행과 파멸에서 벗어날 수 없는 이유로 여겨진다.

5막 1장에서 그녀가 자신의 비극을 예감하고 고백하는 독백은 욕정의 쾌락을 추구했던 여인의 불행한 결말을 그대로 전달해준다.

> 쾌락이여, 안녕. 부정한 즐거움이 지친 삶의 실을
> 잣던 네 빠른 순간들과도 이별이구나.
> 나는 이제 이런 나의 운명과 작별인사를 하려 한다.
> 내 마지막 운명의 여행길을 끝까지 운행하기 위해
> 역마차를 타고 온 세상을 빠르게 달려가는 너 귀중한 시간아,
> 여기서 네 그칠 줄 모르는 행로를 멈추고, 앞으로 올 후세들에게,
> 비참하고 비탄에 젖은 한 여인의 비극을 전해다오.
> 내 죄를 백일하에 드러내기 위해 쓰여진 진술서를 들고 있는
> 내 양심은 내 욕정에 불리한 증언을 하기 위해 이제 막 일어나,
> 나는 이제 타락했다고 말하고 있다.

Pleasures farewell, and all ye thriftless minutes
Wherein false joys spun a weary life;
To these my fortunes now I take my leave.
Thou precious Time, that swiftly rid'st in post
Over the world to finish up the race
Of my last fate, here stay thy restless course
And bear to ages that are yet unborn
A wretched, woeful woman's tragedy.
My conscience now stands up against my lust
With depositions charactered in gilt,
And tells me I am lost. (5.1.1-10)

그녀는 대부분의 전통적인 비극의 주인공들처럼, 고통과 불행을 통해 자신의 죄에 대한 깨달음을 얻고 죄의 대가를 받아들일 마음의 준비를 하는 셈이다. 그녀의 이러한 고백은 늦었지만 기독교의 종교적 교리를 인정하고 순종하는 모습을 보여주며, 관객들에게 연민을 불러일으킬 수 있는 근거를 제공한다.

하지만 지오반니의 경우는 애너벨라와 매우 다른 모습을 보여준다. 스타빅이 지적한대로, 애너벨라의 몸과 마음을 차지한 이후에 지오반니의 태도는 극 초반과는 상당히 다르게 묘사되는 양상이다. 특히 남편 소랜조에게 두 사람의 사이가 발각되었다는 위험을 경고하는 애너벨라의 편지를 받은 후에 그가 보이는 태도는 자만심과 질투심에 사로잡혀 있다. 편지를 전달한 수사에게 지오반니는 이렇게 말한다.

죽음이라고요? 저는 제 심장에 겨눠진 무장된 벼락이라도
두려워하지 않을 것입니다. 또 우리가 발각되었다고도 쓰고 있군요.
소심한 겁쟁이 같으니, 염병할! 발각되었다고?
졸지에 우리가 악마가 되어버렸군요. 어떻게 이럴 수가 있지요?
우리가 우리 자신의 기쁨을 배신하게 된 겁니까?
혼동이 이런 노망을 불러일으킨 겁니다.
이것은 단지 날조된 것에 지나지 않아요.

이것은 당신이 심술 나서 지껄이는 소리군요, 허약한 늙은 양반.

— death? I'll not fear
An armed thunderbolt aimed at my heart.
She writes we are discovered. Pox on dreams
Of low, faint-hearted cowardice! Discovered?
The devil we are! Which way is't possible?
Are we grown traitors to our own delights?
Confusion take such dotage; 'tis but forged.
This is your peevish chattering, weak old man. (5.3.32-40)

그는 애너벨라가 느끼는 두려움과 공포에 분노하고 있으며, 그녀가 자신의 사랑을 배신한 것으로 느낀다. 그는 자신에게 다가올 죽음을 두려워하지 않고, 오히려 자신과 애너벨라를 치욕스럽게 하려는 소랜조에게 복수하는 것을 더 자랑스럽게 여긴다. 그는 스스로 사랑하는 애너벨라를 죽이고, 그녀의 심장을 도려내 칼에 꽂을 정도로 잔인하며, 이러한 잔인한 행위를 사랑의 표현으로 여기는 듯하다. 이러한 처참한 행위는 근친상간이라는 왜곡된 사랑의 결과를 드러내는 극적 수단으로 보이며, 도덕질서와 기독교질서를 거부하는 인물들이 겪는 처참한 불행과 파멸은 비도덕적 행위에 대한 경고와 교훈을 전달하는 듯하다.

Ⅲ

이처럼 이 극에는 전통 비극 담론의 전형적 시각을 반영하여 부도덕한 죄에 대한 처벌을 당연시하는 보수적, 교훈적 요소가 드러나 있지만, 그 이면에는 이를 위반하고 거부하는 전복적 요소 역시 분명하게 드러나 있다. 무엇보다도 포드는 관객들이 절대적으로 지오반니와 애너벨라를 비난하고 저주할 수 없도록 세심하게 신경을 쓴 흔적을 보여준다. 그중에 가장 두드러지는 점이 바로 도로시 파(Dorothy M. Farr)가 지적하는 것처럼, 포드가 지오반니와 애너벨라의 사랑을 단순한 성적 욕망을 넘어 고귀하고 신성한 사랑으로까지 고양시켜 묘사하고 있다는 사실이다(39). 다음으로는 지오반니가 주장하는 근친상간의 정당성이 수사와의 논쟁을 통해서 전통적인 종교와 도덕질서에 회의를 불러일으킨다는 사실이다. 그리고 마지막으로 지오반니와 애너벨라의 근친상간이라는 극적 행위가 단순히 그들이 속한 사회의 도덕질서를 위반하는 것만이 아니라, 그 사회의 타락과 위선을 반영하고 이를 폭로하는 역할을 한다는 사실이다. 이처럼 당대 사회에서 비도덕적 행위로 비난의 대상이 되는 근친상간을 한편으로 옹호하고 모호한 태도로 묘사하는 것은 기존 지배질서에 대한 회의와 도전의 의미를 내포한다. 근친상간이 권력유지나 정치적 목적을 위해서 정당한 행위가 되는가 하면 또한 부당한 행위가 되기도 하는 현실 정치적 상황이 이러한 극단적인 극적 소재로 나타날 수 있는 배경이 될 수 있다. 그리고 이는 정의와 진실이 정치적 개인적 목적에 의해 왜곡되고, 변질되는 당대 르네상스 사회의 혼란스런 가치관을 반영하고 있다고 하겠다.

포드는 당대 사회의 통념으로는 근친상간이라는 비도덕적 죄악을 범한 오누이를 진실한 연인, 나아가서 비극적 영웅으로까지 묘사하고 있다. 지오반니와 애너벨라는 분명 상대를 향한 욕망을 숨기지 않지만, 그것이 단순한 순간적 감정이거나 변태적 욕정에 의한 것이 아님을 보여준다. 포드는 지오반니와 애너벨라가 자신들의 감정을 서로에게 고백하는 1막 2장 후반부에서 이를 두드러지게 묘사하고 있다. 지오반니의 고백은 순간적 감정에 의한 것이 아니라, 오랜 기간 동안 고민과 고해성사, 단식기도와 같은 과정을 거치고도 어찌할 수 없는 운명적 사랑으로 표현된다. 따라서 지오반니는 “이것이 내 운명인가 보다.

네가 나를 사랑해 주거나, 아니면 내가 죽어야 하는 것이다"('Tis my destiny that you must either love or I must die)(1.2.236)라고 자신의 사랑을 죽음과 같은 무게로 비교한다. 애너벨라 역시 "저를 사랑해주시든지 아니면 절 죽여주세요, 오라버니"(Love me or kill me, brother)(1.2.265)라고 말함으로써 오라버니의 사랑에 화답한다. 결국 두 사람은 자신들의 사랑이 죽음만이 떼어놓을 수 있는 진실한 사랑임을 고백하며, 나아가서 죽음이라는 치명적 파멸을 감지하면서도 죽음을 무릅쓰고 사랑을 선택하는 것이다.

이들의 사랑이 저급한 욕정에 사로잡힌 것만이 아니라는 사실은 그들이 훌륭한 학자이고 고결한 성품의 소유자라는 사실뿐만 아니라, 그들이 상대방을 향해 드러내는 일관된 사랑과 그 표현에서도 드러난다. 기독교적 시각을 벗어나면, 지오반니가 애너벨라를 여신에 비유하고 자신과 애너벨라의 관계를 제우스와 레다와의 관계에 비유하는 것은 그들의 사랑을 신성하고 특별한 것으로 묘사하는 방식이 된다. 애너벨라 역시 오빠인 지오반니를 천사와 같은 존재로 표현하고, 그를 향한 특별한 애정을 숨기지 않는다. 특히 남편인 소랜조가 임신 사실을 알고, 상대 남성의 이름을 밝히라고 무섭게 추궁할 때도 그녀는 결코 잘못을 빌거나 부끄러운 모습을 보이지 않고 오히려 당당하게 자신의 사랑을 과시하는 모습을 보인다는 점을 주목할 필요가 있다.

> **소랜조.** 날 비웃어? 자, 더러운 년아, 네가 사랑한다는 그 놈 이름을 대.
> 안 그러면 정말이지, 네 몸뚱이를 갈기갈기 찢어놓고 말테니.
> 누구야?
> **애너벨라.** (노래하며)
> 사랑 때문에 죽는 것보다 더 달콤한 죽음이 어디 있을까!
> **소랜조.** 그럼 네년 머리채를 잡고서 네 욕정으로 문드러진 몸뚱이를
> 땅바닥에 질질 끌고 다닐 테다.

그 놈 이름을 대.
애너벨라. (노래하며)
신의 은총 속에 죽으면 아무런 근심 없이 죽으리라.

Soranzo. Dost thou laugh?
Come, whore, tell me your lover, or by truth,
I'll hew thy flesh to shreds. Who is't?
Annabella. (sings)
Che morte piu dolce che morire per amore?
Soranzo. Thus will I pull thy hair, and thus I'll drag
Thy lust-belepered body through the dust
Yet tell his name.
Annabella. (sings)
Morendo in grazia a lui, morirei senza dolore. (4.3.57-63)

그녀의 이러한 태도는 남편인 소랜조의 입장에서는 엄청난 분노를 불러일으키는 행동이지만, 그녀가 말로 표현한 사랑의 진실함을 입증해준다. 그녀는 사랑 때문에 죽음을 당하는 것을 두려워하지 않으며, 오히려 그녀가 두려워하는 것은 남편의 분노가 아니라 실질적인 남편인 지오반니의 안전이다. 그의 정체가 밝혀져 위험에 처하는 것이 바로 그녀가 가장 두려워하는 결과이다.

지오반니는 애너벨라보다는 더 이기적이고 극단적인 태도를 보이지만, 그에게서 나타나는 영웅적인 면모 역시 자신이 선택하는 삶의 논리를 끝까지 따르고 행동하는 일관성에서 나타난다. 그는 일단 애너벨라와의 사랑을 운명으로 받아들이기로 결심하자, 그녀가 결혼한 후에도, 또한 진실이 밝혀져 자신이 위험에 처한 상황에서도 사랑을 지키려는 태도는 변함이 없다. 소랜조가 그를 자신의 생일 파티에 초대했을 때 수사는 위험을 경고하며 가지 말라고 충고하지만, 지오반니는 이를 두려워하지 않고 초대에 응한다. 그리고 다음과 같이 독백한다.

절망이나 수많은 지옥의 고통들도 내겐 모두 똑같아.
난 결심을 굳혔어. 자, 이제 파멸로 치달을 수 있는
계획에 대해 진지하게 생각해봐야지.
영혼이여, 진정 사내다워지거라. 성경의 저주에 찬 금지명령이
내게서 용기의 담즙을 앗아가지 못하게 하여라.
그것은 영광스런 죽음을 가져다 줄 것이니.

Despair or tortures of a thousand hells,
All's one to me: I have set up my rest.
Now, now, work serious thoughts on baneful plots.
Be all a man, my soul; let not the curse
Of old prescription rend from me the gall
Of courage, which enrolls a glorious death. (5.3.72-77)

그는 성경이 금지하고 있는 금기에 도전하는 용기를 보이고 있다. 죽음이나 지옥의 고통도 그는 받아들일 준비가 되어 있는 것이다. 물론 이것을 기독교적 시각에서 본다면 교만이나 강퍅함이 되겠지만, 그는 자신이 확신하는 사랑에 대한 확신을 포기하지 않는 정신의 소유자이다. 애너벨라를 죽이기 직전에 그가 그녀에게 용서를 빌며 자신들의 사랑의 정당성을 옹호하는 것도 같은 맥락에서 이해할 수 있다.

이후의 시대가 우리의 단단히 결합된 애정에 대해 듣는다면,
양심과 사람들의 관습은 마땅히 우리를 비난할 것이다.
하지만 다른 근친상간에서라면 끔찍이 혐오스러워할만한
이 같은 사랑도 단지 사람들이 우리의 사랑을 알기만 한다면,
그 사랑이 사람들의 혹독한 비난쯤은 싹 없애줄 것이다.

If ever after-times should hear
Of our fast-knit affections, though perhaps
The laws of conscience and of civil use
May justly blame us, yet when they but know
Our loves, that love will wipe away that rigour
Which would in other incests be abhorred. (5.5.68-73)

그는 애너벨라와 자신의 사랑이 기존질서가 비난하고 금지하는 그런 단순한 근친상간이 아니고, 진정한 사랑임을 역설하고 있는 것이다. 따라서 그가 애너벨라의 심장을 꺼내는 행위는 잔인하고 이기적이지만, 애너벨라의 명예를 더럽힌 소랜조에게 복수하고 자신도 기꺼이 죽음을 맞이하는 태도는 영웅적 면모로 볼 수 있다. 바스께즈에게 상처를 입고 난후, 그가 "고맙다. 네가 나를 위해 해주었구나. 그렇지 않았다면, 내가 직접 했을 거다"(I thank thee. Thou hast done for me/ But what I would have else done on myself)(5.6.100)라고 당당하게 말하는 것은 이를 분명하게 입증해준다.

이러한 시각에서 주목할 점은 지오반니와 애너벨라의 사랑이 내포하고 있는 기존 질서에 대한 도전적 성격이다. 극 초반부터 지오반니는 수사와의 대화를 통해서 당대의 관습과 성경적 교리에 대한 절대적인 순종에 의문을 제기한다. 길리안 우즈(Gillian Woods)는 이 극이 신의 뜻과 자연의 이치 사이의 분열을 불러일으킨다고 지적한다(115). 전통적인 기독교 시각에 따르면, 자연의 이치는 신의 뜻과 일치해야 하는 것이 옳다. 성 어거스틴(St. Augustine)은 자연과 성경이 둘 다 "하느님의 책"(books of God)이라고 설명하며, 악은 창조주와 자연을 분리시키는 것이라고 주장하였다(재인용, Boehrer 359). 르네상스 시대 종교개혁을 주도한 칼뱅Calvin) 역시 어거스틴의 시각에 동조했으며, 자연은 우리에게 신을 비춰주는 일종의 거울과 같은 역할을 하는 존재라고 지적했다(재인용, Boehrer 360). 그런가 하면 후커(Hooker)는 "자연의 작품들"(the works of Nature)이 너무나 아름답고 지나침이나 결함이 없어, 자연과 성서는 기독교의 계시를 드러내는 체계라고 하였고, 베이컨(Bacon)은 자연을 연구해서 얻는 지혜는 성경을 공부해서 얻는 지혜와 근본적으로 같다고 하였다(361). 이처럼 전통적으로 성서와 자연은 서로 뗄 수 없는 관계로 밀접하게 관련되어 있었다.

하지만 지오반니는 근친상간의 금기를 넘어서는 사랑이라는 문제를 통해 이에 대해 의문을 제기한다. 극의 첫 장면에서 스승인 수사와 논쟁을 벌이는 지오반니는 너무나 당연하게 여겨지는 기존의 관습과 종교적 교리에 의문을 던짐으로써 충격과 동시에 관객들의 호기심을 불러일으킨다. 수사의 시각에서 보면 근친상간을 금하는 관습에 대해 의문을 던지는 지오반니는 "신이 없다는 것을 증명하려 했던 자들"(striving how to prove there was no God)(1.1.5)이나 "태양이 왜 빛나는지 이치를 따지는"(reason why it shines)(1.1.10) 어리석은 자들과 다를 바 없다. 하지만 지오반니는 근친상간을 금하는 당연한 이치에 대해 이렇게 반박한다.

> 저희 둘은 아버지가 같고,
> (기뻐하기엔 저주스럽게도) 같은 어머니가 낳아 생명을 주셨으니,
> 당연히 자연의 법칙으로나 혈연과 이성의 고리에 의해
> 인정하신다면 종교의 고리에 의해서도
> 영원히 하나가 되는 것이 아닌가요?
> 영혼도 하나, 육체도 하나, 사랑도 하나, 마음도 하나,
> 모두가 하나이지 않겠습니까?
>
> Say that we had one father, say one womb
> (Curse to my joys) gave both us life and birth:
> Are we not therefore each to other bound
> So much the more by nature, by the links
> Of blood, of reason, nay, if you will have't,
> Even of religion, to be ever one—
> One soul, one flesh, one love, one heart, one all? (1.1.28-34)

전통적인 도덕질서의 틀에서 바라보면, 이러한 논리는 수사의 지적처럼 욕망에 사로잡혀 옳고 그름을 판단하지 못하는 혼란스런 상태에서

생겨나는 것이다. 하지만 중요한 점은 지오반니의 주장이 자연과 성서가 똑같이 신의 뜻을 나타내는 책이라는 전통적인 시각에 의문을 제기하고 있다는 사실이다. 자연의 법칙에 의해 하나로 태어났으니, 자연과 일치하는 종교의 고리에서도 하나로 인정되어야 한다는 것이 지오반니의 주장이다. 수사는 이러한 문제제기에 대해 분명한 대답을 하지 못하고, 오히려 자연의 법칙보다는 신의 뜻이 우선한다는 주장을 반복함으로써 자연과 성서의 일치이론을 제대로 설명하지 못한다. 더구나 지오반니는 "최근 석 달간 볼로냐 지역에서 기적과도 같은 재사로 통했고, 경이로운 인물로 존경받았으며, 대학에서는 지도력이나 품행, 학식, 언변, 마음 씀씀이 등 사람으로서 갖출 모든 것을 갖췄다고 칭찬을 받은"(that miracle of wit/ who once, within these age throughout Bologna?/ How did the university applaud/ Thy government, behaviour, learning, speech,/ Sweetness and all that could make up a man)(1.1.47-52) 인물이다. 그러한 인물이 이처럼 충격적인 욕망에 사로잡혀 관습에 의문을 제기하고 있다는 사실은 신성모독죄를 경고하는 수사의 논리로 쉽게 설명되지 않는다.

물론 지오반니의 문제제기는 자신의 욕망이 타당함을 입증할 목적으로 적용하는 것이 분명하지만, 다음과 같은 논리는 자연과 성서의 일치이론과 마찬가지로 지오반니가 자신의 사랑을 정당화하기 위해서 당대의 철학적, 종교적 이론들을 끌어들이고 있는 것이다.

> 제가 아직 수사님의 제자로 있을 때, 수사님께서는
> 마음의 상태와 구성이 몸의 상태와 구성을
> 따르는 법이라고 가르쳐주셨습니다.
> 그러니 육신의 모습이 아름답다면,
> 마음 상태도 유덕할 것이 틀림없습니다.
> 이 말은 곧, 미덕 자체는 치밀하게 따져서 나온 추론이고,

사랑이 바로 그 정수라는 뜻이겠지요.
이는 보기 드문 미인인 제 누이가 매우 고결하다는 것을
입증하는 셈입니다. 그 아이의 사랑,
특히 저를 향한 그 아이의 사랑도 그렇다는 말입니다.

It is a principle which you have taught
When I was yet your scholar, that the frame
And composition of the mind doth follow
The frame and composition of body;
So where the body's furniture is beauty,
The mind's must needs be virtue: which allowed,
Virtue itself is reason but refined,
And love the quintessence of that. This proves
My sister's beauty being rarely fair,
Is rarely virtuous; chiefly in her love,
And chiefly in that love, her love to me. (2.5.14-24)

지오반니의 논리는 삼단논법과 유사하다. 마음의 상태는 몸의 상태를 따르는 법이니까, 애너벨라의 아름다운 외모는 그녀의 마음이 고결하다는 것을 말해준다. 그녀의 마음이 고결하다면, 그녀가 사랑하는 대상인 자신의 사랑도 고결하다는 결론에 도달하는 것이다. 하지만 이러한 논리는 어빙 리브너(Irving Ribner)의 지적처럼 수사가 주장하는 종교적 교리에 기초한 도덕의 허술함을 강조하기 위한 논리적 패러디에 불과하다(167). 그런데 중요한 사실은 수사가 지오반니의 작위적 논리에 대해 제대로 논리적 반박을 하지 못하고, "자연은 하늘의 섭리를 알 수 없다"는 불가지론으로 설명할 수밖에 없다는 점이다. 이는 종교적 교리는 논리적으로 설명하기 힘들다는 한계를 드러내는 것이다.

따라서 지오반니가 자연의 법칙을 이용하여 근친상간을 정당화하는 논리는 기독교 교리의 한계와 모순점을 지적하는 결과를 초래한다. 브루스 보흐러(Bruce Boehrer)는 자연과 성서의 일치이론이 깨진 것이

이 극의 비극의 씨앗이라고 파악한다(362). 수사의 조언대로 애너벨라를 향한 욕망을 멈추기 위해 시도한 오랜 시간 동안의 단식과 기도, 회개가 실패로 끝난 뒤, 지오반니는 운명을 신의 섭리로 받아들이지 않고, 자연의 법칙으로 받아들인다. 일단 그가 성서와 기독교적 도덕질서가 아니라 자연을 자신의 신과 운명으로 선택한 것으로 판단한다면, 지오반니의 태도는 부도덕하고 타락한 것이 아니라 자연의 논리에 충실한 것으로 볼 수 있다. 그가 애너벨라를 죽이고 소랜조에게 복수하는 것은 도널드 앤더슨(Donald Anderson)이 지적한 것처럼 "근친상간의 간통자가 오쟁이진 남편에게 복수를 하는" 아이러니컬한 상황으로 볼 수 없다(100). 애너벨라와 서로 사랑을 고백하고 영원히 함께할 것을 맹세하였을 때, 그는 이를 결혼으로 파악한 것이다. 따라서 보흐러의 주장처럼 진정한 남편은 지오반니이고, 그를 오쟁이지게 만든 자는 바로 소랜조가 된다.

이처럼 기독교의 신이 아닌 자연을 운명의 계시로 받아들인다면, 지오반니의 극적 행위는 부도덕하거나 타락한 행위가 아니라 자신의 선택과 믿음에 충실한 행동을 한 것이 된다. 그는 근친상간을 금하는 성서적 가르침이나 종교적 도덕질서를 불신하고, 자신이 믿는 자연의 법칙대로 애너벨라와 하나가 되는 서약을 하고 그것을 따른 것이다. 따라서 이러한 지오반니의 태도는 기존 종교적, 도덕적 시각에서 보면 용서받을 수 없는 죄악이지만, 이를 믿지 않는 지오반니의 시각에서는 잘못이 아니다. 그리고 기억할 점은 지오반니와 애너벨라의 사랑을 타락한 욕정의 결과물이라고 욕하고 비난하는 다른 인물들이 결코 지오반니보다 더 훌륭한 도덕적 고결함을 보여주지 못한다는 점이다. 이는 역설적으로 자신의 믿음대로 일관성 있게 행동하는 지오반니를 더 영웅적으로 만들고, 기독교가 지배하는 사회의 종교적, 도덕적 타락을 강조하는 결과를 초래한다. 근친상간이라는 엄청난 금기를 행한 지오반니와 애너벨라가 아이러니컬하게도 도덕적으로 더 고결한 인물이 되는 것이다.

그런데 논리적 한계보다도 더 종교적 교리를 혼란스럽게 만드는 것은 기독교 교리를 대변하는 인물들의 태도이다. 지오반니와 애너벨라의 근친상간에 대한 고해성사를 받은 보나벤추라 수사가 성직자로서 지오반니의 비밀을 폭로하지 않는 것은 충분히 이해할 수 있다. 하지만 이미 지오반니와 근친상간의 관계를 맺고 있는 애너벨라에게 소랜조와 결혼하도록 종용하는 것은 결코 의롭거나 지혜로운 판단이 아니다. 이는 로미오를 아끼는 수사가 줄리엣을 위기에서 벗어나게 하기 위해 죽은 것처럼 보이는 약을 먹이는 것과는 분명 다르다. 사랑하는 남녀의 결합을 위해 부모를 속이는 행위는 충분히 설득력을 가질 수 있다. 하지만 오빠의 자식을 임신한 여성을 구하기 위해 다른 남성에게 결혼시키는 것은 도덕적으로 정당화하기 힘들다. 결국 그녀는 남편을 포함해서 많은 사람들을 속이게 되고, 창녀라는 낙인이 찍히는 고통을 겪을 수밖에 없다. 수사의 종교적 교리는 논리적으로 무장되어 있지도 않고, 도덕적으로도 정당하지 않다.

그리고 수사보다도 훨씬 높은 종교적 지위를 가진 추기경은 더욱 황당한 결정을 내려 기독교에 대한 회의심을 증폭시킨다. 소랜조를 죽이기 위해 숨어있던 그리말디가 실수로 베르게토(Bergetto)를 살해한 것이 분명한데도, 추기경은 그를 감싸고 보호한다. 그런데 그가 그리말디를 보호하는 이유는 그리말디가 고귀한 혈통이기 때문이다. 아무리 도덕적으로 나쁜 짓을 범해도 신분이 높은 자는 처벌을 받지 않는 사회의 부조리한 모습을 추기경 자신이 보여준 것이다. 이러한 태도에 대해 도나도가 분노하면서 던지는 대사는 바로 "이것이 성직자의 입에서 나오는 소리란 말입니까? 지금 여기에 정의가 존재하기는 하는 겁니까?"(Is this a churchman's voice? Dwells Justice here?)(3.9.63)이고, 이에 플로리오는 "정의는 이미 하늘로 가버리고 더 이상 가까이 오지 않는 모양입니다"(Justice is fled to heaven and comes no nearer)(3.9.64)라고 대답한다. 신의 뜻을 전하는 추기경의 결정은 아이러니컬하게도 이 세상에 신의 정의가 존재하지 않는다는 것을 증명하며, 종교가 사회에 정의를 가져오는 역할을 할 수 없음을 보여주는 것이다. 그렇다면 살인마저도 종교가 보호해주는 세상에서 지오반니와 애너벨라의 근친상간을 종교적으로 문제 삼을 수 있을까?

이처럼 종교적으로 타락한 사회에서 사랑과 결혼의 신성한 가치도 역시 상실된 것으로 그려진다. 끈질긴 구혼으로 애너벨라와 결혼한 후 그녀의 임신 사실을 알고 복수심에 불타는 소랜조는 이미 한 가정을 파멸로 이끈 장본인이다. 그는 유부녀인 히폴리타(Hippolita)를 유혹해서 간통을 저지르고, 그녀의 남편을 죽음으로 몰아넣은 인물이다. 그렇지만 또 다시 다른 여성에게 마음을 빼앗겨 구혼을 하고, 고통에 빠진 히폴리타를 무시하며 수단방법을 가리지 않고 자신의 목적을 달성하려는 인물인 것이다. 한편 히폴리타 역시 소랜조와 다르지 않다. 그녀는 소랜조의 유혹에 넘어가 남편을 죽음으로 몰아넣었으며, 소랜조에게 버림받자 그를 죽이려는 복수의 음모를 꾸미는 여성이다. 그리고 히폴리타의 남편 리카르데토(Richardetto) 또한 아내의 불륜 사실을 알고, 일부러 자신이 죽었다는 소문을 퍼뜨려 몰래 복수를 꾸미는 인물이다. 이들은 모두 하나같이 결혼의 신성한 가치를 무시하고 부인하는 인물들이다. 만약 결혼이 이와 같은 결과를 초래한다면, 지오반니와 애너벨라의 근친상간보다 더 나은 선택이라고 할 수 있을까? 이들이 지오반니와 애너벨라보다 도덕적으로 더 훌륭하다고 말할 수 있을까?

사랑과 결혼은 단지 욕정에 사로잡혀 자신의 욕망을 해결하려는 수단에 불과하고, 그것이 좌절되었을 때는 언제든지 관계를 해체하고 상대를 파멸로 이끌 수 있는 것이다.

그리고 이 극에서 남편과 아내의 결혼 관계에 못지않게 왜곡된 관계로 묘사되는 보수적 계급질서의 예가 바로 주종 관계이다. 전통적으로 하인은 주인에게 충성하는 것이 가장 중요한 자질로 여겨진다. 기독교적 교리에 따르면 인간이 신을 섬기듯이 신하가 왕을 섬겨야 하고, 아내가 남편에게, 자녀가 아버지에게 순종해야 하고, 하인은 주인에게 충성해야 하는 것이 당연한 이치로 여겨졌다. 소위 "존재의 연쇄"(Chain of Being)로 대변되는 계급질서관이 그러한 사고의 철학적 근거가 되는 것이다. 하지만 포드는 이러한 주인과 하인의 충성관계가 얼마나 왜곡된 결과를 초래할 수 있는지를 보여준다. 소랜조의 하인 바스께즈는 매우 충성스런 하인으로 보인다. 그는 주인을 대신해서 주인의 연적인 그리말디와 싸워 혼내주기도 하고, 주인을 독살하려는 히폴리타의 음모를 폭로해 주인의 목숨을 살리기도 한다. 또한 주인의 복수심을 위해 애너벨라의 연인이 누구인지를 밝혀내는 공로를 세우기도 한다. 하지만 주목해야 할 점은 그가 섬기는 귀족 소랜조가 정직하고 올바른 인물이 아니고, 그는 주인을 위한다는 명목으로 잔인하고 사악한 일들을 서슴지 않고 행한다는 사실이다.

따라서 이 극에 등장하는 인물들은 대부분 지오반니와 애너벨라와 다를 바 없거나, 오히려 더 추악한 면모를 보이는 자들이다. 이 극의 배경이 이탈리아의 파르마인 것도 이러한 타락한 인물들을 등장시킬 수 있는 여지를 제공한다. H. J. 올리버(Oliver)가 지적하는 것처럼 이탈리아는 포드에게 분명히 열정과 음모의 나라로 여겨졌을 것이고 (87), 더구나 파르마는 일반적으로 끝없는 욕정, 질투와 복수의 비극을 위한 전통적인 배경으로 여겨졌다(Massai 7). 물론 이러한 배경에서 지오반니와 애너벨라의 근친상간도 타락한 사회의 일면을 드러내는 사건으로 여겨질 수 있지만, 그들의 사랑은 연인의 사랑에 못지않게 미화됨으로써 기존의 관습이나 질서에 대해 의문을 제기하고 위선적이고 모순적인 사회의 모습을 폭로하는 극적 수단이 될 수 있다. 근친상간을 비난하고 저주하는 자들이 근친상간에 못지않게 성적으로, 종교적으로, 인간적으로 타락한 모습을 보여준다는 사실은 도덕질서 자체에 대한 회의를 내포한다. 지오반니와 이사벨라의 비이성적으로 보이는 행동이 영웅적인 모습으로 그려진다는 사실이 이를 입증하는 셈이다.

Ⅳ

지금까지 살펴본 바와 같이, 포드의 『가엾게도 그녀가 창녀라니』에 내재하고 있는 모호하고 아이러니컬한 이중성은 근친상간이라는 종교적 금기를 바라보는 시각의 차이에서 비롯한다. 극의 중심 행위가 되는 근친상간을 기독교적 전통과 도덕질서관에서 바라보면, 지오반니와 애너벨라는 욕정 때문에 사회질서를 혼란스럽게 하고 사람들을 불행으로 이끄는 용서받을 수 없는 인물들이 된다. 하지만 이를 종교적 교리와 전통의 모순을 폭로하고 도전하는 극적 행위로 바라본다면, 이들은 억압적이고 타락한 사회의 희생물로 여겨진다. 그런데 주목할 점은 이 극의 비극적 구조이다. 지오반니와 애너벨라는 극의 중심인물이지만, 이들은 극 초반과 결말에만 중요한 역할을 담당하고, 극의 대부분을 차지하는 2막에서 4막에 이르는 부분은 소랜조와 바스께즈를 중심으로 하는 주변 인물들의 위선과 어리석음, 탐욕과 사악함을 중점적으로 묘사하고 있다. 이는 상대적으로 지오반니와 애너벨라의 근친상간 행위와 비교가 되는데, 다른 인물들의 타락한 모습은 진실한 사랑의 모습으로 묘사되는 오누이의 근친상간을 오히려 부각시키는 아이러니를 보여준다. 따라서 지오반니와 애너벨라의 근친상간은 기존의 도덕관념을 회의적으로 만들고, 관객들에게 진정한 정의에 대해 의심하게 만드는 결과를 초래한다.

이 극의 제목인 "가엾게도 그녀가 창녀라니" 표현이 극의 결말에 추기경의 입을 통해 전달된다는 사실은 매우 아이러니컬하다. 애너벨라를 창녀라고 표현하는 추기경은 종교적, 도덕적 정의보다는 세속적 이익을 위해 종교를 이용하는 인물이기 때문에, 그의 입을 통해 전달되는 창녀라는 표현은 애너벨라의 고민과 진실한 사랑을 지켜본 관객들에게 너무나 공허한 의미를 전달한다. 사실 그녀를 창녀라고 가장 먼저 욕하는 인물은 공식적으로 그녀의 남편이 된 소랜조이다. 애너벨라가 임신한 사실을 알고 다른 남자와 이미 관계를 가진 것으로 판단하여 그가 분노하는 것은 당연한 것으로 보이지만, 사실 그는 애너벨라보다도 훨씬 더 변덕스럽고, 음탕하고, 이기적인 인물이다. 따라서 그녀가 창녀로 불리는 것은 역설적으로 창녀를 규정하는 사회적 질서의 부당함을 부각시키는 결과를 초래한다. 코린 어베이트(Corinne S. Abate)가 이 극에서 진정한 창녀는 극의 배경이 되는 도시 파르마 자체라고 주장하는 것(94)은 지나친 비유적 해석이라고 여겨지지만, 부도덕한 사회의 타락한 현실이 극 중 인물들을 통해 재현되는 것은 분명하다. 따라서 애너벨라로 지칭되는 창녀의 의미에는 개인에 대한 비난을 넘어 사회 전체에 대한 비난이 강하게 내재되어 있다. 특히 종교적 교리와 도덕적 기준에 대한 전복적 욕망도 강하게 드러난다.

포드가 근친상간이라는 금기를 극의 주요행위로 선택한 배경은 정확히 알 수 없지만, 단순히 관객들에게 센세이션을 불러일으키고자 하는 목적으로만 보기는 쉽지 않다. 그 이유는 지오반니와 애너벨라의 근친상간이 단순한 욕정의 산물로만 묘사되는 것이 아니라, 기존 사회 전통이나 종교적 교리에 대한 도전의 의미를 내포하기 때문이다. 극의 배경이 이탈리아의 한 도시이고, 비판의 대상이 되는 종교적 교리나 인물들도 구교 가톨릭 성직자들이기 때문에 영국의 관객들에게는 타락한 이탈리아인들을 조롱하는 의미로 받아들여졌을 가능성이 높다. 하지만 리자 홉킨스(Lisa Hopkins)가 지적하는 것처럼, 포드가 극의 배경을 이탈리아 파르마로 정한 것은 실제로 이탈리아의 보르지아(Borgia) 가문의 왕족과 귀족들 사이에서 흔히 이루어졌던 근친상간을 반영하여 재현한 점을 주목할 필요가 있다(99). 그리고 이러한 근친상간이 계급과 혈통을 지키기 위한 수단으로 많이 이루어졌다는 사실을 기억한다면, 이 극에서 다루고 있는 근친상간의 주제는 상당한 정치적 의미를 내포하고 있다고 볼 수 있다. 신분이나 혈통이 높은 사람들에게 근친상간이 정치적 목적에 따라 이용되고 허용되는 현실은 영국에서도 마찬가지였기 때문이다.

따라서 지오반니와 애너벨라의 근친상간은 이처럼 도덕기준과 모순되는 정치적 기준에 대한 복합적인 의미를 생산한다. 그리말디의 살인 행위에 대해 그가 귀한 신분이라는 이유로 처벌하지 않고 보호하는 추기경의 행위는 이탈리아나 구교 가톨릭에 대한 비판적 의미를 내재할 수 있다. 하지만 이처럼 계급과 혈통을 중시하는 근친상간에 대한 정치적 기준이 영국에서도 성행한다면, 이는 이탈리아나 가톨릭에 대한 비판으로만 보기는 힘들어진다. 지오반니와 애너벨라를 비극의 주인공으로 삼는 것은 오히려 계급질서를 중시하는 근친상간의 정치적 의미를 옹호하는 것으로도 읽힐 수 있고, 반대로 필요에 따라 근친상간을 이용하며 모순된 기준을 보이는 정치적 행위에 대한 조롱과 도전으로도 읽힐 수 있다. 더구나 성서가 정한 금기의 모순에 의문을 제기하는 지오반니의 시각과 극적 행위는 관객들에게 비난과 동시에 흥미의 대상이 되었을 가능성 역시 높다. 챔피온의 지적처럼, 포드는 관객들로 하여금 근친상간을 행하는 연인들을 비난하면서 동시에 동정심을 느끼도록 교묘하게 이끌고 있기 때문이다(82). 따라서 포드는 근친상간이라는 금기를 전복적으로 묘사함으로써 도덕적 판단을 어렵게 만드는 실험적 극적상황을 전개한 것인데, 이는 결국 사회적 도덕 기준 자체에 대한 불신과 의혹을 제기하는 결과를 초래한다는 사실을 기억해야 할 것이다.

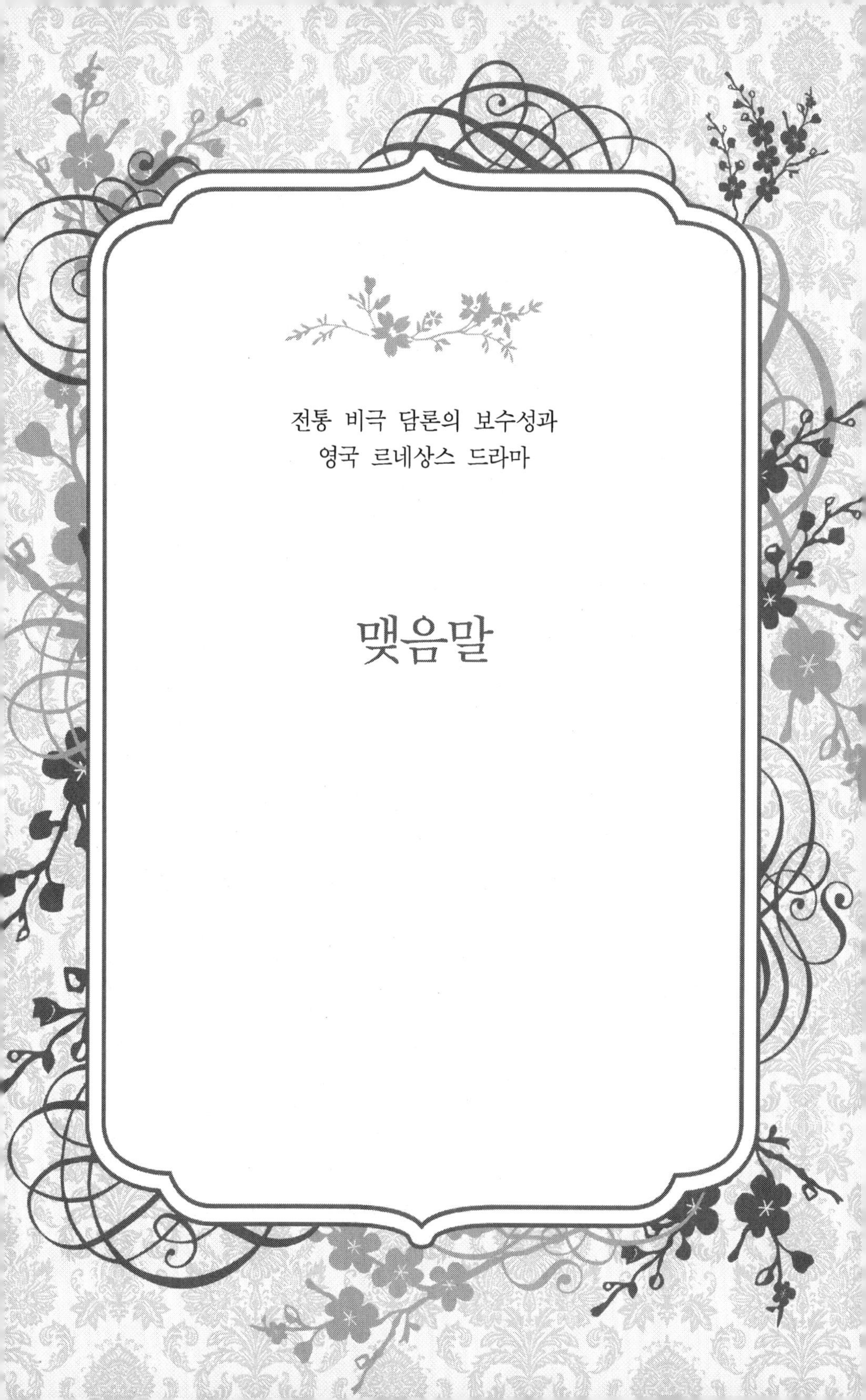

맺음말

맺음말

흔히 영국 르네상스 시대 비극 작품들은 고전 비극의 범주에 포함되며, 아리스토텔레스로 대변되는 전통 비극 담론으로 설명되는 것이 일반적인 시각이다. 이는 르네상스 시대 비극이 현대 비극과는 분명하게 차별되는 전통적인 특징들을 유지하고 있기 때문이다. 그리고 그러한 특징들을 정치적 성향으로 바라보면 보수적이라고 표현할 수 있다. 주인공의 신분이나 성격을 포함하여 그가 범하는 도덕적 실수와 잘못이 초래하는 고통과 불행, 그리고 깨달음으로 이어지는 일련의 과정들의 구성은 계급질서나 도덕질서를 전제로 하는 이념적 성향을 지니는 것으로 보이기 때문이다. 더구나 기독교가 지배하던 당대 사회에서 이러한 성향은 더욱 두드러진다고 할 수 있다. 하지만 르네상스 드라마는 이러한 전통 비극 담론이 규정하는 틀보다는 오히려 진보적 성향을 지닌 낭만주의적 비극 담론으로 해석하는 것이 더 적합한 경우들이 많다. 표면적인 극의 구성과 플롯은 계급질서와 도덕질서를 강화하는 전통 비극 담론에 부합하지만, 그 이면에 강하게 내재되어 있는 전복적 욕망은 르네상스 비극이 지닌 독특한 특징이다. 주인공의 고통이나 불행, 파멸에 초점을 맞추기보다는 오히려 그러한 고통과 파멸에도 굴하지 않는 개인의 영웅성과 존엄성이 르네상스 비극에서는 자주 부각되고, 보수적 질서에 대한 조롱과 냉소가 때로는 노골적으로 드러나 있기 때문이다. 특히 엘리자베스 시대 비극에서 재코비언 시대 비극으로 나아갈수록 이러한 경향은 더욱 두드러지는 것으로 보인다.

이는 영국 르네상스 당대의 역사적, 정치적, 사회적 현실을 반영하는 것이라 할 수 있다. 비록 대외적으로는 당대 영국의 위상이 매우 높았지만, 국내 상황은 종교적 갈등, 정치적 갈등, 경제적 변화, 그리고 인간과 사회에 대한 인식의 변화로 인한 계급질서의 위기 등으로 매우 혼란스럽고 불안하였다. 더구나 상대적으로 안정적이었던 엘리자베스 여왕 시대 이후에 제임스 1세와 찰스 1세로 이어지는 영국의 정치, 사회 상황이 점점 악화일로를 걸었다는 사실을 기억한다면, 이러한 경향은 오히려 당연하게 여겨진다. 상대적으로 시기가 앞서는 토머스 키드, 크리스토퍼 말로, 그리고 셰익스피어의 작품들은 전통 비극 담론의 틀로 더 잘 설명할 수 있는 것으로 보인다. 반면 이들보다 시기적으로 늦은 존 웹스터, 토머스 미들턴, 존 포드와 같은 작가들의 작품은 전통 비극 담론의 틀에서 상당히 벗어나는 경향을 보인다. 물론 큰 틀에서 바라보면 크게 다르지 않다고 할 수 있지만, 그 실험적, 도전적 변화는 주목할만하다. 어쩌면 이러한 실험적 도전적 극단성이 재코비언 시대 극작가들의 작품들을 폄하하는 원인 중의 하나로 작용하는 것으로 보인다.

따라서 르네상스 시대 영국의 비극 작품들을 단순히 전통 비극 담론이나 낭만주의적 비극 담론으로만 접근하는 것은 문제가 있다고 여겨진다. 이들은 전통 비극 담론이나 낭만주의적 비극 담론에서 강조하는 비극적 특징을 모두 지니고 있지만, 이러한 담론적 특성에서 비롯되는 이념적 색채를 뛰어넘는 정치적 성향을 분명하게 드러내고 있다. 그리고 이러한 정치적 색채는 전통 비극 담론이 지닌 보수적 성향과 낭만주의 비극 담론이 지닌 진보적 성향으로 어느 정도 설명이 가능하다. 르네상스 시기 자체가 신과 인간의 대립으로 표현할 수 있는 것처럼 고전과 고전에 대한 반발이라는 이중적이고 복합적인 요소들이 공존하던 시기였기 때문에, 셰익스피어를 포함하여 영국의 르네상스 시대 비극들은 이러한 대립적이고 복합적인 특징들을 분명하게 내재하고 있다. 대부분의 영국 르네상스 비극들이 표면적으로는 전통 비극 담론에 부합하는 보수적 정치성을 분명하게 드러내고 있지만, 이는 당대 지배층의 통치이념과 전통 비극 담론이 상당부분 일치하기 때문에 가능한 일이라고 여겨진다. 하지만 중요한 점은 이러한 표면적 보수성이 그 속에 내재된 전복적 욕망을 숨기기 위한 수단이 될 수 있다는 점이다. 이 책에서 대상으로 삼은 르네상스 비극 작품들에 대한 연구는 바로 이러한 표면적 보수성 이면에 드러난 전복적 욕망을 밝히는 과정이었다.

영국 르네상스 비극 작품들 중에서 유독 복수 비극이 많고, 또한 그러한 복수 비극들이 그리스 로마 시대의 복수 비극처럼 단순히 신화를 바탕으로 한 재현이 아니라 상당히 강한 정치적 색채를 지니고 있다는 점은 바로 그러한 전제를 뒷받침한다. 주인공이 복수를 당하는 대상이 아니라, 왕이나 공작과 같은 최고 권력자에게 복수를 하는 구조를 지닌 르네상스 시대 복수 비극은 기존의 복수 비극에 대한 전통적 시각을 달리 적용할 필요가 있다. 기독교 교리에 의하면, 개인의 복수는 실수이고 잘못된 선택이며, 신의 섭리나 운명으로 대변되는 절대적 권력자에 대한 도전으로 해석된다. 따라서 복수자의 파멸은 피할 수 없는 결과이다. 이와 같은 개인적 복수에 대한 부정적 시각은 복수 비극을 전통적 비극 담론의 보수적 시각으로 바라보는 것을 가능케 한다. 하지만 르네상스 복수 비극이 지닌 전복적 욕망은 복수자의 고통과 희생을 부각시키고, 절대 권력을 조롱하는 단계에까지 나아간다. 『스페인 비극』, 『햄릿』, 그리고 『복수자의 비극』은 전통 비극 담론의 틀 안에서 움직이는 유사한 패턴을 보여주면서도 그 저항적이고 전복적인 이념은 시대적 흐름을 따라 점점 그 강도를 더해나가는 모습을 보여준다. 르네상스 드라마에서 복수는 분명 개인적 복수를 뛰어넘어 사회적, 정치적 복수의 면모를 지니고 있다는 점을 기억해야 한다.

그리고 복수 비극과 마찬가지로 르네상스 드라마 작품들에서 두드러지는 비극의 특징에는 기존 질서에서 소외되고 배척당하는 인물들이 주인공으로 등장하는 경우가 많다는 점이다. 소위 보수적 사회질서에서 볼 때는 타자로 여겨지는 존재들이 작품의 중심이 되어 극이 전개되어 간다는 것이다. 이러한 타자들 중에는 문자 그대로 인종이나 국가, 성, 종교, 그리고 가치관에 있어서 기존 사회의 구성원들로부터 핍박과 박해의 대상이 되는 존재들이 모두 포함된다. 물론 좁은 의미에서의 타자는 이방인이 되고, 넓은 의미에서의 타자는 기존 사회질서에서 불이익과 배척을 당하는 모든 존재가 될 것이다. 이들이 비극의 주인공이 된다는 사실은 전통 비극 담론으로는 설명하기 힘들다. 다만 이들의 비극이 전통 비극 담론의 틀에 부합하기 위해서는 이들의 불행과 파멸이 기존 사회가 규정하는 타자에 대한 핍박과 증오에서 비롯된 것이 아니라, 그들 자신의 악행에 의한 것이라는 점을 부각하는 것이 필요하다. 이들은 편견을 지닌 사회의 희생물이 아니라, 스스로의 악행이나 실수에 대한 대가를 치르는 것으로 설명되어야 하는 것이다. 하지만 이는 원칙적으로 모순이다. 타자가 비극적 영웅이 되기는 힘들기 때문이다. 따라서 르네상스 비극에서 타자를 주인공으로 하는 비극들은 기존 지배질서에 대한 도전과 저항의 욕망을 불가피하게 내재하고 있다. 르네상스 비극을 전통 비극 담론으로만 설명하기 힘든 이유가 여기에 있다.

오셀로나 샤일록, 그리고 바라바스와 같은 이방인 주인공들뿐만 아니라, 말피 공작부인이나 비토리아와 같은 여성들, 그리고 나아가서 보수적 도덕질서를 완전히 일탈하는 탈도덕적 인물들까지도 르네상스 드라마에서는 단순한 악인이나 괴물 같은 존재로 묘사되지 않는다. 이들에게는 기존의 보수적 질서가 규정하는 부정적 면모뿐만 아니라, 기존 사회질서가 부여하는 편견으로는 설명할 수 없는 인간적 면모와 나아가서 비극적 영웅의 면모까지도 드러난다. 이러한 이중적이고 복합적인 특징이 바로 르네상스 드라마가 지닌 독특함이라 할 수 있다. 르네상스 드라마에 등장하는 인종적, 종교적 이방인이나 여성, 그리고 도덕적 이방인에 대한 관심은 단순히 르네상스인들의 관심 영역이 넓어진 것만을 의미하지 않는다. 오히려 이는 기존 계급질서와 종교질서, 그리고 도덕질서에 대한 의심과 회의, 그리고 저항의 욕망을 반영한다. 아니, 그러한 욕망을 생산해내는 역할을 한다고 볼 수 있다.

결국 전통 비극 담론의 틀로 바라보는 르네상스 비극은 보수적 가치를 관객들에게 불어넣는 역할을 하지만, 르네상스 비극은 역설적으로 이러한 보수적 가치를 저항하고 조롱하는 진보적 가치를 더욱 강하게 드러내고 있다. 물론 각 작품마다 다른 스펙트럼을 사용하고 있고 다양한 주제를 다루고 있기 때문에, 이들에게 똑같은 잣대를 사용하기는 힘들지만 각 작품의 밑바닥에 흐르는 정서는 이미 전통 비극 담론으로 설명할 수 없는 전복적 욕망을 강하게 내재하고 있는 것이다. 따라서 영국 르네상스 비극 작품을 전통 비극 담론의 틀만으로 이해하는 것은 작품의 의미를 제대로 파악하지 못하는 결과를 초래한다. 물론 개인의 삶에 초점을 맞추는 현대 비극과는 분명 다른 사회 전체의 가치와 문제를 다루고 있기 때문에, 이러한 정치적 색채는 르네상스 비극 작품을 이해하는 데 있어 가장 중요한 요소라 할 수 있다. 주인공의 고통이나 불행보다는 영웅적 저항과 성취에 주목하는 경향이 점점 강하게 나타나는 것이 바로 영국 르네상스 비극 세계의 전반적 경향이기 때문이다.

참고문헌

들어가는 말: 전통 비극 담론의 보수성과 영국 르네상스 비극

강정인. 「보수와 진보-그 의미에 관한 분석적 고찰」 R. 니스벳 & C. B. 맥퍼슨. 『에드먼드 버크와 보수주의』 강정안·김상우 역. 서울: 문학과 지성사, 1997: 9-64.

메르키오르. J. G. 『푸코』 이종인 역. 서울: 시공사, 1998.

미셸 푸코. 『감시와 처벌』 오생근 역. 서울: 나남 출판사, 2003.

조지 레이커프. 『도덕의 정치』 손대오 역. 서울: 생각하는 백성, 2004.

프리드리히 니체. 『비극의 탄생/바그너의 경우/ 니체 대 바그너』 김대경 옮김. 서울: 청하, 2002.

윌리엄 R. 하버. 『보수주의 사상의 이론적 기초』 정연식 역. 대구: 경북대학교 출판부, 1994.

테리 이글턴. 『우리 시대의 비극론』 이현석 역. 부산: 경성대학교 출판부, 2006.

Aristotle, *Poetics*. Trans. James Hutton. New York: W. W. Norton & Company, 1982.

Bamford, Karen. *Sexual Violence on the Jacobean Stage*. New York: St. Martin's P, 2000.

Bartels, Emily C. *Spectacles of Strangeness*. Philadelphia: U of Pennsylvania P, 1993.

Belsey, Catherine. *The Subject of Tragedy: Identity & Difference in Renaissance Drama*. London: Methuen, 1985.

Berry, Ralph. *The Art of John Webster*. Oxford: Clarendon P, 1972.

Bogard, Travis. *The Tragic Satire of John Webster*. New York: Russell & Russell, 1955.

Bowers, Fredson Thayer. *Elizabethan Revenge Tragedy 1587-1642*. Gloucester: Peter Smith, 1959.

Bratchell, D. F. ed. *Shakespearean Tragedy*. London and New York: Routledge, 1990.

Braunmuller, A. R. & Michael Hattaway. eds. *The Cambridge Companion to Renaissance Drama*. Cambridge: Cambridge UP, 2003.

Brown, John Russell. *Shakespeare: The Tragedies*. New York: Palgrave. 2001.

__________________. & Bernard Harris. eds. *Elizabethan Theatre*. London: Edward Arnold, 1966.

Calarco, N. Joseph. *Tragic Being: Apollo and Dionysus in Western Drama*. Minnesota: U of Minnesota P, 1968.

Cohen, Derek. *Shakespeare's Culture of Violence*. New York: Palgrave Macmillan, 1985.

Corrigan, Robert W. ed. *Tragedy Vision and Form.* New York: Harper & Row, 1981.

Dollimore, Jonathan. *Radical Tragedy: Religion, Ideology, and Power in the Drama of Shakespeare and his Contemporaries*. London: Duke UP, 2004.

Dollimore, Jonathan and Alan Sinfield. eds. *Political Shakespeare: New Essays in Cultural Materialism.* Manchester: Manchester UP, 1985.

Drakakis, John. ed. *Shakespearean Tragedy*. London: Longman, 1992.

____________. ed. *Alternative Shakespeares*. London: Routledge, 1985.

Dyson, A. E. ed. *Tragedy: Development in Criticism*. London: Macmillan, 1980.

Eagleton, Terry. *William Shakespeare*. Oxford: Basil Blackwell, 1986.

Else, Gerald F. *The Origin and Early Form of Greek Tragedy*. Cambridge, Mass.: Harvard UP, 1965.

Emerson, Kathy Lynn. *Everyday Life in Renaissance England from 1485-1649*. Cincinnati: Writer's Digest Books, 1996.

Erne, Lukas. *Beyond The Spanish Tragedy: A Study of The Works of Thomas Kyd*. Manchester: Manchester UP, 2001.

Farley-Hills, David. *Jacobean Drama A Critical Survey of the Professional Drama, 1600-25*. London: Macmillan, 1988.

Fraser, Russell A. & Norman Rabkin. eds. *Drama of the English Renaissance: The Tudor Period*. New York: Macmillan, 1976.

______________________________. eds. *Drama of the English Renaissance: The Stuart Period*. New York: Macmillan, 1976.

Foucault, Michel. *Madness and Civilization*. Trans. Richard Howard. New York: Vintage Books, 1965.

French, Marilyn. "Late Tragedies" *Shakespearean Tragedy*. Ed. John Drakakis. London: Longman, 1992. 227-279.

Frye, Northrop. *Anatomy of Criticism: Four Essays*. Princeton: Princeton UP, 1957.

Girard, Rene. *Violence and the Sacred.* trans. Patrick Gregory. Baltimore: The Johns Hopkins UP, 1979.

Greenblatt, Stephen. *Renaissance Self-Fashioning from More to Shakespeare.* Chicago: U of Chicago P, 1980.

Hamlin, William M. *Tragedy and Scepticism in Shakespeare's England.* Hampshire: Macmillan, 2005.

Heilman, B. Robert. "Tragedy and Melodrama: Speculations on Generic Form" *Tragedy Vision and Form.* ed. Robert W. Corrigan. New York: Harper & Row, 1981. 205-215.

Jardine, Lisa. *Still Harping on Daughters: Women and Drama in the Age of Shakespeare.* New York: Columbia UP, 1989.

Kahn, Coppelia. *Man's Estate: Masculine Identity in Shakespeare.* Berkeley: U of California P, 1981.

Kastan, David S. & Peter Stallybrass. eds. *Staging the Renaissance.* London: Routledge, 1991.

Kerrigan, John. *Revenge Tragedy Aeschylus to Armageddon.* Oxford: Clarendon P, 1966.

Klein, Larsen Joan. "Lady Macbeth: 'Infirm of purpose'" *The Woman's Part Feminist Criticism of Shakespeare.* et al. Carolyn Ruth Swift Lenz. Urbana: U of Illinois P, 1983. 240-255.

Kott, Jan. *Shakespeare Our Contemporary.* New York: W. W. Norton & Company, 1964.

Krook, Dorothea. *Elements of Tragedy.* New Haven: Yale UP, 1969.

Leech, Clifford. *Shakespeare's Tragedies and Other Studies in Seventeenth Century Drama.* London: Greenwood P, 1975.

Leggatt, Alexander. *English Drama: Shakespeare to the Restoration, 1590-1660.* London: Longman, 1988.

Mandel, Oscar. *A Definition of Tragedy.* New York: New York University Press, 1975.

Mangan, Michael. *A Preface to Shakespeare's Tragedies.* London: Longman, 1991.

Margerson, J. M. R. *The Origin of English Tragedy.* Oxford: The Clarendon, 1967.

Margolis, David. *Monsters of the Deep: Social Dissolution in Shakespeare's Tragedies.* Manchester: Manchester UP, 1992.

Masinton, Charles G. *Christopher Marlowe's Tragic Vision.* Athens: Ohio UP, 1972.

McAdam, Ian. *The Irony of Identity: Self and Imagination in the Drama of Christopher Marlowe.* Newark: U of Delaware P, 1999.

McAlindon, T. *English Renaissance Tragedies.* London: Macmillan, 1986.

Myers, Henry A. "Heroes and the Way of Compromise" *Tragedy Vision and Form.* Ed. Robert W. Corrigan. New York: Harper & Row, 1981.

Mehl, Dieter. *Shakespearean Tragedy An Introduction*. Cambridge: Cambridge UP, 1986.

Nietzsche, Friedrich. *The Birth of Tragedy and the Genealogy of Morals*. Trans. Francis Golffing. New York: Anchor, 1956.

Palmer, Richard H. *Tragedy and Tragic Theory: An Analytical Guide*. London: Greenwood, 1992.

Paolucci, Anne. "Bradley and Hegel on Shakespeare" *Comparative Literature* 16/3 (Summer, 1964): 211-225.

Poole, Adrian. *Tragedy: Shakespeare and the Greek Example*. Oxford: Oxford UP, 1987.

Prosser, Eleanor. *Hamlet & Revenge*. Stanford: Stanford UP, 1967.

Puttenham, George. "The Art of English Poesy" *Dramatic Theory and Criticism*. Ed. Bernard F. Dukore. New York: Holt, Rinehart and Winston, 1974. 177-182.

Raphael, D. D. *The Paradox of Tragedy*. Bloomington: Indiana UP, 1960.

Ribner, Irving. *Jacobean Tragedy*. London: Methuen, 1962.

Robert, Patrick. *The Psychology of Tragic Drama*. London: Routledge and Kegan Paul, 1975.

Roche, Mark W. "The Greatness and Limits of Hegel's Theory of Tragedy" *A Companion to Tragedy*. Ed. Rebecca Bushnell. Malden: Blackwell, 2005. 51-67.

Rossiter, Clinton. "Conservatism" *International Encyclopedia of the Social Science*. Vol. 3. New York: Macmillan, 1968. 290-295.

Sanders, Wilbur. *The Dramatist and the Received Idea: Studies in the Plays of Marlowe and Shakespeare*. Cambridge: Cambridge UP, 1968.

Sewall, Richard B. "The Vision of Tragedy" *Tragedy Vision and Form*. ed. Robert W. Corrigan. New York: Harper & Row, 1981. 47-51.

Sidney, Philip. "The Defence of Poesy" *The Norton Anthology of English Literature*. 5th Edition. Ed. M. H. Abrams. New York: W. W. Norton & Company, 1986. 504-525.

Singer, Ben. *Melodrama and Modernity: Early Sensational Cinema and It's Contexts*. New York: Columbia UP, 2005.

Steiner, George. *The Death of Tragedy*. New York: Knopf, 1961.

Tennenhouse, Leonard. *Power on Display: The Politics of Shakespeare's Genres*. London: Methuen, 1986.

Tillyard, E. M. W. *The Elizabethan World Picture*. London: Vintage, 1943.

Wallace, Jennifer. *The Cambridge Introduction to Tragedy*. Cambridge: Cambridge UP, 2007.

Wasserman, E. H. "The Pleasures of Tragedy" from *ELH*, Vol 14, no 4 December, 1947.

Watson, Robert. "Tragedy" *The Cambridge Companion to English Renaissance Drama*. Ed. Braunmuller A. R. & Michael Hattaway. Cambridge: Cambridge UP, 2003. 292-343.

Wayne, Valerie. ed. *The Matter of Difference: Materialist Feminist Criticism of Shakespeare*. New York: Harvester, 1991.

Weimann, Robert. *Shakespeare and the Popular Tradition in the Theater: Studies in the Social Dimension of Dramatic Form and Function*. Trans. Robert Schwartz. Baltimore and London: The Johns Hopkins UP, 1978.

Wharton, T. F. *Moral Experiment in Jacobean Drama*. London: Macmillan, 1988.

Williams, Raymond. *Modern Tragedy*. Stanford: Stanford UP, 1966.

Wilson, Richard & Richard Dutton. eds. *New Historicism & Renaissance Drama*. London: Longman, 1992.

1장 영국 르네상스 복수 비극의 전복적 욕망

Bowers, Fredson Thayer. *Elizabethan Revenge Tragedy 1587-1642*. Gloucester: Peter Smith, 1959.

Bradley, A. C. *Shakespearean Tragedy*. New York: Fawcett P, 1968.

Bright, Timothy. *A Treatise of Melancholy*. London: John Windet, 1586.

Clark, Sandra. *Renaissance Drama*. Cambridge: Polity, 2007.

Dollimore, Jonathan. *Radical Tragedy: Religion, Ideology and Power in the Drama of Shakespeare and his Contemporaries*. Brighton: The Harvester, 1984.

Erne, Lukas. *Beyond The Spanish Tragedy: A Study of the Works of Thomas Kyd*. Manchester: Manchester UP, 2001.

Frye, Northrop. *Fools of Time*. Toronto: Toronto UP, 1967.

Griswold, Wendy. *Renaissance Revivals: City Comedy and Revenge Tragedies in the London Theatre*. Chicago: U of Chicago P, 1986.

Hallett, Charles A. & Elaine S. Hallett. *The Revenger's Madness: A Study of Revenge Tragedy Motifs*. Lincoln: U of Nebraska P, 1980.

Harrison, G. B. *Shakespeare's Tragedies*. London: Methuen, 1951.

Hill, Eugene D. "Revenge Tragedy" *A Companion to Renaissance Drama*. Ed.

Arthur F. Kinney. Oxford: Blackwell, 2002. 326-335.

Kerrigan, John. *Revenge Tragedy Aeschylus to Armageddon*. Oxford: Clarendon P, 1966.

Maus, Katharine. ed. *Four Revenge Tragedies*. Oxford: Oxford UP, 1995.

Neill, Michael. "English Revenge Tragedy" *A Companion to Tragedy*. Ed. Rebecca Bushnell. Malden: Blackwell, 2005. 328-350.

Prosser, Eleanor. *Hamlet & Revenge*. Stanford: Stanford UP, 1967.

Ribner, Irving. *Jacobean Tragedy*. London: Methuen, 1962.

2장 『스페인 비극』(*The Spanish Tragedy*)

주경철. 『대항해 시대: 해상 팽창과 근대 세계의 형성』. 서울: 서울대학교 출판부, 2008.

Badawi, M. M. *Background to Shakespeare*. London: Macmillan, 1981.

Bloom, Harold. *Shakespeare*. New York: Riverhead, 1998.

Broude, Ronald. "Time, Truth, and Right in *The Spanish Tragedy*" *Studies in Philology 68* (1971): 130-45.

Colley, John Scott. "*The Spanish Tragedy* and the Theatre of God's Judgement" *Papers on Language and Literature 10* (1974): 241-53.

Edwards, Philip. "Thrusting Elysium into Hell: The Originality of *The Spanish Tragedy*" *The Elizabethan Theatre 11*. Eds. A. L. Magnusson & C. E. McGee. Ontario: P. D. Meany, 1990. 117-32.

Elliotte, John. Huxtable. *Imperial Spain, 1469-1716*. London: Penguin, 2002.

Erne, Lukas. *Beyond The Spanish Tragedy: A Study of The Works of Thomas Kyd*. Manchester: Manchester UP, 2001.

Fraser, Russell A. & Norman Rabkin. eds. *Drama of the English Renaissance: The Tudor Period*. New York: Macmillan, 1976.

Guy, John. *Tudor England*. Oxford: Oxford UP, 1988.

Hamlin, William M. *Tragedy and Scepticism in Shakespeare's England*. New York: Palgrave Macmillan, 2005.

Hamilton, Donna. "*The Spanish Tragedy*: A Speaking Picture" *English Literary Renaissance 4* (1974): 203-17.

Hawkins, Harriett. *Likeness of Truth in Elizabethan and Restoration Drama*. Oxford: Oxford UP, 1972.

Henke, James T. "Politics and Politicians in *The Spanish Tragedy*" *Studies in Philology 78: 4* (1981, fall): 353-369.

Hunter, G. K. "Ironies of Justice in *The Spanish Tragedy*" *Renaissance Drama 8* (1965): 89-104.

Kyd. Thomas. *The Spanish Tragedy* in *English Renaissance Drama: A Norton Anthology*. Ed. David Bevington. New York: W. W. Norton, 2002. 3-74.

Mangan, Michael. *A Preface to Shakespeare's Tragedies*. New York: Longman, 1991.

McAlindon, T. *English Renaissance Tragedy*. London: Macmillan, 1986.

Prosser, Eleanor. *Hamlet and Revenge*. Stanford: Stanford UP, 1971.

Rackin, Phyllis. *Stages of History*. London: Routledge, 1990.

Rist, Thomas. *Revenge Tragedy and the Drama of Commemoration in Reforming England*. Hampshire: Ashgate, 2008.

Shapiro, James. "Tragedies naturally performed: Kyd's Representation of Violence" *Staging the Renaissance*. Eds. David S. Kastan & Peter Stallybrass. London: Routledge, 1991. 99-113.

Watson, Robert. "Tragedy" *The Cambridge Companion to Renaissance Drama*. Eds. A. R. Braunmuller & Michael Hattaway. Cambridge: Cambridge UP, 1990. 292-343.

Wrightson, Keith. *English Society 1580-1680*. New Jersey: Rutgers UP, 1982.

3장 『햄릿』(*Hamlet*)

강석주. 「햄릿의 감옥」 *Shakespeare Review* 31 (1997): 51-72.

송창섭. 「『햄릿』과 셰익스피어 비극의 정치성」 *Shakespeare Review* 42.4 (2006): 711-39.

윤희억. 「『햄릿』의 유령」 *Shakespeare Review* 34 (1998): 195-214.

Bowers, Fredson Thayer. *Elizabethan Revenge Tragedy 1587-1642*. Gloucester, Mass: Peter Smith, 1959.

Davis, Michael. *Hamlet Character Studies*. London: Continuum, 2008.

Dodsworth, Martin. *Hamlet Closely Observed*. London: Athlone P, 1985.

Hadfield, Andrew. *Shakespeare and Republicanism*. Cambridge: Cambridge UP, 2005.

Hallett, Charles A. & Elaine S. Hallett. *The Revenger's Madness: A Study of Revenge Tragedy Motifs*. Lincoln: U of Nebraska P, 1980.

Halio, Jay L. "The Tragedies" *The Greenwood Companion to Shakespeare* Vol 3. Ed. Rosenblum, Joseph. Westport: Greenwood P, 2005. 721-54.

Jenkins, Harold. ed. *Hamlet The Arden Edition of the Works of William Shakespeare*. London: Arden Shakespeare, 1982.

Kiernan, Victor. "Hamlet" *Eight Tragedies of Shakespeare: A Marxist Study*. London:

Verso, 1996. 63-87.

Kott, Jan. *Shakespeare Our Contemporary*. London: Methuen, 1965.

Leggatt, Alexander. *Shakespeare's Tragedies: Violation and Identity*. Cambridge: Cambridge UP, 2005.

Mangan, Michael. *A Preface to Shakespeare's Tragedies*. London: Longman, 1991.

McAlindon. T. *Shakespeare and Decorum*. London: Macmillan, 1973.

Prosser, Eleanor. *Hamlet & Revenge*. Stanford: Stanford UP, 1967.

Ribner, Irving. Jacobean Tragedy: The Quest for Moral Order. London: Methuen, 1979.

Ryan, Kiernan. *Shakespeare*. New York: Harvester Wheatsheaf, 1989.

Tennenhouse, Leonard. *Power on Display: The Politics of Shakespeare's Genres*. London: Methuen, 1986.

Wells, Robin Headlam. *Shakespeare on Masculinity*. Cambridge: Cambridge UP, 2000.

4장 『복수자의 비극』(*The Revenger's Tragedy*)

Bevington, David. ed. *English Renaissance Drama*. New York: W. W. Norton & Company, 2002.

Burnett, Anne Pippin. *Revenge in Attic and Later Tragedy*. Berkeley: U of California P, 1998.

Dollimore, Jonathan. *Radical Tragedy: Religion, Ideology and Power in the Drama of Shakespeare and his Contemporaries*. Brighton: The Harvester, 1984.

Foakes, R. A. "Introduction" *The Revenger's Tragedy: Thomas Middleton/Cyril Tourneur*. Manchester: Manchester UP, 1966. 1-28.

Gibson, Rex. *Shakespearean and Jacobean Tragedy*. Cambridge: Cambridge UP, 2000.

Hallett, Charles A. & Elaine S. Hallett. *The Revenger's Madness: A Study of Revenge Tragedy Motifs*. Lincoln: U of Nebraska P, 1980.

Hill, Eugene D. "Revenge Tragedy" *A Companion to Renaissance Drama*. Ed. Arthur F. Kinney. Oxford: Blackwell, 2002. 326-335.

McAlindon, T. *English Renaissance Tragedy*. London: Macmillan, 1986.

Neill, Michael. "English Revenge Tragedy" *A Companion to Tragedy*. Ed. Rebecca Bushnell. Malden: Blackwell, 2005. 328-350.

Parfitt, George. ed. *The Plays of Cyril Tourneur: The Revenger's Tragedy, The Atheist's Tragedy*. Cambridge: Cambridge UP, 1978.

Ribner, Irving. *Jacobean Tragedy: The Quest for Moral Order*. London: Methuen, 1962.

Stallybrass, Peter. "Reading the Body: *The Revenger's Tragedy" Renaissance Drama New Series XVIII*. Ed. Mary Beth Rose. Evanston: Northwest UP, 1987. 121-148.

Wharton, T. F. *Moral Experiment in Jacobean Drama*. London: Macmillan, 1988.

White, Martin. *Middleton and Tourneur*. New York: St. Martin's P, 1992.

Womack, Peter. *English Renaissance Drama*. Malden: Blackwell, 2006.

5장 영국 르네상스 비극과 타자 주인공

Bartels, Emily. *Spectacles of Strangeness Imperialism, Alienation, and Marlowe*. Philadelphia: U of Pennsylvania P, 1993.

___________. *Speaking of the Moor from Alcazar to Othello*. Philadelphia: U of Pennsylvania P, 2008.

Berek, Peter. "The Jew as Renaissance Man" *Renaissance Quarterly* 51 (1998): 128-62.

Brown, Meg Lota & Kari Boyd McBride. *Women's Roles in the Renaissance*. Westport: Greenwood P, 2005.

Emerson, Kathy Lynn. *Everyday Life in Renaissance England from 1485-1649*. Cincinnati: Writer's Digest Books, 1996.

Farley-Hills, David. *Jacobean Drama A Critical Survey of the Professional Drama, 1600-25*. London: Macmillan, 1988.

Greenblatt, Stephen. "Marlowe, Marx, and Anti-Semitism" *Christopher Marlowe*. Ed. Richard Wilson. London: Longman, 1999. 140-158.

Hansen, Carol. *Woman as Individual in English Renaissance Drama*. New York: Peter Lang, 1993.

Hunter, G. K. "The Theology of Marlowe's *The Jew of Malta" Dramatic Identities and Cultural Tradition.* New York: 1978: 60-102.

___________. "Elizabethans and foreigners" *Shakespeare and Race*. Eds. Catherine M. S. Alexander & Stanley Well. Cambridge: Cambridge UP, 2000. 37-63.

Kermode, LLoyd Edward. *Aliens and Englishness in Elizabethan Drama*. Cambridge: Cambridge UP, 2009.

Levin, Carol & John Watkins. *Shakespeare's Foreign Worlds: National and Transnational Identities in the Elizabethan Age*. Ithaca: Cornell UP, 2009.

Loomba, Ania. "Sexuality and Racial Difference" in *Critical Essays on Shakespeare's Othello.* ed. Anthony Gerard Barthelemy. New York: G. K. Hall & Co., 1994. 162-186.

___________. *Gender, Race, Renaissance Drama.* Delhi: Oxford UP, 1992.

Maclean, Ian. *The Renaissance Notion of Women: A Study in the Fortunes of Scholasticism and Medical Science in European Intellectual Life*. Cambridge: Cambridge UP, 1980.

Marlowe, Christopher. *The Jew of Malta*. Ed. N. W. Bawcutt. Manchester: Manchester UP, 1978.

Newman, Karen. "'And wash the Ethiop white': femininity and the monstrous in *Othello*" *Shakespeare Reproduced*. Eds. Jean E. Howard & Marion F. O'connor. New York: Methuen, 1987. 143-162.

Sanders, Wilbur. *The Dramatist and the Received Idea*. Cambridge: Cambridge UP, 1968.

Shapiro, James. *Shakespeare and the Jews*. New York: Columbia UP, 1996.

Simkin, Stevie. *A Preface to Marlowe*. London: Pearson Education, 2000.

Trachtenberg, Joshua. *The Devil and the Jews*. New Haven: Yale UP, 1943.

Vitcus, Daniel. *Turning Turk: English Theater and the Multicultural Mediterranean, 1570-1630*. New York: Palgrave Macmillan, 2003.

White, Paul Whitfield. "Marlowe and the Politics of Religion" *The Cambridge Companion to Christopher Marlowe*. Ed. Patrick Cheney. Cambridge: Cambridge UP, 2004. 70-89.

Whigham, Frank. "Incest and Ideology: *The Duchess of Malfi*" *Staging the Renaissance.* Eds. David Scott Kastan and Peter Stallybrass. London: Routledge, 1991: 251-274.

6장 『몰타의 유대인』(*The Jew of Malta*)

Bartels, Emily. *Spectacles of Strangeness Imperialism, Alienation, and Marlowe*. Philadelphia: U of Pennsylvania P, 1993.

Bawcutt, N. W. "Introduction" *The Jew of Malta*. Manchester: Manchester UP, 1978. 1-58.

Berek, Peter. "The Jew as Renaissance Man" *Renaissance Quarterly* 51.1 (1998): 128-162.

Brown, John Russell. "Introduction" *Arden Shakespeare: The Merchant of Venice*. London: Routledge, 1989.

Cole, Douglas. *Christopher Marlowe and The Renaissance of Tragedy*. London: Greenwood P, 1995.

Grantley, Darryll. "'What means this shew?': Theatricalism, Camp and Subversion in *Doctor Faustus* and *The Jew of Malta*" *Christopher Marlowe and English*

Renaissance Culture. Eds. Darryll Grantley and Peter Roberts. Aldershot: Ashgate, 1996. 224-238.

Greenblatt, Stephen. "The Will to Absolute Power: *The Jew of Malta*" *Staging the Renaissance*. Eds. David Scott Kastan & Peter Stallybrass. London: Routledge, 1991. 114-121.

Harraway, Clare. *Reciting Marlowe Approaches to the Drama*. Aldershot: Ashgate, 2000.

Heller, Agnes. *Renaissance Man*. London: Routledge & Kegan Paul, 1978.

Honan, Park. *Christopher Marlowe: Poet & Spy*. Oxford: Oxford UP, 2005.

Levin, Harry. *Christopher Marlowe: The Overreacher*. London: Faber & Faber, 1961.

Lupton, Julia Reinhard. "*The Jew of Malta*" *The Cambridge Companion to Christopher Marlowe*. Ed. Patrick Cheney. Cambridge: Cambridge UP, 2004. 144-157.

Marlowe, Christopher. *The Jew of Malta*. Ed. N. W. Bawcutt. Manchester: Manchester UP, 1978.

Shapiro, James. *Shakespeare and the Jews*. New York: Columbia UP, 1996.

Simkin, Stevie. *A Preface to Marlowe*. Harlow: Pearson Education, 2000.

Steane, J. B. *Marlowe: A Critical Study*. Cambridge: Cambridge UP, 1964.

Trachtenberg, Joshua. *The Devil and the Jews*. New Haven: Yale UP, 1943.

Vitcus, Daniel. *Turning Turk: English Theater and the Multicultural Mediterranean, 1570-1630*. New York: Palgrave Macmillan, 2003.

White, Paul Whitfield. "Marlowe and the Politics of Religion" *The Cambridge Companion to Christopher Marlowe*. Ed. Patrick Cheney. Cambridge: Cambridge UP, 2004. 70-89.

제7장 『오셀로』(*Othello*)

김종환. 『셰익스피어와 타자』. 서울: 도서출판 동인, 2006.

Barthelemy, Anthony Gerard. "Ethiops Washed White: Moors of the Nonvillainous Type" *Critical Essays on Shakespeare's Othello*. Ed. Anthony Gerard Barthelemy. New York: G. K. Hall, 1994. 91-103.

Bovilisky, Lara. *Barbarous Plays: Race on the Renaissance Stage*. Minneapolis: U of Minnesota P, 2008.

Coles, Jane. Ed. *Cambridge School Shakespeare Othello*. Cambridge: Cambridge UP, 2003.

Cowhig, Luth. "Blacks in English Renaissance drama and the role of Shakespeare's

Othello" *The Black Presence in English Literature*. Ed. David Dabydeen. Manchester: Manchester UP, 1985. 1-25.

Fiedler, Leslie A. *The Stranger in Shakespeare*. Herfordshire: Paladin, 1974.

Greenblatt, Stephen. *Renaissance Self-Fashioning*. Chicago: U of Chicago P, 1980.

Hunter, G. K. "Elizabethans and foreigners" *Shakespeare and Race*. Eds. Catherine M. S. Alexander & Stanley Well. Cambridge: Cambridge UP, 2000. 37-63.

Jones, Eldred. "*Othello*: An Interpretation" *Critical Essays on Shakespeare's Othello*. Ed. Anthony Gerard Barthelemy. New York: G. K. Hall, 1994. 39-54.

Lawrence, Errol. "Just plain common-sense: the roots of racism" *CCCS* (1982): 47-94.

Loomba, Ania. "Sexuality and Racial Difference" *Critical Essays on Shakespeare's Othello*. Ed. Anthony Gerard Barthelemy. New York: G. K. Hall, 1994. 162-186.

____________. *Shakespeare, Race, and Colonialism*. Oxford: Oxford UP, 2002.

Matthews, G. M. "Othello and the Dignity of Man" *Shakespeare in A Changing World*. Ed. Arnold Kettle. London: Lawrence & Wishart, 1964.

McAlindon, Tom. "Introduction" *Penguin Shakespeare Othello*. Ed. Stanley Wells. London: Penguin Books, 2005. xxi-lxiv.

Newman, Karen. *Fashioning Femininity and English Renaissance Drama*. Chicago: U of Chicago P, 1991.

____________. "'And wash the Ethiop White': Femininity and the Monstrous in *Othello*" *Critical Essays on Shakespeare's Othello*. Ed. Anthony Gerard Barthelemy. New York: G. K. Hall, 1994. 124-143.

Ridley, M. R. "Introduction" *The Arden Shakespeare Othello*. London: Methuen, 1977. xv-lxx.

____________. "Appendices" *The Arden Shakespeare Othello*. London: Methuen, 1977. 199-246.

Tennenhouse, Leonard. *Power on Display*. London: Methuen, 1986.

Wayne, Valerie. "Historical Differences: Misogyny and *Othello*" *The Matter of Difference Materialist Feminist Criticism of Shakespeare*. Ed. Valerie Wayne. New York: Harvester, 1991. 153-180.

제8장 『말피 공작부인』(*The Duchess of Malfi*)

이미영. 「"I am Duchess of Malfi still": 비극의 주인공으로서 여성의 가능성」. 『고

전 르네상스드라마』 5권 (1997): 103-118.

Aughterson, Kate. *Webster: The Tragedies*. New York: Palgrave, 2001.

Bradbrook, M. C. *John Webster Citizen and Dramatist*. London: Weidenfeld and Nicholson, 1980.

Brown, John Russell. "Introduction" *The Duchess of Malfi*. Ed. John Russell Brown. Manchester: Manchester UP, 1997. 1-35.

Dusinberre, Juliet. *Shakespeare and Nature of Women*. New York: Macmillan, 1975.

Emerson, Kathy Lynn. *Everyday Life in Renaissance England from 1485-1649*. Cincinnati: Writer's Digest Books, 1996.

Forker, Charles R. *Skull beneath the Skin: The Achievement of John Webster*. Carbondale and Edwardsville: Southern Illinois UP, 1986.

Jardin, Lisa. *Still Harping on Daughters*. New York: Columbia UP, 1989.

Loomba, Ania. *Gender, Race, Renaissance Drama*. Delhi: Oxford UP, 1992.

Maus, Catharine Eisaman. "*The Spanish Tragedy*, or The Machiavel's Revenge" *Revenge Tragedy*. Ed. Stevie Simkin. New York: Palgrave, 2001. 88-106.

Simkin, Stevie. "Introduction" *Revenge Tragedy*. Ed. Stevie Simkin. New Yokr: Palgrave, 2001. 1-19.

Watson, Robert N. "Tragedy" *The Cambridge Companion to English Renaissance Drama*. Eds. A. R. Braunmuller & Michael Hattaway. Cambridge: Cambridge UP, 1990. 292-343.

Wayne, Valerie. "Historical Difference: Misogyny and *Othello*" *The Matter of Difference Materialist Feminist Criticism of Shakespeare*. New York: Harvester, 1991. 153-180.

Webster, John. *The Duchess of Malfi*. Ed. John Russell Brown. Manchester: Manchester UP, 1997.

Whigham, Frank. "Incest and Ideology: *The Duchess of Malfi*" *Staging the Renaissance Reinterpretations of Elizabethan and Jacobean Drama*. Eds. David Scott kastan & Peter Stallybrass. New York: Routledge, 1991.

제9장 『가엾게도 그녀가 창녀라니』(*Tis Piry She's a Whore*)

Abate, Corinne S. "New Directions: Identifying the Real Whore of Parma" *'Tis Pity She's a Whore: A Critical Guide*. Ed. Lisa Hopkins. London: Continuum, 2010. 94-113.

Archibald, Elizabeth. *Incest and the Medieval Imagination*. Oxford: Clarendon P, 2001.

Boehrer, Bruce Thomas. *Monarchy and Incest in Renaissance England: Literature, Culture, Kinship, and Kingship*. Philadelphia: U of Pennsylvania P, 1992.

__________________. "*'Tis Pity She's a Whore* and the Two Books of God" *Studies in English Literature, 1500-1900, Vol 24. No. 2 Elizabethan and Jacobean Drama* (Spring, 1984): 355-371.

Bulman, James. "Caroline Drama" *The Cambridge Companion to English Renaissance Drama*. Eds. A. R. Braunmuller & Michael Hattaway. Cambridge: Cambridge UP, 1990. 344-371.

Champion, Larry S. "Ford's *'Tis Pity She's a Whore* and the Jacobean Tragic Perspective" *PMLA Vol 90. No. 1.* (Jan, 1975): 78-87.

Farr, Dorothy M. *John Ford and the Caroline Theatre*. London: Macmillan, 1979.

Ford, John. *'Tis Pity She's A Whore*. Ed. Sonia Massai. London: Methuen, 2011.

Hopkins, Lisa. "Incest and Class: *'Tis Pity She's a Whore* and the Borgias" *Incest and the Literary Imagination*. Ed. Elizabeth Barnes. Gainesville: UP of Florida. 2002. 94-113.

Leggatt, Alexander. *English Drama: Shakespeare to the Restoration, 1590-1660.* London: Methuen, 1988.

Lomax, Marion. "Introduction" The Lover's Melancholy The Broken Heart 'This Pity She's a Whore Perkin Warbeck. John Ford. Oxford: Clarendon P, 1995. vii-ⅹⅹⅳ.

Massai, Sonia. "Introduction" *Arden Early Modern Drama 'Tis Pity She's a Whore.* London: Methuen, 2011. 1-87.

Oliver, H. J. *The Problem of John Ford*. London: Methuen, 1955.

Ribner, Irving. *Jacobean Tragedy The Quest for Moral Order*. London: Methuen, 1962.

Silverstone, Catherine. "New Directions: Fatal Attraction: Desire, Anatomy and Death in *'Tis Pity She's a Whore*" *'Tis Pity She's a Whore: A Critical Guide*. Ed. Lisa Hopkins. London: Continuum, 2010. 77-93.

Stavig, Mark. *John Ford and the Traditional Moral Order*. Madison: The U of Wisconsin P, 1968.

Woods, Gillian. "New Directions: The Confessional Identities of *'Tis Pity She's a Whore*" *'Tis Pity She's a Whore: A Critical Guide*. Ed. Lisa Hopkins. London: Continuum, 2010. 114-135.

찾아보기

강석주

서강대학교 영어영문학과를 졸업하고 동 대학원 영문학 석사학위(영미드라마)와 박사학위(셰익스피어)를 받았다. 영국 케임브리지대학교에서 셰익스피어 세미나 과정을 수료했고, 현재 국립목포대학교 영어영문학과 교수로 재직하고 있다. 주요 저서로는 『셰익스피어의 문학세계』, 『무대 위의 삶, 사랑, 그리고 죽음』, 『셰익스피어 연극사전』(공저), 『영문학으로 문화 읽기』(공저), 『21세기 영미희곡 어디로 가는가』(공저) 등이 있고, 역서로 『탬벌레인 대왕, 몰타의 유대인, 파우스투스 박사』, 『말로선집: 에드워드 2세, 파리의 대학살, 디도 카르타고의 여왕』, 『오셀로』, 『볼포네』(공역), 『말피 공작부인』(공역) 등이 있으며, 「셰익스피어와 르네상스 광기담론」을 포함한 다수의 연구논문이 있다.

전통 비극 담론의 보수성과 영국 르네상스 드라마

초판인쇄 2014년 5월 12일
초판발행 2014년 5월 12일

지은이 강석주
펴낸이 채종준
펴낸곳 한국학술정보㈜
주소 경기도 파주시 회동길 230(문발동)
전화 031) 908-3181(대표)
팩스 031) 908-3189
홈페이지 http://ebook.kstudy.com
전자우편 출판사업부 publish@kstudy.com
등록 제일산-115호(2000. 6. 19)

ISBN 978-89-268-6201-8 93840